LUZIFER
VERLAG

JOHN J. RUST

ECHSEN

GREIFEN AN

LUZIFER
VERLAG

Deutsche Erstausgabe
Originaltitel: REPTILIAN

Umschlag: Michael Schubert | Luzifer-Verlag
Übersetzung: Marie Auer
Printed in Germany

Dieses Buch wurde nach Dudenempfehlung (Stand 2024) lektoriert.

ISBN: 978-3-95835-862-1

Bibliografische Information der Deutschen Nationalbibliothek:
Die Deutsche Nationalbibliothek verzeichnet diese Publikation in der Deutschen
Nationalbibliografie; detaillierte bibliografische Daten sind im Internet über
http://dnb.d-nb.de abrufbar.

1

»Verdammt, Ozzie! Halt endlich die Klappe!«

Das Bellen draußen verstummte.

Etwa fünf Sekunden lang.

»Scheiße.« Phil Welsh hievte seinen pummeligen Körper von dem abgewetzten Sofa. Er stapfte aus dem Wohnzimmer und durch die Küche zur Hintertür. Ozzie bellte weiter.

Er stieß die Tür auf. »Halt die Klappe!«

Der schwarz-weiße Border Collie sah Welsh an und wandte sich dann wieder dem hohen Gras zu, welches das Grundstück säumte. Der Hund knurrte.

»Was zum Teufel ist denn jetzt los?«

Ozzie hielt seinen Blick auf das Gras gerichtet. Er knurrte erneut.

Welsh suchte das hohe Gras ab und schüttelte den Kopf. Es war zu dunkel, um etwas zu sehen. Vielleicht war da draußen ein Fuchs oder Kojote.

»Geh ins Haus.«

Ozzie drehte sich wieder zu ihm um, dann zurück zum Gras.

»Komm rein.«

Mit einem kurzen, fast frustrierten »Wuff« trabte Ozzie die Hintertreppe hinauf und hinein.

»Blöder Hund.« Welsh schüttelte den Kopf. Dies war die dritte Nacht in Folge, in der Ozzie wild gebellt hatte. Er fragte sich, ob da draußen wirklich etwas war.

Nun, ich werde ganz sicher nicht im Dunkeln danach suchen.

Er ließ sich auf dem Sofa nieder, der Fernseher war auf das Spiel Braves/Brewers eingestellt. Welsh nippte an seinem Bier und runzelte die Stirn, als er sah, wie der Schlagmann von Atlanta ausholte und nicht traf.

Gomez geht schwingend zu Boden, Strike drei, sagte der Sprecher. *Seine Flaute hält an. Oh-for-two heute Abend und einer für seine letzten sechzehn At-Bats.*

Welsh beobachtete, wie Gomez kopfschüttelnd und ohne zu lächeln zum Dugout zurückkehrte.

»Ach, armer Kerl.« Er würde trotzdem sein Millionengehalt kassieren und später in seiner großen Villa schlafen.

Und das alles nur, weil wir ein verdammtes Spiel ansehen.

In der Zwischenzeit schuftete Welsh bei jedem Gelegenheitsjob, um die Rechnungen zu bezahlen und sein Haus zu behalten. Das schien von Tag zu Tag unwahrscheinlicher. Er war mit seinen Hypothekenzahlungen weit im Rückstand. Die verdammte Bank bombardierte ihn mit Anrufen und Briefen und drohte mit Zwangsvollstreckung.

Welsh schaute kopfschüttelnd an die Decke. Amy hatte sich immer gut um die Finanzen gekümmert. Nach ihrem Tod vor zwei Jahren war alles den Bach runtergegangen. Die Abschleppfirma, für die er gearbeitet hatte, schloss. In diesem Teil von South Carolina waren Jobs rar. Er konnte nicht einmal genug Geld zusammenkratzen, um seine beiden Töchter durch das College zu bringen. Chloe und Vanessa hatten beide ihr Zuhause verlassen und waren nach Charleston gegangen, um eine feste Arbeit zu finden, was ihnen auch gelang. Obwohl Vanessa als Stripperin arbeitete.

Der Gedanke daran brachte Welsh dazu, zu brüllen und seine Flasche zu werfen.

Welcher Vater ließ seine Tochter Stripperin werden?

Einer, der erbärmlich war.

Welsh sank tiefer ins Sofa. Dem Spiel schenkte er kaum noch Aufmerksamkeit.

Ozzie sprang auf und knurrte.

»Fang gar nicht erst an …«

Der Hund bellte und rannte zur Hintertür.

»Um Himmels willen, was ist dein Problem?« Welsh stemmte sich ächzend hoch.

Ozzie bellte weiter und kratzte an der Tür.

»Halt endlich die Klappe.«

Doch der Hund gehorchte nicht.

Welsh starrte für einen Augenblick kopfschüttelnd an die Decke. Dann stapfte er zum Schrank und holte seine Weatherby PA-08 Schrotflinte. Vielleicht war es ein Kojote. Vor etwa einem Monat hatte er einen durch seinen Vorgarten schleichen sehen. Die verdammten Viecher waren überall. Er erinnerte sich daran, dass die Regierung des Bundesstaates Kopfgeld für die Tötung von Kojoten ausgesetzt hatte, um die Population unter Kontrolle zu halten. Tausend Mäuse. Vielleicht sollte er es versuchen. Er könnte das Geld gut gebrauchen.

»Weg da«, brummte Welsh und stieß die Tür auf. Er suchte den Hinterhof ab, und das hohe Gras, das ihn begrenzte. Er sah nichts, hörte nichts.

Ozzie hechtete die Stufen hinunter und ins Gras.

»Ozzie!« Welsh rannte die Stufen hinunter. »Ozzie! Komm her!« Etwas brüllte aus dem Gras.

Welsh erstarrte, seine Brust zog sich zusammen. So ein Geräusch hatte er noch nie gehört, fast wie ein langer Rülpser in einer Mülltonne. Er konnte sich nicht vorstellen, was für ein Tier so ein Geräusch machen könnte, aber was auch immer es war, es klang groß.

Wirklich groß.

Ozzie bellte. Ein Teil des Grases wackelte hin und her.

Welsh schluckte. Angst keimte in ihm auf. »O-Ozzie?« Er konnte die Worte kaum herausbringen.

Das Bellen ging weiter, wurde drängender und bedrohlicher.

Ein anderes Geräusch legte sich darüber. Ein scharfes, hochfrequentes Zischen, das in ein brodelndes Knurren überging.

Ozzie kläffte und heulte.

Welshs Muskeln verkrampften sich vor Schreck. Mehr Gras zuckte hin und her. Es folgten weitere Kläffer und Zischlaute.

Dann hörte er nichts mehr.

»Ozzie?«, flüsterte er. Sein Herz pochte. Schweiß durchtränkte seine Sachen.

Das Ding knurrte wieder. Gras beugte sich. Welshs Gehirn schrie, er solle weglaufen, doch die Angst ließ ihn wie angewurzelt stehen bleiben.

Etwas brach aus dem hohen Gras hervor. Welshs Augen wurden groß.

Das Ding musste über zwei Meter groß sein, war kräftig gebaut, mit einer stumpfen Schnauze.

Die Augen leuchteten blutrot und waren auf ihn gerichtet.

Das Ding knurrte, dann griff es an.

Welsh schrie und drückte ab.

2

Pinehurst, North Carolina. Jack Rastun hatte bis vor ein paar Monaten noch nie von diesem Ort gehört. Er hatte auch nicht damit gerechnet, in dieser kleinen Stadt Urlaub zu machen.

Es war weniger ein Urlaub als ein Wochenendausflug. In Pinehurst fand alljährlich ein Marathon auf dem exklusiven Forest Creek Golf Course statt, und irgendwo zwischen den sanften Grüns und den vielen Bäumen befand sich seine Freundin Karen Thatcher mit einigen hundert anderen Läufern. Es würde ihr letzter vollständiger Marathon in diesem Jahr sein, denn sie wollte im April nächsten Jahres zum ersten Mal am Boston-Marathon teilnehmen.

Jack nahm einen weiteren Schluck Wasser aus seiner Flasche und wischte sich den Schweiß von der Stirn. An diesem Teil der Strecke standen oder saßen Zuschauer in Liegestühlen, einige fächelten sich Luft zu. Es war noch nicht einmal Mittag und die Temperatur betrug gefühlt 40 Grad. Und natürlich durfte man die für den Süden typische erstickende Luftfeuchtigkeit nicht vergessen. Wie viele Läufe und Feldmanöver hatte er in Fort Bragg und Fort Benning bei solchem Wetter absolviert? Schweißgebadet, Wasser und Salztabletten schluckend.

»Hey, Jack. Ist das ein cooles Haus, oder was?«

Rastun drehte sich zu dem 11-jährigen Mädchen mit dem runden Gesicht und den dunkelbraunen Haaren um, das in dem Gartenstuhl neben ihm saß. Er folgte Emily Thatchers Blick zu einer der Villen, die den Golfplatz säumten. Das Gebäude hatte eine Backsteinfassade, große Fenster, schräge Dächer und Dachgauben.

»Ja, sieht wirklich ziemlich gut aus.«

»Meinst du, wir könnten eines Tages in so einem Haus wohnen?«

Er legte den Kopf schief und dachte nach. Mit dem Geld, das er und Karen mit ihren Buchverträgen für die Seeräuber-Expedition verdienten, konnten sie sich das sicher leisten.

»Wer weiß?«, antwortete er. »Vielleicht. Aber nicht an einem Golfplatz.«

Emily verzog das Gesicht. »Warum nicht?«

»Man muss Mitglied im Golfclub werden, wenn man ein Haus kauft, und Golf spielen macht ungefähr so viel Spaß wie Gras beim Wachsen zuzusehen.«

Rastun empfand das Gleiche für Fußball, sagte es aber nicht, da Emily eine der besten Spielerinnen in ihrer Jugendmannschaft war.

Ein Lächeln zeigte sich auf seinem Gesicht, als er Karens Tochter anstarrte und bemerkte, wie sie »wir« sagte, als sie vom Leben in einem Haus sprach. Das war ein weiterer Beweis dafür, wie sehr er ein Teil von Emilys Leben geworden war. Bis vor einem Jahr hatte er nie viel darüber nachgedacht, Vater zu werden. Selbst als er mit Marie verlobt war, hatten sie selten über Kinder gesprochen.

Glücklicherweise hatte sich Emily schnell in ihn verguckt. Das Mädchen kannte seinen Vater nicht, und je mehr Zeit Rastun mit ihr verbrachte, desto leichter fiel es ihm, diese Rolle auszufüllen. Außerdem war Emily einfach zum Abknutschen. Sie war klug, lebenslustig und gut erzogen – normalerweise.

Die Menge applaudierte und jubelte, als zwei Läuferinnen die Bäume umrundeten und auf die Ziellinie zustürmten.

»Kommt Mama?«, fragte Emily.

Rastun beugte sich vor und blinzelte. »Nö. Noch nicht.«

Zehn Minuten und siebzehn Läufer später entdeckte er sie. Die schlanke Figur, das glatte runde Gesicht, die festen Beine. Er lächelte, als Karen sich der Ziellinie näherte.

»Da kommt sie.« Er stand auf und knipste einige Bilder mit seinem Handy, als Karen an ihnen vorbeirannte.

»Juhu, Mama!« Emily warf eine kleine Faust in die Luft.

»Komm schon.« Rastun nahm sie an der Hand und manövrierte sie durch die Menge. Mehr als einmal schaute er sich mit kritischen, misstrauischen Augen um. Er musste an den Bombenanschlag auf den Boston-Marathon vor ein paar Jahren denken. Zugegeben, dieser Marathon war bei weitem nicht so groß oder berühmt. Die Chancen standen nicht sehr hoch, dass so etwas passieren würde, aber seine Erfahrungen im Irak und in Afghanistan sowie auf verschiedenen Expeditionen hatten ihn gelehrt, dass es sich immer lohnte, ein wenig paranoid zu sein.

Als Rastun und Emily sich der Ziellinie in der Nähe des Clubhauses näherten, explodierten keine Bomben. Ein paar freiwillige Helfer des Marathons halfen Karen auf die Holzveranda. Sie ließ sich schweißgebadet und mit offenem Mund auf den Boden plumpsen und saugte gierig Sauerstoff in ihre Lungen. Sie sah aus, als würde sie jeden Moment ohnmächtig werden. Aber wer würde nicht so aussehen, nachdem er 26 Meilen gelaufen war?

Eine Freiwillige reichte Karen eine Wasserflasche, als Emily sie umarmte. »Hey, Mama.«

»Hi, Süße«, antwortete sie atemlos.

»Gut gemacht, Baby.« Rastun rieb ihren Arm, der von Schweiß glitschig war.

Karen nickte nur und nahm einen Schluck Wasser. Langsam erhob sie sich. Die Art, wie sie das tat, erinnerte Rastun an ein Zombie-Schlurfen. Während die meisten Leute dachten, dass man nach einem Marathon zusammenbrach und sich eine gefühlte Ewigkeit nicht mehr bewegte, wusste er es als Cross-Country-Läufer in der Highschool besser. Man musste sich nach einem Lauf etwa zehn bis fünfzehn Minuten lang bewegen, damit sich Herzschlag und Blutfluss wieder normalisierten.

Er ließ Karen allein, damit sie sich abkühlen konnte, während andere Läufer die Ziellinie überquerten. Als sie zurückkam, sah sie zwar immer noch erledigt aus, aber nicht mehr so schlimm wie zuvor.

»Geht's dir gut?«, fragte er.

»Besser.« Karen klang nicht mehr atemlos, als sie sprach.

»Das hast du gut gemacht, Mom.«

»Danke, Süße.«

»Ja, das war ein toller Lauf«, bestätigte Rastun.

»Ich hätte besser abschneiden können. Ich lag etwa vierzig Sekunden unter meiner Durchschnittszeit. Das ist jetzt der zweite Marathon in Folge. Was ist da los?«

»Das nennt man Alter.« Rastun schenkte ihr ein schiefes Grinsen. »Eine tolle Sache, nicht wahr?«

Karen warf ihm einen bösen Blick zu. Obwohl sie nur drei Jahre älter war als er, konnte er es nicht lassen, sie mit ihrem Alter zu foppen. Zumindest bei den Gelegenheiten, bei denen er sich mutig fühlte.

»Vergiss die Couch, du schläfst auf dem Boden.«

Rastun zuckte mit den Schultern. »Für eine Nacht war es das wert.«

»Ich meinte für eine Woche.«

»Na, jetzt bist du aber grausam.« Rastun lächelte wieder und umarmte sie. »Durchschnittszeit oder nicht, das hast du gut gemacht. Wie viele andere Menschen können das?«

»Danke, aber genug der Umarmungen, bitte. Ich fühle mich, als hätte jemand eine Mülltonne voller Schweiß über mir ausgekippt.«

»Hast du etwas anderes erwartet, nachdem du sechsundzwanzig Meilen gelaufen bist? Komm, wir bringen dich zum Auto. Ich habe Bananen und Gatorade für dich.«

»Danke.«

Sie überquerten den Parkplatz, Karen lehnte sich dabei an Rastuns Schulter.

»Erst willst du nicht, dass ich dich umarme, weil du verschwitzt bist, und jetzt drückst du dich an mich. Entscheide dich mal, Frau.«

»Die Umarmung war etwas Intimes. Das ist, um sicherzustellen, dass ich auf den Beinen bleibe.«

»Wow, was werden die eingefleischten Feministinnen sagen? Dass du dich auf einen Mann stützen musst, um den Tag zu überstehen.«

Karen schnaubte. »Die können mich mal. Keiner von denen ist gerade einen Marathon gelaufen.«

Als sie ihren gemieteten Geländewagen erreichten, öffnete Rastun die Heckklappe. Karen setzte sich auf die Stoßstange, während er eine tragbare Kühlbox hervorkramte.

Der Klingelton seines Handys dröhnte Nightwishs »Dark Chest of Wonders.« Er schaute auf das Display.

RANDY E.

»Hey, Doc.«

»Jack«, antwortete Randy Ehrenberg, der Kryptozoologe, der die Searaptor-Expedition geleitet hatte. »Wie läuft's in North Carolina?«

»Gut. Karen hat gerade den Marathon beendet. Sie ist Neunzehnte geworden.«

»Schön für sie. Hey, ich wünschte, ich würde anrufen, um einfach mal zu fragen, wie es euch geht, aber der eigentliche Grund hat etwas mit der Arbeit zu tun.«

»Was ist los?«

»Das Echsenwesen.«

Rastun erinnerte sich an den Namen aus Ehrenbergs wöchentlichen Einführungskursen bei der Foundation for Undocumented Biological Investigation über die zahlreichen Kryptiden der Welt. »Das ist das unten in South Carolina.«

»Ja«, antwortete Ehrenberg. »Das erste Mal tauchte es 1988 in der Nähe des Scape Ore Swamp in Lee County auf.«

»Sagen Sie nicht, dass jemand tatsächlich das Echsenwesen gefunden hat.« Rastun setzte ein breites Grinsen auf.

»Doch, eigentlich hat das jemand.«

3

»Ist das eine Art Dinosaurier?« Emily starrte auf Rastuns iPad. »Cool.«

»Wir wissen immer noch nicht, ob das echt ist.« Rastun saß neben Karen auf der Stoßstange ihres Geländewagens, als sie sich das Video ansahen, das Ehrenberg ihnen geschickt hatte. Es zeigte eine große, zweibeinige Kreatur mit dunkelgrüner Haut und einem echsenartigen Kopf.

»Ich fange mal damit an, dass dieses Ding keine Fälschung ist«, sagte eine männliche Stimme auf dem Video. »Es hat mich in meinem Hinterhof angegriffen. Ich brauchte drei Schüsse aus meiner Schrotflinte, um es auszuschalten. Ich weiß, dass ihr Jungs von der FUBI nach solchen Monstern sucht. Deshalb habe ich dieses Video an euch geschickt, nicht an die Bullen. Sie würden es mir einfach wegnehmen. Das könnt ihr nicht tun, weil ihr keine Cops seid. Ihr müsst einen Deal mit mir machen. Also, hier ist er. Ich will hunderttausend Dollar. Gebt mir mein Geld und die Sache gehört euch. Ihr seid am Zug.«

Der Mann hielt die Kamera noch einige Sekunden auf das Echsenwesen. Rastun bemerkte dunkelrote Flecken auf dem schuppigen Torso. Getrocknetes Blut, vermutete er. Oder rote Lebensmittelfarbe, wenn es eine Fälschung war.

Das Video wurde schwarz.

»Okay«, sagte Rastun zu Ehrenberg, den er auf dem Lautsprecher seines Telefons hatte. »Wir haben es gesehen.«

»Und wie lautet Ihr Urteil?«

»Ich habe nichts gesehen, was nach CGI aussieht«, sagte Karen. »Wenn man natürlich nur ein totes Monster zeigen will, könnte man es mit einer Puppe vortäuschen.«

»Wenn es sich um eine Puppe handelt, haben die das ziemlich gut hinbekommen«, warf Rastun ein. »Das macht es fast unmöglich zu sagen, ob es eine Fälschung oder echt ist.«

»Ich hoffe, es ist echt. Das wäre so cool.« Emily strahlte förmlich. In Rastuns Kopf entstand das Bild von Karens Tochter, die in fünfzehn Jahren in ihre Fußstapfen treten und für die FUBI arbeiten würde.

»Wenn es echt ist, müssen wir einen besseren Namen dafür finden«, sagte Ehrenberg. »Echsenwesen ist einfach zu einfallslos.«

»Ich nehme an, dass derjenige, der dieses Video gemacht hat, in der Nähe ist, sonst hätten Sie uns nicht angerufen«, sagte Rastun.

»Das ist wahr. Der Name des Mannes ist Phil Welsh. Er wohnt außerhalb von Bishopville, etwa neunzig Meilen von Ihrem Standort entfernt.«

»Haben Sie seine Adresse?«

»Ja. Natürlich hat Welsh gesagt, dass er uns die Leiche nur überlässt, wenn wir ihm die Hunderttausend zahlen.«

Rastun runzelte die Stirn. »Sie haben nicht wirklich zugestimmt, oder?«

»Roland Parker hat zugestimmt, es aus seiner eigenen Tasche zu bezahlen«, antwortete Ehrenberg.

Rastun atmete verärgert aus. Er hatte gedacht, dass der milliardenschwere Philanthrop, der die FUBI mit aufgebaut hatte, mehr Verstand hätte. »Wenn sich herumspricht, dass Parker diesen Kerl bezahlt hat, wird uns jeder Verrückte mit einer Kamera Videos schicken, in denen er Geld dafür verlangt, dass er diesen oder jenen gefälschten Kryptiden sieht. Wenn wir so vorgehen, wie wir diesen Kerl bezahlen, werden wir bis zum Ende des Jahres Insolvenz beantragen können.«

»Machen Sie sich keine Sorgen. Er bekommt nur fünfundzwanzig Prozent des Geldes. Erst wenn Sie bestätigen, dass diese Kreatur echt ist, geben wir ihm den Rest.«

Rastun gefiel das immer noch nicht, doch Roland Parker war der Chef. Es war dessen Entscheidung, ob Rastun damit einverstanden war oder nicht.

»Es tut mir leid, wenn dies Ihre Reise ruiniert«, fügte Ehrenberg hinzu.

»Nein, alles in Ordnung«, entgegnete Rastun. »Der Marathon ist vorbei und wir wollten den Rest des Tages einfach nur entspannen.«

»Gut. Parker hat das Geld per Western Union überwiesen.« Ehrenberg gab ihm die Adresse ihres Büros in Pinehurst, dann die Adresse von Welsh.

»Ich werde das Geld abholen und so schnell wie möglich nach Bishopville fahren.«

»Du meinst, *wir* fahren nach Bishopville?«

Rastun sah Karen an. »Vergiss es. Du musst dich ausruhen.«

»Jack, komm schon.«

»Nein. Du bist genügend Marathons gelaufen, um zu wissen, wie viel es dich kostet und wie wichtig die Erholung ist. Sag mir, dass ich falschliege.«

Karen runzelte die Stirn. »Du hast nicht unrecht.«

»Ich kann mitkommen.« Emily strahlte ihn voller Erwartung an.

»Tut mir leid, Kleine. Ich brauche jemanden, der sich um deine Mutter kümmert.«

»Aww.« Emily schmollte.

Um ehrlich zu sein, wollte er nicht, dass ein 11-jähriges Mädchen ihn zu jemandem begleitete, der nach allem, was er wusste, verrückt sein könnte.

»Danke, dass Sie das machen, Jack«, sagte Ehrenberg. »Rufen Sie mich an, sobald Sie wissen, ob es sich um einen Scherz handelt oder nicht.«

»Alles klar, Doc.«

Rastun steckte sein Telefon ein. »Kommt schon. Ich bringe euch zwei zurück zum Hotel, besorge ein paar Vorräte und fahre dann nach Bishopville.«

Karen stieß sich langsam von der Stoßstange ab. »Viel Glück. Hoffentlich entpuppt sich das nicht als Scherz.«

»Das hoffe ich auch, sonst bin ich sauer.« Er biss sich auf die Zunge und blickte Emily an. »Ähm … wirklich sauer.«

4

Rastun warf einen Blick auf den leeren Beifahrersitz, als er auf der US1 nach Süden fuhr. Er würde Karen bei diesem Auftrag definitiv vermissen. Nicht nur, weil sie seine Freundin war. Sie waren im Einsatz ein gutes Team. Karen hatte sich als klug, einfallsreich und mutig erwiesen.

Auf der anderen Seite hatte er die Kontrolle über das Autoradio. Das hieß, er konnte den Heavy-Metal-Sender einstellen.

Neunzig Minuten, einhundert Meilen, Iron Maiden, Metallica, Lacuna Coil, Pantera und Trivium, so laut er wollte. Er war im Himmel.

Rastun hielt bei einem Wal-Mart an, um notwendige Vorräte zu kaufen, darunter ein Whetstone-Jagdmesser. Er hatte weder seine Glock noch andere Waffen mit auf die Reise genommen. Er hatte keine Ahnung, ob Phil Welsh ein netter Kerl oder ein Verrückter war. Wenn letzteres der Fall war, wollte er etwas haben, mit dem er sich verteidigen konnte.

Er rief auch Arthur Sherlock Dunmore an, einen ehemaligen Ranger und jetzigen stellvertretenden US-Marshal, dessen Hilfe sich als unschätzbar erwiesen hatte.

»Entschuldigen Sie, dass ich an einem Wochenende störe, aber ich brauche Informationen über einen Mann namens Phil Welsh. Er wohnt in Bishopville, South Carolina.«

»Was macht ihn so besonders?«

»Er hat der FUBI ein Video geschickt. Er behauptet, dass er das Echsenwesen erschossen hat.«

»Das Echsenwesen? Ernsthaft?«

»Deshalb schickt mich Randy nach Bishopville, um zu sehen, ob die Sache ernst ist.«

»Seeungeheuer, Bigfoot und jetzt Echsenwesen.« Sherlock gab ein Geräusch zwischen einem Grunzen und einem Kichern von sich. »Sie haben definitiv keinen normalen Job.«

»Normale Jobs werden überbewertet«, antwortete Rastun.

»Gibt es etwas Bestimmtes, das Sie von Welsh suchen?«

»Was immer Sie finden können. Ich will nur sehen, mit was für einem Typen ich es zu tun haben könnte.«

»Ich werde sehen, was ich finden kann und es Ihnen so schnell wie möglich zukommen lassen.«

Rastun hatte die Stadtgrenze von Bishopville erreicht und wippte mit dem Kopf zu »Hellraiser« von Motorhead, als Sherlock zurückrief.

»Keine Auffälligkeiten bei unserem Mann. Arbeitsloser Abschleppwagenfahrer. Zwei Töchter, beide im College-Alter. Seine Frau ist vor ein paar Jahren verstorben.«

»Vorbestraft?«

»Ein paar Strafzettel für zu schnelles Fahren. Außerdem wurde er vor ein paar Jahren wegen Trunkenheit und Ruhestörung vorgeladen. Das fällt mit dem Tod seiner Frau zusammen, kann ich also sogar verstehen.«

Rastun nickte. Welsh hörte sich nicht wie ein Serienmörder an. Nur ein Mann, der vom Glück verlassen war und zwei Mädchen hatte, die er wahrscheinlich gern aufs College schicken würde. Hunderttausend Dollar wären eine große Hilfe.

Dennoch würde Rastun nicht unvorsichtig sein.

Er fuhr durch die Stadt Bishopville und betrachtete ein Schild in der Innenstadt mit dem Gesicht eines knurrenden Reptils.

WILLKOMMEN IN BISHOPVILLE. DER HEIMAT DES BERÜHMTEN EIDECHSENMANNS.

Nun, das wäre nicht die erste Stadt, die einen ansässigen Kryptiden zur Förderung des Tourismus nutzen wollte.

Rastun fuhr in Richtung Westen. Die kleine Stadt verschwand schnell und wurde von Bäumen, vereinzelten Häusern und Ackerland abgelöst, das teilweise so aussah, als wäre es seit Jahren nicht mehr bestellt worden.

Sie haben Ihr Ziel erreicht, piepste das GPS.

Er starrte durch die Windschutzscheibe. Es als bescheidenes Haus zu bezeichnen, wäre noch nett. Ein Großteil der Holzverkleidung war abgeblättert oder verrottet. Ein Teil der Dachrinne baumelte vom Dach herab. Ein alter, verblichener, ehemals roter Pick-up stand in der schmutzigen Einfahrt. Das hohe Gras sah eher braun als grün aus. Die Südstaaten hatten einen relativ trockenen Frühling gehabt und litten nun unter einer Hitzewelle.

Er kontrollierte die Temperaturanzeige des Autos. Die Temperatur betrug 42 Grad.

Rastun stieg aus dem kühlen, klimatisierten Geländewagen und trat in die alles umhüllende Hitze. Er nahm einen langen Zug aus seiner Wasserflasche und ging auf das heruntergekommene Haus zu.

Ein Anflug von Mitleid durchfuhr ihn für Phil Welsh.

Es sei denn, es stellte sich heraus, dass es sich um einen Scherz handelte, dann würde sich diese Sympathie in Luft auflösen. Die ganze Zeit, die er mit der Fahrt hierher verbracht hatte, und die ganze Zeit, die er mit der Rückfahrt verbringen würde, war Zeit, die er mit Karen und Emily hätte verbringen können.

Er klopfte an die Tür.

»Ich komme«, rief eine Stimme von drinnen.

Die Tür öffnete sich. Ein korpulenter Mann mit schwarzem Haar und einem Bart stand vor ihm.

»Phil Welsh?«

»Der bin ich.«

»Jack Rastun, FUBI.« Jack zeigte ihm seinen Ausweis.

Die Augen von Welsh weiteten sich. »Jack Rastun? Sie sind der Typ, der das Seeungeheuer in New Jersey getötet hat.«

»Das ist richtig.«

»Verdammt, ich wusste nicht, dass man Sie schickt.« Welsh schüttelte Jacks Hand. »Kommen Sie rein, kommen Sie rein. Möchten Sie etwas? Ich habe ein paar Bier im Kühlschrank.«

»Nein, danke. Ich würde gern das Wesen sehen, von dem Sie uns erzählt haben.«

»Haben Sie mein Geld?«

Rastun nahm den kleinen Rucksack ab, den er auf seiner Reise hierher gekauft hatte. Er zog einen Geldbeutel heraus und reichte ihn Welsh. Der Mann öffnete ihn und schaute hinein.

»Das sieht nicht nach hunderttausend Dollar aus.«

»Sind es auch nicht«, sagte Rastun. »Es sind fünfundzwanzigtausend Dollar.«

Falten zeichneten sich auf Welshs Stirn ab. »Ich habe euch gesagt, wenn ihr das Echsenwesen wollt, will ich hunderttausend.«

»Wissen Sie, wie viele Videos die FUBI jeden Tag erhält? Wissen Sie, wie viele davon gefälscht sind? Meine Chefs haben mich hergeschickt, um zu bestätigen, dass Sie einen echten Kryptiden haben und nicht irgendeine Schaufensterpuppe, die Sie grün angemalt haben.«

»Vertraut mir, der ist echt.«

»Dann zeigen Sie es mir. Wenn es echt ist, bekommen Sie den Rest des Geldes. Wenn nicht, bin ich weg.«

Welsh seufzte und ließ die Schultern hängen. »In Ordnung. Abgemacht. Kommen Sie mit. Ich hab's im Schuppen.«

Rastun folgte ihm in den Hinterhof, nahm sein Handy heraus und drückte auf die Videofunktion. Er gab die Uhrzeit, das Datum und seinen Namen an.

»Ich bin bei Phil Welsh in der Nähe von Bishopville, South Carolina, um seine Behauptung zu überprüfen, dass er den als Echsenwesen bekannten Kryptiden von Scape Ore Swamp erschossen hat und im Besitz seiner Leiche ist. Hier spricht Mr. Welsh.« Rastun richtete das Telefon auf ihn.

»Ähm, hi.«

»Sie sagten, Sie bewahren die Leiche der Kreatur in Ihrem Schuppen auf?«

»Ja. Aber bevor Sie sie sehen, sollten Sie sich vielleicht das ansehen.« Er zeigte auf eine Vertiefung im trockenen Gras. Ein Fußabdruck. Ein verdammt großer Fußabdruck.

Rastun nahm den Abdruck auf Video auf und schoss dann mehrere Fotos. Bei einer Aufnahme stellte er seinen Fuß neben den Abdruck. Dann holte er ein Lineal aus seinem Rucksack, legte es neben den Fußabdruck und machte ein weiteres Foto. Wie alle Außendienstmitarbeiter der FUBI hatte auch Rastun an einem zweiwöchigen Intensivkurs an der FBI-Akademie in Quantico teilgenommen, in dem es um die Sammlung von Beweismitteln und die Untersuchung von Spuren ging.

Die Ausbilder hatten ihm unter anderem gesagt, er solle immer etwas verwenden, das den Maßstab des fotografierten Objekts zeigt.

»Die Länge des Fußabdrucks beträgt ungefähr dreißig Zentimeter«, sagte er, als er die Videoaufzeichnung wieder aufnahm. »Drei Zehen, eher klauenartig als abgerundet.«

Aus den Augenwinkeln bemerkte er etwas, einen Hügel in der Mitte des Rasens mit einem kleinen, weißen Kreuz.

»Wer ist dort begraben?«

»Mein Hund, Ozzie«, antwortete Welsh. »Das Ding hat ihn getötet.« Er schluckte. »Hat ihn in Stücke gerissen.«

»Tut mir leid.« Rastun nickte ihm wohlwollend zu. Er notierte sich außerdem, dass er den Hund möglicherweise für eine gerichtsmedizinische Untersuchung exhumieren müsste.

»Also … die Kreatur. Sie ist da drin?« Er zeigte auf einen Schuppen mit abblätternder Farbe und verrottendem Holz.

»Ja. Kommen Sie.«

Ein Gestank umgab den Schuppen, der an verrottendes Fleisch erinnerte. Als Welsh die Tür aufstieß, war der Gestank noch viel schlimmer.

Rastun hielt sich eine Hand vors Gesicht.

»Entschuldigung. Das Ding stinkt zum Himmel.«

»Und es in einem Schuppen aufzubewahren, wenn es draußen über vierzig Grad hat, ist nicht unbedingt hilfreich.« Rastun verzog das Gesicht.

»Ich weiß, aber ich wusste nicht, wohin damit. Ich wollte es auf keinen Fall im Haus aufbewahren.«

Rastun konnte ihm das nicht verübeln.

Er begann zu bezweifeln, dass es sich um einen Schwindel handelte. Die meisten Scherzkekse hatten nie in Betracht gezogen, den Geruch eines Kryptiden nachzubilden.

Er starrte den Schuppen an und zog eine Grimasse. *Schluck es runter, Jack. Wenn du die Tränengaskammer in der Armee überstehen kannst, dann kannst du auch das hier überstehen.*

Rastun näherte sich der Tür. Der üble Geruch überwältigte ihn beinahe. Seine Nasenlöcher brannten. Übelkeit bedrängte seinen Magen.

Ich glaube, ich wäre lieber in der Tränengaskammer.

Er kämpfte gegen den Brechreiz an und betrat den Schuppen.

Die Kreatur lag aufgedunsen vor ihm, der Torso war mit getrocknetem Blut bedeckt. Die Haut war dunkelgrün, ähnlich der eines Alligators. Der Kopf erinnerte ihn an den eines Leguans … wenn der Leguan seine Augen vorn statt an den Seiten hätte … und wenn er messerscharfe Zähne hätte.

Rastun bewegte die Videokamera seines Handys langsam an dem Körper auf und ab und machte dann mehrere Fotos.

Die Beine ähnelten denen eines Velociraptors, nur dicker, und endeten in krallenbewehrten, dreizackigen Füßen. Genau wie der Fußabdruck draußen.

Auch die Hände endeten in Krallen. Scharfe Krallen. Er erinnerte sich an einen von Ehrenbergs Krypto-Kursen, wo erzählt wurde, dass das Echsenwesen angeblich mehrere Fahrzeuge in Lee County beschädigt hatte. Solche Klauen sahen danach aus, als könnten sie die dünnen Metallkarosserien von Autos und Lastwagen aufreißen.

Und was sie erst aus menschlichem Fleisch machen könnten.

Er setzte die Videoaufnahme fort und legte sein Handy auf den Boden. »Ich werde eine praktische Untersuchung durchführen, um festzustellen, ob diese Kreatur echt ist oder eine Puppe.«

Rastun nahm ein Paar Latexhandschuhe aus seinem Rucksack und zog sie an. Draußen hustete Welsh und schaute zu.

Rastun kniete nieder und verzog das Gesicht wegen des üblen Gestanks. Er winkte eine Wolke von Fliegen weg und legte eine Hand auf die Brust der Kreatur. Seine Ausbilder in Quantico würden ihn wahrscheinlich ausschimpfen, weil er Beweise gefährdete, aber dies war keine Mordermittlung, und seine Hände auf dieses Ding zu legen, war die einzige Möglichkeit zu beweisen, ob es echt war oder nicht.

Rastun drückte darauf und fuhr dann mit den Händen über Brust, Nacken, Schultern und Seiten. Schock und Erregung durchfuhren ihn gleichzeitig. Er fühlte kein Gummi oder Plastik oder das Metall eines Reißverschlusses. Er fühlte raues, schuppiges Fleisch.

Als Nächstes sah er sich die Blutflecken an. Er hatte genügend Schusswunden gesehen, um zu wissen, dass diese nicht mit einer Dose Sprühfarbe gemacht worden waren.

Rastun nahm das Lineal, hielt es neben die Füße, Hände und die Schnauze der Kreatur und machte Fotos. Dann legte er sich daneben und ließ Welsh ein Foto machen.

»Wie sieht das aus?« Er zeigte Rastun das Bild.

»Sieht gut aus.«

Die Kreatur war über zwei Meter groß und ließ Rastun im Vergleich dazu wie einen Zwerg aussehen. Nicht, dass er jemals ein großer Kerl gewesen wäre. Die Medien nannten ihn gern einen Actionhelden aus dem echten Leben. Im Gegensatz zu Hollywoods Actionhelden war Rastun nicht über zwei Meter groß, hatte kein kantiges Kinn und pralle Muskeln. Er war 1,70 m und wog etwa 75 Kilogramm. Ein recht schlanker, sehniger Mann von 75 Kilogramm.

Er hat in der Vergangenheit schon oft bewiesen, dass seine Größe ihn nicht weniger tödlich machte.

»Und?« Welsh sah besorgt aus.

»Nun, es sieht so aus, als würden Sie den Rest Ihres Geldes bekommen.«

Ein breites Grinsen fuhr über Welshs Gesicht.

Sie gingen zurück ins Haus, wo Rastun ihn am Küchentisch befragte. Welsh erzählte alles, was in der Nacht geschah, als er das Echsenwesen erschoss, einschließlich der Laute, die dieses von sich gab.

»Es war wie, ich weiß nicht, eine Kombination aus Rülpsen, Knurren und Zischen. Wirklich seltsames Zeug.«

Interessante Beschreibung. Rastun steckte sein Handy weg. »Ich denke, das sollte genügen. Ich werde die FUBI-Zentrale anrufen. Sie sollten in ein oder zwei Tagen ein Team hierher schicken.«

»Zusammen mit meinem Geld?«

»Sie werden Ihr Geld bekommen, Mister Welsh. Das ist eine ziemlich bedeutende Entdeckung. Es wäre schön gewesen, das Exemplar lebend zu bekommen.«

Welsh unterbrach ihn. »Hey, das Ding kam auf mich zu. Sollte ich einfach dasitzen und mich in Stücke reißen lassen, so wie es das mit Ozzie getan hat?«

Rastun hob seine Hände in einer beruhigenden Geste. »Ich stelle Ihr Handeln nicht infrage. Glauben Sie mir, ich bin schon vielen Menschen begegnet, die in Büros sitzen und meinen, sie wüssten besser, wie man sich in einem Feuergefecht verhält als ich. Nach allem, was Sie mir erzählt haben, war das ein gerechtfertigter Schuss.«

»Verdammt richtig, das war es.«

Rastun stand auf und schüttelte Welsh die Hand.

»Vielen Dank für Ihre Zeit, Mister Welsh. Wie ich schon sagte, wird in ein oder zwei Tagen ein Team hier sein, um die Leiche der Kreatur abzuholen.«

»Sie sollten sich auch in der Gegend umsehen.«

»Warum das?«

»Nachdem ich das Ding erschossen hatte, hörte ich noch mehr dieser seltsamen Knurrgeräusche aus dem Feld. Ich glaube, das Monster, das ich getötet habe, hat Familie und Freunde.«

5

Vielleicht bin ich paranoid.

Welsh starrte aus dem hinteren Fenster, die Schrotflinte in der Hand. Im Schein des Verandalichts konnte er erkennen, dass der Schuppen noch genauso aussah wie bei seiner letzten Kontrolle vor zwanzig Minuten.

Er ging zurück ins Wohnzimmer. Der Fernseher war an, aber er schenkte ihm kaum Beachtung. Alles, woran er denken konnte, war sein großer Tag morgen. Jack Rastun und das FUBI-Team würden ihm den Rest seines Geldes für das Echsenwesen geben. Endlich könnte er der Welt davon erzählen. Reporter würden ihn interviewen. Er würde wahrscheinlich in Talkshows auftreten. Bezahlten die ihre Gäste?

Du kannst mir glauben, dass ich Geld bekommen werde.

Er fragte sich, ob er einen Buchvertrag wie Jack Rastun bekommen könnte. Welsh hatte ein paar Interviews mit ihm gesehen, in denen er über Warriors and Monsters: The Jack Rastun Story« sprach, das auf der Bestsellerliste der New York Times stand. Welsh war kein großer Leser und schon gar kein Schriftsteller. Aber diese Verleger würden wahrscheinlich einen echten Schriftsteller für sein Buch engagieren. Solange er seinen Anteil bekam, war das für ihn in Ordnung.

Er starrte auf das Telefon und überlegte, ob er Chloe und Vanessa anrufen und ihnen die große Neuigkeit mitteilen sollte. Nein. Rastun hatte ihm gesagt, er solle die Sache geheim halten.

»Wenn man anfängt, den Leuten ein Geheimnis zu verraten, gibt es keine Garantie, dass sie es nicht weitererzählen«, hatte er gesagt.

Ein guter Rat, vor allem für die Jugend von heute. Sie wussten nicht, wie man den Mund hält. Sobald sie etwas sahen oder hörten, plapperten sie es sofort auf Instagram oder Twitter in die Welt hinaus. Stattdessen würde er seine Töchter mit dicken fetten Schecks überraschen und ihnen zeigen, dass ihr alter Herr kein erbärmlicher Verlierer war.

Welsh ging in die Küche, um sich ein Bier zu holen. Er blieb am Kühlschrank stehen und ging dann zum Fenster. Wieder sah alles gut aus mit dem Schuppen.

Er schnappte sich ein Bier und nahm einen langen Zug. Er stellte sich all die Dinge vor, die er mit dem Geld, das er bekommen würde, tun könnte. An erster Stelle stand, seinen Töchtern das Studium zu finanzieren. Danach ein neues Haus für ihn. Er wollte auch einen neuen Hund. Ozzie war manchmal eine Nervensäge aber trotzdem ein guter Hund gewesen. Vielleicht konnte er dieses Mal …

Ein lauter Knall erschütterte die Wände.

Welsh schwang herum und verschüttete etwas Bier.

Ein weiterer Schlag erschütterte das Haus.

Er stellte sein Bier auf die Spüle und holte die Flinte. »Wer ist da?«

Keine Antwort.

Sein Herz schlug heftig, als er aus dem Fenster schaute. Draußen war niemand zu sehen. Der Schuppen sah gut aus.

PENG!

Welsh zuckte zusammen. Seine Hände zitterten. Wieder blickte er auf den Schuppen.

Diesem Monster darf nichts zustoßen.

Er holte schnell Luft und ging zur Tür. Er griff nach dem Knauf und versuchte, seine Hand zu zwingen, nicht mehr zu zittern.

Doch das klappte nicht.

Welsh griff nach dem Knauf, holte tief Luft und schwang die Tür auf. Er stürzte nach draußen.

»Hey! Umdrehen und …«

Die riesige, dunkle Gestalt drehte sich um. Welsh konzentrierte sich auf die glühenden, blutroten Augen.

Er entsicherte die Schrotflinte.

Etwas schlug gegen seinen Rücken. Schmerz schoss durch seinen Körper. Er stürzte von der Treppe und schlug auf dem Boden auf. Welsh schrie. Er konnte die Schrotflinte in seinen Händen nicht mehr spüren. Er rollte sich auf den Rücken. Der Schmerz zerschnitt seine Eingeweide. Er schloss die Augen und biss die Zähne zusammen. Was zum Teufel hatte ihn getroffen?

Welsh zwang sich, seine Augen zu öffnen. Eine weitere große Gestalt beugte sich über ihn. Er öffnete den Mund, um zu schreien, doch spitze Zähne bohrten sich in Phil Welshs Kehle, bevor er einen Laut von sich geben konnte.

6

»Sie haben nicht gescherzt, als Sie sagten, der Kerl lebt am Arsch der Welt.«

Rastun sah zu Ehrenberg hinüber, der aus dem Fenster ihres Suburban starrte, als sie die Landstraße hinunterfuhren. Nur Felder und Bäume begleiteten sie. Das letzte Haus, das sie passierten, lag zwei Meilen hinter ihnen.

»Ich glaube, manche Leute mögen wirklich ihre Ruhe«, sagte Karen.

»Er sollte es genießen, solange es noch geht.« Rastun wusste, dass die Medien nach Bishopville strömen würden, sobald die FUBI bekannt gab, dass sie die Leiche des Echsenwesens hatten. Welsh konnte sicher sein, dass man ihm Kameras und Mikrofone ins Gesicht halten würde.

Er warf einen Blick in den Rückspiegel und sah Karen an. Sie wirkte ein wenig erschöpft, nicht nur, weil sie vor zwei Tagen einen Marathon gelaufen war. Sie war mit Emily zurück nach Virginia geflogen, um sie bei den Eltern ihrer besten Freundin aus der Jugendfußballmannschaft abzusetzen, und dann mit dem Rest der FUBI-Expedition ins nahe gelegene Columbia geflogen.

Er wusste jedoch, dass Karen es durchstehen und ihre Arbeit machen würde.

Rastun überprüfte das GPS. Sie waren noch eine Meile von Welshs Haus entfernt. Er aktivierte das Freisprechtelefon. Sein erster Anruf bei Welsh, als sie Columbia verlassen hatten, ging auf den Anrufbeantworter.

Das galt auch für diesen Anruf.

»Mister Welsh, hier ist Jack Rastun. Sind Sie da?« Er wartete ein paar Sekunden, doch niemand nahm ab.

»Wir sind nur ein paar Kilometer von Ihrem Haus entfernt. Wir sollten in Kürze da sein.« Rastun legte auf.

»Man sollte meinen, dass der Kerl in freudiger Erwartung zu Hause ist«, sagte der kleine, hagere hispanische Mann, der neben Karen saß. Alfonso Herrera, ein ehemaliger Feldwebel der Army Rangers. Rastun hatte mit ihm einen Einsatz in Afghanistan absolviert und ihn als Sicherheitsspezialisten angeheuert. Ein weiterer Mann saß ganz hinten, noch kleiner als Herrera. Norgay, ein Nepalese, der 22 Jahre bei den Gurkhas gedient hatte. Rastun kannte den Ruf dieser Gruppe von Soldaten, die Großbritannien seit fast 200 Jahren dienten. Ihn zu engagieren, war ein Kinderspiel gewesen.

Rastun fuhr in die unbefestigte Einfahrt von Welshs Haus ein. Hinter ihm hielt ein Miettransporter mit Pete McClure, einem weiteren Sicherheitsspezialisten, der Kompaniechef in der 82. Airborne gewesen war, und Dan Plank, einem Absolventen der American University und angehendem Ermittler. Der Transporter hatte eine Gefriertruhe zur Konservierung der Leiche des Echsenwesens geladen.

»McClure. Norgay. Sichern Sie das Gebiet«, befahl Rastun.

»Ja, Sir«, antwortete McClure.

Rastun erwartete keinen Ärger im Hinterland von South Carolina. Doch nach den Ereignissen bei der Searaptor-Expedition wusste er, dass es Leute gab, die bis zum Äußersten gehen würden, um einen Kryptiden in die Finger zu bekommen. Er wollte nicht noch einmal unvorbereitet in so eine Situation geraten.

»Stellen Sie sicher, dass Sie alle Ihre Masken haben.« Ehrenberg hielt eine weiße chirurgische Gesichtsmaske hoch. »Nach dem, was Jack gesagt hat, ist dieser Kryptide ziemlich übel zugerichtet, wahrscheinlich noch mehr, weil er ein paar Tage in diesem Schuppen und dieser Hitze war.«

Herrera verzog angewidert das Gesicht. »Jetzt freue ich mich wirklich darauf.«

Rastun sah sich das Haus an. Hoffentlich würde das Geld, das Welsh bekam, ihm helfen … »Warten Sie.« Seine linke Hand schnellte nach oben. Alle blieben stehen.

»Was ist?«, fragte Ehrenberg.

»Das Fenster dort ist kaputt.« Rastun zeigte darauf.

Ein paar Meter von dem zerbrochenen Fenster entfernt lag ein DVD-Player im Gras.

»Was zum Teufel ist hier passiert?«, fragte Karen.

»Ich bezweifle, dass es etwas Gutes ist. Herrera, Sie kommen mit mir. Alle anderen bleiben hier. Halten Sie die Kommunikation offen.«

Rastun zog seine Glock und ging auf das Haus zu. Herrera war ein paar Schritte hinter und rechts von ihm, ebenfalls mit gezogener Pistole. Welsh war nicht an sein Telefon gegangen. Ein DVD-Player war aus dem Fenster geworfen worden. Könnte es sich um einen Raubüberfall handeln? Könnte der Räuber oder die Räuber noch hier sein?

Er wies Herrera den Weg zur Haustür, während er sich dem Fenster näherte. Rastun spähte hinein.

Das Wohnzimmer war ein einziges Durcheinander. Lampen, Möbel und Bilderrahmen lagen verstreut auf dem Boden. Er sah zu Herrera, der den Türknauf drehte.

»Es ist abgeschlossen.«

Rastun schlug das restliche Glas des Fensters mit dem Kolben seiner Pistole weg. Er kletterte hinein und stand schnell auf, die Glock im Anschlag. Wenn noch jemand im Haus wäre, hätte er das zerbrechende Glas gehört.

Herrera folgte ihm. Mit Handzeichen wies Rastun ihn an, die linke Seite des Hauses zu durchsuchen.

Sofa- und Sesselkissen waren zerrissen. Füllmaterial bedeckte den Boden wie dicke Schneehäufchen. Ein kaputter Fernseher stand an der Wand.

Rastun ging in die Küche. Die Kühlschranktür war offen. Bei einigen Schränken waren die Türen abgerissen. Kisten, zerbrochenes Glas, und Lebensmittel lagen auf dem gefliesten Boden herum.

»Wohnzimmer und Küche sind sauber«, funkte Rastun. »Völlig verwüstet, aber sauber.«

»Das Gleiche gilt für das Schlafzimmer und das Bad«, antwortete Herrera.

»Verstanden. Ich werde den Hinterhof überprüfen.«

Die hintere Tür lag auf dem Boden, mit einer großen Delle in der oberen Hälfte.

Rastun spähte durch den offenen Rahmen.

»Hinterhof sauber.«

Er wollte gerade nach draußen gehen, als er innehielt.

Sein Blick blieb auf einem großen roten Fleck im Gras hängen.

Blut.

»Herrera.«

»Hier, Sir.«

»Wir haben Blut im Hinterhof. Eine Menge. Kommen Sie hierher.«

»Bin auf dem Weg.«

Rastun bemerkte eine Blutspur im Gras. Sie endete beim Schuppen.

»Doc?«, funkte er an Ehrenberg.

»Hier, Jack.«

»Rufen Sie 9-1-1. Sieht aus, als hätten wir eine ernste Situation.«

»Ich kümmere mich darum.«

Als Herrera eintraf, folgten sie der Blutspur zu dem Schuppen. Eine der Türen war aus den Angeln gehoben. Sie schwankte leicht im Wind und knarrte bei jeder Bewegung. Rastun erwartete, dass sie jeden Moment herunterfallen würde.

Er schlich an der Tür entlang und lauschte auf Geräusche von drinnen. Aber alles war still.

Er holte tief Luft und schwang sich halb um die Tür, die Glock erhoben.

Das Echsenwesen war verschwunden.

Ein anderer Körper hatte seinen Platz eingenommen: der zerfetzte, blutige Körper von Phil Welsh.

7

»Wer könnte herausgefunden haben, dass die Leiche vom Echsenwesen hier lag?« Ehrenberg lehnte mit verschränkten Armen gegen den Kühlergrill des Suburban. »Wir haben alle möglichen Vorsichtsmaßnahmen getroffen, um diese Entdeckung geheim zu halten.«

Rastun stieß einen scharfen Atemzug aus, während er das Haus anstarrte. »Ich gebe es nur ungern zu, aber vielleicht haben wir ein weiteres Leck in der FUBI.« Er hoffte, dass das nicht der Fall war. Es war mühsam gewesen, nach der Seeräuber-Expedition alle Maulwürfe von Gunderson ausfindig zu machen. Er hatte keine Lust, das noch einmal zu tun.

»Meine Güte«, sagte Herrera. »Ich glaube nicht, dass ich jemals jemanden gesehen habe, der so zugerichtet war wie der arme Kerl, und ich habe in Afghanistan einige ziemlich üble Sachen gesehen. Ich meine, wenn jemand das Echsenwesen haben wollte, warum hat er ihm nicht einfach einen Schlag auf den Kopf verpasst und das verdammte Ding weggeholt?«

Rastun antwortete nicht. Er starrte auf das Gras und dachte an Welsh. Wie Herrera hatte er in seiner Armeezeit alle Arten von Verstümmelungen gesehen. Menschen mit aufgerissenen Mägen und Brustkörben oder von Kugeln oder Schrapnellen zerfetzte Gesichter. Er hatte Eingeweide gesehen, die auf dem Boden lagen, und Männer, die mit herausgerissenem Kiefer zu schreien versuchten.

Der Tod von Welsh war genauso grausam wie die, die er im Irak und in Afghanistan gesehen hatte. Aber während diese durch Gewehre, Granaten und Bomben verursacht worden waren, schien das, was hier geschehen, eher … animalisch zu sein.

Karen machte Fotos von den Expeditionsmitgliedern und dem Haus von Welsh. Rastun nahm an, dass sie sich damit ablenken wollte, bis die Cops eintrafen.

Wenige Minuten später näherte sich ein weißes Auto mit schwarz-goldenen Verzierungen, gefolgt von einem zweiten. Sie stoppten hinter den FUBI-Fahrzeugen. Zwei Beamte des Lee County Sheriffs stiegen aus, einer groß und schwarz, der andere mittelgroß und weiß.

»Seid ihr die Monsterjäger?«, fragte der große Kerl.

»Sind wir. Doktor Randy Ehrenberg.« Er schüttelte die Hand des Polizisten.

»Deputy Clay. Das ist Deputy Wills. Der Detective und die Tatorttechniker sollten bald hier sein. Ich muss fragen, ob jemand im Haus war?«

»Das wären dann wir beide.« Rastun deutete auf sich und Herrera. »Wir sahen, dass das Innere verwüstet war und kletterten durch ein Fenster, um zu sehen, ob jemand verletzt war. Wir haben auch den Hinterhof und den Schuppen überprüft. Dort haben wir Mister Welsh gefunden.«

Clay nickte. »Okay. Wir müssen den Tatort absichern. Sagen Sie dem Detective, dass Sie dort durchgegangen sind.«

»Das werde ich.«

Die Hilfssheriffs gingen an ihm vorbei auf das Haus zu. Rastun hörte, wie Wills murmelte: »Zivilisten trampeln durch einen Tatort. Blefary wird einen Nervenzusammenbruch erleiden, wenn er das hört.«

Er stöhnte. Das klang nicht beruhigend.

Die Hilfssheriffs waren noch dabei, das Grundstück mit gelbem Absperrband zu sichern, als zwei weitere Fahrzeuge des Sheriffs ankamen. Aus einem stiegen ein Mann und eine Frau, die sperrige silberne Koffer trugen. Tatorttechniker, vermutete Rastun. Ein großer dunkelhäutiger Mann stieg aus dem zweiten Fahrzeug. Er schien Mitte bis Ende vierzig zu sein, etwa 1,80 m groß und mit einem dicken Bauch. Sein Gesicht war steif, er lächelte nicht. Er sah aus wie jemand, der in seinem ganzen Leben noch nie gelächelt hatte.

»Sie sind von der FUBI?«, fragte er mit rauer Stimme.

»Das sind wir.« Ehrenberg schenkte ihm sein typisches breites Lächeln. »Dr. Randy Ehrenberg. Es ist mir ein Vergnügen, Sie kennenzulernen.« Er streckte seine Hand aus.

Der große Mann starrte sie einen Moment lang an, dann schüttelte er sie kurz. »Detective Bruce Blefary.« Er zog ein Notizbuch hervor und notierte die Namen aller Beteiligten. »Also, wer hat die Leiche von Welsh entdeckt?«

»Ich und Herrera«, antwortete Rastun.

»Um wie viel Uhr war das?«

»Gegen halb zwölf.«

»Warum interessieren sich ein paar Monsterjäger so sehr für einen Kerl, der auf dem Land lebt?« Blefary hielt inne. »Sagen Sie es mir nicht. Phil Welsh hat das Echsenwesen gefunden.«

Ehrenberg rieb sich den Nacken. »Nun, eigentlich …«

Der Ausdruck auf Blefarys Gesicht wurde noch härter. »Wollt ihr mich verarschen?«

»Auf keinen Fall.« Ehrenberg schüttelte den Kopf. »Mister Welsh hat uns ein Video gemailt, auf dem er behauptete, dass es sich um die Leiche des Echsenwesens handelt. Jack war zufällig in der Nähe, also habe ich ihn hierher geschickt, um es zu überprüfen.«

Blefary wandte sich an Rastun. »Wann war das?«

»Vor ein paar Tagen.«

»Und war es ein echtes Monster oder ein Typ im Anzug?«

»Es war echt.«

»Mm-hmm.« Blefary klang, als würde er es nicht glauben. »Und wo hat Welsh dieses Ding aufbewahrt?«

»In einem Schuppen in seinem Hinterhof.«

»Ist es jetzt dort?«

»Nein«, antwortete Rastun. »Jemand hat den Kadaver genommen.«

»Natürlich.« Blefary kritzelte in sein Notizbuch. »Hat jemand eine Ahnung, wer es genommen hat?«

Alle antworteten: »Nein.«

Blefary wandte sich wieder an Rastun. »Sind Sie sicher, dass das Ding echt war?«

»Ich habe es gefühlt und mir die Einschusslöcher angesehen …«

»Einschusslöcher?«

»Mister Welsh behauptete, die Kreatur habe ihn angegriffen, also hat er sie erschossen.«

Blefary schlug sein Notizbuch gegen seinen Oberschenkel. »Da ballert ein Typ angeblich ein Monster weg, stopft es in seinen Schuppen und Sie denken nicht daran, die Cops zu rufen?«

»Wir haben uns mit unserer Rechtsabteilung beraten«, schaltete sich Ehrenberg ein. »Alles deutet darauf hin, dass Mister Welsh in Notwehr gehandelt hat. Das Tier, auf das er geschossen hat, stand nicht auf der Liste der gefährdeten Arten, da seine Existenz bis heute nicht bewiesen ist. Und in Anbetracht dessen, was während unserer Expeditionen passiert ist, hielten wir es für das Beste, die Sache unter Verschluss zu halten.«

»Dachten Sie?«, bellte Blefary. »Für wen zum Teufel halten Sie sich eigentlich? Sie sind keine Gesetzeshüter. Sie sind nicht einmal eine offizielle Bundesbehörde. Sie sind Zivilisten. Zivilisten, die ihr Wissen über kriminelle Aktivitäten vielleicht für sich behalten haben!«

»Nun mal langsam, Detective.« Ehrenberg hielt beruhigend eine Hand hoch. »Wie ich schon sagte, haben wir mit den Anwälten der FUBI alles überprüft, und sie konnten keine Beweise dafür finden, dass Mister Welsh ein Verbrechen begangen hat.«

»Natürlich würde ein verdammter Anwalt das behaupten. Sagen Sie mir wenigstens, dass Sie keine Beweise manipuliert haben.«

»Wir haben versucht, das nicht zu tun«, sagte Rastun.

Blefarys Kopf drehte sich zu ihm um. »Was meinen Sie mit *Sie haben versucht, es nicht zu tun*?«

»Als ich durch das Fenster schaute und das verwüstete Wohnzimmer sah, kletterte ich mit Herrera hinein und durchsuchte das Haus.«

Wut flammte in Blefarys Augen auf. Rastun spürte, dass eine Eruption bevorstand.

Ehrenberg versuchte, sie abzuwehren. »Detective, bitte. Jack hat mir erklärt, er sei nur reingegangen, um zu sehen, ob jemand verletzt sein könnte. Eine ziemlich logische Annahme angesichts des Zustands des Wohnzimmers. Ich bin sicher, die Cops hätten das Gleiche getan. An erster Stelle stehen doch die Sicherheit und das Wohlergehen der Menschen, oder?«

Rastuns Blick wanderte zwischen Ehrenberg und Detective Blefary hin und her. Der Kryptozoologe hatte ein Talent dafür, angespannte

Situationen mit seiner lockeren Art und gut gewählten Worten zu entschärfen.

»Sie haben recht, Doktor. Die Cops hätten es getan. Nicht ungeschulte Zivilisten!«

Rastun runzelte die Stirn. »Ich würde uns nicht als untrainiert bezeichnen«, sagte er. »Herrera und ich sind ehemalige Army Rangers. Wir haben beide in Afghanistan gedient.«

»Wir sind nicht in Afghanistan und Sie sind keine Ranger mehr. Sie sind Zivilisten. Zivilisten, die einen Scheißdreck wissen, was zu tun ist, wenn sie an einen Tatort kommen!«

Karen starrte den Detektiv entgeistert an. Plank wich zurück und tat sein Bestes, um sich unsichtbar zu machen.

Rastun stand unbeeindruckt da. In seinen sechs Jahren in der Armee hatte er mit vielen Schreihälsen zu tun gehabt. Einige waren schlimmer als Blefary gewesen.

Blefary zeigte auf Karens Kamera. »Haben Sie irgendwelche Fotos von diesem Ort gemacht?«

»Ein paar.«

»Dann brauche ich diese Kamera als Beweismittel.« Er riss sie ihr aus der Hand.

»Was zum Teufel?«, schnappte Karen.

»Hey!« Rastun stapfte auf ihn zu. »Was soll das?«

»Zurück!« Blefarys freie Hand schwebte in der Nähe seines Holsters. »Zurück sofort!«

In diesem Moment schnappte sich Karen ihre Kamera zurück.

Blefary drehte seinen Kopf herum. Sein Gesichtsausdruck war eine Mischung aus Schock und Wut. »Lady, Sie mischen sich in eine polizeiliche Untersuchung ein.«

Karen zog ein kleines, hauchdünnes Objekt aus der Kamera und hielt es hoch. »Eine Speicherkarte. Darauf sind alle Bilder, die ich gemacht habe. Sie brauchen also nicht meine ganze Kamera.«

Sie warf ihm die Karte zu.

Blefary starrte Karen an. Sie sah nicht im Geringsten eingeschüchtert aus.

Der große Detektiv warf einen Blick auf den Rest des FUBI-Teams. »Ich möchte, dass Sie alle in der Gegend bleiben. Vielleicht habe ich später noch mehr Fragen an Sie.«

»Das wird kein Problem sein, Detective«, sagte Ehrenberg. »Die FUBI will, dass wir untersuchen, ob es noch mehr Kreaturen wie die gibt, die Phil Welsh getötet hat.«

Blefary runzelte die Stirn. »Stellen Sie nur sicher, dass Ihre Untersuchungen nicht meine Ermittlungen behindern.«

»Das würde mir im Traum nicht einfallen.«

Mit einem letzten finsteren Blick schlenderte Blefary in Richtung des Hauses davon. Rastun sah ihm nach und schüttelte den Kopf. Diese Operation würde offensichtlich nicht einfach werden.

8

Alex Cassian richtete sich ruckartig im Bett auf. Er war schweißgebadet. Er rieb sich das Gesicht, die Haare seines dichten braunen Bartes kratzten an seinen Handflächen.

Es war wieder der Albtraum, der ihn seit seiner Kindheit verfolgte.

Er glitt aus dem Bett und schlurfte durch sein Wohnmobil, versuchte, die schrecklichen Bilder aus seinem Kopf zu verdrängen. Das war gar nicht so einfach. Wie könnte man so etwas vergessen?

Cassian zog für seine morgendliche Joggingrunde eine kurze Hose und ein T-Shirt an. Er stellte sicher, dass er seine Smith & Wesson SD40 dabeihatte. Er befand sich in einer abgelegenen Gegend von Georgia. War das Tragen der Waffe in diesem Staat legal? Doch wen kümmert das schon? Es gab gefährliche Menschen und Dinge in dieser Welt. Cassian wusste das aus erster Hand. Er würde verdammt sein, wenn er seine Sicherheit irgendeinem waffenhassenden Politiker anvertrauen würde.

Er ging den Waldweg hinunter. Bäume verdeckten die aufgehende Sonne. Die Luft war zwar nicht kühl, aber auch nicht heiß. Das würde sich in ein paar Stunden ändern.

Wann ist diese verdammte Hitzewelle endlich vorbei?

Er joggte sechs Meilen, bevor er zu seinem Wohnmobil zurückkehrte. Als Nächstes folgte der Rest seines morgendlichen Programms aus Liegestützen, Sit-ups und Klimmzügen an einem stabilen Ast eines nahe gelegenen Baumes.

Danach duschte Cassian, aber nicht lange. Der Wassertank war fast leer. Er musste ihn wieder auffüllen. Heute.

Nachdem er sich abgetrocknet und umgezogen hatte, holte er ein Fertigfrühstück aus dem kleinen Gefrierschrank und warf es in den Mikrowellenofen. Während er darauf wartete, dass sein Essen aufgewärmt wurde, kamen ihm die Bilder des Albtraums wieder in den Sinn.

Würde es jemals ein Ende haben?

Vielleicht, wenn er seinen Auftrag erfüllte.

Aber was, wenn das nicht genügte?

Das spielte keine Rolle. Sie müssen zahlen.

Er saß an dem U-förmigen Tisch, schaufelte sich Rühreier und Würstchen in den Mund und blickte auf seinen Laptop. Er suchte auf verschiedenen Nachrichtenseiten nach mysteriösen Todesfällen oder dem Verschwinden von Politikern, Wissenschaftlern oder Wahrheitssuchern wie ihm. Nichts. Dasselbe galt für UFO-Sichtungen oder Tierverstümmelungen im Süden. Er fand einen Bericht über einen SpaceX-Start, der wegen technischer Probleme abgebrochen wurde.

Von wegen technische Probleme.

Cassian wusste, dass sie die Erforschung des Weltraums durch den Menschen sabotiert hatten. Sie beendeten die Mondlandungen und legten die Space-Shuttle-Flotte still, weil beide Programme eine potenzielle Bedrohung darstellten.

Vielleicht sollte er zum SpaceX-Hauptquartier in Kalifornien gehen, um zu sehen, was er herausfinden könnte. Aber er hasste es, den Süden zu verlassen. Dies war das Zentrum ihrer Aktivitäten. Er war so nah dran, die Wahrheit aufzudecken, ihre Operation zu zerstören. Er konnte es fühlen.

Cassian tippte Nachrichten für South Carolina in die Suchmaschine ein und suchte speziell nach außergewöhnlichen Meldungen, die Lee County betrafen.

Seine Augen weiteten sich bei der Schlagzeile: FUBI ENTSENDET »TOP TEAM« UM EIDECHSENMANN ZU UNTERSUCHEN.

Er beugte sich vor und las den Artikel.

(Bishopville, SC) Sie erlangten Berühmtheit, als sie im vergangenen Jahr den tödlichen Amoklauf des Searaptors in New Jersey beendeten. Jetzt

haben der Kryptozoologe Dr. Randy Ehrenberg, der Sicherheitsexperte Jack Rastun und die Fotografin Karen Thatcher ein weiteres potenziell gefährliches Monster zu untersuchen.

Offizielle der Foundation for Undocumented Biological Investigation bestätigten, dass die drei zusammen mit anderen FUBI-Mitarbeitern nach South Carolina geschickt wurden, um nach dem Echsenwesen von Scape Ore Swamp zu suchen. Dies geschieht zu einem Zeitpunkt, zu dem das Büro des Sheriffs von Lee County den Mord an einem 47-jährigen Mann westlich von Bishopville untersucht, der behauptete, den Körper der legendären Kreatur in seinem Besitz zu haben.

»Unser Mitarbeiter Jack Rastun befand sich zufällig im benachbarten North Carolina, als Mr. [Phil] Welsh uns über seinen Fund informierte«, so FUBI-Direktor Edward Lynch. »Wir schickten ihn zu Welshs Haus, und er bestätigte, dass die Leiche echt war.«

Als die FUBI-Mitarbeiter zwei Tage später an Welshs Wohnsitz eintrafen, entdeckten sie seine verstümmelte Leiche und keine Spur von der vermeintlichen Echsenwesen-Leiche. Die Ermittler des Sheriffs sagten, sie hätten noch keine Verdächtigen in Bezug auf den Mord an Welsh.

»Es besteht die Möglichkeit, dass weitere Kreaturen wie die, die Mr. Welsh angeblich getötet hatte, dort draußen sind«, sagte Lynch. »Wir wollen, dass unser Spitzenteam dort ist, um sie zu finden.«

Weder Lynch noch das Büro des Sheriffs von Lee County wollten sich dazu äußern, ob sie glauben, dass der Tod von Welsh durch eine dieser Kreaturen verursacht worden sein könnte.

Der Eidechsenmensch wird als halb menschliches, halb reptilienartiges Wesen beschrieben, das erstmals 1988 von einem örtlichen Teenager gemeldet wurde. Seitdem haben zahlreiche Menschen berichtet, dass die Kreatur in ganz Lee County gesehen wurde, und einige behaupten, dass sie für Schäden an ihren Fahrzeugen verantwortlich war.

»Nun, eine gute und eine schlechte Nachricht.«

Die gute Nachricht: Er hatte eine brauchbare Spur zu einem weiteren dieser Monster. Die schlechte Nachricht: Die FUBI war involviert. Sie hielten den Eidechsenmenschen für ein dummes Tier und versuchten, ihn am Leben zu erhalten. Sie hatten keine Ahnung von der Wahrheit hinter diesen Dingern und dass sie ausgerottet werden mussten.

Außer Jack Rastun. Er hatte den Searaptor getötet, der eines ihrer Experimente gewesen sein musste.

Cassian schlug die Hände zusammen, starrte auf den Bildschirm des Laptops und dachte nach. Könnte Rastun das gewusst haben? Führte er vielleicht seinen eigenen verdeckten Krieg gegen sie?

Er schaute zu seinem Bett und dachte an das versteckte Fach, in dem seine Trophäen lagen. Er lächelte bei dem Gedanken, eine weitere hinzuzufügen.

Und dieses Mal würde ihm kein Geringerer als Jack Rastun zur Seite stehen.

9

»Sieht so aus, als würde endlich Verstärkung eintreffen.« Rastun ging durch die Lobby der Bishopville Econo Lodge, als zwei Männer und zwei Frauen eintraten.

»Ja«, antwortete der große, muskulöse Mann mit dem kurzgeschorenen dunklen Haar und der Hornbrille. »Das zweite Mal in einem Jahr muss ich dafür sorgen, dass dich nicht irgendein Monster auffrisst. Das wird langsam lächerlich.«

»Ich bin gerührt von deiner Sorge.« Rastun klopfte Wendell »Geek« Hewitt auf die Schulter. »Trotzdem bin ich froh, dich hier zu haben.«

»Natürlich bist du das. Ohne einen verdammt guten Unteroffizier, der dich aus Schwierigkeiten heraushält, wärst du verloren.«

»Er braucht keinen Unteroffizier mehr, der ihn aus Schwierigkeiten heraushält. Er hat mich.« Karen schenkte Geek ein schiefes Grinsen.

»Dann werde ich wohl wieder nach Hause gehen.«

Karen kicherte und umarmte Geek.

Rastun wandte sich an den großen schwarzen Mann mit der kräftigen Statur. »Nett vom Marshal's Service, dich dafür freizustellen.« Er reichte Sherlock die Hand.

»Kein Problem. Dein Chef meinte, du könntest einen Verbindungsmann zur Polizei gebrauchen.«

»So wie diese Expedition begonnen hat, können wir jede Hilfe gebrauchen, die wir bekommen können.« Rastun war dankbar, dass die Hilfe in Form der beiden ehemaligen Unteroffiziere kam. Geek und Sherlock hatten jeweils zwei Jahrzehnte in der Armee verbracht, und Rastun hatte mit beiden Männern zusammen gedient. Er bezweifelte, dass er ohne sie die Searaptor-Expedition überlebt hätte.

»Hallo, Jack«, sagte eine der Frauen. Sie war schlank, hatte ein schmales, aber attraktives Gesicht und einen langen braunen Pferdeschwanz.

»Hallo, Petal.« Er zögerte ein wenig, bevor er den Namen aussprach. Es fühlte sich unnatürlich an, eine erwachsene Frau so zu nennen, aber es war kein Spitzname. Mr. und Mrs. Garland hatten ihre Tochter vor über dreißig Jahren tatsächlich Petal genannt. Sie war eine verdammt gute Biologin mit Abschlüssen von der UCLA und der University of Washington.

»Hatten Sie eine gute Reise?«, fragte er.

»Wir haben es sicher und gesund hierher geschafft, also würde ich es gut nennen.«

Rastun grinste und blickte an Petal vorbei zu der stämmigen Frau mit kurzen schwarzen Haaren und einem runden, intensiven Gesicht. »Wer ist der Neuling?«

»Sie ist meine Kollegin von Aster.« Geek bezog sich auf die Firma, für die er arbeitete und die Ausrüstung für das Militär und die Strafverfolgungsbehörden herstellte. »Alana Kurowski, das ist der einmalige Jack Rastun.«

»Es freut mich, Sie kennenzulernen, Sir.« Sie schüttelte seine Hand.

»Gleichfalls. Was machen Sie bei Aster?«

»Ich bin ein Feldtester, genau wie Geek.«

Rastun konnte an der Haltung der Frau sofort erkennen, dass sie ein ehemaliger Soldat war. »Welche Abteilung waren Sie?«

»Marine Corps. Vier Jahre.«

»MOS?« Er benutzte das Akronym für Military Occupation Specialty.

»Einundsechzig-sechzehn, Kipprotormechaniker.«

»Können Sie auf sich selbst aufpassen, wenn es brenzlig wird?«

»Ich bin ein Marine, Sir. Ich war in Afghanistan unter Beschuss und habe auf die Taliban-SOBs zurückgeschossen, die mich töten wollten.«

Rastun starrte sie ein paar Sekunden lang an, nickte und wandte sich wieder an Geek. »Ich mag sie.«

»Glaubst du, ich würde mit jemandem hierher kommen, der nie einen Fuß außerhalb seines Labors setzt? Sie wären ein leichter Snack für das Echsenwesen.«

Ehrenberg schürzte die Lippen und schüttelte den Kopf. »Ja, wir werden diesem Kryptiden definitiv einen neuen Namen geben müssen.«

»Ihr könnt einen Wettbewerb veranstalten. Derjenige, der den besten Namen findet, darf Jack auf seiner nächsten Expedition begleiten.« Geek starrte einen Moment lang an die Decke. »Ach nö, wenn man bedenkt, womit ihr euch herumschlagen müsst, sind ein FUBI-T-Shirt und ein Geschenkgutschein vielleicht die bessere Idee.«

Ehrenberg antwortete mit einem kurzen Lachen. »Nun, da Sie alle hier sind, können wir uns an die Arbeit machen.«

Rastun war bereit. Die Gruppe hatte einen Großteil des gestrigen Tages damit verbracht, Sichtungskarten des Echsenwesens zu studieren und Zeugen für Befragungen aufzuspüren. Die meisten ihrer Beschreibungen stimmten mit der Kreatur überein, die Phil Welsh erschossen hatte. Ein Mann hatte Jack und Karen ein Foto von einer verschwommenen, dunklen Gestalt zwischen Bäumen gezeigt, von der er schwor, dass es sich um das Echsenwesen handelte. Selbst mit Karens Fotobearbeitungsprogrammen hatten sie die Gestalt jedoch nicht mit Sicherheit identifizieren können. »Es könnte ein Bär, ein Jäger in Tarnkleidung oder ein Baumstumpf sein«, hatte Karen gesagt.

Sie betraten einen der Konferenzräume des Hotels, wo Plank den Computer für die Power-Point-Präsentation aufgestellt hatte. Als alle Platz genommen hatten, begann Ehrenberg.

»Das ist unsere Kreatur. Das Echsenwesen.« Er hielt eines der Fotos hoch, die Rastun von dem Kadaver gemacht hatte.

»Heilige Scheiße«, sagte Alana. »Das sieht aus wie etwas aus Star Wars.«

»Extraterrestrisch ist eine der Theorien, die sich darum ranken«, erklärt Ehrenberg. »Ich glaube, dass es eher auf der Erde entstanden ist, vielleicht ein evolutionärer Ableger der Dinosaurier.«

»Oder die evolutionäre Sackgasse für Dinosaurier.« Petal blickte die anderen an. »Viele Wissenschaftler glauben, dass sich die Dinosaurier aufgrund des Größenverhältnisses zwischen ihrem Gehirn und ihrem Körper nie zu einer intelligenten Spezies hätten entwickeln können.

Oder zumindest zu einer Intelligenz, die annähernd unserem Niveau entspricht.«

»Die Form des Kopfes«, Ehrenberg fuhr mit einem Finger über den Bildschirm, »deutet auf ein größeres Gehirn hin. Es könnte eine Sasquatch- oder Schimpanseninintelligenz haben, oder nahe daran.«

»Vielleicht.« Alana lehnte sich zurück und starrte immer noch auf das Bild der Kreatur. »Ich habe schon vom Jersey Devil und dem schrecklichen Schneemann gehört. Aber von diesem Echsenwesen habe ich noch nie gehört. Wann ist dieses Ding aufgetaucht?«

»Die erste dokumentierte Sichtung war im Sommer 1988«, antwortete Ehrenberg. »Ein Jugendlicher aus der Gegend wechselte gerade einen Reifen, als er behauptete, das Wesen habe ihn angegriffen. Wir hatten gehofft, ihn befragen zu können, aber es stellte sich heraus, dass er vor ein paar Jahren ermordet wurde, offenbar im Zusammenhang mit einem Drogendeal.«

»Was ist mit den anderen Zeugen, die Sie befragt haben?« Sherlock griff nach seinem Wasser.

»Ihre Beschreibungen kamen der Kreatur im Haus von Phil Welsh sehr nahe, und nach Jacks Inspektion des Kadavers gibt es wohl keinen Zweifel mehr an der Existenz des Echsenwesens. Jetzt müssen wir nur noch ein lebendes Exemplar finden.«

Sherlock sah über den Tisch hinweg zu Rastun. »Sie sind sicher, dass Welsh das nicht vorgetäuscht hat?«

»Wenn der Kadaver eine Fälschung wäre, würde Welsh nicht in einem heruntergekommenen Haus am Ende der Welt leben. Er würde eine Menge Geld als Special-Effects-Künstler in Hollywood verdienen. Er erzählte mir auch, dass er in der Nacht, in der er das Echsenwesen erschoss, noch mehr Zischen und Knurren um sein Haus herum gehört hatte. Er dachte, es gäbe noch mehr von ihnen da draußen.«

»Glaubst du, dass andere Echsenwesen Welsh getötet haben?«, fragte Geek.

»Wir wissen es nicht.« Rastun schüttelte den Kopf. »Aber wer auch immer oder was auch immer es war, es macht den Eindruck, dass sie Welsh fünfzigmal töten wollten.«

»Ja, der Captain übertreibt nicht«, fügte Herrera hinzu. »Der Typ wurde in Stücke gerissen.«

»Sasquatch bewegen sich in sozialen Gruppen«, sagt Petal. »Das ist bei Reptilien normalerweise nicht der Fall, obwohl es Hinweise darauf gibt, dass einige Dinosaurierarten, insbesondere die kleineren Fleischfresser, in Rudeln agierten. Es ist möglich, dass sich noch mehr Echsenwesen in der Gegend aufhielten, als Phil Welsh ein Rudelmitglied tötete.«

Ein zweifelnder Blick legte sich auf Sherlocks Gesicht. »Das klingt, als ob Sie von Rache sprechen, etwas, das Überlegung und Planung erfordert. Ich kenne keine Tiere, die dazu in der Lage wären.«

»Ganz im Gegenteil.« Petal faltete ihre Hände auf dem Tisch und sah den Marshal an. »Es gibt eine Studie des Max-Planck-Instituts für evolutionäre Anthropologie in Deutschland, die zeigt, dass, wenn ein Schimpanse einem anderen das Essen vom Tisch stiehlt, dieser andere Schimpanse absichtlich versucht, den Tisch des Diebes umzustoßen.«

»Es gibt auch Berichte über Angriffe von Schimpansen auf Menschen in Afrika, möglicherweise als Reaktion auf den Verlust ihres Territoriums«, fügte Ehrenberg hinzu. »Und die Geschichte eines Wilderers in Russland, der in den Neunzigerjahren einen Tiger anschoss. Der Tiger verfolgte ihn angeblich zwei Tage lang, zerstörte seine Hütte und tötete ihn.«

»Es ist also möglich, dass Welsh dasselbe passiert ist«, sagte Karen.

»Ja.« Ehrenberg nickte. »Es ist möglich.«

Rastun lehnte sich in seinem Stuhl zurück und starrte nachdenklich auf den Tisch. Er hatte im Laufe der Jahre schon andere Geschichten über die Rache von Tieren gehört. Hatten sie wirklich aus Rache gehandelt, oder war es vielleicht nur Selbsterhaltung? Er wusste es nicht. Niemand konnte die Gedanken eines Tieres lesen.

Aber Rastun würde diesen Gedanken nicht ganz von der Hand weisen. Kein Soldat, der etwas auf sich hielt, unterschätzte seinen Gegner. Vor allem, wenn dieser Gegner ein zwei Meter großes Reptil mit messerscharfen Klauen war.

»Das Erste, was wir tun müssen«, sagte Sherlock, »ist, mit dem Büro des Sheriffs zusammenzukommen und die Beweise zu untersuchen, die sie am Tatort gesammelt haben. Wer ist der leitende Ermittler in diesem Fall?«

»Ein Detective namens Blefary«, antwortete Rastun.

»Wie ist er so?«

»Er ist ein Arschloch«, sagte Karen.

Sherlock sah sie an, dann Rastun.

»Ich werde ihr nicht widersprechen.«

»Es ist …« Ehrenberg wippte mit dem Kopf hin und her, als ob er über sein nächstes Wort nachdachte, »es ist schwierig, Informationen von ihm zu bekommen.«

»Wieso?«, fragte Sherlock.

»Ich habe sein Büro dreimal angerufen und warte immer noch darauf, dass er zurückruft.«

Sherlocks stoische Miene änderte sich nicht. »Machen Sie sich keine Sorgen. Ich werde Blefary davon überzeugen, seine Beweise mit uns zu teilen.«

»Da wünsche ich viel Glück«, sagte Rastun.

»Tragen Sie aber unbedingt Ohrstöpsel«, fügte Karen hinzu. »Dieser Typ schreit gern und viel.«

»Ich hatte schon mit Schreihälsen zu tun. Ich werde es überleben.«

»Also, Geek.« Ehrenberg sah den großen Ex-Sergeant an. »Was für schickes Spielzeug haben Sie uns von Aster Technologies mitgebracht?«

»Die größte Sache ist wahrscheinlich der Flapjack.«

»Haben Sie auch Sirup mitgebracht?« Ehrenberg grinste.

»Witzig, Doc. Der Flapjack ist unsere neue Quadracopter-Drohne. Sie ist sowohl mit FLIR- als auch mit Wärmebildkameras ausgestattet. In diesem Teil von South Carolina gibt es viele Wälder und Ackerland. Die Drohne sollte praktisch sein, um Monster zu finden, die nicht gefunden werden wollen.«

»Und wenn wir sie finden?«, fragte Rastun.

»Wir haben die gleiche Ausrüstung wie in Point Pleasant dabei. Blend-/Knallgranaten, Betäubungs- und Toxinpfeile. Außerdem habe ich noch ein paar Extras wie Gummigeschosse und eine Netzpistole dabei. Wir sind bereit, dieses Ding zu fangen, so oder so.«

»Seid aber bereit, alles zu schleppen«, fügte Alana hinzu. »Wir wollten eigentlich Asters neues Robo-Maultier mitnehmen.«

»Was zum Teufel ist das?«, fragte Karen.

»Es ist eine raupenbetriebene, tragfähige Plattform, die für den Transport schwerer Ausrüstung für Marines und Soldaten gedacht ist. Aber Ihr Typ vom Agrarministerium hat uns den Einsatz untersagt.«

Rastun unterdrückte ein Stöhnen. Alana bezog sich auf Nathan Hipper, ihren Verbindungsmann zum Landwirtschaftsministerium. Rastun hatte während der Searaptor-Expedition sofort eine Abneigung gegen den Mann entwickelt. Hipper war der typische Regierungsbürokrat. Er war risikoscheu, regelbesessen und unfähig, sich anzupassen, wenn etwas schiefging.

»Was war sein Problem? War die Farbe des Robo-Maultiers nicht umweltfreundlich?«

»Eigentlich war es die Feuergefahr hier«, antwortete Alana. »Er sagte, es ist sehr heiß und trocken. Wenn das Robo-Maultier einen Stein trifft und einen Funken auslöst, könnten Hunderte, vielleicht Tausende Hektar Land in Flammen aufgehen.«

»Ich weiß, dass Sie das nicht gern hören, Jack«, sagte Ehrenberg, »aber ich muss Hipper in diesem Punkt zustimmen. Ich habe während meiner Studienzeit ein paar Sommer auf den Feuerwehren der Forstverwaltung verbracht. Er hat recht, wenn er sagt, dass ein einziger Funke einen großen Waldbrand auslösen kann.«

Rastun nickte. Er hatte gesehen, wie trocken die Vegetation in der Umgebung von Welshs Haus war. Widerwillig musste er zugeben, dass Hipper eine gute Entscheidung getroffen hatte. Ausnahmsweise.

»Wir müssen auch mit Feuerwaffen vorsichtig sein«, fügte Ehrenberg hinzu. »Ein Mündungsfeuer oder eine heiße Patrone kann auch einen Brand auslösen.«

»Okay, ihr habt den Mann gehört.« Rastun blickte zu seinen Sicherheitsspezialisten. »Glocks und Gewehre nur in Ausnahmesituationen, in denen es um Leben und Tod geht. Wenn wir auf Echsenwesen stoßen, setzen wir zuerst Beruhigungsmittel ein. Wenn das nicht funktioniert, schießen wir mit einem Toxinpfeil. Glauben Sie mir, das schaltet jeden Kryptiden schneller aus als eine Kugel.«

»Das klingt, als ob wir bereit wären.« Ehrenberg klatschte in die Hände. »Wir müssen heute Nachmittag noch den Bürgermeister treffen, bevor wir uns auf den Weg machen. Wir fangen in der Nähe von Phil Welshs Haus an und arbeiten uns nach Norden vor. Wenn wir keine Anzeichen für ein Echsenwesen finden … wie wir es nennen, bis jemandem ein besserer Name einfällt, gehen wir zu einem der Sichtungsorte. Diese Kreaturen sind wahrscheinlich nachtaktiv, also werden wir unsere Suche vom späten Nachmittag bis in die Nacht hinein konzentrieren.« Seine Lippen spannten sich für einen Moment. »Und nach dem, was Phil Welsh passiert ist, brauche ich Ihnen wohl nicht zu sagen, dass Sie da draußen äußerst vorsichtig sein müssen.«

Ein Bild des verstümmelten Körpers von Welsh schwebte durch Rastuns Kopf.

Das müssen Sie mir wirklich nicht sagen, Doc.

10

Karen hatte recht gehabt.

Das dachte Sherlock, als er Detective Blefary begegnete. Der ständig finstere Blick, die Augen, die die Welt mit Misstrauen und Wut zu betrachten schienen, die Aura eines bevorstehenden Ausbruchs.

Er sah wirklich wie ein Arschloch aus.

»Sind Sie der Marshal?«, murmelte Blefary, als er von seinem überfüllten Schreibtisch aufblickte, einem von vier in diesem Gemeinschaftsbüro des Lee County Sheriff's.

»Arthur Sherlock Dunmore. Es ist mir ein Vergnügen, Sie kennenzulernen, Detective Blefary.« Er streckte seine Hand aus.

Blefary starrte ihn an, dann grunzte er und schüttelte die Hand kurz und flüchtig. Er bot Sherlock nicht an, sich zu setzen.

Sherlock ließ sich dennoch auf den abgenutzten, gepolsterten Stuhl vor dem Schreibtisch sinken.

»Warum ist der Marshal's Service an diesem Fall interessiert?«, fragte Blefary.

»Eigentlich ist er das nicht. Ich bin an die FUBI ausgeliehen, um als Verbindungsmann zu den örtlichen Strafverfolgungsbehörden zu fungieren.«

Blefary grunzte wieder. »Hat Sie dieser Verrückte Ehrenberg hergeschickt?«

»Das hat er.«

»Sagen Sie ihm, ich habe Besseres zu tun, als ihm bei der Suche nach Fantasiemonstern zu helfen.«

»Ich glaube, das ist mehr als nur eine Illusion. Ich nehme an, Sie haben das Video gesehen, das Phil Welsh an die FUBI geschickt hat?«

»Das habe ich. Waren Sie in letzter Zeit auf YouTube? Haben Sie gesehen, wie viele beschissene Videos es da gibt? Vor allem die mit Monstern und Aliens.«

»Captain Rastun hat den Körper der Kreatur untersucht«, entgegnete Sherlock. »Er hat bestätigt, dass sie authentisch ist.«

Blefary stieß einen rauen Seufzer aus. »Und ich soll ihm glauben, weil er berühmt ist?«

»Berühmt zu sein, hat nichts damit zu tun. Jack Rastun ist ein erfahrener Army Ranger und ein ausgezeichneter Soldat.«

»Das heißt aber nicht, dass er den Unterschied zwischen einem ›echten Echsenwesen‹«, so Blefary in Anführungszeichen, »und einer Schaufensterpuppe kennt.«

»Haben Sie in Welshs Lebenslauf irgendetwas gefunden, das darauf hindeutet, dass er wusste, wie man ein erstklassiges Mannequin herstellt?«

Blefarys Kiefer versteifte sich. »Er könnte einen Freund haben, der das tut.«

»Aha.«

Der finstere Blick des Detektivs verdunkelte sich noch weiter. »Hören Sie, Marshal, ich bin beschäftigt. Was wollen Sie also?«

»Überprüfung des Falles Welsh.«

Blefary stieß ein kurzes, sardonisches Lachen aus. »Was? Dieser verrückte so genannte Arzt glaubt tatsächlich, dass das Echsenwesen Phil Welsh tatsächlich getötet hat?«

Sherlock behielt eine neutrale Miene bei, aber seine Verärgerung über Blefarys Beleidigungen wuchs. Rastun war einer der kompetentesten, fähigsten und ehrenhaftesten Offiziere, mit denen er je gedient hatte. Dr. Ehrenberg hatte zwar seine Exzentrik, aber Sherlock hielt den Kryptozoologen für klug und leidenschaftlich, definitiv nicht für verrückt.

»Nun, wenn Sie so interessiert sind«, fuhr Blefary fort, »gehen Sie zum Empfangsbüro und verlangen Sie den Polizeibericht.«

»Das habe ich bereits getan. Aber wir wissen beide, dass viele Dinge in Polizeiberichten nicht erwähnt werden, um die Ermittlungen nicht zu gefährden.«

»Und das ist es, was Sie sehen wollen, nehme ich an?« Blefary verengte seine Augen.

»Ja. Autopsieberichte, Tatortfotos, Liste der Zeugen oder POIs.« Sherlock verwendete den Begriff für Personen von Interesse.

»Dann erzählen Sie es Ihren Monsterjäger-Freunden, und die verraten es der Presse.«

Sherlock hob eine Hand. »Sie haben mein Wort, von Polizist zu Polizist, dass wir alle sensiblen Beweise, auf die ich stoße, unter Verschluss halten werden.«

»Sie werden mir verzeihen, dass ich nicht die vertrauensvollste Seele bin«, antwortete Blefary.

»Detective, ich versichere Ihnen, dass die FUBI nicht hier ist, um sich in Ihre Ermittlungen einzumischen. Aber es gibt Hinweise darauf, dass ein noch unbekanntes Tier für den Tod von Phil Welsh verantwortlich sein könnte.«

»Glauben Sie das wirklich?«

»Ich gehe an diesen Fall heran wie an jeden anderen, ohne vorgefasste Meinung. Wenn es so aussieht, als hätte ein Mensch Welsh ermordet, werde ich Sie nicht weiter belästigen. Aber wenn es ein Echsenwesen war, dann hat die FUBI Erfahrung im Umgang mit solchen Kreaturen. Es macht Sinn, dass wir zusammenarbeiten.«

»Zusammenarbeiten?« Blefary verschränkte die Arme. »Wollen Sie wissen, was aus dem Fall Welsh geworden ist? Ein verdammter Zirkus. Seit sein Tod mit dem verdammten Echsenwesen in Verbindung gebracht wird, ist jeder verdammte Reporter der Welt hier aufgetaucht. Übertragungsfahrzeuge, die die Straße rauf und runter geparkt sind. Idioten mit Mikrofonen, die mich und jeden anderen, der hier ein- oder ausgeht, mit Fragen löchern. Vollidioten, die uns anrufen oder E-Mails schicken und uns sagen, dass wir diese Monster töten müssen. Einer unserer Hilfssheriffs hat einen Pick-up voller Betrunkener angehalten, die auf Echsenwesen-Jagd waren. Wenn ich zustimme, der FUBI zu helfen, wird das zu einem noch größeren Zirkus. Danke, aber nein, danke.«

Er wandte sich seinem Computer zu und zeigte Sherlock, dass er ihn ab sofort ignorieren würde.

Sherlock unterdrückte einen Seufzer. Er hatte gehofft, dies auf die nette Art durchziehen zu können. Er versuchte immer, bei der

Zusammenarbeit mit der örtlichen Polizei nicht den Eindruck zu erwecken, dass er mit harter Hand vorging.

Hier schien er jedoch keine andere Wahl zu haben.

Außerdem war Blefary so ein Arschloch, dass er kein schlechtes Gewissen haben müsste. »Ich werde das auf jeden Fall Roland Parker gegenüber erwähnen.«

»Wer?«

»Er leitet eine der größten Vermögensverwaltungsfirmen des Landes, ist ein großer Philanthrop und einer der Gründer der FUBI.«

»Das ist schön.«

»Wenn ich ihm meinen Bericht vorlege, werde ich ihm auch von der mangelnden Kooperation des Sheriffs von Lee County berichten. Wenn es da draußen noch ein Echsenwesen gibt und es Phil Welsh getötet hat, könnte uns diese mangelnde Kooperation daran hindern, es zu finden.«

»Wenn es dieses dumme Monster wirklich gibt«, blaffte Blefary.

»Viele Leute hier glauben das«, sagte Sherlock und rutschte in seinem Sitz nach vorn. »Sie wollen, dass es gefunden wird. Was werden sie denken, wenn sie hören, dass das Büro des Sheriffs nicht der Gruppe hilft, die den Searaptor und mehrere Sasquatch-Kolonien im ganzen Land entdeckt hat? Es könnte peinlich werden für diese Abteilung, peinlich für Ihren Sheriff.«

Blefarys Blick wanderte von seinem Bildschirm zu Sherlock.

»Wann steht die Wiederwahl von Sheriff Haddix an?«

»Nächstes Jahr.«

»Es könnte schwer für ihn sein, im Amt zu bleiben, wenn die Leute denken, dass er nicht alles tut, um das Echsenwesen zu fangen. Ich möchte nicht der Detective sein, der ihn möglicherweise die Wahl gekostet hat, weil er der Bitte eines Kollegen nicht nachgekommen ist.«

Blefary blickte Sherlock stumpf an, als er fortfuhr. »Was meinen Sie, was der Sheriff tun würde? Sie degradieren? Sie zu irgendeiner Scheißtruppe abkommandieren? Sie glauben vielleicht, dass Sie damit klarkommen, bis er aus dem Amt scheidet, aber wer weiß, ob der neue Sheriff Sie nicht als jemanden ansieht, der eine weitere Kontroverse in dieser Abteilung auslösen könnte?«

Das fleischige Gesicht des Detektivs spannte sich an. Er atmete ein paar Mal tief durch, dann griff er nach seinem Telefon.

»Captain, ich bin's, Blefary … ich habe einen U.S. Marshal namens Dunmore hier. Er arbeitet mit dem FUBI-Team zusammen und sucht nach dem Echsenwesen … Ja, er will Zugang zu allem, was mit dem Fall Welsh zu tun hat … Nein, das ist keine offizielle Untersuchung des Marshal's Service … Ja, aber, Captain, er hat Verbindungen zu höheren Stellen bei der FUBI. Die könnten sich beim Sheriff beschweren oder an die Presse gehen … Ich weiß, aber Sie wissen doch, wie sehr sich die Leute hier über diesen Echsenwesen-Mist aufregen. Es würde nicht gut für den Sheriff aussehen, wenn herauskäme, dass wir der FUBI nicht geholfen haben … Ich weiß, dass das Blödsinn ist, aber das ist nicht das, was die meisten Zivilisten denken. Zivilisten, die für den Sheriff stimmen könnten … Nein, ich will auch nicht das böse Ende dieses Shitstorms sein. Okay. Ich schicke ihn rüber.«

Blefary legte auf. »Das Büro von Captain Grammas befindet sich am Ende des Flurs und auf der rechten Seite. Er ist für das Detektivbüro zuständig. Er wird Sie mit der entsprechenden Genehmigung ausstatten.«

»Danke, Detective«, sagte Sherlock. »Ich weiß das zu schätzen.«

Blefary grunzte.

Nachdem er Captain Grammas besucht und die Genehmigungsformulare abgeholt hatte, verließ Sherlock das Büro des Sheriffs. Übertragungswagen verschiedener Fernsehsender säumten die Straße vor dem rot-grünen einstöckigen Gebäude. Elegant gekleidete Reporter und ihre Kameraleute tummelten sich dort. Sherlock vermied den Blickkontakt und ging auf den Bürgersteig zu. Er hoffte, die Presse würde ihn ignorieren.

»Sir! Sir!«, rief einer von ihnen. »Untersuchen Sie den Mord an dem Echsenwesen?«

Ernsthaft? Echsenwesen-Mord? Alles für die Einschaltquoten, dachte er sich.

»Sind Sie vom Büro des Sheriffs?«, rief ein zweiter Reporter.

»Wurde die Todesursache von Phil Welsh bestätigt?«, fragte ein anderer Reporter.

Sherlock gab ihnen die Antwort, die er während seiner Zeit im REPTILIEN-FLETC, dem Federal Law Enforcement Training Center, der Presse stets gegeben hatte: »Kein Kommentar.«

Die Reporter riefen ihm immer wieder Fragen zu. Er ignorierte sie und ging weiter zum nächsten Block, wo das Büro des Gerichtsmediziners von Lee County war. Als Erstes wollte er die Leiche von Phil Welsh sehen und sich den Autopsiebericht ansehen.

Er zeigte der Dame am Empfang seinen Ausweis und seine Papiere, die ihn in das Büro des Gerichtsmediziners führte. Ein schlanker Mann mit zurückgekämmten grauen Haaren und Brille saß am Schreibtisch und tippte auf einem Computer. Er trug ein weißes Hemd und eine schlichte rote Krawatte. An der Wand hinter ihm hingen mehrere Diplome und Zeugnisse.

»Doktor Porter?«

»Ja?«

»Deputy U.S. Marshal Arthur Dunmore.« Sherlock zeigte seine Dienstmarke.

»Marshal?« Porters Augen weiteten sich hinter der Brille. »Normalerweise bekommen wir keinen Besuch von Bundesagenten.« Er hielt inne. »Ich kann mich nicht einmal daran erinnern, wann ich überhaupt das letzte Mal Besuch bekam.«

»Eigentlich arbeite ich mit der FUBI zusammen. Ich muss alles sehen, was Sie über den Tod von Phil Welsh haben.« Sherlock reichte dem Gerichtsmediziner seine Unterlagen.

»Sie glauben also, dass er vom Echsenwesen getötet wurde?«

»Ich behalte mir meine Meinung vor, bis ich alle Beweise gesehen habe.«

»Ah, ein Mann nach meinem Geschmack.« Porter lächelte.

Sherlock nickte. Er fand sofort Gefallen an dem Gerichtsmediziner. Mit ihm zusammenzuarbeiten, würde ihm leichter fallen, als mit Detective Blefary.

Porter führte ihn in die Leichenhalle. Sie gingen zwischen ein paar stählernen Untersuchungstischen hindurch zu einer Reihe von Einschubkühlschränken.

»Ich hoffe, Sie haben einen starken Magen, Marshal?«

»Ich war bei der Armee, bevor ich Marshal wurde. Ich habe im Irak und in Afghanistan einige ziemlich schlimme Dinge gesehen.«

»Aha. Aber ich hoffe dennoch, Sie haben einen starken Magen.«

Porter fasste nach dem Griff der Stahltür mit der Nummer 5 und zog die Lade heraus.

Sherlock schnitt eine Grimasse. Übelkeit brannte in seinem Magen.

Welshs Kehle war vollständig herausgerissen worden. Die Hälfte seines Gesichts war weg, beide Ohren und ein Augapfel fehlten. Aus seiner Brust, seinem Bauch und seinen Oberschenkeln waren Fleischstücke herausgerissen worden.

»Ich gebe zu, das gehört zu den schlimmsten Dingen, die ich bisher gesehen habe.«

Porter nickte. »Ich mache das schon seit achtundzwanzig Jahren. Ich hatte schon mit schlimmen Verkehrsunfällen zu tun, mit Flugzeugabstürzen und sogar mit einem jungen Mann, der mit einem Schneidbrenner zu Tode gefoltert wurde. Aber dies ist einer der schlimmsten Zustände, in denen ich je eine Leiche gesehen habe.«

Sherlock biss die Zähne zusammen und starrte auf den zerfetzten Fleischhaufen, der einmal Phil Welsh gewesen war. Er versuchte, ihn sich so vorzustellen, wie er vor seinem Tod gewesen war. Manche hätten ihn vielleicht als gierig bezeichnet, als er von der FUBI hunderttausend Dollar für die Leiche des Echsenwesens verlangte. Sherlock sah ihn aber als einen Mann, der vom Glück verlassen war. Die Frau tot. Kein Job. Hatte er darüber nachgedacht, wie dieses Geld sein Leben verändern würde? Hätte er sein Leben wieder auf die Reihe gekriegt, wenn er überlebt hätte?

Sherlock verdrängte diese Gedanken aus seinem Kopf. Zeit, sich auf den Job zu konzentrieren.

»Was war die genaue Todesursache?«

»Durchtrennung der äußeren und inneren Jugularvene und der Halsschlagader«, sagte Porter. »Obwohl es genauer wäre, zu sagen, dass sie auseinandergerissen wurden. Er war wahrscheinlich innerhalb von zwanzig bis dreißig Sekunden tot.«

»Alle anderen Verletzungen sind also postmortal entstanden«, sagte Sherlock.

»Das ist richtig.«

»Kennen Sie den genauen Zeitpunkt des Todes?«

»Irgendwann zwischen neun Uhr abends und Mitternacht.«

»Haben Sie eine Ahnung, was der oder die Mörder benutzt haben?«, fragte Sherlock.

»Es war keine geradlinige Waffe wie ein Messer oder eine Axt. Auch Sägen und Kettensägen schließe ich aus. Ich habe ein paar gezackte Risswunden gefunden, bei denen es sich um Krallenspuren zu handeln scheint, sowie einige Zahnabdrücke.«

»Es ist also wahrscheinlich, dass es ein Tierangriff war?«

Porter neigte seinen Kopf zur Seite. »Die Kratzspuren waren zu groß für einen Kojoten oder einen Hund. Das Gleiche gilt für den Hund des Opfers, den wir exhumiert haben. Das einzige Tier in dieser Gegend, das einen solchen Schaden anrichten könnte, ist ein Schwarzbär, aber die meisten von ihnen leben in der nordwestlichen Ecke des Staates oder entlang der Küste. Wir haben jedes Jahr nur vereinzelte Sichtungen in unserem Bezirk, wenn überhaupt.«

»Was ist mit einem Hunderudel?«

»Ich habe schon Autopsien an Menschen durchgeführt, die von Hunden zu Tode gebissen wurden. Sie waren in ziemlich schlechtem Zustand, aber selbst der schlimmste Fall ist kein Vergleich zu dem, was diesem armen Kerl passiert ist. Außerdem passen die Krallenspuren nicht zu denen eines Hundes oder Bären. Hunde haben in der Regel vier Zehen und Bären fünf. Was auch immer das getan hat, hatte drei Krallen, die weiter auseinander standen als die eines Bären oder eines Hundes.«

Sherlock senkte den Kopf und dachte nach. »Wie wäre es mit einer Person, die versucht, es so aussehen zu lassen, als wäre es das Echsenwesen gewesen?«

Porter wippte mit dem Kopf von einer Seite zur anderen. »Vielleicht. Es scheint eine ausgeklügelte Methode zu sein, um jemanden zu töten, vor allem, wenn man die Spuren bedenkt, die die Tatorttechniker an Welshs Leiche gefunden haben.«

»Was hat man gefunden?«, fragte Sherlock.

»Hautfetzen.« Porter sah ihn an. »Zumindest glaube ich, dass es Haut ist. Ich habe sie zur DNA-Analyse an das staatliche Kriminallabor in Columbia geschickt, aber ich schwöre, sie sehen aus wie Schuppen.«

11

Werden wir hier alle reinpassen?, dachte Rastun, als er in der Tür zum Büro des Bürgermeisters stand.

Vier Personen saßen bereits in dem kleinen Raum, ein Zivilist und zwei Polizisten mittleren Alters vor dem dunkelbraunen Holzschreibtisch. Dahinter saß ein stämmiger, grauhaariger Mann. Der Bürgermeister von Bishopville, Bud McAllister. Er stellte Rastun und Ehrenberg den anderen vor. Herman Sawyer, Vorsitzender des Lee County Council, Polizeichef Byron Gibson und County Sheriff Tom Haddix.

McAllister deutete mit der Hand auf zwei Stühle im hinteren Teil des Raums. Rastun nahm denjenigen, der an einem Bücherregal stand, hinter Sheriff Haddix. Er hatte schon in gepanzerten Mannschaftstransportern gesessen, die geräumiger waren als dieses Büro.

Man sollte meinen, der Bürgermeister hätte ein größeres Büro. Andererseits war dies Bishopville und nicht Philadelphia oder Los Angeles.

Sawyer drehte sich in seinem Sitz, um Ehrenberg anzusehen. »Wie lange wird es dauern, bis Sie dieses Ding finden?« Die Besorgnis des hageren Mannes mit dem Schnurrbart war offensichtlich.

»Es tut mir leid, Mister Sawyer. Das kann ich nicht beantworten.«

»Was soll das heißen, Sie können das nicht beantworten?« Sawyers rechte Hand schnappte in die Luft. »Wird es ein paar Tage dauern? Eine Woche? Länger?«

»Es tut mir leid«, erwiderte Ehrenberg mit ruhiger Stimme, »aber für die Suche nach einem Kryptiden kann man keinen Zeitplan aufstellen. Sie sind sehr geschickt darin, sich zu verstecken.«

»Nun, dieser bleibt nicht verborgen. Er hat einen Mann getötet und die Leute hier in Angst und Schrecken versetzt. Sie müssen ihn finden, und zwar schnell.«

»Wir werden alles tun, um die Echsenwesen aufzuspüren«, versicherte Ehrenberg.

Sawyers Augen weiteten sich. »Echsenwesen? Wie viele von diesen verdammten Dingern gibt es da draußen?«

»Das kann ich nicht mit Sicherheit sagen.« Ehrenberg zuckte mit den Schultern. »Aber wenn die Leute von Kryptiden in der Einzahl sprechen, ist das immer eine falsche Bezeichnung. Viele werden schon seit Hunderten von Jahren gesichtet, also muss es zumindest eine kleine Population geben, damit sich die Art fortpflanzen kann.«

»Und wie viele braucht man dafür?«

»Mindestens mehrere Dutzend. Vielleicht sogar ein- bis zweihundert. Angesichts der Anzahl der Sichtungen im Laufe der Jahre und des kleinen Gebiets, in dem sie auftraten, kann ich mir nicht vorstellen, dass es mehr sind.«

Sawyer starrte, ohne zu blinzeln. »Ist das Ihr Ernst? Es könnten Hunderte von diesen Monstern herumlaufen?« Er wandte sich an Rastun. »Und wie viele Sicherheitsleute haben Sie mitgebracht?«

»Einschließlich mir selbst sind es vier.«

»Vier?« Sawyers Tonfall war von Unglauben geprägt. »Vier gegen ein paar hundert Monster?«

»Es ist unwahrscheinlich, dass wir alle Echsenwesen in South Carolina auf einmal antreffen werden. Die sozialen Gruppen der Sasquatch, denen wir begegnet sind, haben nie mehr als ein Dutzend umfasst. Wir sind gut ausgebildet und gut bewaffnet. Wir werden mit ihnen fertig.«

Sawyers Gesicht straffte sich. Der Mann schien nicht überzeugt zu sein. Er sah den Sheriff an. »Sie müssen denen helfen. Schicken Sie Ihre Männer in die Wälder und finden Sie diese Dinger.«

»Herman.« Haddix, ein großer, breitschultriger Mann, hob eine Hand. »Du weißt, dass wir nicht genug Leute haben, um alle Wälder und Sümpfe hier zu überwachen, und Byron auch nicht. Ich habe aber zusätzliche Patrouillen in der Gegend, in der Phil Welsh ermordet wurde.«

»Ich denke, ihr beide könnt mehr Beamte für diese Suche entbehren. Wir sind hier nicht in Charleston oder Columbia. Bishopville wird nicht zur Hölle fahren, nur weil wir ein paar Polizisten weniger auf den Straßen haben.« Sawyer deutete mit einer Hand auf den Boden. »Dies ist unser größter Notfall für die öffentliche Sicherheit. Wir müssen all diese Echsenwesen finden und sie töten.«

»Mister Sawyer, wir werden nicht die gesamte Population massakrieren«, sagte Rastun. »Wenn wir die Kreatur identifizieren, die Phil Welsh getötet hat, werden wir sie töten. Die anderen werden wir betäuben, mit GPS-Halsbändern versehen und untersuchen.«

»Und wir sollen unseren Geschäften nachgehen, während eine Horde von Monstern direkt vor unserer Haustür lebt?«

»Es ist ähnlich wie bei vielen Menschen im Westen, die mit Berglöwen oder Bären in ihrer Nähe leben«, antwortete Rastun.

»Ich würde sagen, ein zwei Meter großes Echsenwesen ist viel gefährlicher als ein Bär oder ein Berglöwe.«

»Die Sichtungen dieses Kryptiden reichen fast dreißig Jahre zurück«, mischte Ehrenberg sich nun ein. »Bis jetzt gab es noch nie einen Bericht über einen physischen Angriff, geschweige denn einen Todesfall.«

»Das spielt jetzt keine Rolle mehr.« Sawyers Stimme wurde mit jedem Wort lauter.

Rastun knirschte mit den Zähnen, seine Frustration über den Politiker wuchs. Der Mann schien entschlossen zu sein, sich in seiner Panik in einen Krieg stürzen zu wollen. Sein Blick wanderte zu Bürgermeister McAllister, der sich noch nicht geäußert hatte. Vielleicht wollte er erst alle zu Wort kommen lassen, bevor er sich einmischte. Er hatte in der Armee gesehen, wie Offiziere das machten. Verdammt, er selbst hatte es bei mehr als einer Gelegenheit getan.

»Die Zahl der jährlichen Angriffe von Wildtieren auf Menschen ist gering, vor allem wenn sie tödlich sind«, sagt Rastun. »Es ist wahrscheinlicher, dass man von einem Hund getötet wird als von einem Bären, einem Berglöwen oder einem Echsenwesen.«

»Und woher wissen Sie das?«, fragte Sawyer.

»Meine Eltern leiten den Zoo von Philadelphia, seit ich in der Highschool war. Ich habe dort jeden Sommer gearbeitet, als ich noch zur Schule ging. Ich habe ein oder zwei Dinge über Tiere gelernt.«

Sawyer verschränkte die Arme, den Blick auf Rastun gerichtet. »Nun … was ist mit dem Searaptor? Wie viele Menschen hat er in Jersey getötet?«

Rastun wollte mit den Augen rollen. Sawyer hatte wahrscheinlich zu viele Filme und Fernsehsendungen gesehen, in denen es so aussah, als könnten Raubtiere es kaum erwarten, den ersten Menschen zu erlegen, dem sie begegneten.

»Es gibt immer Ausnahmen«, sagte Ehrenberg. »Die Haiattacken an der Jersey Shore im Jahr 1916. Die Tsavo-Löwen in Uganda im Jahr 1898 und natürlich der Searaptor im letzten Jahr.«

»Und jetzt haben wir hier eine Ausnahme mit dem Echsenwesen«, konterte Sawyer.

»In Ordnung, hören Sie.« McAllister ergriff schließlich das Wort und hob beide Hände. »Bevor wir weitermachen, wissen wir mit Sicherheit, dass Welsh vom Echsenwesen getötet wurde?«

»Dr. Porter sagt, dass Welsh Schürfwunden am Körper hatte, die auf einen Tierangriff schließen lassen«, antwortete Sheriff Haddix, »aber nicht von einer bekannten Tierart. Er fand auch etwas auf Welshs Körper, das Schuppen sein könnten. Sie wurden zur weiteren Analyse an das staatliche Kriminallabor geschickt.«

»Wie wäre es, wenn jemand einen Weg fand, Welsh zu töten, damit es so aussah, als wäre es das Echsenwesen gewesen?«, warf Chief Gibson ein.

»Scheint eine ziemlich ausgeklügelte Methode zu sein, einen arbeitslosen Abschleppwagenfahrer zu töten«, entgegnete Rastun.

Gibson neigte seinen Kopf zur Seite. »Stimmt. Trotzdem würde ich gern alle möglichen Szenarien in Betracht ziehen, bevor wir mit hundertprozentiger Sicherheit sagen, dass ein Monster Welsh getötet hat. Außerdem, warum ist der Kadaver, den er im Schuppen hatte, verschwunden? Ich kann mir nicht vorstellen, dass ein Tier einen toten Artgenossen weggetragen hat.«

»Tatsächlich«, Ehrenberg hielt einen Finger hoch, »wurden Elefanten, Schimpansen und Delfine dabei beobachtet, wie sie sich um ihre Toten kümmerten. Es gibt auch die Theorie, dass Sasquatch ihre Toten begraben, weshalb noch nie eine ihrer Leichen gefunden wurde. Dasselbe könnte auch für das Echsenwesen gelten.« Er legte die Stirn in Falten und seine Augen wanderten von einem Beamten zum anderen. »Haben Sie sich einen anderen Namen für diese Kreatur überlegt?«

Rastun unterdrückte ein Lachen. Der Doc hatte es wirklich drauf, ein Treffen wie dieses aufzulockern.

McAllister starrte Ehrenberg ein paar Sekunden lang an und stieß dann ein kleines Kichern aus. *Ein bisschen gezwungen*, dachte Rastun. Vielleicht war der Typ nur höflich.

»Nun, wenn Sie es finden, können wir ihm einen Namen geben.« Der Bürgermeister wandte sich an Rastun. »Der Kadaver in Welshs Schuppen, sind Sie sicher, dass er echt war?«

»Ja, Sir. Wie es sich anfühlte, der Geruch, das Blut. Das war ein echtes Tier. Das Echsenwesen ist kein Mythos mehr, und es sieht so aus, als gäbe es hier noch mehr von ihnen.«

»Okay.« Der Bürgermeister klopfte auf seinen Schreibtisch. »Herman, Sheriff. Der Mord an Welsh geschah außerhalb unserer Stadtgrenzen, es ist also Ihr Spiel. Mein Vorschlag für eine offizielle Stellungnahme wäre, dass Phil Welsh nach all den Beweisen, die wir haben, offenbar von einem unbekannten Tier getötet wurde. Wir können sagen, dass die FUBI einen möglichen Zusammenhang mit dem Echsenwesen untersucht, aber wir sagen nicht direkt, dass dieses Ding es getan hat, es sei denn, Dr. Porter sagt es, oder Dr. Ehrenbergs Leute finden noch eines dieser verdammten Dinger. Klingt das vernünftig?«

Sawyer, Sheriff Haddix und Chief Gibson stimmten alle zu. Auch Ehrenberg hatte kein Problem damit, ebenso wie Rastun. Es stimmte ja auch. Das Echsenwesen war ein unbekanntes Tier.

»Ich bin immer noch der Meinung, dass Sie mehr Männer brauchen«, sagte Sawyer. »Vielleicht kann der Sheriff welche abordnen.«

»Ich denke, im Moment haben wir genug Leute«, antwortete Rastun.

Sawyers Schultern hoben sich, sein Gesicht versteifte sich vor Anspannung. »Das sehe ich nicht so. Ich denke, man braucht so viele Leute wie möglich, um diese Dinger zu jagen und sie zu töten.«

»Mister Sawyer«, sagte Rastun in festem Ton. »Die FUBI tötet Tiere nur als letzten Ausweg.«

Sawyer rieb sich die Stirn. »Sehen Sie, Lee County ist nicht so groß, und wir schwimmen nicht im Geld. Wir versuchen, mehr Unternehmen anzulocken, um unsere Wirtschaft anzukurbeln. Nach dem, was mit Welsh passiert ist, wird das jeden abschrecken, der hierher kommen will. Und es wird wahrscheinlich dazu führen, dass die Leute, die schon hier sind, wieder weg wollen. Wenn man diese Dinger nicht findet und tötet, könnte der ganze Bezirk den Bach runtergehen.«

Rastun straffte die Schultern. »Wie ich gerade sagte, töten wir nur Kryptiden, die eine unmittelbare Bedrohung für das Leben darstellen.«

»Dann können Sie sie vielleicht einfangen und woanders hinschicken?«

»Und was ist, wenn sie für das lokale Ökosystem lebenswichtig sind?«

»Das sind Monster.« Sawyers Hände schossen in die Höhe. »Wir brauchen sie hier nicht.«

»Jack hat recht«, sagte Ehrenberg. »Etwas von der Größe eines Echsenwesens wird sich von großen Säugetieren ernähren. Rehe, Wildschweine. Nimmt man sie aus der Gleichung heraus, nehmen diese Säugetierpopulationen zu, was weniger Nahrung für andere Säugetiere bedeutet. Dann kommt es zu Hungersnöten und Krankheiten.«

Sawyer sah weg, er war nicht überzeugt.

»In Anbetracht der Art und Weise, wie Sie die Situation mit den Searaptoren gehandhabt haben …«, McAllister sah von Ehrenberg zu Rastun, »vertraue ich in dieser Sache auf Ihr Fachwissen. Ich bin sicher, der Chief und der Sheriff werden Ihnen jede erdenkliche Hilfe zukommen lassen.«

»Natürlich.« Haddix nickte.

»Auf jeden Fall«, sagte Gibson.

Die Sitzung wurde beendet. Rastun gab allen Anwesenden im Büro des Bürgermeisters einen letzten Händedruck und alle wünschten ihm Glück.

Außer Sawyer, der sagte: »Finden Sie diese Dinger einfach schnell, bevor sie noch jemanden umbringen.«

Rastun grunzte eine Bestätigung und ging in den Flur, gefolgt von Ehrenberg.

»Achten Sie nicht auf Sawyer.« Der Kryptozoologe nickte mit dem Kopf zu dem Büro hinter ihnen. »Er ist nur verängstigt.«

»Ich weiß, Doc. Das Problem ist, dass verängstigte Menschen manchmal Dummheiten machen.«

***

Rastuns Augen brannten vor Müdigkeit, als er mit dem Rest der Expedition die Lobby des Econo Lodge Inn betrat. Die Morgendämmerung brach gerade über Bishopville herein. Die meisten Leute würden sich bald auf den Weg zur Arbeit machen, aber für ihn und den Rest des Teams war der Tag gelaufen. Sie hatten die ganze Nacht damit verbracht, die Felder und Wälder in der Nähe von Welshs Grundstück zu erkunden. Sie hatten eine Menge zertrampeltes und umgeknicktes Gras entdeckt. Es war schwer festzustellen, ob das von einem Echsenwesen oder von den Tatorttechnikern des Sheriff-Büros verursacht worden war. Aufgrund des trockenen, staubigen Bodens war es auch sehr unwahrscheinlich, Fußabdrücke von vor zwei oder drei Tagen zu finden.

Alles in allem ein eher unproduktiver Einsatz.

Ich muss nur an den nächsten Tag denken … nach einer guten Nachtruhe. Oder, wie in diesem Fall, einem guten Morgenschlaf.

»Alles klar, Leute.« Ehrenberg kämpfte gegen ein Gähnen an, während er sprach. »Wir sehen uns um 12 Uhr im Konferenzraum. Kein Fernsehen. Alle sofort ins Bett.«

»Ja, Dad«, sagte Geek.

Alle gingen in ihre Zimmer. Rastun starrte mit halbgeschlossenen Augen auf das Bett. Er wollte sich einfach nur darauf fallen lassen und einschlafen.

»Ich nehme an, du willst duschen?«, fragte Karen.

»Rieche ich so schlecht?«

»Hey, ich bin schweißgebadet. Ich bezweifle, dass es dir besser geht. Warum gehst du nicht zuerst, während ich meine Bilder hochlade. Nicht, dass ich viel hochladen müsste.« Sie schaute auf den Bildschirm ihrer Kamera und ging die Bilder durch. »Gebogenes Gras … geknicktes Gras … ooh, zertrampeltes Gras.«

So uninteressant es auch klingen mochte, aber es war bei Expeditionen üblich, alle potenziellen Hinweise auf Kryptiden zu fotografieren.

»Hier ist ein gutes Bild.« Karen schwenkte die Kamera so, dass Rastun den Bildschirm sehen konnte. Das Bild zeigte ihn mit einem braun-oliven Boonie-Hut, Sonnenbrille und einem ernsten Gesichtsausdruck.

»Weißt du«, sagte sie. »Du musst wirklich mehr lächeln, wenn ich dich fotografiere.«

»Ich wanderte in einer schwülen Nacht durch die Gegend und hatte nichts vorzuweisen. Was gab es da zu lächeln?«

»Du warst bei mir.«

»Ja, aber du warst nicht nackt. Das würde mich zum Lächeln bringen.«

»Perversling.« Karen schlug ihm spielerisch auf den Arm. »Geh unter die Dusche.«

»Ja, Ma'am.« Rastun warf ihr einen Handkuss zu.

Er entledigte sich seiner feuchten Kleidung und stieg unter die Dusche. Das warme Wasser und der Schaum des winzigen Seifenstücks fühlten sich erfrischend an. Als er fertig war, trocknete er sich ab und zog sich ein Unterhemd und ein Paar rot-weiße Boxershorts der Philadelphia Phillies an. Während Karen duschte, schaltete er seinen Laptop ein, um seine Nachrichten zu überprüfen. In seinen persönlichen E-Mails war nichts Aufregendes zu finden. Sein FUBI-Postfach war wie immer voll. Die allermeisten Nachrichten kamen von Leuten, die er nicht kannte. Die meisten waren Fans, die ihm bei seiner Suche nach den Echsenwesen alles Gute wünschten. Ein paar Leute boten ihm ihre Theorien über die Echsenwesen an, die sie als wissenschaftliche Fakten darstellten. Ihre Außerirdischen. Seit den 1980er-Jahren waren in Südkalifornien zahlreiche UFO- und Echsenwesen-Sichtungen gemeldet worden. Die beiden müssen miteinander verbunden sein.

Rastun verdrehte die Augen und fragte sich, ob mancher dieser Kerle jemals etwas von Rechtschreibprüfung gehört hatte.

Haben Sie schon von der Theorie der hohlen Erde gehört? Diese Dinger müssen aus dem Untergrund kommen. Sie könnten die Oberfläche für eine großangelegte Invasion auskundschaften.

Der letzte war ebenso amüsant.

Captain Rastun,

ich habe glaubwürdige Informationen über die wahre Natur der Echsenmmänner. Ich übertreibe nicht, wenn ich sage, dass sie eine Bedrohung für jeden Mann, jede Frau und jedes Kind in South Carolina sind. Bitte treffen Sie mich morgen um 13 Uhr im Café in der Main Street und ich werde Ihnen alles erklären.

Rastun atmete langsam aus. *Der Preis des Ruhmes, schätze ich.* Neben der Anerkennung und den Glückwünschen aufrichtiger, normaler Menschen zog er auch eine ganze Reihe von Verrückten an.

Er schickte ein kurzes Update an Colonel Lipeli und kroch dann ins Bett. Er begann einzuschlafen, als er hörte, wie Karen sich räusperte.

Sie lehnte an der Wand, nur mit einem Led-Zeppelin-T-Shirt bekleidet. *Sein* Led-Zeppelin-T-Shirt, das sie irgendwann im letzten Jahr als ihr eigenes beansprucht hatte.

»Schläfst du schon?«, fragte sie mit einem schiefen Grinsen.

»Offensichtlich nicht.«

»Gut.« Karen zog das T-Shirt aus, knüllte es zusammen und warf es ihm vor die Brust. Er ignorierte es und starrte Karen an, die nackt vor ihm stand.

»Und, lächelst du jetzt?«

Rastun lächelte tatsächlich.

12

Wo zum Teufel ist er?

Cassian zappelte, als er auf der Bank vor dem Café saß. Er umklammerte einen Eiskaffee – seinen dritten bis jetzt – und ließ den Kopf nach links und rechts wandern.

Keine Spur von Jack Rastun.

»Komm schon, Mann. Komm schon.«

Eine junge Frau ging vorbei, mit einem kleinen Mädchen an der Hand. Sie warf ihm einen misstrauischen Blick zu.

»Was?«, schnauzte Cassian.

Die Frau beschleunigte ihr Tempo.

Er starrte ihr noch ein paar Sekunden lang nach, bevor er sich wieder seinem Kaffee zuwandte. Es war keine Überraschung, dass sie ihm einen skeptischen Blick zugeworfen hatte. Er hatte sich seit einer Woche nicht mehr rasiert und seine Haare nicht mehr geschnitten seit … Scheiße, wie lange war das her? Sein Poloshirt und seine Jeans hatte er in einem Secondhandladen gekauft. Wahrscheinlich hielten ihn alle für einen Obdachlosen.

Vielleicht hätte er sich für das Treffen mit Jack Rastun bessere Kleidung zulegen sollen. Er verfügte über einen anständigen Geldfluss, aber ein guter Teil davon wurde für Lebensmittel, Waffen und andere notwendige Dinge ausgegeben. Was Kleidung anging, galt: je billiger, desto besser. Das Geld, das er beim Kauf von gebrauchten Hemden und Hosen sparte, konnte er für den Kauf von Lebensmitteln und Kugeln verwenden.

Und dieses Telefon, das einen seiner Lieblingspodcasts abspielte.

»Unserem Planeten steht ein Krieg bevor, Leute«, tönte die Stimme von Darren Staub durch seine Ohrhörer. »Es ist nicht Mensch gegen Mensch. Es ist Säugetier gegen Reptil. Die Sasquatch sind seit zwei Jahren an die Öffentlichkeit gelangt. Ihre Lebensräume sind nicht länger ein Geheimnis. Und wir werden ihre wahre Herkunft entdecken. Sie sind nicht von dieser Welt. Die Sasquatch kommen entweder von einem anderen Planeten oder aus einer anderen Dimension.«

Cassian nickte. Es war nicht das erste Mal, dass der Talkshow-Moderator Sasquatch mit Außerirdischen in Verbindung brachte.

»Reptilien und Säugetiere … wie Wasser und Elektrizität«, fuhr Staub fort. »Auf keinen Fall werden die verdammten Echsen die Erde mit ihnen teilen. Auf diesem Planeten ist kein Platz für zwei sternenfahrende oder dimensionenhüpfende Rassen.«

Aus dem Mikrofon ertönte ein dumpfes Klopfen. »Aufwachen, Leute! Wir müssen uns mit den Sasquatch zusammentun. Säugetiere verbünden sich gegen Reptilien im kommenden großen Krieg der Arten.«

Cassian nickte noch nachdrücklicher. Staub hatte diesen speziellen Podcast vor einem Monat herausgebracht. Er wollte ihn sich noch einmal anhören, um sicherzustellen, dass er keine wichtigen Details vergaß, wenn er mit Rastun sprach.

Er trank seinen Eiskaffee aus und ging zurück in den Coffeeshop, um sich einen neuen zu holen. Cassian sah in der Schlange auf seine Uhr. Rastun war bereits eine Stunde überfällig.

Vielleicht ist er beschäftigt. Er ist Jack Rastun. Er kann sich die Zeit nehmen, vor allem, wenn es um etwas Wichtiges geht.

Cassian kehrte gerade zur Bank zurück, als auf der anderen Straßenseite ein Geländewagen parkte. Er setzte sich auf und atmete ängstlich ein. Könnte er es sein?

Stattdessen stiegen drei Mädchen im Teenageralter aus dem Fahrzeug.

Verdammt. Ein frustrierter Atemzug schoss aus seiner Nase.

Die Mädchen überquerten die Straße und gingen in Richtung des Cafés. Alle drei waren schlank und trugen kurze Hosen. Cassian starrte auf ihre Beine, als sie vorbeigingen.

Die Mädchen ignorierten ihn.

»Ich brauche einen Smoothie«, sagte ein Mädchen und fächelte sich mit der Hand Luft zu. »Es ist verdammt heiß heute.«

»In den letzten drei Wochen war es verdammt heiß«, sagte ein anderes Mädchen. »Wann kühlt es endlich ab?«

Cassian schüttelte den Kopf. Diese Mädchen hatten keine Ahnung, was heiß war.

Er wusste es. Genauso wie Jack Rastun.

Wann zum Teufel wird er auftauchen?

Eine weitere halbe Stunde verging. Kein Jack Rastun. Seine Blase war kurz davor, zu platzen.

Was ist, wenn er auftaucht und ich ihn verpasse?

Er biss die Zähne zusammen und presste die Beine aneinander. Der Druck wurde immer stärker, bis er nicht mehr widerstehen konnte. Er sprang auf, warf seinen leeren Becher in den Müll und stürmte in den Coffeeshop, wobei er direkt auf die Herrentoilette zusteuerte.

Erfrischt verließ er die Toilette. Ein paar Kunden in der Schlange warfen ihm vorsichtige Seitenblicke zu. Ebenso wie eine der Baristas.

Er warf einen Blick auf einen der Kunden, eine Frau, die wegschaute. Was? Nur weil er nicht glatt rasiert war oder schöne Klamotten trug, dachte sie, er würde ausrasten und jeden in diesem Laden umbringen?

Er hasste sie. Er hasste sie dafür, dass sie ihn für einen Psychopathen hielten, nur weil er so aussah. Er hasste sie für ihre Ignoranz. Nein, nicht Ignoranz. Ihre Dummheit. Ihre hartnäckige Weigerung, die eine echte Bedrohung für ihr Leben zu sehen.

Warum beschütze ich diese Arschlöcher?

Nein, er hat das, was er getan hat, nicht für sie getan. Er hat es für sich selbst getan. Er hat es für seine Eltern getan.

Cassian wartete weitere zwanzig Minuten. Jack Rastun war immer noch nicht aufgetaucht.

»Scheiße.« Er stürmte davon und ignorierte die Blicke der Passanten.

Rastun muss beschäftigt sein.

Cassian kämpfte, um sich selbst davon zu überzeugen. Aber das half nicht, seine Wut zu besänftigen. Wie konnte Rastun seine E-Mail ignorieren? Wie viel deutlicher hätte er sich über die Bedrohung durch diese Monster äußern können?

Cassian lief noch anderthalb Kilometer weiter, bis er den Parkplatz eines Drogeriemarktes erreichte. Sein Wohnmobil war in der Mitte des Parkplatzes geparkt. Darin saßen drei Männer. Einer von ihnen, eine Bohnenstange mit Spitzbart namens Doug Smith, fragte: »Und, ist er aufgetaucht?«

»Nein«, antwortete Cassian.

»Hast du wirklich geglaubt, er würde auftauchen, weil du ihm eine E-Mail geschickt hast?« Ein kleiner Mann mit kräftiger Statur verschränkte die Arme. »Wir reden hier von Jack Rastun.«

»Ich habe ihm mitgeteilt, wie wichtig es ist«, antwortete Cassian Todd Lansford. »Ich habe ihm gesagt, dass Leben auf dem Spiel stehen. Nach allem, was er durchgemacht hat, sollte man meinen, er wüsste, wovon ich rede.«

»Ja, klar«, spottete Lansford.

Cassian runzelte die Stirn. »Was soll das denn heißen?«

»Er ist eine Berühmtheit, Mann. Er schert sich einen Dreck um Leute wie uns. Es geht nur noch darum, im Fernsehen zu sein und Bücher zu schreiben und so einen Scheiß. Wahrscheinlich lehnt er sich einfach zurück und lässt die Soldaten die ganze harte Arbeit machen, wie alle Offiziere.«

»Schwachsinn.« Cassian knallte die Tür des Wohnmobils zu. »Jack Rastun ist ein Held. Er hat in Afghanistan einen Silver Star bekommen. Er hat sich mit diesem Seeungeheuer angelegt und es getötet.«

»Ja«, sagte Lansford. »Dann wurde er reich und berühmt, und das ist ihm alles zu Kopf gestiegen.«

Cassian starrte ihn an. Lansford machte sich immer über ihn lustig, wenn er über Rastun sprach. Er verbuchte es als Eifersucht. Jack Rastun war der Inbegriff dessen, was ein Krieger, ein Held, sein sollte. Das inspirierte Cassian dazu, *Warriors and Monsters* zu lesen. Die Geschichte von Jack Rastun. Eines der wenigen Bücher, die er tatsächlich von Anfang bis Ende gelesen hatte. Das und die drei Romane von Darren Staub.

»Ähm, ich glaube, ich habe gute Neuigkeiten.«

Cassian blickte zu dem dicken jungen Mann mit Brille, der am Tisch saß und einen Laptop vor sich hatte.

»Was denn?«

»Ich habe mich in das Netzwerk des Lee County Sheriff's Office gehackt.«

»Gut gemacht, Mann.« Cassian gab Weber Proly, dem Computerfreak des Teams, einen Handschlag. Als einziger der vier ohne militärische Erfahrung war Proly ein Weichei gewesen, als Cassian ihn das erste Mal traf. Aber nachdem der junge Mann ein improvisiertes Bootcamp absolviert hatte, hatte sich ein Teil seines Fettes in Muskeln verwandelt. Proly konnte sich jetzt am Computer und in einem Kampf behaupten.

»Das war kein Problem. Sie sind nicht anders als die meisten Regierungsbehörden. Ihre Sicherheit ist mehr als lahm. Das Äquivalent einer Fliegengittertür mit einem rostigen Riegel.«

»Trotzdem, gute Arbeit. Hast du etwas Nützliches gefunden?«

»Nicht viel«, antwortete Proly. »Nur ein paar Dinge, die sie nicht in den Nachrichten gebracht haben, wie zum Beispiel, dass sie Spuren von Schuppen auf dem toten Kerl gefunden haben und einige Blutflecken auf dem Feld in der Nähe seines Hauses. Sie warten immer noch auf die DNA-Ergebnisse. Wir haben uns auch den Bericht des Gerichtsmediziners angesehen. Er besagt, dass ein unbekanntes Tier Welsh getötet hat.«

»Von wegen Tier«, schnaubte Cassian. »Dieser Welsh wollte diese schleimigen Bastarde vor der ganzen Welt bloßstellen, und sie haben ihn getötet und die Leiche ihres Artgenossen mitgenommen.«

»Vielleicht tauchen sie unter, bis sich alles beruhigt hat«, meinte Smith. »Besonders, wenn die FUBI hier ist.«

»Nein.« Cassian schüttelte den Kopf. »Sie haben Jack Rastun, Randy Ehrenberg und Karen Thatcher reingebracht. Das ist ihre verdammte erste Garde. Sie haben den Searaptor gefunden, sie haben diese Sasquatch in Florida gefunden. Die Echsen könnten Angst haben, dass man sie auch findet. Sie könnten versuchen, Rastun und sein Team auszuschalten, oder Schlimmeres.« Er lehnte sich gegen die Wand. »Wir müssen uns mit ihm in Verbindung setzen, bevor es zu spät ist.«

13

Pizza hatte noch nie so gut geschmeckt. Sosehr Len Mankowski seine Frau auch liebte, war er doch froh, wenn es ihr Probenabend war. Einmal pro Woche übte Pam mit den Choir Babes, einer Gruppe von Frauen mittleren Alters, die bei allen möglichen Veranstaltungen im ganzen Bundesstaat auftraten. Sie sang gern, und er genoss es, dass er zum Abendessen futtern konnte, was er wollte, wenn sie nicht da war. Pam hatte in den letzten Monaten einen regelrechten Vegan-Trip hingelegt.

»Es ist besser für die Gesundheit«, hatte sie ihm gesagt, »und es gibt auch wirklich leckere Gerichte.«

Aber keines davon war so lecker wie eine Pizza, vor allem keine mit Wurst, Paprika und Pilzen. Er stöhnte vor Vergnügen, als er sein zweites Stück verputzte, gerade als die Lokalnachrichten liefen. Es begann mit einer Zusammenfassung der Debatte zwischen den Kandidaten für das Amt des Bürgermeisters von Columbia. Dann folgte ein Unfall mit drei Verletzten auf der I-20.

Sie kamen erst nach der Werbepause zum *Echsenwesen-Angriff*. Der Moderator brauchte dreißig Sekunden, um zu sagen, dass die Cops und die FUBI nichts Neues zu berichten hätten.

Mankowski stieß ein Lachen aus, während er auf einem weiteren Stück Pizza kaute. Echsenwesen-Angriff. Was für ein Haufen Mist. Das war alles, worüber man in der AC-Reparaturfirma, für die er arbeitete, sprach.

»Ich wusste, dass das passieren würde«, sagte ein Techniker. »Ich wusste, dass das Echsenwesen eines Tages jemanden in Stücke reißen würde.«

»Ich behalte meine Pistole auf dem Nachttisch«, sagte die Empfangsdame. »Glock 37. Ein Schuss und das Ding geht zu Boden.«

»Wenn eine Klimaanlage nachts außerhalb der Stadt ausfällt«, sagte ein anderer Techniker, »gehe ich nicht raus, um sie zu reparieren. Nicht nach dem, was mit dem Kerl passiert ist.«

Mankowski konnte nur mit den Augen rollen. Seit er ein Teenager war, hatte er Geschichten über das Echsenwesen gehört und sie als Blödsinn abgetan.

»Sie haben Bigfoot und das Seeungeheuer gefunden«, hatte ihm neulich ein Kollege gesagt. »Wie kannst du behaupten, dass das Echsenwesen nicht existiert?«

Er konnte Bigfoot viel leichter akzeptieren als das blöde Echsenwesen. Offensichtlich war er aber in der Minderheit. Die Leute strömten in die Waffenläden. Die Sicherheitsfirmen wurden mit Anrufen überschwemmt. Eine Gruppe von Dummköpfen war von den Cops verhaftet worden, weil sie ihre eigene Echsenwesen-Jagdgruppe gegründet hatte.

Es war ein Mensch gewesen, der diesen Welsh getötet hat, kein Monster. Darauf war er mit seinem Jagdgewehr und zwei Pistolen mehr als vorbereitet. Das Haus von Welsh war nur drei Meilen von seinem entfernt. So weit von Bishopville entfernt konnte man nicht auf die Bullen warten, wenn etwas passiert war. Man musste die Sache selbst in die Hand nehmen.

Hoffentlich finden die Polizisten diesen Irren und sperren ihn ein.

Mankowski aß seine Pizza auf. Er faltete die Schachtel zusammen, stopfte sie auf den Boden des Mülleimers und deckte sie mit anderem Müll zu. Das Letzte, was er gebrauchen konnte, war, dass Pam ihm auf den Sack ging, weil er etwas *Unveganes* gegessen hatte.

Er setzte sich vor den Fernseher und schaltete das Spiel der Braves ein. Sie spielten heute Abend in Philadelphia.

Sie spielten nur ein Inning, bevor ein Regenschauer über den Citizens Bank Park hereinbrach.

Ich wünschte, wir hätten etwas von diesem Regen. Er konnte sich nicht erinnern, wann es hier das letzte Mal so heiß und trocken gewesen war.

Mankowski zappte durch die Kanäle und entschied sich schließlich für eine Wiederholung von NCIS.

Etwas hämmerte gegen die Hintertür. Mankowski zuckte in seinem Stuhl.

Ein weiterer Knall erschütterte die Wände.

»Wer ist da?« Sein Herz schlug gegen seine Brust. Er stand auf, seine Beine zitterten. Er machte einen zaghaften Schritt vorwärts. Noch einen.

Waffe. Hol deine …

Die Tür flog auf. Schwere Schritte polterten durch die Küche.

Mankowski hyperventilierte. Sein Gehirn schrie, er solle sich bewegen.

Doch er stand an Ort und Stelle, zitternd und verängstigt.

Eine große, schuppige Gestalt pirschte sich ins Wohnzimmer. Mankowski schrie, als sie ihn angriff.

***

Pam Mankowski lächelte, als sie sich ihrem Haus näherte. Die Probe heute Abend war gut verlaufen. Die Choir Babes waren bereit für die jährliche Feier zum 4. Juli in Bishopville, die in ein paar Wochen stattfinden würde. Sie hoffte nur, dass es ein Feuerwerk geben würde. Vickys Mann arbeitete bei der Feuerwehr, und sie waren so nervös wie eine langschwänzige Katze in einem Raum voller Schaukelstühle. Ein einziger Funke könnte einen großen Waldbrand auslösen.

Vielleicht bekommen wir bis dahin etwas Regen.

Sie bog in die Einfahrt ein und fragte sich, was für einen Müll Len heute Abend in seinen Mund gestopft hatte. Sosehr er auch versuchte, es zu verbergen, sie wusste, dass er sehr ungesund aß, wenn sie bei der Chorprobe war. Na ja, vielleicht waren Schummeltage in Ordnung. Aber nicht zu viele.

Sie drückte einen Knopf direkt über dem Sonnenbrillenhalter. Das Garagentor schob sich auf.

Zwei große Gestalten standen in der Garage. Sie trat auf die Bremse, als eine von ihnen den Werkzeugkasten umstieß.

Die Gestalten wandten sich ihr zu.

Pam starrte sie mit offenem Mund an und zitterte.

Eine der Gestalten rannte auf sie zu. Sie schrie auf, als die Kreatur auf die Motorhaube sprang.

Eine Faust schlug gegen die Windschutzscheibe. Spinnennetzartige Risse breiteten sich aus. Glühend rote Augen starrten auf Pam herab. Sie kreischte noch lauter, legte den Rückwärtsgang ein. Die Reifen quietschten. Die Gestalt rutschte von der Motorhaube. Der Wagen schoss aus der Einfahrt und raste die Straße hinunter. Pam schrie weiter. Sie hatte keine Ahnung, wie schnell sie fuhr.

Len. Oh mein Gott, Len! War er okay? War er …

Nein, nein, nein.

Sie trat auf die Bremse. Mit zitternden Händen kramte sie in ihrer Handtasche nach dem Telefon. Pam schrie auf, als etwas ihren Finger stach. Es fühlte sich an wie die Spitze eines Stiftes.

Schließlich griff sie nach dem Telefon und ignorierte die Blutstropfen an ihrem Zeigefinger. Ihre Atemzüge kamen schnell, als sie die Taste für 911 drückte.

»Nine-One-One, was ist Ihr Notfall?«

»Mein Haus. Sie sind eingebrochen. Mein Mann … ich weiß nicht … ich weiß es nicht.«

»Beruhigen Sie sich, Ma'am. Wie lautet Ihre Adresse?«

Pam gab sie durch. »Bitte schicken Sie jemanden. Mein Mann ist zu Hause. Oh mein Gott, schicken Sie jeden Polizisten, den Sie haben. Mich hätten sie auch fast erwischt.«

»Wer hätte Sie fast erwischt, Ma'am?«

Pam tat einen zittrigen Atemzug. »Echsenwesen. Das waren Echsenwesen!«

14

»Sie sind etwa fünfzig Meter davon entfernt«, hörte Rastun Alana in seinem Ohrhörer sagen. Er machte einen vorsichtigen Schritt nach vorne, die Aster-7-Dartpistole im Anschlag. Der Wald war dicht von Bäumen und Gestrüpp bewachsen. Was auch immer Alanas Drohne auf ihrem Wärmebildgerät entdeckt hatte, war gut versteckt.

Und groß.

Er richtete seinen Blick geradeaus. Er spürte eher, dass sich Karen zu seiner Linken und Dan Plank zu seiner Rechten bewegten, als dass er sie sah.

»Fünfzehn Meter«, berichtet Alana.

»Ich kann es immer noch nicht sehen.«

»Vertrauen Sie mir, es ist da. Warten Sie. Es dreht sich zu Ihnen um.«

Rastuns linke Faust schnappte nach oben. Karen und Plank blieben stehen. Rastun hielt die Pfeilpistole im Anschlag.

»Jetzt bewegt es sich von Ihnen weg«, sagte Alana.

Er stürmte vorwärts. Vor ihm sprang etwas hinter einem Baum hervor. Er blieb stehen und ließ die Waffe sinken. »Falscher Alarm … schon wieder.«

»Was war es?«, fragte Alana.

»Ein Reh.«

Er sah zu, wie das Tier tiefer in den dunklen Wald hineinging. Plank stöhnte. »Mann, wie oft soll das noch passieren? Jedes Mal, wenn die

Drohne etwas findet, ist es entweder ein Reh oder ein Kojote oder Fuchs. Wann finden wir endlich ein paar verdammte Echsenwesen?«

Karen wandte sich an den Ermittler in Ausbildung. »Das ist ein Teil des Ermittlungsprozesses, Dan. Man muss tagelang, manchmal wochenlang suchen, bevor man findet, was man sucht, und das nur, wenn man Glück hat.«

Plank krümmte sich. »Das wird ewig dauern.«

»Hey«, sagte Rastun. »Vor Ihnen steht ein Mann, der einmal drei Wochen lang durch die Berge Afghanistans gewandert ist, um eine Gruppe von Taliban-Kämpfern zu suchen.«

»Drei Wochen?«

»Ja. Wir haben sie schließlich gefunden. Man braucht nur etwas Geduld.«

Plank stöhnte erneut.

»Ich nehme an, dass es an der American University keinen Kurs namens Patience One-oh-One gibt«, sagte Rastun.

Plank stapfte weiter. »Ich wünschte, wir würden dieses verdammte Ding endlich finden.«

Rastun schüttelte den Kopf, als der junge Mann weiter durch den dunklen Wald ging.

»Man kann ihm nicht allzu viel vorwerfen.« Karen klopfte ihm auf die Schulter. »Seine Generation will alles in dieser Sekunde.«

»Nun, er wird sehr enttäuscht sein, wenn er erfährt, dass die Welt so nicht funktioniert.« Rastun ging nach vorn, drehte sich dann aber wieder zu Karen um. »Und was soll das mit *seiner Generation?* Er ist doch gar nicht so viel jünger als ich.«

»Hey, meinst du nicht, er ist nicht viel jünger als *wir*?«

»Nein. Für ihn bist *du* uralt.« Rastun grinste und machte sich auf die unvermeidliche Antwort gefasst.

Karen klopfte ihm auf die Schulter. »Erinnere mich noch einmal daran, warum wir zusammen sind?«

»Weil ich ein Fass ohne Boden bin, das unwiderstehlichen Charme versprüht.«

»Nur in deinen Träumen.«

Rastun kicherte, als sie weitergingen, während der Rest der Expedition im Abstand von zehn Metern nebeneinander herging. Er erblickte Plank, den Kopf gesenkt, die Schritte härter als zuvor.

»Augen auf, Plank. Sie werden keine Echsenwesen sehen, wenn Sie auf ihre Füße starren.«

»Aha.«

Rastun stutzte kurz. Er war es gewohnt, dass jeder Befehl mit »Ja, Sir« beantwortet wurde. In der zivilen Welt kam das aber nur selten vor. Er dachte, er hätte endlich gelernt, es zu akzeptieren, aber in Zeiten wie diesen kamen die Disziplin und die Verfahren wieder zum Vorschein, die ihm seit seiner Zeit als 18-jähriger ROTC-Kadett eingebläut worden waren.

Wenigstens hörte Plank auf ihn. Der junge Mann hatte den Kopf erhoben und schaute nach links und rechts. Rastun wünschte nur, er könnte ihm befehlen, etwas Geduld zu haben. Ohne sie hatte Plank keine Zukunft als Ermittler.

Sie gingen weiter, vorbei an den Bäumen und Büschen. Grillen zirpten. Eine Eule heulte. Ein Kaninchen brach aus dem Gebüsch. Heute Nacht gab es eine Fülle von wilden Tieren. Er hielt das nicht für ein gutes Zeichen. Wenn ein großes Raubtier wie das Echsenwesen in der Nähe war, wären all diese Tiere stumm.

Gegen elf Uhr machten sie eine Pause. Rastun saß mit Karen an einem Baum und trank gerade einen Cliff Bar, als er das leise Summen von Ehrenbergs Satellitentelefon hörte, das vibrierte.

»Es ist Sherlock«, sagte Ehrenberg und schaute auf den Bildschirm.

Die anderen versammelten sich um ihn, als er das Telefon auf Lautsprecher stellte.

»Sherlock, was hast du auf dem Herzen?«

»Es hat einen weiteren Angriff gegeben.«

Rastun spürte, wie sich seine Brust zusammenzog. Karen schloss ihre Augen und senkte den Kopf.

»Wo?«, fragte Ehrenberg.

»Ein Haus, etwa drei Meilen von dem Ort entfernt, an dem Phil Welsh wohnte.«

»Wann ist es passiert?«

»Das Büro des Sheriffs sagte mir, dass es nicht länger als drei Stunden her sein kann.«

Ehrenberg holte langsam Luft. »Jemand getötet?«

»Bestätigt. Ein Mann namens Len Mankowski, dreiundfünfzig. Dieselbe Vorgehensweise wie beim Mord an Welsh. Der Körper verstümmelt, das Haus verwüstet. Zum Glück konnte seine Frau fliehen.«

»Geht es ihr gut?«, fragte Ehrenberg.

»Ja. Natürlich ist sie aufgewühlt, aber nicht verletzt. Einer der Angreifer hat versucht, die Windschutzscheibe ihres Autos zu durchschlagen. Sie fuhr weg, bevor er das schaffen konnte.«

»Hat sie ihren Angreifer eindeutig identifiziert?« Ehrenberg lehnte sich näher an das Telefon.

»Sie behauptete, es seien Echsenwesen gewesen«, sagte Sherlock. »Detective Blefary hielt es für Hysterie, und sie war ziemlich hysterisch, als die Beamten sie fanden.«

»Wo ist sie jetzt?«

»Lee County Memorial Hospital.«

»Ich dachte, Sie hätten gesagt, sie sei nicht verletzt«, sagte Karen.

»Sie war es nicht«, antwortete Sherlock, »aber als die Polizei sie fand, hatte sie Schmerzen in der Brust und Schwierigkeiten beim Atmen. Sie dachten, sie hätte einen Herzinfarkt. Die Sanitäter sagten, es sei eine Panikattacke. Sie haben sie vorsichtshalber ins Krankenhaus gebracht.«

»Meinst du, ich könnte mit ihr reden?«, fragte Ehrenberg.

»Der Sheriff hat gesagt, dass er bei unseren Ermittlungen kooperieren wird, also sollte das kein Problem sein.«

»Gut. Ich werde so schnell wie möglich im Krankenhaus sein.«

»Ich treffe dich dort, Doc.«

Ehrenberg steckte das Satellitentelefon ein. »Petal. Sie sind Chefermittler, bis ich zurück bin.«

»Cool.«

»Ich komme mit«, sagte Rastun.

»Danke, Jack, aber ich glaube, ich finde den Weg zurück zum Auto.«

»Kommen Sie schon, Doc, Sie kennen die Regeln. Keiner geht auf eigene Faust los. Vor allem nicht, wenn ein angriffslustiger Kryptide frei herumläuft.«

Ehrenberg stieß einen kurzen Seufzer aus. »Ja, Sie haben recht.« Er blickte zu den anderen. »Bleibt besonders wachsam. Diese Angriffe fanden nicht weit von hier statt.«

»Keine Sorge, Doc.« Geek warf ihm einen Salut zu. »Wir werden bereit sein, wenn die Kacke am Dampfen ist.«

Auf dem Weg zurück zum Geländewagen redete Ehrenberg nicht viel. Rastun vermutete, dass der Kryptozoologe über Fragen nachdachte, die er Mrs.Mankowski stellen wollte. Oder vielleicht dachte er an ihren verstorbenen Ehemann. Rastun tat es jedenfalls. Sie waren vielleicht zehn Meilen von Welshs Haus entfernt und damit dreizehn Meilen vom Haus der Mankowskis.

Wenn wir nur in Richtung Osten statt in Richtung Westen gesucht hätten, vielleicht … vielleicht hätten die Echsenwesen diesen Mankowski sowieso getötet. Er hatte während seiner Zeit im Irak und in Afghanistan gelernt, dass man so lange »was wäre wenn« spielen konnte, bis es einen in den Wahnsinn trieb. Es würde nichts daran ändern, was passiert ist. Man musste sich einfach damit abfinden.

Er fuhr nach Bishopville, während Ehrenberg die FUBI-Oberen per SMS über den jüngsten Angriff informierte. Es war nach 00:30 Uhr, als Rastun die Reihe der einstöckigen, rechteckigen Gebäude des Lee County Memorial Hospital entdeckte. Er benutzte sein Bluetooth, um Sherlock mitzuteilen, dass sie angekommen waren. Der Deputy Marshal empfing sie am Haupteingang.

»Können wir mit Mrs.Mankowski sprechen?«, fragte Ehrenberg.

»Blefary hat uns grünes Licht gegeben, obwohl er nicht glücklich darüber aussah.«

»Ein Blowjob würde den Kerl nicht glücklich machen«, sagte Rastun.

Sherlock nickte. »Er hat eine Bedingung gestellt. Er möchte, dass ich das Interview aufnehme und es mit ihm teile.«

»Kein Problem.« Ehrenberg winkte sie zur Tür. »Lasst uns gehen.«

Als Rastun durch die Gänge des Krankenhauses ging, überkam ihn ein Gefühl der Beklemmung. Ihm gefiel der Gedanke nicht, so kurz nach dem Tod ihres Mannes mit Mrs.Mankowski zu sprechen. Er wollte, dass sie Zeit hatte, zu trauern. Aber mit einem Kryptiden-Killer da draußen konnten sie es sich nicht leisten, zu warten.

Mrs.Mankowski saß auf einer Bank in einem der Untersuchungsräume. Sie war von mittlerer Statur, hatte lockiges braunes Haar, Ende vierzig oder Anfang fünfzig. Ihr Kopf war gesenkt, die Schultern hingen herab. Ein Verband bedeckte die Spitze ihres Zeigefingers. Sie war nicht hysterisch, wie sie es gewesen war, als die Cops und die Sanitäter sie fanden. Rastun fragte sich, ob der Frau ein leichtes Beruhigungsmittel verabreicht worden war.

»Entschuldigen Sie, Mrs.Mankowski?« Ehrenberg schritt auf sie zu.

Sie schniefte und blickte auf. Rastun biss die Zähne zusammen, als er die roten, tränengefüllten Augen der Frau sah.

Mrs.Mankowski blinzelte. »Sind Sie Randy Ehrenberg, von der FUBI?«

»Das bin ich.« Die letztjährige Expedition hatte Ehrenberg zu einem bekannten Mann gemacht. »Und das sind Jack Rastun und Sherlock, ich meine, Arthur Dunmore vom U.S. Marshal's Service. Ähm … ich wollte nur sagen, dass es uns leidtut, was mit Ihrem Mann passiert ist.«

»Danke.« Frau Mankowskis Stimme überschlug sich. Sie zitterte und zog ein Taschentuch aus der Packung auf ihrem Schoß.

Rastun sah weg. Er wünschte, er könnte irgendwo anders sein.

Konzentriere dich auf deine Arbeit.

»Ich frage das nur ungern«, sagte Ehrenberg, »aber ich wollte sehen, ob Sie bereit sind, einige Fragen über den Angriff zu beantworten.«

»Das hat die Polizei bereits getan. Aber dieser Detektiv …« Sie tupfte sich mit dem Taschentuch die Augen ab. »Er hat mir nicht geglaubt, als ich ihm sagte, ich hätte Echsenwesen gesehen. Aber ich habe sie gesehen. Das habe ich. Sie glauben mir doch, oder? Sie jagen diese Dinger.«

»Ich glaube Ihnen.« Ehrenberg schenkte ihr ein mitfühlendes Lächeln. »Macht es Ihnen etwas aus, wenn wir das aufzeichnen?«

»Nein, das ist in Ordnung.«

Ehrenberg holte einen Camcorder aus seinem Rucksack, während Sherlock den Audiorecorder seines Handys aktivierte.

»Ich spreche mit Mrs. Pam Mankowski im Lee County Memorial Hospital über einen gemeldeten Angriff von Echsenwesen.« Ehrenberg nannte die Uhrzeit und das Datum. »Der FUBI-Sicherheitsspezialist Jack Rastun und der stellvertretende U.S. Marshal Arthur Sherlock Dunmore sind bei mir. Mrs. Mankowski, wann haben Sie Ihre Angreifer zum ersten Mal gesehen?«

»Ich kam von der Chorprobe nach Hause. Ich schätze, es war gegen acht. Ich fuhr gerade in die Garage. Da habe ich sie gesehen. Sie waren in der Garage und verwüsteten sie.«

»Wie viele?«

»Zwei.«

»Können Sie sie beschreiben?«

»Groß. Sie waren so groß. Der Kopf sah aus wie der einer Eidechse. Und die Augen …« Sie zitterte. »Rot. So rot.«

»Was ist passiert, nachdem Sie sie gesehen haben?«, fragte Ehrenberg. Mrs. Mankowski holte ein paarmal zittrig Luft.

»Es ist in Ordnung, Ma'am.« Rastun legte ihr eine Hand auf die Schulter. »Lassen Sie sich nur Zeit.«

Es dauerte eine Minute, bis die Frau wieder zu sich kam. »Der eine, er … er sprang auf mein Auto. Mein Gott, er war riesig. Beinahe wäre meine Windschutzscheibe zerbrochen. Ich legte den Rückwärtsgang ein und fuhr los.«

»Was ist mit der Kreatur?«, fragte Ehrenberg.

»Sie ist von der Haube gestürzt.«

»Wissen Sie, ob sie verletzt wurde?«, fragte Sherlock.

Mrs. Mankowski schüttelte den Kopf. »Ich weiß es nicht. Ich wollte einfach nur weg von dort. Dann dachte ich an Len, und … ich wusste nicht einmal … ich habe nicht einmal nachgesehen, ob es ihm gut geht.« Sie brach erneut in Tränen aus.

Rastuns Kiefer versteifte sich. Er versuchte, tröstende Worte zu finden und erinnerte sich an all die Male, die er mit trauernden Ehefrauen und Müttern bei Gedenkfeiern für gefallene Soldaten zu tun hatte. »Er war ein guter Mann«, hatte er immer gesagt, oder: »Er war ein guter Soldat … Er war eine Ehre für sein Land.« Rastun fragte sich manchmal, ob sie seine Worte überhaupt gehört hatten. Ob sie überhaupt von Bedeutung waren. Wie sollten einfache Komplimente ihren Schmerz lindern?

Und was zum Teufel sollte er Mrs. Mankowski sagen? Er wusste nichts über ihren Mann. Wie hohl würden seine Worte klingen?

Er ließ sie einfach weinen. Nach ein paar Minuten legte Ehrenberg einen Arm um sie. »Mrs. … Pam, es gab nichts, was Sie hätten tun können. Ich glaube, er wäre froh gewesen, dass Sie heil davongekommen sind.«

»Danke.«

Mrs. Mankowski brauchte noch ein paar Taschentücher, bevor sie weitermachen konnte. Ehrenberg schaltete den Camcorder wieder ein.

»Haben diese Kreaturen versucht, Ihnen zu folgen?«, fragte er.

»Nein. Ich glaube nicht.«

»Erinnern Sie sich an irgendetwas anderes von ihnen? Ein Geräusch, das sie gemacht haben?«

»Nein.«

»Jack.« Ehrenberg reichte Rastun den Camcorder, dann nahm er sein iPad heraus. »Ich zeige Ihnen jetzt ein paar Bilder. Sagen Sie mir, ob eines davon der Kreatur ähnelt, die Sie gesehen haben.«

Ehrenberg rief ein Foto von einem Sasquatch auf. Mrs. Mankowski schüttelte den Kopf. Als Nächstes kam das Bild eines Mannes in einem mit Blättern bedeckten Schutzanzug, wie er von Jägern und militärischen Scharfschützen verwendet wurde. Dann ein Bär, dann ein weiterer Sasquatch, dann ein CGI-Bild des Echsenwesens mit grüner, schuppiger Haut und roten Augen. Sein Maul war geöffnet und enthüllte Reihen von scharfen Zähnen.

»Das war's.« Sie tippte mit einem Finger auf den Bildschirm. »Das war es, was ich sah.«

Ehrenberg nickte, dann nahm er Rastun den Camcorder ab. »Ist Ihnen oder Ihrem Mann in den letzten Nächten etwas Ungewöhnliches in Ihrem Haus aufgefallen?«

»Was zum Beispiel?«

»Seltsame Geräusche, seltsame Fußabdrücke. Ungeklärte Schäden an Fahrzeugen oder Ihrem Haus.«

Mrs. Mankowski schüttelte den Kopf. »Nein.«

»Haben Sie einen Hund?«, fragte Rastun.

»Hatten wir. Maxie. Aber sie ist vor ein paar Jahren gestorben.«

Ehrenberg senkte den Camcorder. »Mrs. Mankowski, vielen Dank, dass Sie sich Zeit genommen haben. Nochmals, Sie haben unser Mitgefühl.«

»Danke.«

Sie verließen den Untersuchungsraum. Rastun blickte zurück. Mrs. Mankowski senkte ihren Kopf und wischte sich über die Augen.

»Warum die Frage nach dem Hund?«, fragte Sherlock, als sie den Flur betraten.

»Phil Welsh hat mir erzählt, dass sein Hund wie wild gebellt hat, kurz bevor er das Echsenwesen erschossen hat.«

»Die arme Frau.« Ehrenberg lehnte sich gegen die Wand. »Das wird langsam eine weitere Searaptor-Expedition.«

»So weit würde ich nicht gehen«, sagte Sherlock. »Da wurden viel mehr Menschen getötet.«

Rastun wandte sich an den Marshal. »Dann lassen Sie uns verdammt noch mal sicherstellen, dass das hier nicht auch passiert.«

15

»Steht auf! Kommt schon, steht auf, Leute. Das müsst ihr sehen.«

Cassian schlug die Augen auf. Er setzte sich in seinem Bett auf und blickte zum Küchentisch. Proly lehnte dicht an seinem Laptop, sein Gesicht leuchtete vor Aufregung.

»Was soll der Scheiß, Mann? Ich habe geschlafen«, schimpfte Lansford. Sowohl er als auch Smith lagen in ihren Schlafsäcken auf dem Boden.

»Vergiss das Schlafen. Es gab einen weiteren Angriff der Echsenwesen.«

»Was?« Cassian sprang aus dem Bett und ließ sich neben Proly plumpsen. »Wann?«

»Gestern Abend, westlich von Bishopville. Hier, ich spiele es euch vor.«

Nachdem Lansford und Smith aufgestanden waren, klickte Proly auf ein Video auf der Website von Channel 19 in Columbia.

»Ein Mann aus Lee County wurde brutal ermordet, und einige glauben, dass das legendäre Echsenwesen dafür verantwortlich ist. Guten Abend, Columbia, ich bin Connor Green«, sagte der elegant gekleidete männliche Moderator. »*Schrecklich*. So beschrieb ein Beamter des Lee County Sheriff's Office die Szene in einem Haus außerhalb von Bishopville, wo ein Mann in den Fünfzigern heute Abend gegen halb neun tot aufgefunden wurde. Die Strafverfolgungsbehörden sagen, dass es Ähnlichkeiten zwischen diesem Tod und dem von Phil Welsh gibt, dem Opfer dessen, was als *The Lizard Man Attack* bezeichnet wurde.«

Green stellte eine Reporterin vor, die am Tatort war. Sie erzählte, dass die Leiche *übel zugerichtet* war und dass das Haus, in dem der Mord geschah, nur drei Meilen von Welshs Haus entfernt war.

»Die Beamten des Sheriffs sagen, dass die Frau des Opfers gerade in die Einfahrt fuhr, als einer der Angreifer auf ihr Auto stürmte und die Windschutzscheibe zerschlug. Es gelang ihr, mit leichten Verletzungen zu entkommen und Nine-One-One anzurufen.«

»Andrea, hat das Büro des Sheriffs tatsächlich gesagt, dass das Echsenwesen für diesen Angriff verantwortlich ist?«, fragte Connor Green.

»Das Büro des Sheriffs hat es vermieden, das Echsenwesen zu erwähnen, aber sie haben erklärt, dass ein unbekanntes Tier für den Tod von Phil Welsh verantwortlich zu sein scheint, und dieser Angriff soll identisch mit dem von Welsh zu sein.«

Cassian grunzte. »Die denken immer noch, das war ein Tier. Verdammte blinde Schafe.« Er sah Proly an. »Haben sie die Namen der Leute genannt, die angegriffen wurden?«

»Nein. Aber das Video ist schon ein paar Stunden alt. Ich rufe mal etwas Aktuelleres auf.«

Es dauerte nicht lange, bis Proly online einen Artikel des Lee County Observer fand.

»Da haben wir's. Der Mann, der getötet wurde, hieß Len Mankowski. Der Name seiner Frau ist Pam. Hier steht, sie wurde ins Lee County Memorial Hospital gebracht.«

Cassian lehnte sich zurück. »Ja, in den Nachrichten hieß es, sie habe eine leichte Verletzung.«

»Aha.« Proly richtete sich auf, die Erkenntnis stand ihm ins Gesicht geschrieben. »Scheiße. Wisst ihr, was das bedeutet?«

Cassian presste die Lippen zu einem schmalen Strich zusammen und nickte langsam. »Ja. das tue ich.«

16

»Verdammt. Die haben sich für uns ins Zeug gelegt.«

Rastun schaute sich im Keller des Lee County Courthouse um. Kisten und Verschläge waren zur Seite geschoben worden und machten Platz für einen großen Tisch mit mehreren Laptops und Telefonen. Ein großer Videomonitor hing an der Wand über einem Whiteboard, und an beiden Seiten waren Karten der Gegend angebracht. Ein kleiner Kühlschrank stand in der Ecke, zusammen mit einem Tisch für eine Kaffeemaschine und Tassen. In der neuen Kommandozentrale der FUBI arbeiteten zwei Männer mittleren Alters, Freiwillige des Sheriffs.

»Fehlen nur noch Cracker mit Käse«, flüsterte Geek ihm zu. »Oder noch besser, eines von diesen verdammt großen Sandwiches.«

»Stell einen Antrag. Das Schlimmste, was sie sagen können, ist nein …«

Geek seufzte. »Mach mir doch einfach alle Hoffnungen kaputt, Captain.«

»Nun, ich hole mir einen Kaffee.«

Rastun goss sich einen Becher der schwarzen Flüssigkeit ein. Nachdem sie Mrs. Mankowski befragt hatten, trafen er und Ehrenberg wieder auf den Rest der Expedition. Sie fanden etwas niedergetrampelte Vegetation und etwas, das wie ein teilweiser Fußabdruck mit Krallen aussah, aber ansonsten fanden sie nichts.

Er schüttete etwas Zucker in seinen Becher und nahm einen Schluck, wobei er eine Grimasse zog. Der Kaffee war lauwarm und trotz Zucker etwas bitter. Aber im Moment war ihm der Geschmack egal. Er brauchte etwas, das ihn wach hielt.

»Oh, das kann ich jetzt auch gut gebrauchen.« Karen schlurfte neben ihn und holte ihren eigenen Becher, schüttete ebenfalls etwas Zucker hinein und gähnte dabei.

»Du solltest vielleicht noch einen draufsetzen, damit du bei der Besprechung nicht einschläfst.« Rastun nahm einen weiteren Schluck aus seinem Becher.

Karen sah ihn durch halb geöffnete Augenlider an. »Was ich will, ist, wieder im Bett zu sein. Wir waren fast die ganze Nacht unterwegs, haben kaum drei Stunden Schlaf bekommen, und Sawyer will, dass wir um neun zu diesem blöden Treffen kommen?«

»Ich muss es einfach hinnehmen. Ich kann dir nicht sagen, wie oft ...«

»Ich weiß. Wie oft du in der Armee vierundzwanzig Stunden oder länger wach geblieben seid, weil ihr Ranger alle übermenschlich seid.«

Rastun legte den Kopf schief. »Du kennst mich ziemlich gut.«

»Das sollte ich.« Sie schenkte ihm ein Grinsen. »Wir sind seit fast einem Jahr zusammen.«

Er spürte, wie ihm der Atem stockte, als er in Karens schönes Gesicht starrte. Es war fast ein Jahr her, das beste Jahr seines Lebens, dank dieser Frau, die mehr Geist und Zähigkeit besaß als jede andere, die er je gekannt hatte. Wie er so viel Glück haben konnte, war ihm ein Rätsel.

»Ja, und nach einem Jahr mit dir weiß ich, dass du wie ein Zombie durch den Tag gehst, wenn du nicht mindestens sieben Stunden Schlaf bekommst.«

Karen runzelte die Stirn, dann kicherte sie leise. »Stimmt, aber ich wette, du weißt immer noch nicht, was meine Lieblingsfarbe ist?«

Rastuns Gesicht verzog sich. »Ähm ... blau?« Karen rollte mit den Augen und wandte sich von ihm ab. »Gelb?«, fragte er.

»Versuche es weiter.«

Er lachte kurz und folgte ihr zum Konferenztisch.

Wenige Minuten später trafen auch die lokalen Vertreter ein. Bürgermeister McAllister, Sheriff Haddix, Polizeichef Gibson und der Bezirksrat Sawyer.

»Danke für die Vorbereitung.« Ehrenberg schüttelte ihnen allen die Hand.

»Gern geschehen«, erwiderte Haddix. »Ich dachte, es wäre eine gute Idee, alle unsere Bemühungen zu koordinieren.«

»Besonders jetzt, wo dieses Ding zwei Menschen getötet hat.« Sawyer verschränkte die Arme und starrte Ehrenberg mit einem harten Blick an.

Rastun achtete auf den Tonfall des Politikers. Er konnte nicht sagen, ob der Mann sich über einen zweiten angeblichen Todesfall durch die Echsenwesen aufregte oder ob er die FUBI dafür verantwortlich machte, dass sie es nicht verhindert hatte. Wenn Letzteres der Fall war, dann war Sawyer ein Narr.

Andererseits hatte Rastun nach ihrem ersten Treffen auch nicht viel von dem Stadtrat gehalten.

Nachdem sie sich mit Kaffee oder Wasser versorgt hatten, setzten sich alle an den Konferenztisch. Ehrenberg begann mit den Einzelheiten des Interviews mit Pam Mankowski und der erfolglosen Suche der FUBI in ihrer Wohnung.

»Wie geht es der armen Frau?«, fragte Petal.

»Sie ist in Ordnung, wenn man die Umstände in Betracht zieht.« Haddix' Mundwinkel verzogen sich, wahrscheinlich aus Mitleid mit Pam Mankowski. »Sie wird im Laufe des Vormittags aus dem Krankenhaus entlassen und zu einem Cousin nach Camden gebracht. Einer meiner Stellvertreter bringt sie zu ihrem Haus, um einige Sachen zu holen.«

Haddix verschränkte die Arme auf dem Tisch. »Wir sollten bis zum frühen Nachmittag eine Meldestelle eingerichtet haben. So können die Leute uns ihre Informationen per Telefon, SMS oder E-Mail zukommen lassen.«

Ehrenberg runzelte die Stirn. »Ich sage es nur ungern, aber Sie werden wahrscheinlich mehr Falschmeldungen als echte Tipps bekommen.«

»Das mag sein, aber wenn sich auch nur einer dieser Anrufe als legitim herausstellt, ist es das wert.«

»Hat Doktor Porter Len Mankowski untersucht?«, fragte Sherlock.

»Ja, hat er.« Haddix drehte sich in seinem Stuhl, um den Deputy Marshal anzusehen. »Dasselbe wie Welsh. Es scheint, dass der Angriff von einem Tier verübt wurde.«

»Oder wieder jemand«, begann Gibson, »der uns glauben machen will, dass das Echsenwesen Menschen in Stücke reißt.«

»Ich denke, es ist ziemlich offensichtlich, dass wir es mit einer echten Kreatur zu tun haben«, entgegnete Ehrenberg, »angesichts aller Beweise, die wir haben.«

Gibson legte den Kopf schief. »Es ist genauso gut möglich, dass ein Mensch dies getan hat. Jemand könnte sich ein Kostüm mit Klauen gebastelt und beschlossen haben, auf Amoklauf zu gehen.«

Petal verzog ungläubig das Gesicht. »Warum sollte jemand so etwas tun?«

»Warum bewahren manche Mörder Teile ihrer Opfer als Trophäen auf oder betreiben Kannibalismus? Es gibt einige sehr kranke und verdrehte Menschen auf dieser Welt.«

»Dass Welsh ihr erstes Opfer ist, ist ein zu großer Zufall«, sagte Rastun. »Er sagte, er würde schweigen, dass er die Leiche des Echsenwesens hat.«

Gibson zuckte mit den Schultern. »Vielleicht hat er es nicht getan. Vielleicht hat er es in einer Bar ausgeplaudert und jemand hat ihn belauscht. Sie töteten ihn und nahmen die angebliche Leiche des Echsenwesens als Beute mit. Wir versuchen, Welshs Schritte in den Tagen vor seinem Tod zurückzuverfolgen und herauszufinden, ob er eine Verbindung zu Len Mankowski hatte.«

Rastun sträubte sich gegen die Bezeichnung *angebliche Echsenwesen-Leiche*. Aber da die Leiche verschwunden ist, war es schwer, Skeptiker wie den Polizeichef von Bishopville davon zu überzeugen, dass es sich um eine echte Kreatur handelt.

»Und was tun Sie sonst noch, um die Echsenwesen zu finden?«, stieß Sawyer rau aus. »Oder Mörder, die wie Echsenwesen gekleidet sind, oder wer oder was auch immer dafür verantwortlich ist?«

»Chief Gibson hat sich bereit erklärt, uns einige seiner Beamten zu leihen, damit wir in der Gegend, in der Welsh und Mankowski getötet wurden, patrouillieren können«, sagte Haddix. »Wir haben auch einen Freiwilligen, der eine Cessna besitzt. Er hat sich bereit erklärt, die Suche aus der Luft zu unterstützen.«

»Ich habe mehrere Webcams und Kamerafallen in den Wäldern um Phil Welshs Haus aufgestellt«, fügte Karen hinzu. »Nach diesem Angriff müssen wir unseren Erfassungsbereich ausweiten.« Sie blickte zu Ehrenberg. »Ich muss die Stiftung dazu bringen, uns über Nacht weitere Webcams und Kamerafallen zu besorgen.«

»Bestellen Sie so viele, wie Sie brauchen.« Ehrenberg richtete seinen Blick auf Sawyer. »Und mit Geeks und Alanas Drohne von Aster

Technologies werden wir eine Menge elektronischer Augen haben, die nach den Echsenwesen Ausschau halten.«

»Echte Augen wären besser. Viele von ihnen. In diesem Bezirk gibt es viele Menschen, die gern jagen und campen. Wir sollten sie dazu bringen, sich freiwillig zu melden und einen großen Suchtrupp zu bilden.«

»Ein großer Suchtrupp mit vielen Mitgliedern, die wahrscheinlich keine Erfahrung mit solchen Situationen haben.« Rastun lehnte sich in seinem Stuhl vor. »Außerdem gefällt mir der Gedanke nicht, dass da draußen viele verängstigte Menschen mit Waffen herumlaufen, die vielleicht auf einen Baumstumpf oder eine andere Person schießen, weil sie denken, es sei das Echsenwesen.«

»Da muss ich Mister Rastun zustimmen«, sagte Haddix.

»Ich auch.« Petals Hand schoss in die Höhe. »Das Letzte, was wir brauchen, sind Leute mit juckenden Abzugsfingern, die Kreaturen erschießen, die nichts mit diesen Angriffen zu tun haben, und dabei vielleicht sogar die gesamte Spezies auslöschen.«

»Zwei Menschen sind tot, Doktor Garland«, schnauzte Sawyer. »Jetzt ist nicht die Zeit für diesen Tierschutz-PETA-Scheiß.«

Petal starrte ihn an.

»Kommen Sie schon, Herman.« Bürgermeister McAllister hielt seine Hand hoch. »Beruhigen Sie sich. Es hört sich so an, als hätten der Chief, der Sheriff und die Leute von Doktor Ehrenberg einen guten Plan, um diese Monster zu finden.«

»Und wie viele Menschen starben in New Jersey, bevor die FUBI den Searaptor fand?«

Rastuns Muskeln verkrampften sich. Er starrte Sawyer an, kochte vor Wut. Er biss die Zähne zusammen und kämpfte darum, nicht auf den Scheißkerl loszugehen, während er die ganze Zeit daran dachte, wie Dr. Malakov vor seinen Augen der Kopf abgerissen wurde, und er unfähig war, der Wissenschaftlerin zu helfen.

»Ohne uns wären noch viel mehr Menschen gestorben«, schoss Karen mit zusammengekniffenen Augen zurück.

»Das ist genug, Leute.« McAllister sprach in einem strengeren Ton. Er musterte die Anwesenden am Tisch. »Streiten und mit Anschuldigungen um sich werfen wird uns nicht helfen, diese Echsenwesen davon abzuhalten, noch mehr Menschen zu töten.«

Stille senkte sich über den Tisch. Mehrere Leute atmeten langsam durch oder sahen zu Boden, um sich zu beruhigen. Rastun zwang seine Muskeln, sich zu entspannen. Er blickte den Bürgermeister an, dankbar für dessen kühlen Kopf.

»Tut mir leid«, murmelte Sawyer, ohne dass es so klang, als ob es ernstgemeint war.

Es vergingen noch ein paar Sekunden des Schweigens, bevor Ehrenberg das Wort ergriff. »Was ich wissen möchte, ist, warum jetzt? Das Echsenwesen wurde seit den späten 1980er-Jahren gesichtet. Es gab Berichte, dass es Autos beschädigt hat, aber bis jetzt hat er nie jemanden physisch angegriffen. Was hat sich also geändert?«

McAllister verschränkte die Arme und lehnte sich in seinem Sitz zurück. »Mmm.« Er behielt seinen nachdenklichen Blick für ein paar Augenblicke bei, bevor er fragte: »Irgendwelche Theorien?«

»Vielleicht gibt es in ihrem normalen Lebensraum nicht genug Tiere«, schlug Petal vor. »Sie könnten an anderen Orten nach neuen Nahrungsquellen suchen.«

Das Telefon des Sheriffs klingelte. Er nahm den Anruf entgegen, während der Bürgermeister antwortete: »Ich glaube nicht, dass der Mangel an Nahrung das Problem ist. Ich kenne viele Jäger hier in der Gegend. Die meisten von ihnen kommen mit einem ziemlich großen Reh oder Wildschwein zurück.«

»Was ist mit dem Eindringen von Menschen in ihr Gebiet?«, fragte Rastun. »Gab es in den letzten ein oder zwei Jahren irgendwelche neuen Entwicklungen in der Umgebung von Bishopville?«

»Ja.« McAllister nickte. »Cedar Creek Homes. Etwa einhundert Häuser. Meine Firma hat das Projekt geleitet.«

»Wo ist das?«, fragte Ehrenberg.

McAllister zeigte auf eine der Karten an der Wand. »Westlich der Stadt, in der Nähe des Camden Highways.«

Ehrenberg ging zur Karte hinüber. »Wo genau?« Er fuhr mit dem Finger die Autobahn entlang.

»Genau da.«

Sein Finger blieb kurz vor einem See auf der anderen Seite der Straße stehen. »Genau dort. Der Rand des Scape Ore Sumpfes, wo die meisten Sichtungen von Echsenwesen gemeldet wurden.«

Sawyer holte schnell Luft und hielt sie an.

McAllister grunzte und sah weg.

Sheriff Haddix legte sein Telefon auf den Tisch. »Das war Doc Porter. Er hat die DNA-Ergebnisse der Hautproben zurückbekommen.«

»Was haben sie gezeigt?«, fragte Ehrenberg.

»Es sind Reptilienschuppen, aber sie gehören zu keiner bekannten Art.«

17

Cassian hat während seiner Zeit bei der Marine Force Recon viele Fähigkeiten erlernt. Sammeln von Informationen, CQB – Close Quarters Battle – erweiterte Erste Hilfe, wie man in jeder Umgebung überleben konnte. Aber die eine Fähigkeit, die er am meisten zu schätzen gelernt hatte, war Geduld. Viele Menschen in seinem Alter hatten keine Vorstellung davon. Sie gehörten zu der Generation der sofortigen Befriedigung. Wenn sie einem Freund etwas sagen mussten, konnten sie nicht einfach warten, bis sie ihn von Angesicht zu Angesicht sahen. Sie mussten ihm jetzt eine SMS schicken. Wenn sie etwas zu essen oder ein ekelhaftes Pseudo-Kaffeegetränk wollten, musste es in diesem Moment sein. Wenn sie länger als eine Minute auf etwas warten mussten, drohten sie ihren jämmerlichen Verstand zu verlieren.

Bei den Marines war das nicht möglich, vor allem nicht bei der Force Recon. Manchmal musste man Stunden, vielleicht Tage oder sogar Wochen warten, bis der Feind auftauchte. Dann saß man einfach da und beobachtete ihn stunden-, tage- oder wochenlang, sammelte jedes bisschen Information, das man bekommen konnte, und gab es an andere Marines weiter, die ihn dann auslöschten.

Und wenn Force Recon direkt eingreifen mussten, waren sie mehr als fähig.

Cassian musste an diesem Tag beides tun. Er musste sich in Geduld üben, warten, bis sein Ziel auftauchte, und es dann selbst eliminieren.

Einen besseren Standort hätte er sich nicht wünschen können. Das Haus war das einzige an diesem Straßenabschnitt. Er hatte sich unter einem Gebüsch niedergelassen, und sein Tarnanzug machte ihn für alle vorbeifahrenden Autos unsichtbar. Von seiner Position aus hatte er einen perfekten Blick auf die Veranda. Aus 30 Metern Entfernung musste er kein geübter Scharfschütze sein, um sein Ziel auszuschalten.

Smith versteckte sich zwei Meilen die Straße runter und war bereit, ihn zu alarmieren, falls das Fahrzeug der Zielperson auftauchte. Ein 2013er Nissan Altima, Farbe rot. Proly hatte das durch einen Hack in das South Carolina Department of Motor Vehicles erfahren. Lansford befand sich hundert Meter weiter hinten im Wald und gab ihm Rückendeckung, während Proly hinter dem Steuer des Wohnmobils saß und bereit war, sie herauszuholen.

Alle waren an ihrer Position. Cassian brauchte nur zu warten.

Es vergingen Stunden, ohne dass die Zielperson zu sehen war. Das Haus war menschenleer, das gelbe Polizeiband vor der Tür flatterte im Wind.

Selbst bei den besttrainierten Kriegern schweiften irgendwann die Gedanken ab. In Zeiten wie diesen schweiften Cassians Gedanken zu einer bestimmten Nacht. Diese schreckliche Nacht, als er sechs Jahre alt war. Die Nacht, die sein Leben veränderte.

Er schloss die Augen und projizierte sich in die Vergangenheit. Die Angst, die Schreie, schienen jetzt genauso real wie vor all den Jahren.

Dieser Schrecken hatte ihn die meiste Zeit seiner Kindheit überwältigt. Als er älter wurde, verwandelte er sich in Wut und den Wunsch nach Rache. Aber würde er eine Chance haben, wenn er jemals einem dieser Monster begegnete?

Er erinnerte sich an den Tag, als er siebzehn war und am Rekrutierungsbüro des Marine Corps in einem örtlichen Einkaufszentrum vorbeikam. Auf dem Plakat, das ihm ins Auge fiel, war ein Mann in schwarzer Tarnfarbe zu sehen, der in einen grünen Ghillie-Anzug gehüllt war und die Worte LEISE. TÖDLICH. MARINE FORCE AUFKLÄRUNG.

Das musste er sein, um es mit den sogenannten Echsenwesen aufzunehmen. Am Tag nach seinem Highschool-Abschluss ging er zu den Marines.

Cassian verbrachte drei Jahre in Uniform. Es wären mehr gewesen, wenn es nicht so viele *Disziplinprobleme* gegeben hätte. Wie auch immer. Das Corps hatte ihm alles beigebracht, was er brauchte, um seine Feinde aufzuspüren und zu vernichten, und er hatte diese Fähigkeiten in Afghanistan verfeinert. Nach seiner Dienstzeit war er zurück nach South Carolina gekommen und hatte den Kampf mit den Monstern aufgenommen.

Sie dachten, sie seien sicher und die Menschen seien blind für die Wahrheit. Nun, er war nicht mehr blind, und er würde einmal mehr zeigen, dass sie nicht sicher waren.

Sein Telefon vibrierte. Smith schrieb ihm eine SMS. *Polizeiauto kommt.*

Cassian lag still. Aus der Ferne hörte er den Motor. Dann erschien ein weißes Auto mit einem Lichtbalken. Er hielt den Atem an, Nervosität stieg in ihm auf. Er überzeugte sich, dass er gut getarnt war. Der Polizist würde ihn nicht sehen.

Der Wagen bog in die Einfahrt zum Haus der Mankowskis ein.

Vielleicht mussten die Cops mehr Beweise sammeln.

Der Deputy, ein stämmiger Mann mit kahlgeschorenem Kopf, stieg aus dem Wagen. Cassian bewegte sich nicht. Er tat, was Force Recon Marines am besten konnten. Er beobachtete.

Der Beamte ging zur Beifahrerseite und öffnete die Tür.

Was zum Teufel?

Es war Pam Mankowski. Daran bestand kein Zweifel. Er hatte sich ihr Gesicht von ihrem Führerscheinfoto eingeprägt, das Proly für ihn besorgt hatte.

Warum zum Teufel bringt ein Polizist sie nach Hause?

Vielleicht war der Kerl Teil der Verschwörung. Vielleicht wollte er Pam Mankowski auf den neuesten Stand bringen, was von ihr als Neubekehrte erwartet wurde.

Das ist Mist. Das macht die Sache kompliziert. Pam Mankowski war sein Ziel, aber wenn er sie erschoss, würde der Deputy die Kavallerie rufen.

Der Deputy führte Pam Mankowski zur Eingangstür.

Cassian stemmte das Remington 798 gegen seine Schulter und starrte durch das Zielfernrohr. Er stellte das Fadenkreuz genau vor das Gesicht des Hilfssheriffs ein.

Anvisieren … Luft anhalten … leichte Brise aus Südost.

Der Deputy setzte seinen rechten Fuß auf die erste Stufe.

Cassian drückte ab.

Das Geschoss bohrte sich durch die Wange des Deputys. Ein ausgebildeter Scharfschütze der Marines hätte die Schläfe des Ziels getroffen, aber mit einer .30-06er Patrone war es gut genug. Eine rote Wolke schoss auf der anderen Seite des Kopfes des Deputys heraus. Er stürzte zu Boden.

Pam Mankowski starrte den Mann mit weit aufgerissenen Augen und offenem Mund an. Wie die meisten Zivilisten, die etwas Unerwartetes erleben, erstarrte sie vor Schock.

Cassians zweiter Schuss durchschlug die Schädeldecke von Pam Mankowski. Blut und Hirn spritzten auf die Hauswand. Sie fiel auf den Rücken und war tot, bevor sie auf dem Boden aufschlug.

Cassian hob die Patronenhülsen auf und rutschte rückwärts tiefer in den Wald hinein. Als er die Fahrbahn kaum noch sehen konnte, erhob er sich und begann zu rennen, während er eine SMS schrieb.

X-Punkt. Jetzt.

Er, Smith und Lansford erreichten die Stelle ohne Zwischenfälle. Proly wartete im Wohnmobil auf sie. Cassian warf einen Blick zurück in die Richtung des Hauses der Mankowskis. Er konnte nicht anders, als Mitleid mit der Frau zu haben. Aber er hatte Artikel und Sendungen darüber gelesen und gesehen, wie die »Echsenwesen« Hybride erschufen, indem sie ihre DNA mit der eines Menschen kombinierten.

Pam Mankowski war bei dem Angriff letzte Nacht verletzt worden. Ob gebissen oder gekratzt, das verdammte Monster hatte seine DNA in sie gesteckt. Die Verwandlung hatte begonnen, so ähnlich wie bei einem Werwolf. Wenn er einen ihrer potenziellen Fußsoldaten ausschalten konnte, würde er es verdammt noch mal tun.

Zwei sind geschafft, und es liegen noch viele vor uns.

18

Eine heulende Sirene erregte Rastuns Aufmerksamkeit. Er schaute in den Rückspiegel und sah ein Polizeiauto, das mit Blaulicht über die Landstraße raste. Er fuhr zur Seite. Das Polizeiauto schoss an ihm vorbei. Ebenso ein weiteres und ein Geländewagen ohne Kennzeichen mit Blinklichtern im Kühlergrill.

»Verdammt«, sagte Geek auf dem Rücksitz. »Da muss irgendeine ernste Scheiße im Gange sein.«

Rastun nickte, lenkte zurück auf die Straße und sah Sherlock im Rückspiegel an. »Sieht das hier aus wie ein Ort, an dem drei Polizeiautos so viel Aufsehen erregen?«

»Nein, tut es nicht.« Sherlock holte sein Handy heraus und rief das Büro des Sheriffs an. »Uns haben gerade drei Ihrer Fahrzeuge auf dem Camden Highway überholt. Ist es etwas Ernstes?«

Einige Sekunden vergingen. Sherlocks üblicher, stoischer Ausdruck geriet ins Wanken.

Das ist nicht gut, dachte Rastun.

»Es tut mir leid, das zu hören. Wie ist der Standort … sind Sie sicher, dass … ja, gut. Ich danke Ihnen für Ihre Hilfe.« Sherlock senkte langsam sein Telefon.

»Was ist los?« Karen runzelte die Stirn.

»Diese Polizisten sind mit einem Doppelmord beschäftigt. Eines der Opfer ist ein Deputy.«

»Scheiße«, murmelte Geek.

»Oh mein Gott.« Karen legte eine Hand auf ihre Brust.

Rastuns Schultern sackten zusammen. Es war kein Wunder, dass Sherlock so reagierte. Die Cops waren genauso eine Bruderschaft wie das Militär. Der Verlust eines Mitglieds traf alle empfindlich.

»Da ist noch mehr«, sagte Sherlock. »Die Morde fanden im Haus von Pam Mankowski statt.«

»Was?«, platzte Rastun heraus. »Ist sie das zweite Opfer?« Grauen stieg in ihm auf. Er spürte, dass er die Antwort bereits kannte.

»Ja.«

»Haben sie gesagt, wie sie gestorben sind?«

»Nein.«

Rastun schlug mit den Händen auf das Lenkrad und beschleunigte unbewusst. Er dachte an Mrs. Mankowski im Krankenhaus vor etwa zwölf Stunden. Mit Tränen in den Augen hatte sie versucht, den Tod ihres Mannes zu begreifen. Die arme Frau hatte sich kaum zusammenreißen können.

Jetzt war sie tot, zusammen mit einem Deputy. Hatte ein Echsenwesen sie angegriffen?

»Karen. Ruf Randy an und sag ihm, was passiert ist, und dass wir einen Abstecher zum Haus der Mankowskis machen.«

Nachdem Karen Ehrenberg kontaktiert hatte, fuhren die vier schweigend weiter. Eine Meile vor dem Haus wurde Rastun langsamer. Ein Wagen des LCSO blockierte die Straße, davor standen zwei Polizisten.

Rastun fuhr an den Straßenrand und alle stiegen aus. Er erkannte die Hilfssheriffs Clay und Wills, die das Haus von Welsh gesichert hatten.

Clay begrüßte sie. »Tut mir leid, Leute. Ihr müsst umdrehen. Wir haben eine aktive Untersuchung am Laufen.«

»Wissen wir.« Sherlock zückte seine Dienstmarke. »Pam Mankowski und einer Ihrer Deputys. Wir bedauern Ihren Verlust.«

Sowohl Clay als auch Wills nickten, ihre Münder zu dünnen, festen Linien verzogen.

»Wir haben Mrs. Mankowski heute früh über den Tod ihres Mannes befragt«, fuhr Sherlock fort. »Das könnte mit den Ermittlungen der FUBI zu tun haben. Ich würde gern mit einem Ihrer Detectives sprechen.« Er hielt immer noch seinen Ausweis hoch.

Clay und Wills sahen sich gegenseitig an, dann auf Sherlocks Marke. »Aber sicher, Marshal.« Clay trat einen Schritt zur Seite. »Detective Blefary leitet die Ermittlungen.«

Großartig. Rastun konnte sich vorstellen, wie der Detektiv reagieren würde, wenn er Sherlock sah. Blefarys ständig schlechte Laune musste fünfzigmal schlimmer sein, wenn er an einem Doppelmord arbeitete, bei dem eines der Opfer ein Deputy war.

Er sah zu, wie Sherlock die Straße hinunterging, und beneidete ihn nicht um den Empfang, den er wahrscheinlich bekommen würde. Rastun machte sich nicht einmal die Mühe zu fragen, ob er ihn begleiten durfte. Die FUBI war keine Strafverfolgungsbehörde. Die Polizisten wollten nicht, dass Zivilisten an einem Tatort herumliefen. Also blieb er mit Karen und Geek zurück, während die Nachmittagssonne auf sie niederbrannte. Er nahm einen langen Zug aus seiner Wasserflasche.

»Es tut mir leid um Ihren Deputy«, sagte Karen.

Sowohl Clay als auch Wills bedankten sich bei ihr.

»Uns allen«, fügte Rastun hinzu. »Kannten Sie ihn gut?«

Clay senkte den Kopf und ließ die Schultern hängen. Für Rastun war das Antwort genug.

»Wir kannten ihn beide sehr gut«, sagte Wills. »Clark Spillman. Guter Kerl. Arbeitete seit drei Jahren in dem Job.«

»Hatte er Familie?«, fragte Karen.

»Er lebt …« Wills verlagerte sein Gewicht. »Er lebte etwa zwei Jahre lang mit seiner Frau zusammen.«

Rastun schloss die Augen und stellte sich vor, wie jemand anderes über den plötzlichen, gewaltsamen Tod eines geliebten Menschen trauerte.

»Ich habe ihn in die SO gebracht.« Clay hob den Kopf, der Schmerz in seinen Augen war offensichtlich. »Wir waren in der gleichen Einheit der Nationalgarde. Haben eine Tour in Afghanistan gemacht.« Er schüttelte den Kopf. »Ich kann es nicht glauben. Clark hat den ganzen verdammten Einsatz mit nur ein paar Kratzern überstanden, und dann wird er genau hier erschossen.« Er breitete seine Arme aus.

Rastun richtete sich auf. »Sie sagten, er wurde erschossen?«

»Ja. Er und die Dame.«

Rastun drehte sich zu Karen und Geek um. Beide sahen genauso überrascht aus wie er. Er hatte erwartet, zu hören, dass Mrs. Mankowski und Deputy Spillman zerfleischt worden waren, nicht erschossen.

»Es ist verrückt«, sagte Wills. »Letzte Nacht wird ihr Mann in Stücke gerissen, und heute wird sie erschossen.«

»Ich denke, *verdächtig* ist ein besseres Wort als *verrückt*«, sagte Karen zu ihm.

Wills nickte. »Ja, ich glaube, da haben Sie recht.«

»Ich hoffe, Sie kriegen den, der das getan hat.«

»Keine Sorge, Ma'am, das werden wir.« Clays Tonfall ließ keinen Zweifel zu.

Die Gruppe blieb ruhig stehen, während die Hilfssheriffs ein paar ankommende Fahrzeuge zurückschickten. Rastun trank aus seiner Wasserflasche, als er sah, wie Sherlock auf ihn zukam, mit Blefary im Schlepptau. Als sie ihn erreichten, sah Sherlock gut aus. Verschwitzt, aber gut. Blefary hingegen war gebeugt und atmete schwer. Der Schweiß benetzte sein Gesicht und hinterließ große, kreisförmige Flecken unter seinen Armen.

»Detective«, begrüßte Rastun ihn.

Blefary holte ein paarmal tief Luft. »Wenn Sie einen Angriff der Echsenwesen erwartet haben, vergessen Sie es. Spillman und Pam Mankowski wurden erschossen.«

»Haben Sie eine Ahnung, wie es passiert ist?«, fragte Rastun.

»Ein Schuss in den Kopf, ein Schuss für jeden, aus der Ferne.«

»Wann ist das passiert?«

»Vielleicht vor zwei, drei Stunden«, sagte Blefary. »Ein vorbeifahrender Autofahrer entdeckte die Leichen und meldete es telefonisch.«

»Scharfschütze?«, fragte Geek.

»Wer auch immer es getan hat, war gut«, antwortete Sherlock, »aber Scharfschießen war nicht seine Spezialität.«

»Woher wissen Sie das?« Karen fuhr sich mit der Wasserflasche über die Stirn.

»Deputy Spillman wurde in die Wange geschossen. Ein echter Scharfschütze hätte diese Kugel durch seine Schläfe gejagt. Die Kugel, die Mrs. Mankowski tötete, hätte sie verfehlt, wenn sie ein paar Zentimeter höher gewesen wäre. Ein echter Scharfschütze hätte sie direkt in die Stirn getroffen.«

»Echter Scharfschütze oder nicht, sie sind beide tot«, sagte Blefary. »Wer auch immer es war, er weiß, wie man eine Waffe benutzt, und zwar gut. Vielleicht ein Jäger oder ein Ex-Soldat.« Er klappte sein

Notizbuch auf und sah Rastun an. »Sie haben heute Morgen Pam Mankowski befragt?«

Jetzt wusste Rastun, warum Blefary nicht geschrien hatte, sie sollten verschwinden. Er und Sherlock waren zwei der letzten Menschen, die Mrs. Mankowski lebend gesehen hatten.

»Hat sie Ihnen gegenüber irgendetwas erwähnt, dass jemand ihr etwas antun wollte?«, fragte Blefary.

»Nein«, antwortete Rastun. »Das Einzige, worüber wir gesprochen haben, war der Angriff der Echsenwesen.«

Blefary grunzte. Trotz der Nachricht über die unbekannten Schuppen schien er immer noch glauben zu wollen, dass eine Person hinter dem Tod von Phil Welsh und Len Mankowski steckte.

»Ist Ihnen im Krankenhaus jemand Verdächtiges aufgefallen?«

Sowohl Rastun als auch Sherlock verneinten.

»Hatten Sie oder jemand von der FUBI schon einmal Kontakt mit den Mankowskis?«

Alle schüttelten den Kopf, und Rastun fügte hinzu: »Wir kannten sie bis gestern Abend nicht.«

»Mm-hmm.« Blefary kritzelte in sein Notizbuch, dann wischte er sich mit dem Ärmel über die schweißnasse Stirn. »Können Sie mir sagen, was Sie heute alles gemacht haben?«

»Wir gingen zur Besprechung im Gerichtsgebäude, aßen zu Mittag und machten uns dann auf den Weg«, sagte Rastun.

»Wo haben Sie zu Mittag gegessen?«

»Ein Lokal namens *The Good Ol' Cafe*. Es ist die Straße runter von unserem Hotel.« Rastun bemerkte, wie Karen sich versteifte und ihren Blick auf Blefary richtete.

»Kann jemand außerhalb Ihres Teams bestätigen, wo Sie sich zwischen dem Zeitpunkt, an dem Sie Ihre Besprechung verlassen haben, und jetzt aufgehalten haben?«

Karen atmete verärgert aus. »Das soll wohl ein Witz sein? Glauben Sie wirklich, dass einer von uns die Frau und den Deputy erschossen hat?«

»Ich muss alle Möglichkeiten in Betracht ziehen.«

»Nun, das ist Blödsinn. Warum zum Teufel sollten wir sie töten wollen?«

»Hey. Ich habe einen toten Deputy und eine tote Zivilistin da hinten. Also brauche ich keinen Scheiß von Ihnen!«

»Sie gehen zu weit, Detective.« Rastun trat auf Blefary zu, mit zusammengekniffenen Augen, nur wenige Zentimeter von dem fetten Gesicht des Mannes entfernt. Einem fetten Gesicht, das er am liebsten geschlagen hätte.

Blefary verkrampfte sich und wollte schon den Mund öffnen, als Sherlock sich zwischen sie drängte und die Hände hob. »Wir sollten uns alle beruhigen.«

»Was?« Karen streckte Blefary eine Hand entgegen. »Sie wollen zulassen, dass er uns beschuldigt, zwei Menschen ermordet zu haben?«

»Karen, bitte.« Rastun legte ihr eine Hand auf den Rücken. Sie drehte sich um, ihr Gesicht glühte vor Wut. Er warf ihr einen strengen Blick zu und sagte: »Es reicht.«

Er wusste besser als jeder andere, warum Karen über Blefarys Bemerkungen so verärgert war.

Sie atmete laut aus und drehte sich wieder Blefary zu. Sie starrte den großen Detective an, sagte aber nichts.

Zu Rastuns Überraschung schwieg auch Blefary.

»Sie können das Hotel und das Restaurant anrufen«, sagte Sherlock zu Blefary. »Die werden bestätigen, dass wir dort waren.«

»Das werde ich tun.« Blefary holte sein Telefon heraus, suchte die Nummern und rief an. Nach zwei kurzen Gesprächen steckte er das Telefon ein. »Ihre Geschichte ist in Ordnung. Sie können gehen.«

»Danke, Detective«, sagte Sherlock.

Blefary ging weg. Rastun sah die Schultern des Mannes sinken. Er wusste, dass das nichts mit der körperlichen Anstrengung zu tun hatte.

»Detective.«

»Was?«, schnauzte Blefary.

»Tut mir leid wegen Deputy Spillman.«

Blefary starrte ihn an. Mehrere lange Sekunden des Schweigens vergingen, bevor er »Danke« murmelte und weiterging.

Ein Anflug von Mitleid durchfuhr Rastun. Blefary war ein Arschloch, aber er hatte gerade einen Mann verloren. Er kannte dieses Gefühl nur zu gut. Der Kerl musste niedergeschlagen sein.

»Das ist verrückt.« Karen schüttelte den Kopf. »Schlimm genug, dass wir Echsenwesen haben, die Menschen töten, jetzt läuft auch noch ein Verrückter herum und erschießt Menschen.«

»Das muss alles irgendwie zusammenhängen.« Rastun führte sie zurück zum SUV. »Mrs. Mankowski wird am Tag, nachdem ihr Mann zu Tode misshandelt wurde, der Kopf weggeblasen. Das kann kein Zufall sein, verdammt noch mal. Aber wer hat es getan und warum?«

19

Rastun stand unter dem Baum und richtete eine Taschenlampe auf einen der Äste über ihm. Karen saß darauf und montierte die letzte ihrer Webcams. Selbst als er ihr Licht spendete, ließ er seinen Blick durch den dunkler werdenden Wald schweifen. Er entdeckte Geek in der Nähe, der ebenfalls die Gegend absuchte. Rastun schätzte, dass sie noch zehn Minuten Zeit hatten, bis die letzten Reste des Sonnenlichts verschwanden. Dann würden die Echsenwesen an der Reihe sein.

Es gab kaum Zweifel, dass die Kreaturen nachtaktiv waren. Das bedeutete, sie besaßen eine hervorragende Nachtsicht. Wie gut waren ihre anderen Sinne? Wie unauffällig konnten sie sich bewegen?

Dann kam die Frage, die ihn am meisten beunruhigte: Wie viele Echsenwesen gab es da draußen? Das führte zu einer weiteren beunruhigenden Frage: Wer war noch da draußen und hatte Interesse an den Echsenwesen?

»So, fertig«, verkündete Karen und ging an ihr Satellitentelefon. »Ops, hier ist Karen. Webcam Sechs ist bereit. Wie sieht's aus?«

Es gab eine Pause, bis die Person in der FUBI-Einsatzzentrale antwortete. Karen nickte und sah zu Boden. »Jack, tu mir einen Gefallen und geh ein paar Schritte zurück.«

Er tat es.

»Wie sieht das aus?« Sie hielt inne, dann schwenkte sie die Kamera nach links. »Ist das gut?« Sie schaute zu Rastun und zeigte ihm den Daumen nach oben. Er winkte in die Kamera.

Karen hielt das Satellitentelefon zwischen Wange und Schulter geklemmt und holte ihr iPad heraus. Sie tippte ein paarmal auf den Bildschirm. »Ich kann alle Webcams auf meinem iPad empfangen. Wenn Sie etwas sehen, das wie ein großes Reptil auf zwei Beinen aussieht, sagen Sie mir Bescheid … danke, Kelsey. Bye.«

Sie steckte das Telefon und das Tablet ein und kletterte den Baum hinunter, wobei Rastun ihr beim letzten Stück half.

»Ich nehme an, dass du mit unserer Kameraüberwachung zufrieden bist?«, fragte Rastun.

»Wenn es in diesem Waldstück Echsenwesen gibt, werden wir es wissen.«

»Gut. Lasst uns zu Randy und den anderen zurückkehren.«

Geek begann zu gehen und hielt dann inne. »Ich muss mal eben pinkeln.«

»Wir werden hier auf dich warten«, sagte Rastun. »Ich möchte dich nicht allein im dunklen, unheimlichen Wald zurücklassen.«

Geek täuschte ein Lachen vor. »Ich habe immer Offiziere geliebt, die sich für Komiker hielten.«

Rastun grinste, als Geek sich auf den Weg hinter einen Baum machte. Er war schon seit zwei Jahren kein Offizier mehr.

Ist es wirklich schon zwei Jahre her?

Bereits in der Highschool hatte er sich ausgemalt, dass er bei der Armee Karriere machen würde. Mindestens zwanzig Jahre, vielleicht fünfundzwanzig. Wahrscheinlich würde er es bis zum Oberst bringen. Wäre General Rastun eine Möglichkeit gewesen? Ein Teil von ihm hatte das denken wollen, als er in Uniform gewesen war. Ein anderer Teil wollte keine Sterne an seinem Kragen haben. Eines hatte er in der Armee gelernt: Je weiter oben man auf der Karriereleiter stand, desto weiter war man von der Praxis entfernt. Vorbei waren die Zeiten, als Generäle wie Patton und Rommel mit ihren Truppen in die Schlacht zogen. Heutzutage saßen die Generäle in klimatisierten Kommandobunkern und sahen sich die Schlacht auf Fernseh- und Computerbildschirmen an, während die Männer, die sie ausfochten, Hunderte von Meilen entfernt waren.

Das war nicht er. Er musste im Feld sein, die gleichen Gefahren wie die anderen Soldaten teilen. Jeden verdammten Tag in einem Büro oder Bunker oder einem anderen Ort mit vier Wänden zu sitzen, würde ihn in den Wahnsinn treiben. Deshalb war die Arbeit bei der FUBI perfekt. Klar, er befand sich mitten in den Wäldern von South Carolina, wo feindliche Kryptiden und ein verrückter Scharfschütze ihr Unwesen trieben, aber er gehörte hierher. Nach sechs Jahren in der Armee, davon fünf als Ranger, hatte er die nötigen Fähigkeiten, um alle Teilnehmer der Expedition vor Monstern und Verrückten zu schützen.

»Es tut mir leid.« Karen unterbrach seine Gedanken.

»Hm?«

»Für vorhin. Als ich auf Detective Blefary losgegangen bin.« Sie biss sich für einen Moment auf die Unterlippe. »Es ist nur … als er andeutete, wir könnten etwas mit den Morden zu tun haben, nach dem, was letztes Jahr passiert ist …«

Rastun legte ihr eine Hand auf die Schulter. »Hey. Du musst es mir nicht erklären. Ich verstehe schon.«

Das tat er wirklich, vielleicht besser als jeder andere. Während der Searaptor-Expedition tauchten Belege auf, die darauf hindeuteten, dass Karen ein Maulwurf war, den der Tierschmuggler Norman Gunderson eingeschleust hatte, um die Kreatur zu fangen. Es stellte sich heraus, dass es sich bei dem Maulwurf um Raleigh Pilka handelte, mit dem Karen im College eine Affäre hatte, die dazu führte, dass sie mit Emily schwanger wurde. Es überraschte ihn nicht, dass sie sich verteidigte, wenn jemand sie beschuldigte, an einem Verbrechen beteiligt zu sein.

Rastun wandte seinen Blick von Karen ab. Auch er hatte geglaubt, sie sei der Maulwurf gewesen, obwohl sie ihn zweimal vor dem Searaptor gerettet hatte. Und obwohl sie ihm verziehen hatte, wurde er die Schuldgefühle nie ganz los, die er empfand, weil er das Schlimmste von ihr angenommen hatte.

»Ich wünschte, ich wäre so cool wie du, wenn ich mit so etwas umgehen muss«, sagte Karen.

»Meine Gelassenheit? Wenn Sherlock nicht da gewesen wäre, säße ich jetzt vielleicht wegen Angriffs auf einen Polizisten im Gefängnis.«

Karen legte den Kopf schief, mit einem nachdenklichen Gesichtsausdruck. »Ja, du sahst aus, als würdest du Blefary gleich den Kopf abreißen.« Sie lächelte und klopfte ihm auf die Schulter. »Schön zu wissen, dass ich einen der letzten Männer auf der Welt habe, der noch an Ritterlichkeit glaubt.«

»Ich dachte, ihr modernen, unabhängigen Frauen könnt für euch selbst einstehen«, sagte Rastun.

»Oh, ich kann meine eigenen Kämpfe austragen, aber es ist schön zu wissen, dass ich einen Mann habe, der mir den Rücken stärkt.«

»Immer, Babe.« Er legte einen Arm um Karen und zog sie an sich. Sie schmiegte ihren Kopf an seine Schulter.

»Ich bin also ritterlich, ja?«

»Auf jeden Fall«, sagte Karen.

»Das heißt wohl, dass ich dir öfter die Tür aufhalten muss.«

»Ja.«

»Und lege meinen Mantel über eine Schlammpfütze, damit du darüber laufen kannst.«

»Aha.«

Rastun hielt inne. »Was ist mit Rückenmassagen?«

»Oh ja.«

»Fußmassagen?«

»Ja, unbedingt«, antwortete Karen. »Zusammen mit der Möglichkeit, mindestens einmal im Monat mit mir einen romantischen Film zu sehen.«

»Okay, solange wir das jeden Monat mit einem Actionfilm ausgleichen.«

»Ich glaube nicht, dass Feilschen etwas mit Ritterlichkeit zu tun hat.«

»Hey, wenn ich mir so etwas wie *The Notebook* ansehen muss, ist es nur fair, dass du dir *Thor: The Dark World* ansiehst.«

Karen grinste und gab Rastun einen Kuss auf die Wange.

»Herrje. Ich bin zwei Minuten weg und ihr fummelt schon wieder herum.« Geek kam auf sie zu, mit einem breiten Grinsen im Gesicht.

»Danke, dass du mir den Moment gerettet hast, Sergeant.« Rastun blinzelte ihm zu.

»Jederzeit, Sir.«

Sie machten sich auf den Weg, wobei Karen Ehrenberg per Funk mitteilte, dass alle Kameras an Ort und Stelle waren. Sie legten drei Meilen zurück, bevor sie mit dem Rest der Expedition zusammentrafen. Ehrenberg ließ sie sich aufteilen: Rastun, Karen, Geek, Sherlock und Petal gingen nach Osten, während die anderen nach Süden weiterzogen.

Rastun blickte sich um. Die Nachtsichtbrille färbte die Landschaft hellgrün. Sein Blick verweilte auf Baumgruppen und Büschen. Perfekte Verstecke für Echsenwesen oder Scharfschützen.

Warum? Er wusste nicht, wie oft er sich das schon gefragt hatte. Warum sollte jemand Pam Mankowski töten wollen? Es musste etwas mit den Angriffen der Echsenwesen zu tun haben. Wie, konnte Rastun nicht sagen. Er hoffte, dass Blefary einige Antworten fand.

Er suchte die Bäume um sich herum ab. Keine Anzeichen von Echsenwesen oder Scharfschützen. Er nahm auch das Zirpen der Grillen wahr. Ein paarmal sah er ein Kaninchen durch das Gebüsch huschen. Das bedeutete normalerweise, dass kein Raubtier in der Nähe war.

Rastun untersuchte den Boden auf zertrampeltes Gras oder Fußspuren, als er ein Summen hörte. Er blickte auf und sah, wie Karen ihr Satellitentelefon herausholte.

»Hallo … ja, Kelsey … wann … bist du sicher … welche Kamera … ich hab's, danke.«

»Was ist los?«, fragte Petal.

»Das war Ops. Webcam Zwei hat gerade drei Echsenwesen erfasst.«

20

Rastun durchfuhr ein Kribbeln, eine Mischung aus Aufregung und Beklemmung. Da war der Nervenkitzel, so kurz davor zu sein, einen Kryptiden zu fangen und der Welt seine Existenz zu beweisen. Doch die Sorge, dass diese Kreaturen jeden in seinem Team in Stücke reißen könnten, dämpfte die Euphorie.

Sein Blick fiel auf Karen.

Ihn schauderte bei dem Gedanken, dass sie so enden könnte wie Welsh und Mankowski.

Rastun verdrängte all diese Gedanken aus seinem Kopf. Er hatte etwas zu erledigen. »Petal. Kontaktieren Sie Randy und informieren ihn über die Echsenwesen.«

»Okay.«

»Geek. Sag Alana, ich will, dass der Flapjack zur letzten bekannten Position der Echsenwesen geschickt wird.«

»Ja, Sir.«

»Gib uns auch Rückendeckung. Ich übernehme die Spitze.«

»Ja, Sir.«

»Wir müssen schnell handeln«, sagte Rastun. »Bleibt zusammen. Wenn jemand ein Echsenwesen oder irgendetwas Verdächtiges sieht, singt ihr und zwar laut. Habt ihr verstanden?«

»Ja, Sir«, antworteten Geek und Sherlock.

Karen und Petal sagten beide: »Okay.«

Sie liefen in einem gleichmäßigen aber zügigen Tempo los. Alle hielten mit. Für Rastun war das keine Überraschung. Karen und Petal verbrachten viel Zeit im Gelände und hielten sich gut in Form. Geek und Sherlock hatten das bei den Rangers unzählige Male getan und waren auch in ihrem Leben nach der Armee nicht weich geworden. Auf halbem Weg zu Webcam Zwei summte etwas über ihnen.

Rastun entdeckte ein rundes Etwas mit kleinen, blinkenden roten Lichtern über ihnen. Der Flapjack. Er beobachtete, wie es sich in Richtung Osten bewegte, in der Hoffnung, dass es die Echsenwesen aufspüren würde.

Sie wurden langsamer, als sie sich Webcam Zwei näherten. Rastun, Geek und Sherlock hielten ihre Aster-7-Dartpistolen im Anschlag. Rastun bewegte seinen Kopf und die Waffe von links nach rechts. Keine Spur von den Echsenwesen.

»Karen. Hol die …«

Er hielt inne, als er sah, dass sie das Gebiet bereits mit der Wärmebildkamera absuchte.

»Ich bin dir weit voraus, Schatz.« Sie schenkte ihm ein Grinsen und sah dann auf den Bildschirm. Eine Minute verging, bevor sie den Kopf schüttelte. »Ich habe nichts.«

»Ich habe etwas.« Petal ging ein paar Meter weiter und in die Hocke. »Fußabdruck.«

Rastun und Karen gingen zu ihr hinüber.

»Definitiv kein Bär oder Kojote«, sagte Petal. Rastun untersuchte den Abdruck, während Karen ihn fotografierte.

»Das sieht aus wie das, das ich im Garten von Phil Welsh gesehen habe«, sagte er.

»Ich habe hier noch einen Abdruck.« Sherlock zeigte auf den Boden.

»Hier ist auch etwas zertrampeltes Gras«, rief Geek.

Rastun und Petal untersuchten die Abdrücke und das Gras, während Karen Fotos machte. Sie gingen nach Osten und fanden noch mehr zertrampeltes Gras, verbogene Äste und Fußabdrücke.

»Captain, hier ist Alana«, funkte sie Rastun an.

»Was gibt es, Alana?«

»Flapjack hat sie gefunden. Sieht aus, als würden sie eine südöstliche Route nehmen.«

»Bleiben Sie dran.«

Rastun überprüfte seine Garmin-GPS-Uhr und las die Koordinaten für McClure vor, der mit Alana ebenfalls zum Kommandoposten eingeteilt war.

»Wie weit sind wir von unseren Zielen entfernt?«

»Standby.« Nach einigen Sekunden der Stille antwortete McClure: »Etwas mehr als zweieinhalb Meilen.«

»Verstanden.« Rastun wandte sich an die anderen. »Los geht's.« Sie machten sich in einem schnelleren Tempo auf den Weg.

»Jack.« Karen holte ihn ein. »Ich habe den Flapjack-Feed auf meinem iPad.«

Auf dem Bildschirm waren drei rote und gelbe Kleckse zu sehen, die durch den Wald stapften. Eindeutig keine Bären. Bären konnten nicht so lange aufrecht gehen.

Sie stießen auf mehr verbogenes Gras und Äste. Die Echsenwesen hinterließen eine deutliche Spur, der sie nur folgen mussten. Rastun fragte McClure über Funk nach dem aktuellen Stand der Entfernung zu ihren Zielen.

»Weniger als zwei Meilen. Ihr kommt näher.«

Rastun kämpfte gegen den Drang an, ihnen zu befehlen, schneller zu laufen. Ihr derzeitiges Tempo war ausreichend. Außerdem funktionierte es nur in Filmen, über lange Strecken Vollgas zu geben. So gut sie auch alle in Form waren, sie würden nach ein paar hundert Metern Sprint ermüden.

Er forderte ein weiteres Update an. Eine Meile hinter den Echsenwesen. Rastun befahl ihnen, langsamer zu werden. Er schnappte nach Luft und scannte die Umgebung. Der Wald war ziemlich dicht bewachsen. Durch sein NVG konnte er keine Anzeichen der Echsenwesen erkennen.

Rastun trank aus seinem CamelBak, dann fiel ihm etwas ein. »Rastun an McClure.«

»McClure. Was gibt es?«

»Gehen Sie auf Google Maps. Finden Sie heraus, ob es in der Nähe irgendwelche Häuser gibt.«

»Standby.«

Rastun und die anderen gingen mit Vorsicht durch den Wald. Er gab Karen ein Zeichen, neben ihm zu gehen, damit er das Flapjack-Bild auf ihrem iPad überprüfen konnte. Die drei Echsenwesen gingen weiter. Rastun fragte sich, ob die Kreaturen sie gerochen oder gehört hatten. Wahrscheinlich nicht. Wenn doch, würden sie weglaufen oder sich verstecken.

Oder angreifen.

»McClure an Rastun.«

»Rastun. Ja?«

»Es gibt ein Haus in Ihrem Sektor. Ich habe die Position in Bezug auf die GPS-Koordinaten der Echsenwesen überprüft. Sie bewegen sich dorthin.«

Die Angst ließ Rastuns Muskeln sich anspannen. »Besorgen Sie mir so schnell wie möglich eine Telefonnummer für dieses Haus.«

»Verstanden.«

Rastuns Gruppe rückte weiter vor, bis McClure erneut Kontakt aufnahm.

»Ich hab's. Die Hauseigentümer heißen Charles und Wendy McMurtry.«

McClure gab ihm die Telefonnummer.

»Sherlock, übernehmen Sie die Leitung«, befahl Rastun, als er sein Satellitentelefon herauszog und wählte. Sie bewegten sich weiter durch den dunklen Wald, als das Telefon der McMurtrys einmal, zweimal, dreimal, viermal klingelte. Der Anrufbeantworter schaltete sich ein.

»Mr. und Mrs. McMurtry, hier ist Jack Rastun von der FUBI. Sind Sie zu Hause?«

Es antwortete niemand.

»Wenn Sie zu Hause sind, hören Sie bitte zu. Wir verfolgen derzeit Kreaturen, die Sie wahrscheinlich als die Echsenwesen kennen. Sie nähern sich in diesem Moment Ihrem Haus. Das ist kein Scherz. Sie können das FUBI-Hauptquartier anrufen und meine Aussage überprüfen …«

Jemand nahm ab. »Travis, bist du das? Lass den Scheiß.«

Die Stimme klang jung. Wahrscheinlich nicht Mrs. McMurtry. Vielleicht ihre Tochter?

»Wer ist da?« Eine Pause. »Travis?«

»Ich bin nicht Travis. Ich bin wirklich Jack Rastun von der FUBI.«

»Ernsthaft?«

»Ja. Und wer bist du?«

»Ähm, ähm … Marissa.«

»Okay, Marissa, bist du allein im Haus?«, fragte Rastun.

»Nein. Zwei meiner Freundinnen sind hier.«

Rastun nickte, dann sprach er in sein Funkgerät. »Rastun an McClure, ich will ständige Informationen über diese Echsenwesen in Bezug auf das McMurtry-Haus.«

»Roger … vierhundert Meter und näher kommend.«

»Verstanden. Los, Leute«, sagte Rastun zu den anderen, dann sprach er in das Satellitentelefon. »Marissa, wo sind deine Eltern?«

»Ähm … sind Sie wirklich Jack Rastun?«

Er kämpfte darum, seine Frustration nicht aufflammen zu lassen. Er konnte es Marissa nicht verübeln, dass sie zögerlich war. Sie war vielleicht ein paar Jahre älter als Emily, die Eltern nicht zuhause, und ein Fremder rief aus heiterem Himmel an und stellte ihr alle möglichen Fragen. Woher sollte sie wissen, dass er nicht ein perverser Freak war, der sie vergewaltigen und töten wollte?

»Marissa.« Er milderte seinen Tonfall. »Ich weiß, du hast keinen Grund zu glauben, dass ich dir die Wahrheit sage, aber das tue ich. Drei Echsenwesen nähern sich deinem Haus …«

»Dreihundert Meter«, meldete McClure.

»Hat Travis Sie dazu angestiftet?«

»Marissa, niemand hat mich dazu angestiftet. Das hier ist echt. Drei feindliche Kreaturen sind auf dem Weg zu euch. Ihr müsst Vorsichtsmaßnahmen ergreifen.«

»Ja, genau.« Eine Pause. Dann Marissas Stimme, weiter entfernt: »Oh, es ist einer von Travis' blöden Freunden.« Sie sprach wahrscheinlich mit ihren beiden Freunden. »Er gibt sich als Jack Rastun aus und sagt, dass Echsenwesen hinter uns her sind.«

Die Mädchen lachten.

Rastun schlug wütend einen Ast vor sich weg. Marissa hielt dies immer noch für einen Streich.

Er lief schneller, umging Bäume und Büsche, holte ein paar Mal tief Luft.

Marissa tat so, als ob sie stöhnte. »Siehst du, ich kann diesen Scheiß mit dem schweren Atmen auch.«

»Zweihundert Meter und näher kommend«, berichtete McClure.

»Marissa, bitte«, sagte Rastun. »Ihr habt nicht viel Zeit. Habt ihr einen Keller?«

»Ja, genau. Jeder weiß, dass man in einem Horrorfilm *nicht* in den Keller gehen sollte.«

»Jack!«, rief McClure. »Diese Dinger sind jetzt losgerannt. Einhundertfünfzig Meter und näher kommend.«

»Jack, ich bin's, Randy.« Ehrenberg meldete sich über Funk. »Wir sind noch zu weit draußen, um zu helfen. Ihr seid auf euch allein gestellt.«

»Doc, rufen Sie Nine-One-One an. Setzen Sie die Bullen in Bewegung«, sagte Rastun, obwohl er wusste, dass sie noch viel weiter weg waren als Ehrenberg und der Rest der Expedition.

»Hey, Jack Rastun.« Es war eine neue Stimme am Telefon, ein anderes Mädchen. »Was hast du an?«

»Becca, oh mein Gott.«

»Was? Wenn er Jack Rastun ist, dann soll er mich vor dem großen, bösen Monster retten.«

Die Mädchen lachten erneut.

Rastun umklammerte die Aster 7 mit seiner anderen Hand und schloss die Augen. *Bitte, Gott, mach, dass sie mir glauben.*

»Hundert Meter und näher«, sagte McClure.

»Geht sofort in den Keller!«, bellte Rastun ins Telefon.

»Mann, hör auf zu schreien.«

»Geht in den Keller und blockiert die Tür mit allem, was ihr habt.«

»Fünfzig Meter.«

»Marissa, sie sind fast bei euch. Ich will, dass ihr in den Keller geht, sofort!«

»Okay, das ist nicht mehr lustig. Sag Travis, er kann …«

»Sie sind am Haus!«, brüllte McClure.

Rastun hörte einen dumpfen Schlag über das Telefon. Die Mädchen schrien.

»Marissa!«

»Was zum Teufel macht ihr da?«, rief das Mädchen.

»Das sind die Echsenwesen. Geht in den Keller.«

Sie antwortete nicht.

Furcht durchströmte ihn. Er stellte sich vor, wie er das Haus erreichte und die drei Mädchen vorfand, so wie er Phil Welsh vorgefunden hatte.

»Oh mein Gott!« Marissas durchdringender Schrei ließ Rastun fast zusammenzucken. »Oh mein Gott!«

»Keller! Jetzt! Los! Los!«

»Kommt schon, kommt schon!« Marissa klang, als würde sie ihre Freundinnen anschreien.

Rastun hörte zwei Geräusche. Trampelnde Füße und heftiges Hämmern.

»Sie sind drin«, sagte McClure. »Die Echsenwesen sind im Haus.«

»Oh Gott, die armen Mädchen.« Petals Stimme überschlug sich. »Oh Gott, oh Gott.«

»Reiß dich zusammen«, sagte Rastun zu ihr.

Er hörte ein Poltern über das Telefon. Eine Tür schlug zu.

»Marissa? Marissa?«

»Ja?«

»Seid ihr alle im Keller?«

»J-Ja?«

»Gut«, sagte Rastun. »Jetzt verbarrikadiert euch.«

»Womit?«

»Alles, was da ist. Stellt es einfach gegen die Tür. Wir sind fast da.«

»O-okay.« Marissas Stimme brach.

Durch die Bäume hindurch sah Rastun Lichter. Das Haus der McMurtrys.

»Karen.« Er drehte sich um und warf ihr das Telefon zu. »Rede mit ihr. Versuche sie zu beruhigen.«

»Alles klar.« Karen hielt das Satellitentelefon an ihr Ohr. »Marissa? Hier ist Karen Thatcher. Ich bin auch von der FUBI … wir kommen, Schatz. Wir können dein Haus sehen. Alles wird gut.«

Rastun und Sherlock verließen den Wald. Zwischen ihnen und dem Haus lag eine zwanzig Meter lange Rasenfläche. Rastun sah, dass die Hintertür eingeschlagen war. Er schaute durch die erleuchteten Fenster. Keine Spur von den Echsenwesen.

Haben sie die Mädchen in den Keller gehen sehen? Haben sie sie gerochen?

Rastun zog seine Glock heraus. »Sherlock. Waffe.« Der Marshal nickte und holte seine Sig-Sauer heraus.

Rastun feuerte zuerst, einen Sekundenbruchteil später folgte Sherlock. Fast ein Dutzend Schüsse schlugen auf dem Rasen neben dem Haus ein. Rastun hoffte, dass die Geräusche der Schüsse die Echsenwesen abschrecken oder zumindest ablenken würden.

Die beiden steckten ihre Pistolen ein, als sie die Hintertür erreichten, die in die Küche führte. Das Licht war an. Rastun schob sich sein NVG auf den Kopf und spähte hinein, die Aster 7 im Anschlag. Die Tür lag auf dem Boden, in zwei Hälften zerbrochen.

»Sauber.« Rastun ging hinein, Sherlock gab ihm Deckung.

Sie schlichen am Kühlschrank und am Herd vorbei. Der Esszimmertisch stand vor Rastun. Dahinter befand sich ein dunkler Korridor. Er musste kurz an den Irak und Afghanistan denken und an die Razzien, die seine Ranger in den Häusern von Terroristen durchgeführt hatten. Jeden Moment hatte ein mörderischer Mistkerl mit einem Gewehr, einer Granate oder einer Bombenweste hinter einer Ecke hervorspringen und hoffen können, ein paar Amerikaner mit ins Paradies zu nehmen.

Hier, in diesem Haus im ländlichen South Carolina, musste er sich keine Sorgen um Waffen und Bomben machen. Er musste sich vor scharfen Zähnen und Klauen fürchten.

Rastun wurde langsamer, als er am Küchentisch vorbeiging. Er sah keine Silhouetten in der Diele. Er hörte kein Klopfen, keine weiblichen Schreie, kein Knurren oder Zischen. Hatten die Schüsse die Echsenwesen verscheucht?

»Rastun an Alana«, flüsterte er in sein Funkgerät.

»Alana hier.«

»Hat Flapjack irgendwelche Echsenwesen das Haus verlassen sehen?«

»Negativ. Sieht aus, als wären sie noch drinnen.«

»Verstanden.« Rastuns Arme spannten sich an, Schweiß tropfte ihm in die Augen. Er versuchte, das Geräusch seines pochenden Herzens auszublenden.

Konzentriere dich. Geh in den Keller. Sorge dafür, dass die Mädchen in Sicherheit sind. Er blieb wenige Zentimeter vor dem Türbogen zum Flur stehen, dann schwang er sich herum. Eine große, dunkelgrüne Gestalt knurrte und sprang auf ihn zu.

21

Rastun wich nach rechts aus. Das Bein des Echsenwesens rammte in seinen Bauch. Er prallte gegen die Wand. Der Schmerz explodierte in seiner Mitte, als er zu Boden fiel. Die Aster 7 taumelte aus seinem Griff.

Etwas Scharfes grub sich in seine Schulter. Rastun stöhnte mit zusammengebissenen Zähnen, die Kiefer des Echsenwesens waren wenige Zentimeter von seinem Gesicht entfernt. Dessen rauer, abgestandener Atem strömte über Rastun hinweg und brannte in seinen Nasenlöchern.

Rastun verpasste der Kreatur einen Schlag in die Eingeweide. Sie stieß ein tiefes Grunzen aus.

Das Maul öffnete sich weiter.

Ein dumpfer Knall kam aus der Küche. Eine Nadel mit einem blauen Federschwanz ragte aus der Seite des Echsenwesens heraus. Er stieß ein wildes Zischen aus.

Rastun schlug erneut auf die Kreatur ein. Er starrte Sherlock in der Küche mit seiner Dartpistole an.

»Captain.« Sherlock eilte herbei und streckte seine Hand aus. Rastun griff danach.

Das Echsenwesen knurrte und versetzte Sherlock einen Rückhandschlag. Sherlock riss es von den Füßen und schlug auf dem Küchenboden auf.

Die Kreatur drehte sich zurück zu Rastun. Er rollte sich auf die Seite, der Schmerz peitschte in seine Rippen, dann trat er der Kreatur in den Schritt. Sie stieß ein gutturales, gurgelndes Knurren aus, das ihn an die Geräusche erinnerte, die die Krokodile im Zoo von Philadelphia von sich gaben.

Das Echsenwesen rannte den Gang hinunter. Rastun jagte ihm hinterher. Seine Schulter brannte. Sherlock stöhnte und begann sich zu erheben.

Rastun zog seine Glock, als die Bestie in einen anderen Gang einbog. Er feuerte zweimal. Beide 9-mm-Geschosse schlugen in die Ecke der Wand. Auch wenn das Beruhigungsmittel durch seinen Körper floss, wirkten das Adrenalin und die Wut des Echsenwesens dagegen an. Es würde wahrscheinlich noch fünf bis zehn Minuten dauern, bis die Droge ihre volle Wirkung entfaltete und ihn außer Gefecht setzte.

Rastun ging um die Ecke. Das Echsenwesen war etwa drei Meter entfernt. Er warf sich gegen eine Tür und schlug sie auf. Angst machte sich in Rastun breit.

Der Keller! Marissa und ihre Freundinnen waren dort unten.

Jetzt wusste er, warum das Echsenwesen weggelaufen war. Er hatte sich gewehrt. Und Sherlock auch. Raubtiere bevorzugten leichte Beute, nicht solche, die sich wehrte. Drei Teenager-Mädchen waren eine leichtere Beute als zwei Ex-Ranger.

Er erreichte den Türrahmen und schwang sich in die Öffnung, die Pistole im Anschlag.

Das Echsenwesen stand zwei Stufen tiefer. Er zischte und schlug nach ihm. Rastun duckte sich. Der Schlag verfehlte ihn nur um Zentimeter. Er feuerte zwei Schüsse in die Hüfte der Kreatur. Eine Kombination aus Zischen und Schreien entrang sich ihrer Kehle. Der Echsenmensch begann, rückwärts zu fallen. Er hakte seine Krallen in Rastuns Hemd. Ein brennendes, reißendes Gefühl fuhr seine Schulterblätter hinauf. Er kippte nach vorn.

Die Welt flog an ihm vorbei. Rastun erhaschte Blicke auf Wände, Treppe und dunkelgrüne Haut. Hartes Holz schlug gegen seinen Körper.

Sie schlugen auf dem Boden auf und rollten in Kisten und einen Klappstuhl. Wahrscheinlich die behelfsmäßige Barriere, die die Mädchen errichtet hatten und die das Echsenwesen mühelos beiseitegeschoben hatte.

Rastun rollte sich von der Kreatur ab und ballte seine rechte Hand. Die Glock war nicht mehr da. Er zwang sich auf die Knie. Das Echsenwesen erhob sich ebenfalls. Blut rann an seinem linken Bein herunter. Er stieß ein paar Grunzlaute aus und wankte.

Schreie hallten durch den Keller. Rastun spähte um das Echsenwesen herum. Marissa und ihre beiden Freundinnen kauerten an der hinteren Wand.

Die verwundete Kreatur wandte sich ihnen zu. Sie schrien noch lauter.

»Hey!« Rastun zog sein M48-Kommando-Messer aus der Scheide. Das Echsenwesen sah ihn an, dann wieder zu den Mädchen.

»Hey!«, rief er lauter.

Der Kopf der Kreatur schnappte nach ihm.

Rastun ließ sich auf den Boden sinken und rollte sich fast zu einer Kugel zusammen. Er wollte so erscheinen, wie alle Raubtiere ihre Beute sehen wollten. Verwundbar.

Das Echsenwesen knurrte und machte einen wackeligen Schritt auf ihn zu. Rastun umklammerte sein Messer fester. Die Kreatur ragte mit erhobenen Klauen und geöffnetem Maul über ihm auf.

Rastun stemmte sich hoch und stieß die Klinge in den rechten Oberschenkel des Echsenwesens. Dieser stieß einen erstickten, schmerzverzerrten Schrei aus und sank auf die Knie. Die Kreatur stürzte sich mit offenem Maul auf Rastun. Der wich dem Biss aus und rammte sein Messer in die Kehle des Echsenwesens. Warmes, klebriges Blut floss über seine Hände. Er gab dem Messer eine Drehung. Das Blut sprudelte wie Wasser aus einem Wasserhahn.

»Captain! Captain!«

»Jack!«

Er ignorierte die Rufe von Geek und Karen und zog das Messer aus der Kehle des Echsenwesens. Die Bestie fiel nach vorn. Rastun lehnte sich an die Wand, während Geek und Karen die Treppe hinunterpolterten.

»Jack! Oh mein Gott!« Karen sprang an Geek vorbei und kniete sich neben ihn. Angst und Sorge füllten ihre Augen. »Beweg dich nicht. Bleib ganz ruhig.«

»Mir geht es gut.«

»Blödsinn.« Karen nahm ihren Rucksack ab und schaltete ihr Funkgerät ein. »Randy, ich bin's, Karen. Ruf einen Krankenwagen. Jack ist verletzt … Randy?« Ihre Atemzüge beschleunigten sich. »Randy, können Sie mich hören? Verdammt, ich kann ihn nicht erreichen.«

»Der Keller stört wahrscheinlich das Signal«, sagte Geek, während er das Echsenwesen betrachtete. »Ja, Captain, du hast ihm eindeutig mehr angetan als er dir.«

»So habe ich mir das auch vorgestellt.«

»Alles in Ordnung da unten?«, rief Sherlock vom oberen Ende der Treppe. Er zog eine Grimasse und rieb sich die Brust.

»Na ja, ich lebe noch«, sagte Rastun.

»Rufen Sie einen Krankenwagen.« Karen drehte ihren Kopf in Richtung Sherlock. »Jack ist verletzt.«

»Alles klar.«

»Sherlock, sehen Sie lieber zu, dass das Haus gesichert ist«, befahl Rastun. »Da sind immer noch zwei Echsenwesen, die wir nicht gefunden haben.«

»Nicht mehr«, informierte Geek ihn. »Der Flapjack hat sie aufgespürt. Sie sind von hier abgehauen.«

Rastun atmete erleichtert auf und fragte sich, warum er das nicht gehört hatte. Dann bemerkte er, dass sein Ohrhörer um seine Schulter baumelte und die Freisprecheinrichtung, die an seiner rechten Seite befestigt war, beschädigt war.

»Geek. Gib mir dein Messer.« Karen streckte ihre Hand aus.

Geek reichte ihr seine Klinge, mit der sie Rastuns Hemd an der Schulter aufschnitt. Sie sah vier tiefe, blutige Einstichwunden.

»Bist du noch irgendwo verletzt?«, fragte Karen.

»Ja. Mein Rücken.« Rastun spürte, wie Blut aus den Wunden sickerte, die das Echsenwesen ihm zugefügt hatte.

Karen belegte seine Schulter mit Neosporin-Päckchen, als Sherlock am oberen Ende der Treppe wieder auftauchte, Petal an seiner Seite. »Der Krankenwagen ist unterwegs.«

»Gut«, sagte Rastun, während Karen seine Schulter verband. »Jemand sollte nach den Mädchen sehen.«

»Ich mache das.« Petal kam die Treppe hinunter und ging zu den Mädchen hinüber. »Es ist alles in Ordnung«, sagte sie mit beruhigender Stimme. »Ihr seid in Sicherheit.«

Rastun atmete laut aus. Sein Herzschlag beruhigte sich. Eine plötzliche Müdigkeit machte sich breit. Wahrscheinlich ließ sein Adrenalin nach. Er starrte auf seine Schulter. Der Blutverlust könnte auch etwas damit zu tun haben.

»Ein Déjà-vu, was?«, sagte er zu Karen.

»Was?«

»Hast du nicht letztes Jahr um diese Zeit deine Florence-Nightingale-Nummer abgezogen?« Er grinste und erinnerte sich daran, wie Karen ihm nach seinem blutigen Kampf mit dem Söldner Andres Piet Erste Hilfe geleistet hatte.

Sie brachte ein halbes Lächeln zustande. Sie war eindeutig besorgt, schien aber überzeugt zu sein, dass er nicht in Gefahr war, zu sterben.

»Wenigstens sind wir dieses Mal an Land«, sagte Geek. »Auf einem sinkenden Boot zu sein, war beschissen.«

Rastun nickte, dann sah er zu dem toten Echsenwesen. »Ich frage mich, ob das für Blefary und die anderen Beweis genug ist.«

22

Zum zweiten Mal innerhalb von vierundzwanzig Stunden war Rastun im Lee County Memorial Hospital, dieses Mal als Patient. Er saß auf dem Tisch in einem Untersuchungsraum, seine Schulter und sein Bauch waren bandagiert. Obwohl seine Wunden genäht worden waren, blieb ein brennender Schmerz zurück. Wie auch immer. Er hatte sich schon schlimmer gefühlt, und er endete nicht als ein Haufen blutiges Fleisch wie Welsh und Mankowski.

Sie hatten auch einen Echsenwesen-Kadaver, und dieses Mal wollte ihn niemand oder mitnehmen. Alana und McClure hatten die beiden anderen Kreaturen mit dem Flapjack verfolgt, nachdem sie das Haus der McMurtrys verlassen hatten, bis die Drohne eine Warnung wegen schwacher Batterie ausgegeben hatte. Ehrenberg und die anderen wollten sie weiter verfolgen, aber die Polizisten ließen es nicht zu. »Zu gefährlich«, sagten sie.

Wissen die überhaupt, was wir beruflich machen?

Das Büro des Sheriffs nahm das tote Echsenwesen in Besitz und bezeichnete es als mögliches Beweismittel in den Todesfällen von Welsh und Mankowski. Rastun hoffte, dass die FUBI es untersuchen durfte.

Rastun hörte Schritte, die sich näherten. Er schaute zur Tür und hoffte, dass es Karen war.

Leider nicht. Detective Blefary trat ein.

»Detective.« Rastun zuckte zusammen, als der Schmerz seine beiden gebrochenen Rippen peinigte.

»Mister Rastun.« Blefarys Mund verzog sich. Er mied den Blickkontakt mit ihm. »Sie hatten recht. Diese Dinger sind real.« Seinem erschöpften Gesichtsausdruck nach zu urteilen, schien es ihn zu schmerzen, das zuzugeben.

»Aha.« Rastun verzichtete auf eine sarkastische *Ich-hab's-Ihnen-ja-gesagt*-Bemerkung.

»Glauben Sie, dass das Monster, welches Sie getötet haben, dasselbe war, das Phil Welsh und Len Mankowski getötet hat?« Blefary holte sein Notizbuch heraus.

»Das kann ich nicht sagen. Es sind drei von ihnen im Haus gewesen. Es könnte jedes von ihnen gewesen sein. Es könnte aber auch keines von ihnen gewesen sein. Wir haben keine Ahnung, wie viele Echsenwesen es wirklich gibt.«

Blefary bat um einen Überblick über die Ereignisse, die zum Kampf mit dem Echsenwesen geführt hatten. Ein paar Mal schaute er Rastun skeptisch an. Wären nicht seine Verletzungen, würde der Detektiv wahrscheinlich denken, dass der Kampf mit der Pistole, den Klauen und dem Messer nur ein Haufen Unsinn war.

Wenige Minuten, nachdem Blefary sein Gespräch mit ihm beendet hatte, tauchte Karen zusammen mit dem Arzt auf, einem großen Mann mit schütterem dunklem Haar.

»Wie geht es dir?« Sie umarmte Rastun, wobei seine Schulter schmerzte.

»Mir geht es gut.«

»Nicht ganz«, sagte Dr. O'Brien. »Ich möchte, dass Sie sich ein paar Tage ausruhen, was bedeutet, dass Sie nicht durch den Wald rennen und nach Monstern suchen.«

»Wie wäre es, wenn wir einfach einen Tag daraus machen, Doc?«, konterte Rastun. »Ich bin schon viel schlimmer verletzt worden als hier.«

»Mister Rastun, Sie sind nicht der erste Ex-Soldat, den ich behandle. Sie halten sich alle für harte Kerle, aber Sie haben gebrochene Rippen, und ich möchte nicht riskieren, dass sich Ihre Nähte öffnen und Sie anfälliger für Infektionen werden. Also keine Monsterjagd, zumindest nicht in den nächsten *drei* Tagen.«

»Hören Sie, Doc …«

»Er sagte, keine Monsterjagd«, mischte Karen sich ein. »Also bleibst du im Hotel, Punkt.«

An ihrem strengen Gesichtsausdruck erkannte Rastun, dass er keine Chance hatte, diesen Streit zu gewinnen.

»Die gute Nachricht ist, dass Sie in bemerkenswert guter Verfassung sind. Das wird Ihnen bei Ihrer Genesung helfen, zusammen mit viel Ruhe und diesen hier.« Er reichte Rastun ein Fläschchen mit Penicillintabletten.

»Danke.«

O'Brien ging zur Tür und warf einen Blick über die Schulter auf Karen. »Sorgen Sie dafür, dass er seine Ruhe einhält.«

»Oh, keine Sorge, das werde ich.« Mit verschränkten Armen und zusammengekniffenen Augen wandte sie sich Rastun zu.

Rastun rutschte vom Untersuchungstisch und ging zu seinem Rucksack hinüber, der auf einem Stuhl lag. Er holte sein grün-braun-schwarzes BDU-T-Shirt, eine Hose sowie frische Unterwäsche und Socken heraus. Karen bot ihm an, ihm in Hemd und Hose zu helfen, aber Rastun scheuchte sie weg. Das brachte ihm einen bösen Blick ein. Obwohl seine Schulter und seine Rippen brannten und pochten, schaffte er es, sich selbst anzuziehen. Er versuchte, keine Grimasse zu schneiden, und dachte, es sei ihm gelungen.

Nach Karens Blick zu urteilen, war dem aber nicht so.

»Du wirst dich die nächsten Tage schonen«, sagte sie.

»Okay.«

»Das ist nicht verhandelbar.«

»Ich sagte okay.«

»Sicher?«

»O-kay. Meine Güte, wenn du so besorgt bist, warum fesselst du mich nicht einfach ans Bett? Wenn ich es mir recht überlege, könnte mir das sogar gefallen.«

Karens Lippen zogen sich zu einer dünnen Linie zusammen.

Ach, Mist. Wird sie mir jetzt eine Standpauke halten?

Stattdessen umarmte sie ihn. »Ich liebe dich.« Sie küsste seine Lippen, dann seine Wange.

Rastun umarmte sie fester, ohne sich um den pulsierenden Schmerz in seinen Rippen zu kümmern. Er streichelte ihr Haar und küsste sie auf den Kopf. Er dachte zurück an das McMurtry-Haus. »Rede weiter mit ihr. Versuche sie zu beruhigen.« Das hatte er Karen gesagt, als er ihr das Satellitentelefon gegeben hatte. Wenn die Dinge anders gelaufen wären, wären das seine letzten Worte an sie gewesen. Nichts von Herzen Kommendes, nichts darüber, wie viel er ihr bedeutete. Er hätte mit ihr gesprochen wie mit einem Gefreiten, einem Korporal oder einem Unteroffizier in der Armee. Nicht als die wichtigste Frau in seinem Leben.

»Ich liebe dich«, flüsterte er in Karens Ohr. »Ich liebe dich so sehr.«

Rastun gab ihr einen langen Kuss und drückte sie fest an sich. Sie blieben so, bis eine Krankenschwester die Tür öffnete und sich für die Unterbrechung entschuldigte.

Er rief ein Taxi und sie gingen zum Eingang des Krankenhauses. »Tust du mir einen Gefallen?«

»Was?«, fragte Karen.

»Wir sollten meinen Eltern nichts davon erzählen.« Er wusste, dass Mom und Dad sich jedes Mal Sorgen um ihn machten, wenn er ins Feld zog, vor allem nach der Searaptor-Expedition.

Karen warf ihm einen ungläubigen Blick zu. »Ernsthaft? Wie alt bist du, sieben?«

Das Taxi kam zehn Minuten später. Sie waren kaum eine Meile gefahren, als der Fahrer sagte: »Wenn Sie beiden zurück in Ihr Hotel kommen, sollten Sie besser darauf achten, die Tür abzuschließen. Vielleicht schieben Sie ein paar Stühle dagegen.«

»Wie bitte?«, fragte Karen.

»Haben Sie nichts von dem Angriff der Echsenwesen gehört? Es ist überall in den Nachrichten.«

»Nein, wir haben nichts davon gehört.«

Der Taxifahrer erkannte sie offenbar nicht, und Rastun hatte nicht vor, ihm zu sagen, wer sie wirklich waren. Er hatte keine Lust, einem völlig Fremden von seinem Kampf mit der Kreatur zu erzählen.

»Ja, ich dachte, es wäre ein Haufen Mist.« Der Taxifahrer wurde langsamer, als er sich einem Stoppschild näherte. »Sogar nach dem, was mit den beiden Typen außerhalb der Stadt passiert ist. Aber in den Nachrichten hieß es, diese FUBI-Leute hätten einen von ihnen getötet. Unglaublich.«

Glauben Sie es.

Als sie in ihr Hotelzimmer zurückkehrten, wuschen sie sich und gingen zu Bett. Knurrende Echsenwesen beherrschten Rastuns Träume. Manchmal gelang es ihm, ihre Kiefer wegzuschieben, ein anderes Mal bohrten sie ihre Zähne in seine Kehle. Ein paarmal rissen die Monster Marissa und ihre Freundinnen auseinander, während er wie erstarrt dastand.

In seinem Traum explodierte Musik. Eine raue Gitarre, Keyboards, eine Frau mit einer unglaublichen Opernstimme. Nightwishs *Dark Chest of Wonders.* Sein Klingelton.

Rastun schlug die Augen auf. Er rollte sich auf die Seite und griff nach dem Telefon auf dem Nachttisch. Ein unsichtbarer Schraubstock quetschte seine Rippen. Er zog eine Grimasse und starrte auf den Bildschirm.

Verdammt. Es war seine Mutter.

»Hey, Mom«, sagte er, als sich Karen neben ihm bewegte.

»Geht es dir gut?«

»Lass mich raten. Du hast über meinen Kampf mit dem Echsenwesen in den Nachrichten gehört.«

»Sie sagten, du wärest ins Krankenhaus gebracht worden. Geht es dir gut?«

»Mir geht's gut. Ich musste nur genäht werden und brauchte ein paar Antibiotika. Tatsächlich bin ich gerade in meinem Hotelzimmer.«

»Oh, Gott sei Dank.« Mom atmete erleichtert aus. »Sie sagten, du hättest es betäubt.«

»Du weißt so gut wie ich, dass Beruhigungsmittel nicht sofort wirken«, sagte Rastun. »Vor allem, wenn das Tier wütend ist.«

»Hättest du nicht warten können, bis es wirkt?«

»Wenn ich das getan hätte, wären drei Teenager tot.«

Mom hielt inne. »Jack, sei bitte vorsichtig. Bitte.«

»Das werde ich.«

»Ihr müsst doch heute nicht wieder los, oder?«

»Nein, der Arzt hat gesagt, ich soll mich ein paar Tage schonen.«

»Und das wirst du auch, oder?«

»Natürlich werde ich das.«

»Gib mir das Telefon.« Karen schnappte Rastun das Telefon aus der Hand. »Joyce, ich bin's, Karen … mir geht's gut, und keine Sorge, ich sorge dafür, dass er nicht in die Nähe des Waldes kommt, bis der Arzt ihn entlassen hat. Er ist angeschlagen, aber er wird sich erholen … ich weiß, ich mache mir auch Sorgen um ihn.« Sie streichelte sanft Rastuns Arm.

Als Nächstes sprach er mit seinem Vater. Nachdem er seine Besorgnis und Erleichterung zum Ausdruck gebracht hatte, fragte Dad: »Was denkst du? Könnte dieser Eidechsenmensch ein evolutionärer Ableger der Dinosaurier sein? Eine ganz neue Art?«

Rastun grinste. *Mein Vater, ganz der Zoologe.* »Wir haben noch keinen Anhaltspunkt. Das Büro des Sheriffs hat den Kadaver. Wir hoffen, dass wir später einen Blick darauf werfen können. Hey, vielleicht ist es ein Alien.«

»Das glaubst du doch nicht ernsthaft, oder?«

»Nein, denn wenn es ein Alien gewesen wäre, hätte es wahrscheinlich eine Laserpistole gehabt und ich wäre verdampft.«

Dad kicherte leicht. Wahrscheinlich hätte er noch mehr gelacht, aber Rastun nahm an, dass er darüber nachdachte, wie nahe er daran gewesen war, seinen einzigen Sohn zu verlieren.

Nachdem er sich von Dad verabschiedet hatte, rief Karen Emily an, um ihr mitzuteilen, dass es ihnen beiden gut ging.

Nach diesem Anruf schlief Rastun wieder ein. Weitere Albträume quälten ihn. Nicht nur von dem Echsenwesen, sondern auch von dem Searaptor. Rastun versuchte, sie zu erschießen, aber seine Waffe wollte nicht feuern. Er schlug auf die Ungeheuer ein, konnte aber nichts erreichen. Zähne und Klauen bohrten sich in sein Fleisch. Die Angst überwältigte ihn. Er würde sterben.

Rastun wachte schweißgebadet auf. Er fühlte das Bett unter sich, schaute sich die Vorhänge an, den Nachttisch, den Fernseher.

Beruhige dich. Es war nur ein Traum.

Er schaute auf den Wecker, der ein Uhr mittags anzeigte. Karen war nirgends zu sehen. Wahrscheinlich war sie bei der Einsatzbesprechung. Vielleicht wollte Ehrenberg, dass sie nach dem Angriff von letzter Nacht früh loszogen.

Rastun bemerkte Energieriegel, Bagels, ein Fruchtgetränk und eine Wasserflasche auf dem Tisch. Er lächelte. Das musste Karens Werk sein.

Ich habe eine großartige Freundin.

Nach dem Essen schrieb Rastun seinen Einsatzbericht und schickte ihn per E-Mail an Oberst Lipeli. Er schaltete den Fernseher ein, aber nichts erregte sein Interesse. Dann schaltete er seinen Laptop ein, ging auf YouTube und rief ein Rush-Konzert in voller Länge auf. Mit verschränkten Armen lehnte er sich zurück und genoss den hohen Gesang von Geddy Lee, die erstaunliche Gitarrenarbeit von Alex Lifeson und das meisterhafte Schlagzeugspiel des Bosses selbst, Neil Peart.

Vielleicht ist alles gar nicht so schlimm.

23

Cassian fiel es schwer, sich zu konzentrieren, als er mit seinen Männern durch den Sumpf wanderte. Alles, woran er denken konnte, waren die Geschichten, die er heute Morgen in den Nachrichten gesehen hatte. Drei Echsenwesen hatten ein weiteres Haus angegriffen. Jack Rastun selbst hatte eines der Monster getötet und drei Mädchen davor bewahrt, in Stücke gerissen zu werden.

Er hatte die Geschichte mit großer Bewunderung gelesen. Der Mann hatte den Irak, Afghanistan, den Searaptor und jetzt humanoide Reptilien überlebt. Rastun schien unbesiegbar zu sein.

Er war schockiert, als er las, dass Rastun bei dem Kampf verwundet worden war und mehrere Schnittwunden erlitten hatte.

»Er wird sich in einen von ihnen verwandeln«, hatte Smith gesagt. »Das weißt du.«

Das tat er, verdammt noch mal. Es fiel ihm immer noch schwer zu glauben, dass jemand, der so gut war wie Jack Rastun, auf dem Weg war, ein Hybrid zu werden. Ein Diener des größten Übels, das die Welt je gesehen hatte.

Ich schätze, er war nicht unbesiegbar genug. Cassian wollte ihn eigentlich als Verbündeten haben. Müsste er jetzt …?

Er schloss die Augen und hinderte sich daran, den Gedanken zu Ende zu führen.

Denk später darüber nach. Die Echsen könnten hier draußen irgendwo sein.

Doch das waren sie nicht. Mehrere Stunden der Suche hatten keine brauchbare Spur ergeben. Cassian schwankte zwischen Wut und Resignation. Er wollte heute wirklich eines dieser verdammten Monster ausschalten, um sich für Jack Rastun zu rächen.

Sie stapften zurück zum Wohnmobil, wo Cassian eine Flasche Bier aus dem Kühlschrank holte. Er hatte sie gerade halb ausgetrunken, als sein Handy klingelte. Auf dem Display erschien eine Nummer, aber kein Name. Er hatte eine leise Ahnung, wer es war.

»Ja? … ja, ich habe von dem Angriff gehört. Ich hörte, Rastun wurde schwer verletzt … Weißt du, was das bedeutet? … ich habe dir schon mal gesagt, dass sie auf diese Weise Hybriden erschaffen. Wenn sie jemanden kratzen oder beißen, beginnt die DNS zu mutieren … das ist natürlich auch mit dieser Frau passiert … ja, ich musste es tun.«

Die Person am anderen Ende sprach mit gedämpfter, aber wütender Stimme.

»Ich habe Ihnen gesagt, dass das passieren kann. Das ist Krieg, verstehen Sie das? … Sie wollen, dass ich diese Dinger töte, also lassen Sie es mich auf meine Art machen. Und keine Sorge, ich habe keine Beweise zurückgelassen. Sie können nichts zu mir oder Ihnen zurückverfolgen.«

»Heißt das, Sie werden Jack Rastun … töten?« Die Frage wurde mit zögernder Stimme gestellt.

Cassian erstarrte. »Ich weiß es noch nicht.«

Eine Minute später war das Gespräch beendet. Cassian griff an den Hals seiner Bierflasche.

»War das dein besonderer Freund?«, fragte Lansford.

»Ja, er hatte eine Panikattacke wegen des Polizisten und der Frau, die ich erschossen habe.« Er biss sich auf die Lippe. »Außerdem wollte er wissen, ob ich vorhabe, Jack Rastun zu töten.«

»Ich weiß, er ist dein Held und so, aber er wird sich in einen von denen verwandeln. Wir haben keine andere Wahl, Mann.«

Cassian ließ seinen Blick sinken. Wie oft hatte er sich vorgestellt, an der Seite von Jack Rastun zu kämpfen, während sie sich einen blutigen Weg durch diese reptilienartigen Hurensöhne bahnten?

Das würde jetzt nicht mehr passieren. Rastun wäre ein Maulwurf innerhalb der FUBI, einer Organisation mit der Art von Personal und Ressourcen, die zur größten Bedrohung für die Echsen werden könnte. Die Echsen hatten einen großartigen Sieg errungen, indem sie Jack Rastun umgedreht hatten.

Umgedreht?

Er riss den Kopf hoch. »Ich habe es.«

»Was?«, fragte Lansford.

»Wir müssen Jack Rastun nicht töten.«

»Oh, um Himmels willen.« Lansford stieß einen frustrierten Atemzug aus. »Es wird Zeit, dass du deine Heldenverehrung für diesen Kerl ablegst. Er ist jetzt ein verdammter Hybrid.«

»Ich weiß, und wir können das zu unserem Vorteil nutzen.«

»Wovon redest du?« Proly warf ihm einen verwirrten Blick zu.

»Was wäre, wenn wir ihn zu einem Doppelagenten machen würden?«

Lansford warf ihm einen zweifelnden Blick zu, sagte aber nichts.

»Ich halte das für eine großartige Idee«, erklärte Smith. Proly nickte eine Sekunde später.

»Wir haben so etwas noch nie ausprobiert«, erklärte Lansford. »Was, wenn es nicht funktioniert?«

»Wie heißt es so schön?«, sagte Cassian. »*Wer nicht wagt, der nicht gewinnt.* Scheiße, die Echsen haben die Regierung infiltriert, die Strafverfolgung, die Medien, alles. Es ist an der Zeit, dass wir das Gleiche mit ihnen machen. Stellt euch vor, wie sehr wir ihnen schaden können, wenn wir unseren eigenen Spion hätten. Jack Rastun könnte in der Lage sein, die Beweise zu beschaffen, die wir brauchen, um der Welt zu beweisen, was die Echsen wirklich vorhaben. Wir müssen das tun.«

Lansford verschränkte die Arme und starrte an die Wand. Er atmete lange aus. »Ich denke, einen Versuch ist es wert.«

»Da hast du verdammt recht.«

»Jetzt müssen wir nur noch einen Weg finden, ihn zu treffen«, sagte Lansford. »Nicht, dass dein erster Versuch so gut gelaufen wäre.«

»Keine Sorge«, antwortete Cassian in einem zuversichtlichen Ton. »Auf die eine oder andere Weise werde ich ihn schon zu Gesicht bekommen.«

***

Rastun überstand seinen ersten Tag an der Seitenlinie ganz gut. Tag zwei war jedoch eine andere Sache. Er hatte es satt, im Hotelzimmer eingesperrt zu sein. Er hatte keine Lust mehr auf Fernsehen, YouTube oder Netflix. Der einzige Vorteil war, dass er und Karen ein Hotelzimmer ganz für sich allein hatten. Aber als er vorschlug, sich zwischen den Laken auszutoben, war sie nicht begeistert gewesen. Ganz und gar nicht.

»Ich will verdammt sein, wenn ich dem Arzt erkläre, dass deine Fäden aufgegangen sind, weil wir Sex hatten.«

Er lag auf dem Bett und sah zu, wie die Reporter von ESPN die enttäuschendsten Baseballteams der ersten Saisonhälfte auswählten, und spielte mit dem Gedanken, seinen Arzt zu bestechen, damit er selbst wieder auf das Spielfeld gehen konnte. Oder ihn zu bedrohen. Was auch immer davon funktionierte.

Sein Telefon klingelte. Es war Oberst Lipeli. »Jack, wie läuft die Genesung?«

»Wunderbar, Sir. Ich liebe es, fernzusehen und den ganzen verdammten Tag dieselben vier Wände anzustarren.«

Lipeli lachte. »Sie sind ein lausiger Stubenhocker.«

»Das betrachte ich als Kompliment.«

»Nun, vielleicht kann ich Sie für eine Weile auslösen.«

Rastun setzte sich auf. »Gehe ich zurück auf das Feld?«

»Noch nicht.«

Rastun seufzte.

»Versuchen Sie, nicht enttäuscht zu sein«, sagte Lipeli. »Ich habe eine Aufgabe für Sie.«

»Was ist es?«

»Ich nehme an, Sie haben in letzter Zeit die Nachrichten verfolgt?«

»Eigentlich habe ich es gemieden. Ich bin mir sicher, dass das meiste von den Echsenwesen handelt, und neunzig Prozent von dem, was die Reporter und Talkmaster sagen, ist Blödsinn.«

»Ganz klar. Aber hier ist etwas, das kein Blödsinn ist: Die Angriffe der Echsenwesen machen den Menschen in ganz Lee County Angst.«

»Das glaube ich gern«, sagte Rastun.

»Einige Leute bezweifeln auch die Fähigkeit der FUBI, die anderen Echsenwesen zu fangen oder zu töten.«

Rastun grinste. »Ja, natürlich. Wenn wir diese Monster nicht innerhalb von fünf Minuten finden, sind wir gescheitert.«

»Direktor Lynch und ich organisieren in Absprache mit Bürgermeister McAllister und Stadtrat Sawyer heute Abend eine Bürgerversammlung, damit Sie allen Bürgern versichern können, dass wir unser Möglichstes tun, um die Echsenwesen zu finden. Wir möchten, dass Sie dabei sind.«

»Okay.«

»Wir werden auch Karen und Doktor Ehrenberg dazuholen.«

»Warum sie? Im Einsatz sind sie besser für uns.«

»Sie drei sind die Gesichter der FUBI«, erklärte Lipeli. »Direktor Lynch glaubt, dass die Menschen euch eher zuhören werden. Ob es Ihnen gefällt oder nicht, Sie haben Starpower. Die können wir auch mal nutzen.«

»Ja, Sir.«

Lipeli sagte, er würde in einer Stunde mit mehr Details zurückrufen. Rastun lehnte sich gegen das Kopfteil und ließ den Fernseher stumm. Er war nicht begeistert, bei einem Treffen zu sprechen, bei dem seine Aufgabe darin bestand, den Menschen die Sonne in den Arsch zu blasen.

Aber immer noch besser, als hier eingesperrt zu sein.

Er fragte sich, ob sein Arzt damit einverstanden sein würde, verwarf dann aber die Bedenken. Es war eine Bürgerversammlung. Wie zur Hölle sollte er sich da verletzen?

24

Zu seiner eigenen Überraschung freute sich Rastun auf das Rathaus, als er mit Karen und Ehrenberg in den Geländewagen stieg. Endlich kam er aus diesem verdammten Hotelzimmer heraus und konnte etwas Produktives tun.

Schmerz plagte seinen Brustkorb, als er den Sicherheitsgurt anlegte. Er stöhnte und zog eine Grimasse.

»Alles in Ordnung?«, fragte Karen, die auf dem Fahrersitz saß.

»Mir geht es gut«, zischte Rastun durch zusammengebissene Zähne. Verdammt, er hasste gebrochene Rippen.

Er warf einen Blick auf Karen. Ihre Augenbrauen zogen sich besorgt zusammen.

»Mir geht es gut«, wiederholte er.

Die Lippen zu einer dünnen Linie zusammengepresst, seufzte Karen. Er vermutete, dass sie ihm nicht glaubte. Sie schüttelte leicht den Kopf und ließ den Motor an. Sie fuhren los und Karen schaltete die Scheinwerfer ein, als die Dunkelheit hereinbrach.

Sie näherten sich dem Rathaus, einer Kirche außerhalb der Stadt. Der Parkplatz war voll, viele Fahrzeuge parkten auf dem Rasen oder entlang der Straße. Rastun entdeckte eine Reihe von Lieferwagen und Autos mit Fernseh- und Radiologos.

»Sieht so aus, als würden wir vor ausverkauftem Haus spielen«, scherzte Ehrenberg.

Karen parkte hinter einem der Nachrichtenwagen. Sie stiegen aus und gingen auf das Rathaus zu, ein einstöckiges, beigefarbenes Gebäude mit einem schrägen Dach und einem Kirchturm an der Vorderseite. Daneben befand sich ein schlichtes, rechteckiges Gebäude, das Gemeindezentrum, in dem die Versammlung stattfinden würde.

»So, so, so.« Ehrenberg blieb neben einem Geländewagen stehen und starrte auf den Aufkleber an der Tür. »Das könnte die Dinge interessant machen. Ich weiß nur nicht, ob auf eine gute oder schlechte Art.«

»Was?« Rastun starrte auf den Aufkleber. Es zeigte das stoische Porträt eines blonden Mannes mit kantigem Gesicht. TRUTH TALK WITH DARREN STAUB.

»Ist dieser Typ berühmt?« Er nickte in Richtung Aufkleber.

»In bestimmten Kreisen«, antwortete Ehrenberg. »Staub hat sich einen Namen damit gemacht, Kryptiden mit allen möglichen Verschwörungen in Verbindung zu bringen. Vor ein paar Jahren war ich sogar in seiner Radiosendung.«

»Wie ist es gelaufen?«, fragte Karen.

»Er hat die meiste Zeit damit verbracht, mich davon überzeugen zu wollen, dass Sasquatch aus einer anderen Dimension kommen. Er wurde ärgerlich, als ich ihm sagte, dass ich das nicht glaube.«

»Sind Sie nicht derjenige, der immer sagt, man solle für Kryptiden offen sein?«, bemerkte Karen.

»Okay, ja.« Ehrenberg zuckte mit den Schultern. »Aber sagen wir einfach, auf meiner Liste der Theorien über den Ursprung von Sasquatch steht das interdimensionale Wesen ganz unten.«

Rastun betrachtete Staubs Bild, dann sah er Ehrenberg an. »Wäre es Wunschdenken, zu hoffen, dass dieser Verrückte heute Abend keine Frage stellt?«

»Sehr wünschenswertes Wunschdenken.«

***

Cassian stellte sicher, dass er eine Stunde vor Beginn der Versammlung im Gemeindezentrum war, und wartete in der Nähe des Eingangs. Er wollte nicht das Risiko eingehen, Jack Rastun zu verpassen.

Die Leute strömten herein, ein paar, als er ankam, mehr, als es auf sieben Uhr zuging. Viele warfen ihm Blicke zu, zogen die Augenbrauen hoch oder legten die Stirn in missbilligende Falten. Das brachte ihn dazu, über sein abgetragenes Hemd und seine Hose zu schauen und sich seines dichten Bartes und des Haarwirrwarrs, der ihm bis zu den Schultern reichte, bewusster zu werden.

Vielleicht hätte ich mich waschen sollen, bevor ich hierherkam. Aber Cassian erfuhr vom Rathaus, als er und die anderen am späten Nachmittag von der Suche in den örtlichen Sümpfen zurückkehrten. Keine Zeit, sich zu rasieren und die Haare zu schneiden oder sich ein anständiges Hemd zu kaufen.

Er begann, diese Entscheidung zu bereuen, als einige der lokalen Prominenten eintrafen. Der Vorsitzende des Bezirksrats, Sawyer, rümpfte bei seinem Anblick die Nase. Bürgermeister McAllister warf ihm einen langen Blick zu. Keiner der beiden Politiker sagte etwas zu ihm, sondern machte sich auf den Weg zur Bühne und unterhielt sich auf dem Weg dorthin mit den Leuten.

Cassians Magen krampfte sich zusammen, als Sheriff Haddix eintraf. Der große Mann schaute ihn misstrauisch an, aber der Sheriff tat nichts weiter.

Es ist nicht verboten, wie ein Penner auszusehen.

Viele der Klappstuhlreihen waren voll besetzt, Dutzende von Einzelgesprächen hallten durch den Saal. Cassian blieb in der Nähe des Eingangs und blickte nach draußen, wo Reporter den Gang säumten. Er schaute auf seine Uhr. Fünfzehn Minuten vor offiziellem Beginn. Er wippte ein wenig auf den Fußballen und war gespannt. Jack Rastun sollte bald hier sein.

Behalte einen klaren Kopf, Alex.

Er musste vorsichtig sein. Rastun hatte sich in einen Hybriden verwandelt.

Von draußen drangen aufgeregte Stimmen herein. Die Reporter stürzten sich auf neu ankommende Gäste.

»Gibt es Fortschritte bei der Jagd auf die Echsenwesen?«

»Erwarten Sie, dass sie wieder angreifen werden?«

»Wissen Sie, woher diese Dinger kommen?«

Ein bärtiger Mann in einem Hawaiihemd hob seine Hände. Cassian richtete sich auf und holte tief Luft, als er Dr. Randy Ehrenberg erkannte.

Jack Rastun sollte nicht allzu weit entfernt sein.

Ehrenberg hob die Hände. »Leute, die Fragen, die Sie stellen, sind die gleichen, die in dieser Stadthalle wahrscheinlich sowieso gestellt werden. Und genau dort werde ich sie beantworten. Haben Sie also etwas Geduld, und ich werde Ihnen so viele Informationen wie möglich geben.«

Er lächelte den Reportern zu und ging hinein.

Es folgte eine schlanke, sportliche Frau mit schulterlangem hellbraunem Haar. Karen Thatcher. Verdammt, war sie heiß. Rastun konnte sich glücklich schätzen, so etwas jede Nacht zu knallen.

Dann kam der Mann selbst. Jack Rastun. Ein Kriegsheld. Killer des Searaptors.

Cassian presste die Fäuste gegen seine Beine und versuchte, sich nicht von seiner Aufregung überwältigen zu lassen. Er versuchte, sich genau auf das zu konzentrieren, was er Rastun sagen wollte. *Bitte lass mich nichts Dummes sagen.* Es stand zu viel auf dem Spiel.

Rastun schritt durch die Tür. Cassian war einen Moment lang verblüfft. Rastun war ein bisschen kleiner, als er erwartet hatte. Er war etwa 1,70 m groß. Nicht muskulös, aber schlank und gepflegt. Verdammt, er sah ziemlich gewöhnlich aus.

Cassian wusste es besser. Er hatte Rastuns Buch gelesen. Der Mann war alles andere als gewöhnlich.

Er holte tief Luft, um sich zu beruhigen. »Entschuldigen Sie, Captain Rastun?«

Der Ex-Ranger drehte sich zu ihm um. »Ja?«

»Ich weiß, dass Sie beschäftigt sind, Sir, aber ich muss wirklich mit Ihnen sprechen.«

»Es tut mir leid, aber diese Bürgerversammlung wird bald beginnen. Ich hoffe, dass wir auf alle Ihre Fragen eingehen können. Wenn nicht, dann kommen Sie nach der Sitzung zu mir.«

Cassians Kiefer versteifte sich. Er dachte daran, Rastun den Weg zu versperren und ihn zu einem persönlichen Gespräch zu drängen. Aber das würde zu viel Aufsehen erregen, was er im Moment nicht gebrauchen konnte, vor allem, da der Sheriff hier war.

»Ja, Sir. Das werde ich tun.«

Rastun nickte ihm zu und ging in Richtung Bühne.

Cassian lehnte sich zufrieden an die Wand. Rastun hatte ihm gesagt, er solle sich nach der Versammlung mit ihm treffen. Er könnte ihm die

Wahrheit sagen, wie er zum Hybriden wurde, und wie er sich rächen konnte, indem er ein Doppelagent wurde.

Cassian lächelte. Am Ende der Nacht würde Jack Rastun auf seiner Seite sein.

25

Rastun warf einen Blick auf den schmuddelig aussehenden Mann, der mit ihm sprechen wollte und ihn Captain genannt hatte. Heutzutage nannten ihn nicht mehr viele Menschen bei seinem früheren Rang. Er hatte auch den Tonfall des Mannes bemerkt, als ob er dringend mit ihm sprechen wollte.

Ich frage mich, was er will.

»Doktor Ehrenberg.« Ein Mann in der ersten Reihe erhob sich von seinem Platz und winkte. Es dauerte eine Sekunde, bis Rastun ihn erkannte. Darren Staub.

»Darren.« Ehrenberg schenkte dem Verschwörungstheoretiker ein gezwungenes Lächeln und schüttelte ihm die Hand. »Wie geht es Ihnen?«

»Mir geht es gut. Und Ihnen?«

»Auch gut. Viel zu tun, offensichtlich.« Ehrenberg sah sich im Hörsaal um.

»Oh, da bin ich mir sicher«, sagte Staub. »Bishopville ist im Moment das Zentrum des Kryptiden-Universums. Deshalb bin ich von Charlotte hierher gekommen. Ich werde auf keinen Fall von einem Studio aus darüber berichten. Ich will direkt an der Front sein. Sagen Sie …« Er legte eine Hand auf Ehrenbergs Schulter. »Warum kommen Sie nicht in meine Sendung? Ich wollte Sie schon lange wieder dabeihaben. Haben Sie die E-Mails erhalten, die ich Ihnen geschickt habe?«

»Das habe ich. Tut mir leid, dass ich nicht geantwortet habe. Manchmal wird das Leben ein wenig hektisch und man vergisst einige Dinge.« Ehrenberg zuckte unschuldig mit den Schultern.

Übersetzung, dachte Rastun. *Ich verschwende meine Zeit nicht mit einem Spinner wie dir.*

»Nun, jetzt, wo ich Sie hier habe, was sagen Sie dazu?« Staub schenkte Ehrenberg ein breites Gebrauchtwagenverkäufer-Grinsen. »Ich habe für morgen Abend einen speziellen Podcast geplant. Ich würde Sie gern dabeihaben, besonders nachdem Sie eine dieser Echsen aus der Nähe gesehen haben.«

»Tut mir leid, aber morgen bin ich auf der Suche nach weiteren Echsenwesen.«

»Dann können wir telefonieren«, sagte Staub. »Ein Sonderbericht von der Front mit dem weltweit führenden Kryptozoologen.«

»Mann, ist der Kerl hartnäckig«, flüsterte Karen zu Rastun.

»Eher eine Nervensäge«, flüsterte er zurück.

»Wie ich schon sagte«, gab Ehrenberg zurück. »Ich werde morgen im Einsatz sein. Aber trotzdem danke für die Einladung. Viel Glück mit Ihrem Podcast.«

Er machte sich auf den Weg zur Bühne, bevor Staub ihn weiter bedrängen konnte.

Rastun und Karen folgten. Sie waren erst ein paar Schritte weit gekommen, als Staub rief: »Die Einladung gilt auch für Sie beide. Mein Publikum würde gern von den Helden der Searaptorjagd hören.«

Staubs Mund öffnete sich wieder, als er einen Finger hochhielt. »Noch besser. Sie kommen in meine Show, und … ich lade Sie zur TruthCon ein.«

Karens Gesicht verzog sich. »Auf was?«

»TruthCon. Das ist ein Kongress, den ich jeden August in Charlotte veranstalte. Wir behandeln Kryptozoologie, UFOs, paranormale Phänomene, Vertuschung durch die Regierung.« Er setzte wieder sein Gebrauchtwagenverkäuferlächeln auf. »Ich werde Ihnen sogar die Sache versüßen. Alle Kosten werden übernommen. Reise. Hotel. Mahlzeiten … für fünf Tage. Der Kongress dauert nur zwei Tage, also haben Sie zwei einen Mini-Urlaub. Was halten Sie davon?«

Rastun und Karen sahen sich kurz an. Das leichte Stirnrunzeln von ihr verriet ihm, was sie von dem Geschäft hielt.

»Danke, Mister Staub«, sagte sie. »Aber im August … ich muss anfangen, Kleidung und Schulsachen für meine Tochter zu besorgen, und sie spielt auch im Jugendfußball mit. Es ist einfach schwer für mich, wegzukommen.«

»Ich verstehe. Mister Rastun, wie wäre es mit einem Alleinflug?«

»Danke, aber ich glaube, ich muss meiner Mutter dann beim Eismachen helfen.«

Bevor Staub antworten konnte, schritt Rastun weiter auf die Bühne zu.

Karens Augenbrauen zogen sich zusammen. »*Meiner Mutter beim Eismachen helfen?* Wirklich?«

»Hey, ich habe dem Kerl nicht gesagt, dass er ein Seil hochpissen soll.«

Sie schüttelte den Kopf, als sie die Bühne betraten. Rastun blickte in den Zuschauerraum. Alle Stühle waren besetzt. Weitere Besucher standen an den Wänden, einige hinter Videokameras, die auf Stativen montiert waren. Eine Ansammlung von Mikrofonen schien aus dem Rednerpult herauszuwachsen.

Rastun unterhielt sich mit den örtlichen Beamten, während Karen gelegentlich Fotos von der Menge machte, um sie später auf der FUBI-Website zu veröffentlichen. Immer mehr Menschen strömten in das Gemeindezentrum. Rastun fragte sich, ob der Ort jemals eine solche Menschenmenge gesehen hatte.

Er entdeckte den Mann, der ihn Captain genannt hatte. Dieser stand mit dem Rücken zur Wand, verschränkte die Arme, blickte von links nach rechts und sah ungeduldig aus. Irgendetwas schien mit dem Mann nicht zu stimmen. Vielleicht war er ein besessener Fan. Vielleicht war er etwas Schlimmeres. Rastun machte sich eine Notiz, ihn im Auge zu behalten.

Pünktlich um neunzehn Uhr begann Sheriff Haddix die Sitzung. Er verzichtete auf die übliche Begrüßung. Das überraschte Rastun nicht. Dies war kein Treffen, um das Eis zu brechen.

»Ich weiß, dass Sie eine Menge Fragen und Bedenken haben«, sagte Haddix an die Menge gerichtet. »Ich weiß, dass das, was hier passiert, eine einzigartige Situation ist. Aber wir werden dieses Treffen in geordneter Weise durchführen. Kein Herausschreien von Fragen. Keine Unterbrechungen. Heben Sie die Hand und ich rufe Sie auf.

Wenn ich Ihre Frage nicht beantworten kann, übergebe ich sie an eine der anderen Personen hier auf der Bühne.«

Einige im Publikum nickten. »Also, erste Frage?«

Mehr als die Hälfte der Anwesenden hob die Hand.

Das könnte eine lange Nacht werden, dachte Rastun.

Haddix wies auf einen bärtigen, übergewichtigen Mann, der fragte: »Was tun Sie, um diese Monster zu finden?«

»Wir suchen das Gebiet ab, in dem die Angriffe stattfanden. Zusammen mit der FUBI haben meine Deputies und die Freiwilligen des Sheriff's Office sowie das Bishopville Police Department, die Highway Patrol und das State Department of Natural Resources Personal für die Suche abgestellt.«

»Warum haben Sie sie dann noch nicht gefunden?«, platzte ein anderer Mann heraus. »Der Bezirk ist nicht so groß.«

»Lee County umfasst 411 Quadratmeilen«, antwortete Haddix, »und ein großer Teil davon sind Wälder und Sümpfe. Das ist ein großes Gebiet, das wir abdecken müssen. Wir tun unser Bestes, um alles zu durchsuchen.«

Eine schlanke Brünette Anfang dreißig hob ihre Hand. »Also sind diese Dinger so etwas wie Aliens?«

»Ich übernehme hier, Sheriff.« Ehrenberg trat an das Rednerpult heran. »Ich habe geholfen, die Leiche des Echsenwesens zu untersuchen, das Mister Rastun getötet hat. Er hat ein Herz, zwei Lungen, einen Magen, zwei Nieren und männliche Geschlechtsorgane. Die Atmungs-, Kreislauf- und Verdauungsorgane deuten darauf hin, dass die Kreatur terrestrischen Ursprungs ist.«

Rastun bemerkte den schmuddeligen Mann im Hintergrund, der den Kopf schüttelte.

Ein anderer Mann hob seine Hand. »Ich habe gehört, dass jemand gesagt hat, es seien intelligente Dinosaurier. Stimmt das?«

»Keine intelligenten Dinosaurier«, antwortete Ehrenberg. »Sie könnten ein evolutionärer Ableger der Dinosaurier sein, aber wir wissen es nicht genau. Wir wissen nur, dass das Gehirn dieser Kreatur größer ist, viel größer als das eines Krokodils, aber kleiner als das eines Menschen. Es könnte intelligent sein auf dem Niveau eines Schimpansen oder eines Orang-Utans. Ehrlich gesagt haben wir gerade erst angefangen, Informationen über die Echsenwesen zu sammeln.«

»Ist das dasselbe Monster, das die beiden Männer getötet hat?«, fragte eine Frau.

Sheriff Haddix beantwortete diese Frage. »Das ist noch nicht geklärt. Es müssen noch weitere Untersuchungen durchgeführt werden.«

»Bitte«, rief eine attraktive asiatische Frau im Hintergrund. »Felicia Chang, ABC Columbia. Wir haben immer noch nichts von Jack Rastun gehört, was passiert ist, als er das Echsenwesen getötet und die Mädchen gerettet hat.«

»Mister Rastun hat sich von seinen Verletzungen erholt«, antwortete Ehrenberg. »Außerdem ist diese Bürgerversammlung dazu gedacht, die Anliegen der Menschen in Lee County anzusprechen. Ich bin sicher, dass wir danach ein Interview vereinbaren können.«

»Vielleicht können die Aktionen von Mister Rastun den Leuten ein paar Ideen geben, was zu tun ist, wenn sie von einem Echsenwesen angegriffen werden.«

Viele im Publikum nickten, einige sagten: »Ja, ja.«

Ehrenberg wandte sich an Rastun und zuckte mit den Schultern.

»Großartig«, seufzte er.

Karen klopfte ihm aufs Bein. »Du machst das schon.«

Rastun ging zum Rednerpult und musterte kurz die Anwesenden. »Was die Geschehnisse in der McMurtry-Residenz betrifft, so haben wir drei Echsenwesen entdeckt, die in das Haus einbrachen, und sind hingeeilt, um den Bewohnern zu helfen. Ich habe eines der Echsenwesen getötet, die beiden anderen sind entkommen. Um Ihre zweite Frage zu beantworten, was zu tun ist, wenn man von einem Echsenwesen angegriffen wird …«

»Wie viele von diesen Dingern gibt es denn da draußen?«, platzte ein Mann in der Mitte des Raumes heraus.

Rastun starrte ihn an. »Wenn Sie eine Frage haben, heben Sie die Hand.« Die letzten Worte sprach er in einem langsamen, bedächtigen Ton. Diese Art der Unterbrechung hätte es bei einer Besprechung in der Armee nie gegeben. Sie sollte auch in der zivilen Welt nicht vorkommen. Bedeuteten Höflichkeit und Protokoll denn gar nichts?

Der Mann, der ihn unterbrochen hatte, senkte den Kopf.

Rastun sah sich im Raum um. Keiner hob die Hand. »Wir haben keine Einschätzung über die Anzahl der Echsenwesen. Halten wir uns also an die Fakten, vor allem an die Tatsache, dass es in dieser Gegend eine neu entdeckte Spezies gibt, die einen, möglicherweise zwei Menschen getötet hat. Diese Tiere sind feindselig, sie scheinen doppelt, vielleicht sogar dreimal so stark zu sein wie ein Mensch, und glauben Sie mir, ihre Krallen sind messerscharf.«

Rastun sah, wie sich viele Zuhörer versteiften, wie sich Angst auf ihren Gesichtern abzeichnete. Er bemerkte auch den stoppelbärtigen Mann in der hinteren Reihe, der ihm mit gespannter Aufmerksamkeit zuhörte.

Er fuhr fort. »Nun, Miss Chang schlug vor, dass ich Ihnen einige Ideen geben sollte, wie Sie sich vor einem Echsenwesen schützen können. Als Erstes sollten Sie Ihr Haus befestigen. Besorgen Sie sich Sicherheitsgitter für Ihre Türen und Fenster. Wenn Sie Holz haben, vernageln Sie Ihre Fenster. Bis jetzt hat jeder Angriff nachts stattgefunden, also bleiben Sie drinnen, sobald die Sonne untergeht.«

Ein Mann hob die Hand. »Was ist, wenn sie trotzdem reinkommen?«

»Bestimmen Sie vorher einen sicheren Raum, wahrscheinlich den Keller, oder einen Raum mit einer starken Tür und verbarrikadieren ihn mit Möbeln.«

»Und wenn wir eine Waffe haben?«, fragte ein kräftiger Mann mittleren Alters.

»Dann seid darauf vorbereitet, sie zu benutzen.«

»Und wenn wir keine Waffe haben?«, fragte eine junge Frau.

»Improvisieren Sie. Nehmen Sie einen Baseballschläger oder einen Golfschläger. Zur Hölle, ein Messer oder einen Besenstiel. Halten Sie einfach eine Waffe bereit, aber denken Sie daran, dass der Kampf gegen diese Tiere der absolut letzte Ausweg ist. Wenn eines in Ihr Haus einbricht, verlassen Sie es, wenn möglich, oder begeben Sie sich in einen sicheren Raum.«

»Sie haben einen getötet«, rief ein rothaariger Teenager. »Ich sage, wir erschießen sie einfach, wenn wir sie sehen.«

Ein paar andere nickten.

»Ja, ich habe ein Echsenwesen getötet«, sagte Rastun. »Mit Glück und Geschick. Ich habe ihm zwei Kugeln aus einer Glock in die Seite geschossen, und es hat sich trotzdem weiter gewehrt. Dann stürzte ich mit ihm ein paar Stufen hinunter, und es wollte mich immer noch erledigen. Ich musste ihm ein Messer in die Kehle rammen, um ihn zu Fall zu bringen. Bevor Sie es also erschießen wollen, sollten

Sie daran denken, dass Sie tot sind, wenn Sie es verfehlen oder nur verwunden.«

Stille herrschte im Raum. Alle Augen waren auf ihn gerichtet. Ein paar Leute schluckten. Paare fassten sich an den Händen.

Eine mausgraue Frau mit Brille streckte zögernd ihre Hand in die Luft. »M-Mister Rastun?«

»Ja, Ma'am.«

»ICH … ICH … Ich glaube, das war nicht nötig. Sie machen den Leuten Angst.«

Rastun biss die Zähne zusammen und unterdrückte ein Stöhnen. *Gott bewahre uns vor übermäßig empfindlichen Schneeflocken.*

»Es gibt eine unbekannte Anzahl gefährlicher Tiere, die Häuser in diesem Bezirk angreifen. Das ist etwas, wovor die Leute Angst haben *müssen.* Ich bin hier, um Ihnen Ratschläge zu geben, was Sie im schlimmsten Fall tun können, damit Sie sich nicht von der Angst überwältigen lassen und erstarren, denn wenn Sie das zulassen, sind Sie tot.«

Er sah sich im Auditorium um. Niemand sonst hob die Hand.

Als er dachte, er sei fertig, setzte er sich wieder neben Karen. »Und wie war das?«, flüsterte er.

»Sehr direkt.«

»Und das überrascht dich?«

»Ich wäre überrascht gewesen, wenn du es anders gemacht hättest.«

Rastun grinste, dann entdeckte er den Stoppelbart im Hintergrund. Der Mann stand fast stramm. Er musste ein Ex-Militär sein. Wahrscheinlich hatte er ihn deshalb mit Captain und nicht mit Mister angesprochen.

Einer der Reporter meldete sich zu Wort. »Was tun Sie neben den Suchtrupps noch, um die Echsenwesen zu finden?«

»Das kann ich übernehmen.« Karen ging zum Rednerpult hinüber. »Wir haben eine Reihe von Kamerafallen und Webcams in Richtung Osten aufgestellt, dem voraussichtlichen Weg dieser Kreaturen. Man kann es als ein Frühwarnsystem betrachten. Wir haben auch eine Drohne mit einer Infrarotkamera.«

Ein paar Leute im Publikum sprachen leise miteinander. »Sie spionieren uns damit doch nicht aus?«, fragte ein Mann.

»Warum sollten wir das tun?«, fragte Karen.

»Sie sind von der Regierung. Was, wenn Sie das als Vorwand benutzen, um Informationen über uns zu sammeln?«

Karen atmete langsam ein. Rastun wusste, dass sie versuchte, sich zu beruhigen, bevor sie antwortete. »Die FUBI ist keine Regierungsbehörde.«

»Sind Sie nicht vom Landwirtschaftsministerium?«, fragte ein Mann mittleren Alters.

»Wir haben eine öffentlich-private Partnerschaft mit ihnen, aber wir leiten uns selbst, und wir verwenden unsere Drohne oder irgendetwas anderes nicht, um Menschen auszuspionieren. Das Einzige, was uns interessiert, ist, die Echsenwesen zu finden und zu verhindern, dass sie weitere Menschen umbringen.«

»Miss Thatcher.« Staub stand auf und hielt ein Telefon in der Hand. »Darren Staub, Moderator von Truth Talk und Bestsellerautor.«

Rastun stöhnte. Was wollte dieser Schwachkopf?

»Ich möchte noch einmal auf die Aussagen von Dr. Ehrenberg über die Leiche des angeblichen Echsenwesens zurückkommen, die Sie geborgen haben.«

Angenommen? Rastun runzelte die Stirn.

Ehrenberg übernahm das Rednerpult für Karen. »Was möchten Sie wissen, Mister Staub?«

»Haben Sie alles über die Untersuchung der Leiche mitgeteilt?«

»Natürlich habe ich das.«

»Wie können Sie diesen Leuten dann sagen, dass das *Echsenwesen*«, Staub machte mit seinen Fingern Anführungszeichen in der Luft, »irdischen Ursprungs ist?«

»Da ihre Anatomie der bekannter Reptilienarten ähnelt.«

»Oder vielleicht wollen sie, dass wir das denken.«

Ehrenberg blickte kurz zur Seite, dann sah er wieder zu Staub. »Und wer sind sie sonst?«

»Die Reptilianer.«

Mehrere Zuhörer verzogen das Gesicht oder sahen sich verwirrt an.

Karen lehnte sich dicht zu Rastun. »Ich glaube, wir sind dabei, einen Abstecher in die Twilight Zone zu machen.«

»Ich glaube eher, wir sind dabei, einen Abstecher in ein Irrenhaus zu machen.«

Staub wandte sich dem Publikum zu und bewegte sein Handy von rechts nach links, um zweifellos alles aufzunehmen. »Seit Jahrhunderten herrschen diese außerirdischen Wesen heimlich über unsere Welt. Sie haben sich als Menschen getarnt und ihre DNA benutzt, um Hybriden aus Menschen und Reptilien zu schaffen. Diese Echsenwesen, wie wir sie nennen, sind ihre Fußsoldaten, und die Tatsache, dass sie sich der Welt zu erkennen gegeben haben, könnte den Beginn eines dunklen Zeitalters für die menschliche Rasse bedeuten.«

Alle Augen waren auf Staub gerichtet. Die meisten Gesichter zeigten Unglauben. Einige schüttelten den Kopf und rollten mit den Augen. Bürgermeister McAllister senkte den Kopf und sah verlegen aus.

Der schmuddelige Kerl hinten im Raum nickte.

Ehrenberg hielt sich an den Seiten des Rednerpults fest und senkte die Schultern mit einem tiefen, beruhigenden Atemzug. »Mister Staub, ich glaube nicht, dass dies der richtige Zeitpunkt ist …«

»Ich denke, das ist der perfekte Zeitpunkt. Endlich haben wir eine Leiche von einem dieser Außerirdischen.« Falten zeichneten sich auf Staubs Stirn ab. »Sie haben die Leiche doch, richtig?«

»Ja. Der Gerichtsmediziner des Bezirks hat sie.«

»Wissen Sie, dass er sie noch hat? Die Reptilianer haben die Leiche von Phil Welsh mitgenommen. Vielleicht haben sie sie dem Gerichtsmediziner weggenommen, damit wir ihre Geheimnisse nicht erfahren und einen Weg finden, sie zu besiegen.«

Staub bewegte sich in den Gang. Der schmuddelige Mann starrte ihn mit gespannter Aufmerksamkeit an. Sogar Stadtrat Sawyer bewegte sich nahe der Kante seines Sitzes, den Blick auf Staub gerichtet.

Sag mir nicht, dass er diesen Scheiß ernst nimmt, dachte Rastun.

»Der Mensch hat eine angeborene Angst vor Reptilien«, sagte Staub. »Das geht auf biblische Zeiten zurück. In der Science-Fiction sind viele böse Außerirdische reptilienartig. Einige der schrecklichsten Kryptiden sind Reptilien. Das Flatwoods-Monster, der Dover-Dämon, Drachen. Damit sollen wir darauf konditioniert werden, Reptilien zu fürchten, damit wir, wenn die Reptilianer auftauchen, zu viel Angst haben, um sie zu bekämpfen.«

»In Ordnung.«

Sheriff Haddix schritt zum Rednerpult, das Gesicht vor Verärgerung angespannt. »Wenn Sie in Ihrer Sendung über außerirdische Reptilien schwadronieren wollen, gut. Aber wir führen hier eine ernsthafte Diskussion.«

»Warum wollen Sie mich zum Schweigen bringen, Sheriff?« Staub trat näher an die Bühne heran. »Wollen Sie nur, dass die Leute unwissend bleiben, oder sind Sie auf deren Seite?«

»Setz dich, du Spinner«, rief eine Dame im Publikum.

»Und wenn er die Wahrheit sagt?«, fragte ein Mann.

Rastun schlug sich mit einer Handfläche auf die Stirn. Wahnsinn. Die Stadthalle war zu einem Versammlungsort von Verschwörungstheoretikern verkommen. Am liebsten hätte er diesen Staub-Scheißer am Kragen gepackt und …

Ein scharfer Knall hallte durch den Raum. Alle drehten sich erschrocken nach hinten um.

Ein weiterer Knall. Die Türen knackten.

Rastun sprang von seinem Stuhl auf. Er griff nach seiner Glock. Die Türen flogen krachend auf. Schreie ertönten.

Zwei Echsenwesen schoben die zerstörten Türen beiseite.

26

Eine Explosion von Lärm erfüllte den Raum. Schreie des Entsetzens. Metallstühle kratzten auf dem Boden oder fielen klappernd um. Das gurgelnde Brüllen der Echsenwesen.

Die Menschen stürmten auf die Bühne und stießen sich gegenseitig um. Sawyer starrte mit bleichem Gesicht auf die chaotische Szene. Rastun richtete seine Glock auf die Kreaturen, aber es waren zu viele Menschen im Weg, als dass er einen Schuss abgeben konnte.

»Bewegung!« Er trieb Karen und Ehrenberg an den Rand der Bühne. Eines der Echsenwesen schlug Felicia Chang in den Rücken. Die Reporterin warf ihre Arme hoch und fiel hin.

Sawyer sprang von seinem Stuhl auf und stolperte rückwärts zum Ausgang.

Ein Dutzend Menschen sprangen auf die Bühne, dann zwei Dutzend weitere nach ihnen. Sheriff Haddix versuchte, sie zum Ausgang zu führen, während er in sein Handy sprach. Auch Bürgermeister McAllister winkte die Menschen in Sicherheit.

Rastun drückte sich mit dem Rücken an die Wand, ebenso wie Karen und Ehrenberg. Er hörte Haddix sagen: »Ich brauche alle verfügbaren …«

Drei Personen stürzten auf ihn und warfen ihn zu Boden. Zwei andere stolperten über ihn. Mehrere andere stürmten zum Hinterausgang. Andere rannten zum hinteren Teil der Bühne, schlugen gegen

Wände oder rissen Vorhänge zurück und suchten verzweifelt nach einem Ausweg.

Schreiende Menschen flohen an Rastun vorbei. Er warf einen Blick auf Karen und Ehrenberg, um sicherzugehen, dass sie nicht von der Menschenwelle mitgerissen wurden. Er überlegte fieberhaft, wie er die Situation unter Kontrolle bringen und die Ordnung wiederherstellen konnte.

Frustration kochte in ihm hoch. Er musste etwas tun. Aber was konnte ein einzelner Mann gegen einen in Panik geratenen Mob tun?

Schüsse krachten von der Vorderseite des Raums. Der schmuddelige Mann feuerte mit einer Pistole in den Rücken eines Echsenwesens. Der knurrte und taumelte. Der Mann schoss wieder und wieder. Die Kreatur zitterte und brach zusammen.

Das andere Echsenwesen drehte sich um und zischte. Der schmuddelige Mann warf sein verbrauchtes Magazin aus und griff nach einem neuen.

Glas zerbrach. Ein weiteres Echsenwesen brach durch ein Fenster.

Zwei weitere Schüsse hallten durch den Raum. Der schmuddelige Mann sprintete durch die Eingangstür.

»Helft mir! Helfen Sie mir!«

Ein älterer Mann kroch auf dem Boden und schob Stühle beiseite. Ein Echsenwesen pirschte sich an ihn heran. Rastun hob seine Glock. Die Leute rannten vor ihm her und verwehrten ihm einen freien Schuss.

Die Kreatur stürzte sich auf den alten Mann, vergrub ihre Kiefer in seinem Hals. Blut floss auf den Boden.

»Oh mein Gott.« Karen presste eine Hand auf ihr Herz.

Ein weiterer Schrei ertönte. Eine ältere Frau lag auf dem Boden, ihre Gehhilfe ein paar Meter entfernt. Das zweite Echsenwesen stürzte sich auf sie. Seine Kiefer gruben sich in ihre Kehle, dann schnappte er nach links. Blutige Fleischfetzen baumelten aus seinem Maul.

Wut erfüllte Rastun. Wut und Abscheu. Zwei Menschen waren direkt vor seinen Augen gestorben, und er hatte nichts tun können, um sie zu retten.

Die Menge lichtete sich. Sheriff Haddix und die mausgraue Frau, die Rastun beschimpft hatte, weil er die Leute erschreckt hatte, lagen auf der Bühne, blutig, zerschrammt und halb bewusstlos. Er stürzte zu ihnen hinüber, gefolgt von Karen und Ehrenberg.

»Helft ihnen auf«, befahl Rastun. »Ich gebe euch Deckung.«

Karen packte die Frau an den Schultern und hob sie auf die Beine. Ehrenberg versuchte angestrengt, dem Sheriff aufzuhelfen.

»Kommen Sie schon, großer Junge. Helfen Sie mir.« Haddix stöhnte und mühte sich, aufzustehen.

In der Nähe knurrte etwas. Das Echsenwesen, der durch das Fenster gestürmt war, richtete seine roten Augen auf Rastun. Er schnaubte und griff an.

Rastun feuerte. Drei rote Löcher wuchsen aus dem Torso des Echsenwesens. Vier. Fünf. Sechs. Sieben. Die Kreatur schwankte, ihre Atemzüge kamen in kurzen Stößen.

Rastun schoss ihm noch dreimal in den Kopf. Das Ungeheuer brach zusammen.

Das verbliebene Echsenwesen stieß ein langgezogenes Knurren aus, das wie eine Mischung aus Trauer und Wut klang. Es stand über dem zerfetzten, blutigen Körper des alten Mannes und knurrte Rastun an.

Rastun warf er einen Blick auf Karen und Ehrenberg. Sie eilten mit der verletzten Frau und Haddix zum Ausgang.

Das Echsenwesen stieß ein paar Stühle beiseite und stürmte auf ihn zu.

Rastun entlud seine Glock. Blut strömte aus dem Torso und der Schulter der Kreatur. Sie brüllte vor Schmerz, kam aber näher.

Rastun warf das leere Magazin aus und setzte ein neues ein. Das Echsenwesen war nur noch fünf Meter entfernt.

Die Pistole krachte viermal. Blut spritzte aus der Kehle und der Schnauze des Tieres. Es stieß ein ersticktes Gurgeln aus und fiel auf den Rücken.

Rastun warf einen Blick über seine Schulter. Ehrenberg, Karen und die Verwundeten schafften es durch den Ausgang.

Ein weiteres Knurren kam von vorne. Drei weitere Echsenwesen betraten den Gemeinderaum.

27

Rastun feuerte dreimal. Ein Echsenwesen zuckte zusammen und knurrte. Wahrscheinlich hat er das Monster gestreift.

Er lief Karen und Ehrenberg in den Flur hinterher. Sie kamen nur langsam voran, weil sie die halb bewusstlose Frau und Sheriff Haddix mit sich schleiften.

»Los! Los!«, trieb Rastun sie an und schaute über seine Schulter. Es würde nicht lange dauern, bis die Echsenwesen sie einholten.

Zehn Personen drängten sich um die Hintertür, um nach draußen zu gelangen.

»Einer nach dem anderen!«, rief Rastun.

Sie ignorierten ihn und versuchten weiterhin, sich durch die Tür zu quetschen.

Eine große, dunkle Gestalt griff jemanden an. Schreie brachen aus. Die Menschen wurden noch panischer.

Eine zweite große Gestalt erschien in der Tür. Ein weiteres Echsenwesen.

Rastun entdeckte eine Tür zu seiner Linken. Er stieß sie auf und trieb die anderen hindurch.

Das Echsenwesen schnaubte.

Rastun feuerte. Das Monster zischte und taumelte zurück, zwei blutige Löcher in der rechten Schulter.

Rastun stürzte in den Raum, schlug die Tür zu und verriegelte sie. Der Raum entpuppte sich als Küche, in der fünf weitere Personen

Schutz suchten. Bürgermeister McAllister, Darren Staub und drei Frauen, zwei mittleren Alters, die andere ein dunkelhaariger Teenager.

Rastun untersuchte die Tür. Sie war aus Holz, vielleicht fünf Zentimeter dick. Sie würde den Echsenwesen auf keinen Fall standhalten. Er eilte zu einem großen, silbernen Kühlschrank hinüber. »Wir schieben das gegen die Tür!«

Er packte das Gerät und schob, unterstützt von Ehrenberg und Karen. McAllister schloss sich ihnen an, ebenso die Frauen. Vom Boden des Kühlschranks erklang ein lautes Kratzen, als sie ihn über den Boden schoben.

Staub stand in der hintersten Ecke der Küche und zitterte. »Bewegen Sie Ihren Arsch und helfen uns!«, schrie Karen.

Staub schluckte und bewegte sich folgsam. Sie schoben den Kühlschrank gemeinsam vor die Tür.

Ein harter Knall ließ den Kühlschrank erbeben und schob ihn ein paar Zentimeter weg.

Staub schrie auf und sprang zurück.

Durch das entstandene Loch sah Rastun, wie ein Echsenwesen zurückwich und sich gegen die Tür schleuderte. Der Kühlschrank kippte. Alle mühten sich ab und stöhnten, um ihn aufrecht zu halten. Außer Staub, der hyperventilierend an der Seite stand.

Rastun schoss durch die Öffnung. Das Echsenwesen wimmerte und wich zurück. Gemeinsam schoben sie den Kühlschrank gegen die Tür.

»Festhalten!« Rastun lud seine Pistole nach und drückte seine Schulter gegen den Kühlschrank.

Etwas knallte dagegen. Ein Beben ging durch den Kühlschrank und Rastuns gebrochenen Rippen. Er biss die Zähne zusammen und versuchte, den Schmerz zu ignorieren.

»Haltet durch!«, knurrte er. »Lasst sie nicht rein!«

Der Kühlschrank erhielt einen weiteren heftigen Schlag. Das Mädchen und eine der Frauen mittleren Alters schrien auf und sprangen zurück.

»Stellt euch gegen den Kühlschrank!«, befahl Rastun.

Die beiden zögerten, dann lehnten sie sich dagegen.

Die Echsenwesen schlugen wieder darauf ein. Rastun fürchtete, der Kühlschrank könnte diesen Schlägen nicht standhalten.

Doch er hielt. Zehn Sekunden vergingen ohne einen weiteren Angriff. Dreißig Sekunden. Eine Minute.

»Sie haben aufgehört.« Die braunhaarige Frau mittleren Alters schloss die Augen. »Gott sei Dank, sie haben aufgehört.«

»Nicht unvorsichtig werden«, sagte Rastun. »Sie könnten es wieder versuchen.«

Er ging zu der mausgrauen Frau hinüber, die in Fötusstellung neben dem Ofen lag. Eine schnelle Untersuchung ergab mehrere blaue Flecken und Schnittwunden, darunter eine hässliche am Ohr. Auch Sheriff Haddix schien in schlechter Verfassung zu sein, war aber ansprechbar.

»Haben Sie Ihren Deputys gesagt, was hier vor sich geht?«, fragte Rastun.

Haddix stöhnte, bevor er antwortete. »Ich war gerade am Telefon, als ich von der Menge umgeworfen wurde. Ich ließ das Telefon fallen.«

Rastun reichte dem Sheriff sein Telefon.

»Danke.« Haddix wählte, während McAllister die Schubladen durchsuchte, bis er ein großes Tranchiermesser fand.

»Was sollen wir nur tun?« Staubs Stimme zitterte. Sein Blick huschte von links nach rechts. »Es gibt keinen Weg hier raus. Wir sitzen in der Falle. Sie werden uns kriegen und …«

»Hey!« Rastun zeigte auf ihn. »Entweder Sie geben etwas Sinnvolles von sich oder Sie halten die Klappe!«

Staub drückte sich in eine Ecke und senkte seinen Blick zu Boden.

Rastun sah sich in der Küche um. Was er sah, gefiel ihm nicht. Es gab keine weiteren Türen. Das Fenster über der Spüle war hoch gelegen und nicht sehr groß.

»Verdammt.« Er hatte sich und die anderen in die denkbar schlechteste Verteidigungssituation gebracht. Ein geschlossener Raum ohne Ausgang.

Rastun packte seine Pistole fester. Er hatte gerade sein letztes Magazin eingelegt. Siebzehn Schuss. Es waren mindestens fünf Echsenwesen auf der anderen Seite der Tür, vielleicht vier, wenn der, den er angeschossen hatte, starb. Bei ihrer Stärke und Widerstandsfähigkeit würde er mehr als siebzehn Schuss brauchen, um sie alle auszuschalten.

Wir müssen nur durchhalten und …

Erneut traf ein schwerer Schlag den Kühlschrank. Die Menschen, die sich dagegen drückten, schrien und keuchten. Rastun rutschte über den Küchentisch und stemmte sich mit seinem Gewicht gegen den Kühlschrank, als der nächste Schlag kam. Das große Gerät ruckte. Rastun und die anderen stießen es zurück. Die Echsenwesen schlugen erneut auf den Kühlschrank ein. Das Mädchen schrie, hielt aber stand. Das taten sie alle.

Der nächste Schlag ließ den Kühlschrank zurückrucken. Ein grüner, schuppiger Arm schlüpfte durch das Loch in der Tür. McAllister stieß einen wütenden Schrei aus und holte mit seinem Messer aus. Die Klinge bohrte sich tief in den Arm des Echsenwesens. Er stieß eine Mischung aus einem Heulen und einem Zischen aus. McAllister versuchte erneut zuzustechen, aber die Kreatur zog ihren Arm zurück.

Sie drückten den Kühlschrank zurück gegen die Tür. Rastun machte sich auf einen weiteren Schlag gefasst.

Der aber nicht kam.

Er wandte sich an Haddix. »Wie lange dauert es, bis Ihre Deputys hier eintreffen?«

»Das kann zwischen fünf und zehn Minuten dauern.«

Der Kühlschrank erhielt einen weiteren Schlag. Karen und die anderen schoben ihn erneut gegen die Tür.

»Wir haben vielleicht keine fünf Minuten, aber ganz bestimmt keine zehn.«

Ein weiterer Schlag rammte den Kühlschrank. Da alle mit aller Kraft dagegenlehnten, bewegte er sich kaum. Schweiß lief ihnen allen ins Gesicht. Karen und Ehrenberg hielten gut durch. Von den vier zivilen Erwachsenen sah nur Staub so aus, als ob er sich in anständiger Form hielt. Das Mädchen war dünn. Sie konnte nicht viel Kraft haben. Wie lange dauerte es, bis sie aufgaben? Wie lange, bevor die Echsenwesen reinkamen?

»Wir müssen hier raus«, sagte Rastun.

»Wie?«, fragte McAllister.

»Da ist das Fenster«, sagte die dunkelhaarige Frau mittleren Alters. »Aber keiner von uns passt hindurch.«

Karen starrte ihn an. »Ich schon, aber nicht, dass es dem Rest von euch etwas nützen würde.«

Der Kühlschrank wurde wieder getroffen. Ein Echsenwesen knurrte.

»Das ist eine Küche.« Rastun ging auf die Schränke zu. »Hier muss es Speiseöl und Seife geben.«

»Und?«, platzte Staub heraus.

»Also breche ich das Fenster auf, schmiere die Seiten ein und rutsche raus.«

»Sie wollen uns verlassen?«, wimmerte das Mädchen.

»Nein. Ich hole unser Auto und bringe es hierher.«

»Was dann?« Staub warf die Arme hoch. »Wie zum Teufel sollen wir hier rauskommen?«

»Ich habe vor, eine neue Tür zu bauen.«

»Du wirst niemals durch dieses Fenster passen.« Karen stieß mit einer Hand dagegen.

»Ich muss es versuchen.« Rastuns Gesicht zeigte Entschlossenheit.

»Das klappt nicht! Geschmiert oder nicht, du wirst es nicht schaffen. Und wenn du stecken bleibst, sind wir erledigt.«

»Wir haben keine andere Wahl.«

»Doch, das haben wir. Ich werde gehen.« Karens Gesicht glühte. Rastun hörte auf zu atmen. Eine kalte, durchdringende Angst machte sich in ihm breit.

»Ich kann auf keinen Fall zulassen, dass du …«

»Wir haben keine andere Wahl. Wenn ich nicht zu unserem Auto komme, sind wir erledigt.«

»Unser SUV hat nicht einmal genug Platz für alle«, sagt Ehrenberg.

»Ich habe einen Pick-up, der genügend Platz hat«, sagte das Mädchen mit zittriger Stimme.

»Gut. Gib mir die Schlüssel.« Karen ergriff Rastuns Handgelenk, ihre Stimme wurde weicher. »Jack, du weißt, dass das unsere einzige Chance ist.«

Ja, das wusste er. Das war das Schlimme daran. Karen war die Einzige, die es durch das Fenster nach draußen schaffen konnte.

Er war sich sicher, dass dort noch mehr Echsenwesen lauerten.

Angst machte sich in seiner Seele breit. Er hatte Männern, die er als Brüder betrachtet hatte, befohlen, ihr Leben zu riskieren. Aber konnte er dasselbe mit der Frau tun, die er liebte?

Karen hat das schon einmal erlebt. Sie hat mehrere Begegnungen mit dem Searaptor überlebt. Sie wusste, wie man sich in gefährlichen Situationen verhalten musste.

Das machte die Entscheidung jedoch nicht leichter. Der Kühlschrank wurde von einem weiteren Schlag erschüttert.

»Jack!«, rief Karen.

»In Ordnung.« Er reichte ihr seine Glock.

Sie schnitt eine Grimasse. »Du weißt, dass ich mich mit Waffen nicht wohlfühle.«

Rastun schnaubte. Karen hatte in ihrem Leben noch nie eine Waffe abgefeuert. Wenn sie jetzt eine benutzen müsste, würde sie wahrscheinlich danebenschießen.

»Du wirst nicht unbewaffnet da rausgehen.«

»Ich habe Pfefferspray und eine Aspirin.«

»Du musst besser bewaffnet sein.« Rastun öffnete einen der Schränke und entdeckte einen Mopp. Er packte den Griff und trat ihn ab.

Der Kühlschrank erhielt einen weiteren Schlag, der ihn etwas zurückschob. Ein Echsenwesen schob seine Schnauze durch die Öffnung und knurrte.

Rastun gab zwei Schüsse ab. Beide trafen den Türrahmen und trieben die Bestie zurück. Ehrenberg und die anderen stießen den Kühlschrank gegen die Tür. Sie alle keuchten. Das Mädchen und die Frau mittleren Alters sackten erschöpft gegen den Kühlschrank.

Rastun öffnete Schubladen, bis er fand, was er brauchte: Küchenmesser und Klebeband. Er befestigte ein Messer an jedes Ende der Moppstange und schlug dann mit dem Kolben seiner Glock das Fenster ein.

Er sah Karen an und ein Schauer durchlief ihn. Könnte er sich jemals verzeihen, wenn ihr etwas zustoßen würde? Mein Gott, was würde er Emily erzählen?

»Ich liebe dich«, sagte er.

Karen küsste ihn fest und schnell. »Ich liebe dich auch.«

Rastun half ihr durch das Fenster. Als sie die Füße auf dem Boden hatte, reichte er ihr den Mopp, der sich in einen Speer verwandelt hatte. Mit einem letzten Blick rannte sie in die Nacht hinaus.

Bitte, Gott, beschütze sie.

28

Karen eilte an der Seite des Gemeindezentrums entlang und musterte die Umgebung. Das Licht aus den Fenstern beleuchtete einen Teil des Kirchengeländes. Jenseits davon herrschte Dunkelheit. Sie versuchte, irgendeine Art von Bewegung in den Schatten auszumachen, konnte es aber nicht.

Sie blieb in Bewegung und umklammerte ihren behelfsmäßigen Speer. Ihr Herz hämmerte in ihrer Brust. Bilder von dem, was die Echsenwesen den beiden alten Menschen im Gemeindezentrum angetan hatten, schossen ihr durch den Kopf. Was, wenn eines dieser Monster aus der Dunkelheit auftauchte und ihr das Gleiche antat?

Nimm dich zusammen. Karen dachte an Jack und Randy und all die anderen in der Küche. Sie durfte nicht zulassen, dass Angst und Panik die Oberhand gewannen, sonst war sie tot. Und die anderen waren es auch.

Auch Jack.

Sie behielt ihn in ihren Gedanken und nahm all den Mut zusammen, der sie auch durch die schrecklichen Situationen an der Jersey Shore gebracht hatte.

Karen schaffte es zum Rand des Gemeindezentrums und spähte um die Ecke. Nichts.

Sie atmete erleichtert auf und betrachtete fünf Fahrzeuge, die wenige Meter entfernt auf einer Wiese standen. Eines hatte ein anderes gerammt, wahrscheinlich bei einem verzweifelten Fluchtversuch. Die anderen drei waren unbeschädigt, darunter der dunkle Pick-up, der dem Mädchen Kelly gehörte.

Karen spannte sich an. Realistisch betrachtet war die Entfernung nichts. Aber in der Dunkelheit mit großen, reptilienartigen Monstern in der Nähe, fühlten sich diese wenigen Meter wie Meilen an.

Karens Muskeln spannten sich an. Sie machte sich bereit, zu rennen.

Ein Geräusch kam von hinten. Ein leises Klopfen auf dem Gras. Ein weiteres folgte einen Moment später.

Sie wirbelte herum. Ihr Mund blieb vor Schreck und Entsetzen offen stehen. Das Echsenwesen brüllte und griff an. Sie versuchte, ihm auszuweichen. Er warf sie zu Boden. Die Luft wurde ihr aus den Lungen gequetscht. Schmerz durchzog jeden Knochen und Muskel in ihrem Körper. Der Speer fiel ihr aus der Hand.

Die Kreatur hockte über ihr, glühende, blutrote Augen auf sie gerichtet. Ihr Kiefer öffnete sich und enthüllte Reihen von scharfen Zähnen. Ein kehliges Knurren hallte in dem Maul wider.

Karen zog ihre Beine an und rollte sich weg, als das Echsenwesen sich auf sie stürzte. Sein Kiefer schnappte wenige Zentimeter vor ihr zu. Sie rappelte sich auf und kramte in ihrer Tasche.

Zischend drehte sich die Kreatur um und schlug nach ihr. Karen duckte sich weg.

Krallen bohrten sich in ihren Oberschenkel. Weißglühende Schmerzen schossen ihr Bein hinauf. Karen schrie und fiel auf die Seite. Sie starrte auf das Reptilienmaul, ihre Haut war kalt vor Angst. Sie dachte an Dr. Malakov, die von dem Searaptor verschlungen worden war. Wie entsetzlich der Anblick gewesen war.

Nein. Das wird mir nicht passieren.

Das Echsenwesen schnappte erneut zu.

Karen schlug ihm mit der Handfläche gegen die Seite der Schnauze. Etwas stach in ihren Handballen. Die Kreatur reagierte mit einem wütenden Zischen.

Karen versuchte, ihre andere Hand aus der Tasche zu ziehen. Sie blieb stecken. Ihr Körper spannte sich in Panik an.

Das Echsenwesen stürzte sich wieder auf sie. Sie hielt ihren Unterarm unter das Maul. Die Kreatur stieß nach vorne. Karen versteifte sich. Vergeblich. Das Ding war stärker und drückte ihren Arm nach unten, seine Zähne waren nur wenige Zentimeter entfernt.

Sie bekam endlich ihre andere Hand aus der Tasche, darin das Pfefferspray. Sie sprühte einen Strahl in die roten Augen des Echsenwesens. Der brüllte auf und wich zurück. Karen sprühte zur Sicherheit noch in sein Maul. Die Kreatur krümmte sich am Boden und umklammerte mit den Pfoten ihr Gesicht.

Karen huschte auf allen vieren über das Gras, wobei ihr rechtes Bein und ihre linke Hand wie wahnsinnig schmerzten. Sie griff nach dem Speer und drehte sich um. Das Echsenwesen zischte und gurgelte und taumelte auf die Beine.

Mit gefletschten Zähnen stieß Karen den Speer in die Brust des Monsters. Sein Kiefer stand offen, aus seiner Kehle kam kein Geräusch. Mit angespannten Schultern stieß sie die Spitze tiefer in das Innere der Bestie. Das rote Glühen in den Augen verblasste. Der Körper wurde schlaff und sackte zur Seite.

Karen zog den Speer heraus und setzte sich keuchend ins Gras, überwältigt vor Erleichterung. Sie war am Leben. Sie würde Jack und Emily wiedersehen.

Sie wollte ein oder zwei Minuten sitzenbleiben und sich ausruhen, aber Jack und die anderen hatten keine Minute oder zwei. Sie musste zu diesem Pick-up. Jetzt!

Karen stemmte sich hoch und humpelte los. Ihr rechtes Bein pochte bei jedem Schritt. Die Seite ihrer Hose war nass und klebrig. Sie biss die Zähne zusammen und humpelte weiter. Sie konnte nicht aufgeben. Zu viele Leben hingen von ihr ab. Jacks Leben hing von ihr ab.

Karen zog die Schlüssel aus ihrer Tasche, als sie sich dem Pick-up näherte. Mit einem leisen Klicken entriegelten sich die Türen. Sie riss die Fahrertür auf und legte den Speer zwischen Fahrer- und Beifahrersitz, um ihn für alle Fälle in der Nähe zu haben.

Karen legte den Sicherheitsgurt an, wendete den großen Pick-up und fuhr an der Rückseite des Gebäudes entlang. Sie ließ die Scheinwerfer aus. Viele Tiere wurden von Licht angezogen. Sie wusste nicht, ob das auch für Echsenwesen galt, aber sie wollte es nicht auf die harte Tour herausfinden.

Karen nahm ihr Telefon heraus und rief Jack an. *Bitte geh ran.* Ein Klingeln. Zweimal klingeln. Dreimal klingeln. Ihre Kehle zog sich vor Angst zusammen.

»Karen!« Jacks Stimme dröhnte durch das Telefon.

»Jack! Geht es dir gut?«

»Nicht mehr lange. Diese verdammten Dinger wollen uns wirklich an den Arsch.«

»Ich komme. Bleib einfach dran.«

Sie warf das Telefon auf den Beifahrersitz und suchte nach dem kleinen Fenster, aus dem sie herausgeklettert war. Da! Sie richtete den Wagen an der Küchenwand aus und warf einen Blick auf die große Motorhaube. Die sah ziemlich stabil aus und sollte halten.

Ich hoffe es.

Karen gab Gas. Der Pick-up wackelte, als seine Hinterräder Gras und Schmutz aufwirbelten. Das Fahrzeug schoss vorwärts. Die Wand zeichnete sich in der Windschutzscheibe ab. Kurz vor dem Aufprall trat sie auf die Bremse.

Die Wand zerbrach in einer Explosion aus verbogenem Metall, Holz und Putz. Ein Beben erschütterte den Pick-up. Der Airbag löste aus. Karen holte tief Luft, ihr Körper zitterte. Sie drückte mit beiden Händen das in sich zusammensinkende Airbagkissen beiseite. Die Windschutzscheibe war mit Rissen übersät, die Motorhaube zerknautscht.

Bitte spring wieder an.

Das tat er. Karen legte den Rückwärtsgang ein und trat das Gaspedal durch. Der Wagen fuhr rückwärts aus dem großen Loch in der Wand heraus.

Staub machte sich sofort auf den Weg zur Wand, aber McAllister packte ihn am Arm und hielt ihn zurück. Kelly sprintete zum Pick-up, gefolgt von den beiden anderen Frauen. Randy hob die mausgraue Frau auf und trug sie nach draußen.

Damit blieben Jack, Sheriff Haddix, Bürgermeister McAllister und Staub übrig. Karen zuckte zusammen, als sie den Kühlschrank kippen sah. Die vier hielten ihn aber aufrecht.

Na los, na los, na los.

Jack winkte die anderen zum Pick-up. Er wartete, bis sie in der Nähe des Lochs waren, bevor er den Kühlschrank losließ.

Der kippte um. Drei Echsenwesen stürmten durch die kaputte Tür in die Küche.

»Jack!«

Er feuerte seine Pistole im Laufen ab. Das erste Echsenwesen zuckte zurück. Jack sprang über das, was aussah wie die Überreste der

Küchenspüle. Er öffnete die Beifahrertür und sprang in den Wagen. Alle anderen waren bereits auf der Ladefläche.

»Los! Los! Los!«

Karen trat auf das Gaspedal und legte ein riskantes Wendemanöver hin. Zwei Echsenwesen jagten dem Wagen hinterher. Der Pick-up raste über das Kirchengelände. Karen schaute in den Rückspiegel. Sie konnte die Echsenwesen nicht sehen. Sie könnten sie jetzt auf keinen Fall mehr einholen.

Der Pick-up donnerte schleudernd auf die Straße. Sie fuhren in Richtung Osten, nach Bishopville. Sie mussten Sheriff Haddix und die mausgraue Frau ins Krankenhaus bringen.

Karen spürte, wie Blut ihre linke Hand und das Lenkrad durchtränkte. Dann blickte sie auf den dunklen Fleck an der Seite ihres Beins. Auch sie musste ins Krankenhaus.

Sie griff nach Jack und umklammerte sein Bein, als wollte sie sich vergewissern, dass er da war und sie beide überlebt hatten.

»Oh mein Gott.« Jack starrte auf ihr Bein. »Du blutest ja.«

»Ich wurde angegriffen. Wird schon wieder.«

»Halt an.«

»Ich sagte, ich komme klar.«

»Dein halbes Bein ist blutverschmiert«, erwiderte Jack in scharfem Ton. »Jetzt halt an.«

Sie sah ihn an. Sein Gesicht zeigte Entschlossenheit und Sorge. Karen betrachtete den dunklen Fleck auf ihrer Hose, spürte das Blut auf dem Lenkrad. Es würde mindestens zehn oder fünfzehn Minuten dauern, bis sie das Krankenhaus erreichten. Wie viel Blut würde sie bis dahin verlieren? Genug, um hinter dem Lenkrad ohnmächtig zu werden?

Sie fuhr an den Straßenrand und drehte sich in ihrem Sitz. Schmerz stach in ihr Bein, als sie es ausstreckte. Jack schaltete die Innenraumbeleuchtung ein. Er kramte im Handschuhfach nach einem Erste-Hilfe-Set, fand aber keines. Dann durchwühlte er die Unordnung auf dem Fußboden und fand eine Papiertüte von einem Fastfood-Restaurant, die eine Menge Servietten enthielt.

»Warum zum Teufel halten wir an?«, rief Staub durch das offene Heckfenster. Seine Stimme bebte.

»Karen ist verletzt«, sagte Jack. »Ich muss sie bandagieren.«

»Diese verdammten Dinger könnten immer noch hinter uns her sein. Wir müssen von hier verschwinden.«

»Ich muss sicherstellen, dass Karen nicht verblutet!« Jack starrte ihn scharf an.

Staub zuckte zusammen, dann zog er sich zurück.

Jack benutzte seine Schnürsenkel, um die Servietten um Karens Bein und ihre Hand zu binden.

»Drück weiter auf die Wunde am Bein.« Er sprang aus der Beifahrertür und lief vorne herum. Karen rutschte mühsam rüber, damit er sich hinter das Lenkrad setzen konnte. Sekunden später rasten sie weiter in Richtung Bishopville.

»Ich glaube es nicht«, hörten sie McAllister durch das Heckfenster. Der Bürgermeister schüttelte den Kopf. »Das war kein gewöhnlicher Tierangriff. Das war wie … wie ein geplanter Überfall.« Seine Augen weiteten sich. »Eine Invasion.«

Karen drehte sich zu ihm um, die Stirn in Falten gelegt, während sie auf ihre Wunde drückte. *Eine Invasion? Mein Gott, er klingt schon wie dieser verrückte Staub.*

»Ich weiß nicht, ob Invasion das richtige Wort dafür ist«, sagte Ehrenberg.

»Wie würden Sie es dann nennen?«, fragte McAllister.

»Das war der vierte Echsenwesen-Angriff, den wir hatten.« Ehrenberg hielt sein Telefon hoch. »Wenn Sie sich eine Karte von Lee County ansehen, werden Sie feststellen, dass sich jeder Angriff weiter östlich ereignet hat. Das sind keine isolierten Vorfälle. Ich glaube, die Echsenwesen weiten ihr Gebiet aus.«

Karen überlegte kurz. »Das heißt, wenn sie weiter nach Osten ziehen, werden sie irgendwann die Innenstadt von Bishopville erreichen.«

29

Rastun ließ sich in der Lobby des Krankenhauses auf ein Sofa sinken, mit neuen Nähten in der linken Schulter und im Rücken. Die alten waren bei dem Angriff der Echsenwesen aufgeplatzt. Wie es der Zufall wollte, hatte der Arzt, der ihn Anfang der Woche behandelt hatte, ihn erneut zusammengenäht und dann gescholten, weil er ohne ärztliche Genehmigung wieder zur Arbeit gegangen war.

»Es war nur eine Bürgerversammlung«, entgegnete Rastun. »Ich sollte nur reden. Ich habe nicht erwartet, dass eine Armee von Echsenwesen auftaucht.«

Er drückte sich tiefer in das Sofa und zog eine Grimasse, als ein stechender Schmerz durch seinen Brustkorb schoss. Sich gegen den Kühlschrank zu lehnen, während blutrünstige Monster darauf einschlugen, hatte seinen verletzten Rippen nicht gutgetan. *Wie auch immer. Ich bin am Leben. Karen auch.* Sie musste genäht und mit Antibiotika behandelt werden, hatte aber keine lebensbedrohlichen Verletzungen erlitten. Ebenso wenig Sheriff Haddix oder die mausgraue Frau.

Den beiden Senioren und dem Mann, der versucht hatte, durch die Hintertür zu entkommen, konnte jedoch nicht mehr geholfen werden.

Verdammt noch mal. Wie weit war er von ihnen entfernt gewesen? Rastun erinnerte sich immer wieder an die chaotische Szene im Gemeindezentrum. Was hätte er anders machen können?

»Entschuldigen Sie, Jack Rastun?«

Ein großer Mann mit einem Bauchansatz kam auf ihn zu. Er trug ein legeres Hemd und eine kurze Hose, wirkte aber sehr autoritär.

»Ja?« Rastun erhob sich, seine Rippen quälten ihn. Er biss die Zähne zusammen.

»Geht es Ihnen gut?«

»Machen Sie sich keine Sorgen. Nichts Ernstes. Kann ich Ihnen helfen?«

»Ich bin Commander Umbarger, der Stellvertreter von Sheriff Haddix.«

»Commander.« Rastun schüttelte ihm die Hand. »Wie geht es dem Sheriff?«

»Ich komme gerade aus seinem Zimmer. Er hat eine Gehirnerschütterung, ein paar gebrochene Finger und ein paar Prellungen. Nichts, was ihn lange außer Gefecht setzen wird.«

»Das ist gut zu hören.«

»Der Sheriff hat mir erzählt, was Sie im Gemeindezentrum gemacht haben«, sagte Umbarger. »Gute Arbeit. Sie haben eine Menge Leben gerettet.«

Rastun nickte. »Haben Sie einen Überblick über die Opfer?«

Umbarger senkte den Blick. »Acht Tote.«

»Acht?« Das waren doppelt so viele, wie Rastun während des Angriffs gesehen hatte. Er vermutete, dass die Echsenwesen die anderen auf der Flucht aus der Kirche erwischt hatten.

»Wir haben auch über dreißig Verletzte«, sagte Umbarger. »Die meisten von ihnen sind aber Gott sei Dank nur leicht verletzt. Ich wollte mit Ihnen über den Angriff sprechen, zusammen mit Karen Thatcher und Doktor Ehrenberg. Wissen Sie, wo die beiden sind?«

»Karen wird noch behandelt. Dr. Ehrenberg ist zurück ins Feld gegangen, um sich dem Rest unseres Teams anzuschließen.«

Umbarger bedeutete ihm, sich zu setzen, und holte ein Notizbuch und ein kleines Tonbandgerät heraus. Rastun erzählte, was im Gemeindezentrum passiert war. Er kam gerade zu der Stelle, an der die Echsenwesen versuchten, in die Küche einzudringen, als Karen mit bandagierter linker Hand erschien. Außerdem trug sie eine weiße Pyjamahose anstelle ihrer zerrissenen und blutigen Hose.

»Bist du okay?« Er umarmte sie fest und küsste sie auf die Stirn.

»Mir geht's gut.«

Rastun stellte sie Umbarger vor. Nachdem dieser ihre Aussage aufgenommen hatte, wandte sich der Commander wieder an ihn. »Mister Rastun, ich möchte mit Ihnen über die Schüsse sprechen, die Sie im Gemeindezentrum abgegeben haben.«

»Was wollen Sie wissen?«

»Wo waren Sie, als Sie auf die Echsenwesen geschossen haben?«

Umbarger hatte diese Frage schon einmal gestellt, aber Rastun wusste von Sherlock, dass Polizisten gern dieselben Fragen mehrmals stellten, um sicherzugehen, dass jemand die Wahrheit sagte. Den meisten Menschen fiel es schwer, Details zu behalten, wenn sie logen.

»Ich war auf der Bühne und später in der Küche.«

»Bleiben wir beim Hauptraum. Alle Aufnahmen, die Sie gemacht haben, waren von der Bühne aus?«

»Richtig.«

Umbarger reichte ihm sein Notizbuch. »Könnten Sie mir ein Diagramm des Gemeindezentrums zeichnen und wo Ihre Schüsse hingingen?«

Rastun zeichnete einen Kreis für die Bühne, drei Strichmännchen, die ihn, Karen und Ehrenberg darstellten, und klecksartige Bilder mit J-förmigen Köpfen, die Echsenwesen sein sollten. Er runzelte die Stirn über die krude Darstellung. Er war noch nie ein großer Künstler gewesen.

Dann zeichnete Rastun Linien, die zeigten, wohin seine Schüsse gingen, und gab das Notizbuch an Umbarger zurück. Der zeigte auf die Linien, die zur Vorderseite des Gebäudes führten.

»Wann haben Sie diese Schüsse abgegeben?«

»Als die drei Echsenwesen hereinkamen, kurz bevor wir uns in die Küche zurückzogen.«

Umbarger nickte leicht. »Waren zu der Zeit irgendwelche Menschen in der Nähe?«

»Nein. Ich habe mich vergewissert, dass ich eine klare Schusslinie habe.«

»Was ist mit dem anderen Zivilisten, der geschossen hat? Wo war er?«

»Er stand die ganze Zeit im hinteren Teil des Raumes.«

»Und er kam raus, bevor die drei Echsenwesen eintraten?«

»Das ist richtig. Worum geht es hier eigentlich?«

»Es geht um diese Reporterin, Felicia Chang«, sagte Umbarger. »Sie war eine derjenigen, die bei dem Angriff getötet wurden.«

Rastun nickte. »Ich sah, wie sie zu Boden ging, als eines der Echsenwesen nach ihr schlug.«

»Das hat sie nicht umgebracht.«

»Was meinen Sie?« Rastun legte verwirrt den Kopf schief.

»Ich habe mit einem unserer Detektives gesprochen, bevor ich hierherkam. Die Risswunden auf ihrem Rücken scheinen oberflächlich zu sein. Sie wären nicht tödlich gewesen.«

»Wie ist sie dann gestorben?«

Umbarger holte tief Luft. »Ihr wurde in den Kopf geschossen.«

30

Rastun und Karen verließen das Krankenhaus erst nach Mitternacht. Umbarger hatte noch mehr Fragen an ihn über den schmuddelig aussehenden Mann gehabt, der das eine Echsenwesen erschossen hatte, und höchstwahrscheinlich auch Felicia Chang. Außerdem mussten sie auf einen Phantombildzeichner warten, damit sie ihm ihre Beschreibung des Verdächtigen geben konnten.

Warum hat er sie getötet? Und warum wollte er mit mir reden? Rastun fragte sich, ob der Mann etwas mit den Morden an Pam Mankowski und dem Deputy zu tun hatte.

Nachdem er die Beschreibung des Mannes einem Phantombildzeichner gegeben hatte, verließen er und Karen das Krankenhaus und liefen in eine Schar von Reportern. Beide verzichteten auf die Beantwortung von Fragen, als sie in ein Taxi stiegen. Rastun rief Ehrenberg an, um ihm mitzuteilen, dass sie zu ihm kommen würden.

»Vergessen Sie es«, sagte der Kryptozoologe mit ungewöhnlich fester Stimme. »Ihr beide seid verletzt.«

»Doc, wir können …«

»Nein. Ihr beide. Hotel. Erholen. Jetzt. Bye.«

Rastun schnaubte und starrte auf sein Handy. »Plötzlich fühle ich mich wie ein Sechsjähriger.« Er sah auf Karens bandagierte Hand hinunter. »Geht es dir gut?«

»Ja, mir geht es gut«, gab sie zurück, sichtlich verärgert über die Frage.

»Jetzt weißt du, wie ich mich fühle, wenn du ständig fragst: *Geht es dir gut?*«

Karen warf ihm einen bissigen Blick zu, dann setzte sie ein Lächeln auf. Rastun legte einen Arm um sie und zog sie an sich. Er legte seine Wange auf Karens Haar und genoss dessen Duft.

Wenn es heute Abend anders gelaufen wäre …

Das Taxi brachte sie zu ihrem Hotel. Rastun öffnete Karen die Tür und folgte ihr dann hinein. Sie stand neben dem Bett, die Arme um sich geschlungen und starrte auf den Boden. Er hatte im Irak und in Afghanistan viele Soldaten gesehen, die nach dem Kampf das Gleiche taten. Sie standen einfach nur schweigend da und dachten darüber nach, dass sie dem Tod so nahe gewesen waren und trotzdem überlebt hatten.

Rastun starrte sie weiter an. Die Expedition mit dem Searaptor kam ihm wieder in den Sinn. All die Begegnungen, die Karen damit hatte. Der ganze Schrecken, den er empfunden hatte, als er diese Bestie auf sie zukommen sah.

Jetzt hatte sie wieder eine Begegnung mit einer gefährlichen Kreatur hinter sich. Hätte sie nicht einen kühlen Kopf bewahrt, wäre sie nicht so zäh gewesen …

Seine Kehle war wie zugeschnürt. Er wollte nicht an ein Leben ohne Karen denken.

Ihre Blicke trafen sich. Karens Augen glühten vor Erleichterung. Der Erleichterung von jemandem, der etwas Schreckliches überlebt hatte.

Rastun schloss Karen in seine Arme und küsste sie. Sie umarmten sich noch fester, ihre Münder waren hungrig nacheinander. Die Kleidung wurde heruntergerissen und in alle Richtungen geschleudert. Karen ergriff seine beiden Handgelenke und zog ihn auf das Bett. Rastun küsste ihre Brüste, ihre Schultern, ihren Hals. Sie keuchte und schlang ihre festen, schlanken Beine um ihn.

Er drang in sie ein, jeder Stoß härter als der zuvor. Karens Stöhnen wurde zu Keuchen, das immer lauter wurde, bis es in einem Schrei der Leidenschaft gipfelte.

Sie lagen nebeneinander, keuchend und schwitzend. Rastun streichelte Karens Haar und Wange. Sie schloss ihre Augen und lächelte.

»Ich liebe dich«, sagte sie.

Rastun grinste. »Ich liebe dich auch.«

***

Rastun driftete in den Schlaf. Er fand sich im Gemeindezentrum wieder und stand in der Mitte der Bühne. Menschen rannten vorbei und schrien. Wie durch ein Wunder riss ihn niemand zu Boden.

Die Echsenwesen pirschten durch den Raum, knurrten, schwenkten die Köpfe und suchten nach Opfern. Einer löste sich von der Gruppe und verfolgte die alte Frau mit der Gehhilfe.

Nimm deine Waffe. Schieß.

Doch sein Körper wollte seinem Gehirn nicht gehorchen. Rastun stand weiterhin unbeweglich da, während sich das Echsenwesen auf die Frau stürzte.

»Helft mir!«, schrie sie. »Helft mir!«

Das Ungeheuer riss die Kehle der Frau auf. Ihr Mund und ihre Augen öffneten sich weit, Blut floss in Strömen über ihren Körper.

Die Echsenwesen töteten weitere Menschen. Rastun spannte sich an und versuchte, sich zu bewegen.

Er konnte es nicht.

Tu etwas!

In der Ferne hörte er ein Knacken. Der stoppelbärtige Mann ging an der Rückseite des Raumes entlang und schoss beiläufig auf Menschen.

Warum kann ich das nicht verhindern?

Die Echsenwesen drehten sich knurrend zu Rastun um. Angst und Wut stauten sich in ihm auf. Er konnte nicht kämpfen, konnte nicht fliehen. Er konnte nichts tun, außer zuzusehen, wie diese Monster immer näher kamen.

Rastun schreckte mit einem Ruck auf. Sein Herz schlug wie ein Maschinengewehr. Er setzte sich auf dem Bett auf und atmete tief durch. Es dauerte eine Weile, bis sich sein Herzschlag beruhigte.

Er stemmte sich aus dem Bett und fuhr sich mit den Händen durch das schweißnasse Haar. Er ging im Raum umher, die Erinnerungen an den Angriff auf das Gemeindezentrum tanzten vor seinem geistigen Auge. Hätte er mehr tun können?

Verdammt, das hätte ich.

Stattdessen hatte er einfach nur dagestanden, während um ihn herum das Chaos tobte.

Menschen starben wegen seiner Untätigkeit.

Rastun schlug mit der Faust gegen die Tür.

»Jack?«

Er drehte sich um. Karen lag da, den Oberkörper mit den Ellbogen abgestützt. Trotz der Dunkelheit des Raumes konnte Rastun die Besorgnis in ihrem Gesicht erkennen.

»Tut mir leid.« Er lehnte sich gegen die Tür.

»Was ist los?« Karen rutschte vom Bett und kam zu ihm.

»Mir geht es gut.«

»Warum hämmerst du dann gegen die Tür?«

Rastun wandte den Blick von ihr ab.

»Jack.« Karen umfasste seine Wangen und drehte seinen Kopf so, dass er sie ansah.

»Was ist los?«

Er stieß einen langsamen Atemzug aus. »Ich denke nur darüber nach, was im Gemeindezentrum passiert ist.«

»Nun, das ist nicht überraschend. Es war ziemlich heftig.«

»Das ist es nicht. Als die Echsenwesen kamen, sind alle weggerannt, und ich habe versucht, etwas zu tun.« Er schüttelte den Kopf. »Mir fiel nicht viel ein. Ich stand einfach nur da. Die Menschen wurden umgeworfen, niedergetrampelt, einige von ihnen starben. Und ich stand einfach nur da.«

»Was glaubst du, was du hättest tun können? Es herrschte Chaos.«

»Dafür wurde ich ausgebildet, das habe ich im Irak und Afghanistan getan. Kampf ist Chaos, und es war meine Aufgabe, dafür zu sorgen, dass die Männer um mich herum einen klaren Kopf behielten und das taten, was sie tun mussten, während um sie herum die ganze verdammte Welt explodierte.«

»Aber ihr wart Soldaten«, sagte Karen. »Ihr wurdet dafür ausgebildet, mit solchen Situationen umzugehen. Die meisten Leute im Publikum waren es nicht. Es waren Menschen mit mehr als hundert Ängsten, die in Panik um ihr Leben rannten. Was glaubst du, hättest du tun können, um sie zu beruhigen?«

»Ich weiß es nicht«, antwortete Rastun. »Irgendetwas.«

»Nun, du hast etwas getan.«

»Was denn?«

»Du hast mich und Randy rausgeholt. Du hast uns in Sicherheit gebracht. Und was ist mit Sheriff Haddix und Bürgermeister McAllister und den Leuten in der Küche? Glaubst du, einer von ihnen wäre noch am Leben, wenn du nicht gewesen wärst?« Karen atmete langsam ein, bevor sie weitersprach. »Glaubst du, ich wäre noch am Leben, wenn du mir nicht diesen Speer gemacht hättest? Ein Speer, der aus einem Mopp, Küchenmessern und Klebeband besteht. Wie viele andere Menschen wären wohl auf die Idee gekommen, so etwas zu machen?« Sie legte eine Hand auf seine nackte Brust. »Du hast alles getan, was du konntest. Es tut mir so leid für die Menschen, die gestorben sind. Aber denk an all die anderen, die überlebt haben, an all die anderen, die du gerettet hast.«

Rastuns Blick glitt zu Boden. Es fiel ihm schwer, Karens Logik zu widersprechen. Sie hatten Haddix und die mausgraue Frau in Sicherheit gebracht. Wie viele andere hätten sie im Stich gelassen und ihre eigene Haut gerettet? Er dachte an die Echsenwesen, die er erschossen hatte. Wie viele Menschen hätten sie wohl getötet, wenn er sie nicht zur Strecke gebracht hätte?

Es ärgerte ihn immer noch, dass er nicht mehr getan hatte, um die Situation unter Kontrolle zu bringen, aber er musste an die Menschen denken, die er in Sicherheit gebracht hatte, einschließlich Karen und Ehrenberg. Und bei allem, was auf dieser verrückten Expedition passierte, hatte er keine Zeit, sich selbst zu verurteilen.

Er stieß ein humorloses Glucksen aus. »Was würde ich nicht dafür geben, dass das hier wie die Sasquatch-Expedition wird.«

»Du meinst, keine Monster, die uns töten wollen, und keine Verrückten, die auf Reporter schießen?«

»Ja. Nun, hoffentlich finden die Cops den Kerl, der Felicia Chang erschossen hat. Ich finde, der Zeichner hat gute Arbeit geleistet.«

»Das dachte ich auch. Trotzdem, ein Foto wäre besser als …« Karen blieb einige Sekunden lang der Mund offen stehen. Dann schloss sie die Augen und schlug sich an die Stirn. »Scheiße. So ein Mist!«

»Was?«

»Ich kann nicht glauben, dass ich das vergessen habe.« Sie ging zur Kommode hinüber und holte ein Flanellhemd heraus. »Ich habe Fotos von den Zuschauern für unsere Fotogalerie gemacht. Der Typ muss auf einem von ihnen sein.«

Sie schlüpfte in das Hemd, dann holte sie ihre Kamera und ihren Laptop. Rastun zog sich eine Boxershorts an und setzte sich neben sie an den Tisch, während sie die Fotos herunterlud. Es gab insgesamt zwölf Aufnahmen von den Zuschauern.

»Konzentrieren wir uns auf die Rückseite des Raumes«, sagte er, »links von den Türen. Er war die ganze Zeit dort.«

Karen bewegte den Cursor auf eines der Bilder, markierte die obere Hälfte und vergrößerte es. Rastun lehnte sich näher heran und starrte auf das Foto.

»Das ist er.« Er zeigte auf ihn. »Scheiße, er schaut weg.«

»Versuchen wir es mit einem anderen.« Karen wählte ein zweites Foto aus und vergrößerte es.

Diesmal sah der schmuddelige Kerl direkt in die Kamera.

»Du hast ihn.« Rastun legte seine Hände auf Karens Schultern und küsste sie auf die Seite des Kopfes.

»Gib mir nur eine Sekunde.« Sie markierte Kopf und Schultern des Mannes und vergrößerte den Ausschnitt, sodass sie ein perfektes Fahndungsfoto erhielten.

»Großartig. Schick eine Kopie an Sherlock.« Rastun suchte auf dem Boden nach seinem Telefon und fand es neben seiner Hose.

»Captain«, sagte Sherlock, als er den Anruf entgegennahm.

»Sind Sie noch im Einsatz?«

»Negativ. Ich helfe der SO, die Leute zu befragen, die während des Angriffs im Gemeindezentrum waren.«

»Gut. Karen hat den mutmaßlichen Mörder von Felicia Chang auf einem ihrer Fotos gefunden. Sie schickt Ihnen das Foto von dem Kerl.«

»Er sollte es jetzt haben«, sagte Karen.

»Haben Sie das gehört?«

»Habe ich. Wartet mal … ja, ich hab's. Ich leite es an das Büro des Sheriffs weiter und lasse es durch das NCIC laufen.«

»Überprüfen Sie es auch mit den Aufzeichnungen des Verteidigungsministeriums.«

»Sie denken, unser Verdächtiger ist ein Ex-Militär?«

»Ich denke nicht, ich weiß es.«

31

Ein Klopfen an der Tür weckte Rastun. Er warf einen Blick auf den Wecker. Es war kurz vor neun Uhr morgens.

Er warf die Bettdecke zurück. Karen murmelte etwas und vergrub ihr Gesicht im Kissen. Rastun ging zur Tür und starrte durch den Spion. Geek, Sherlock und Ehrenberg standen auf der anderen Seite. Er öffnete die Tür einen Spalt breit. »Hey. Was ist los?«

»Die Gesichtserkennung hat einen Treffer bei unserem Mann erzielt«, sagte Sherlock. »Sie hatten recht. Er hat gedient. Das Verteidigungsministerium hat mir seine Dienstakte geschickt.«

Diese Nachricht ließ Rastun hellwach werden. »Geben Sie uns eine Minute, um uns anzuziehen.«

Karen und er zogen sich T-Shirts und Shorts an, bevor sie ihre drei Freunde hereinließen. Sherlock baute seinen Laptop auf dem Tisch auf.

»Das ist unser Mann. Alex Cassian.«

Der Mann auf dem Foto hatte weder einen Bart noch lange Haare. Er war glatt rasiert und lächelte nicht, wie man es von einem offiziellen Militärfoto erwartete.

»Dieser Typ ist kein gewöhnlicher Spinner«, sagte Geek. »Cassian war drei Jahre im Marine Corps. Force Recon.«

Rastun nickte. »Das erklärt, warum er blieb und kämpfte und nicht wie die anderen Zivilisten davonlief.«

»Was ist Force Recon?«, fragte Karen.

»Sie sind die Version der Rangers bei den Marines«, antwortete Rastun.

»Nur, dass wir noch ein bisschen besser sind«, mischte sich Geek ein.

Rastun konnte sich ein Grinsen nicht verkneifen, bevor er fortfuhr. »Sie machen Tiefenaufklärung, Luft- und Hubschraubereinsätze, direkte Kampfeinsätze, VIP-Sicherheit. Diese Jungs sind verdammt gut.«

Er sah sich Cassians Akte genauer an. »Ein Einsatz in Afghanistan, Luftlandequalifikation, SERE-Absolvent.« Er benutzte die Abkürzung für Survival, Evasion, Resistance, and Escape. »Scharfschützen- und Pistolenschützenabzeichen.«

»Die Kriminaltechniker schätzen, dass Pam Mankowski und Deputy Spillman aus einer Entfernung von hundert bis hundertfünfzig Metern erschossen wurden«, erklärte Sherlock. »Leichte Ziele für einen Mann wie Cassian.«

Rastun nickte und las weiter. »Dieser Kerl hat es nicht einmal zum Corporal gebracht. Verdammt, er wurde sogar degradiert.«

»Ja«, sagte Geek. »Es hat sich herausgestellt, dass Cassian eine Menge Scheiße verbockt hat. Er wurde ein paar Mal wegen Trunkenheit und Ordnungswidrigkeit festgenommen, hatte Vorstrafen kassiert, weil er seine Vorgesetzten beschimpfte und drohte, einige seiner Kameraden zu schlagen.«

»Klingt tatsächlich, als wäre er ein Verrückter.«

»Es kommt noch besser«, sagte Sherlock. »Cassian ging eines Abends aus, holte ein Mädchen ab und brachte sie zurück nach Hause, als er an einem Stoppschild ein anderes Auto rammte. Glücklicherweise erlitten das Mädchen und der andere Fahrer nur leichte Verletzungen, aber Cassian wurde wegen Trunkenheit am Steuer und Gefährdung festgenommen. Das brachte das Fass zum Überlaufen für das Marine Corps. Sie entließen ihn unehrenhaft. OTH.«

»Mm-hmm.« Jeder, der ein OTH erhielt, durfte sich nie wieder zum Militärdienst melden, hatte keinen Anspruch auf die GI Bill und verlor in vielen Fällen seine Versicherungsleistungen.

»Was passierte, nachdem er bei den Marines rausgeflogen war?«, fragte Rastun.

»Seine letzte bekannte Adresse war eine Wohnung hier in der Stadt«, antwortete Sherlock. »Das war vor zwei Jahren. Danach nichts mehr. Sieht so aus, als wäre er ein Obdachloser geworden.«

»Hat er Familie?«, fragte Karen.

Sherlock schüttelte den Kopf. »Seine Eltern starben beide, als er sechs Jahre alt war. Er lebte in einigen Pflegefamilien, bis er zur Armee ging.«

»Was ist mit seinen Eltern passiert?« Rastun verschränkte die Arme vor der Brust.

»Das Büro des Sheriffs sagt, sie wurden beim Zelten im Lee State Park ermordet. Man fand eine Menge Blut auf dem Campingplatz, aber keine Leichen, und man hat nie herausgefunden, wer dafür verantwortlich war. Ich habe den leitenden Ermittler in diesem Fall angerufen. Er ist jetzt im Ruhestand.« Sherlock biss sich für einen Moment auf die Lippe. »Jetzt wird's interessant.«

»Inwiefern?«, fragte Karen.

»Einige Deputys fanden Cassian damals etwa eine Meile vom Tatort entfernt, zusammengerollt unter einem Gebüsch. Als der Detective mit ihm sprach, erzählte der Junge von Dinosauriern mit roten Augen.«

Rastun richtete sich auf, seine Augen weiteten sich. »Wollen Sie sagen, dass Cassians Eltern von Echsenwesen getötet wurden?«

Sherlock nickte. »Möglicherweise. Natürlich dachten damals alle Ermittler, dass der Junge zu Tode verängstigt war und phantasierte.«

»Doch jetzt, wo wir wissen, dass es diese Wesen gibt«, so Ehrenberg, »hat er vielleicht die Wahrheit gesagt.«

»Aber wir haben immer noch keine Ahnung, warum er die Reporterin hätte töten sollen.« Karen streckte ihre Arme aus. »Oder Pam Mankowski und den Deputy. Oder warum er mit dir reden wollte, Jack.« Sie schluckte. »Du … glaubst du auch, dass er dich töten wollte?«

»Ich weiß es nicht.« Er zuckte mit den Schultern. »Er schien aus irgendeinem Grund wirklich dringend mit mir reden zu wollen.«

»Nun, ich werde mit einigen Männern seiner ehemaligen Einheit sprechen«, sagte Sherlock. »Mal sehen, was ich noch erfahren kann. Das Büro des Sheriffs hat Cassians Foto an alle Nachrichtenorganisationen und Strafverfolgungsbehörden im gesamten Südosten geschickt. Irgendjemand wird ihn schon erkennen.«

»Und wir sind dabei, uns wieder auf den Weg zu machen, um die Echsenwesen aufzuspüren, die den Angriff auf das Gemeindezentrum überlebt haben«, fügte Ehrenberg hinzu.

Rastun seufzte und lehnte sich in seinem Stuhl zurück. »Dann sitzen Karen und ich also hier fest und tun nichts?«

Sherlock blickte zu Ehrenberg, dann wieder zu ihm. »Eigentlich gibt es etwas, womit Sie uns helfen können.«

»Was denn?« Rastun rutschte auf seinem Stuhl interessiert nach vorn.

»Wir dachten uns, dass dies nicht zu anstrengend für Sie beide sein sollte. Während ich Cassians Kameraden befrage, möchte ich, dass Sie mit seinen ehemaligen Pflegeeltern sprechen.«

32

Wann werden diese Arschlöcher endlich gehen?

Lansford saß auf einer Bank und beobachtete das Hotel auf der anderen Straßenseite. Mehr als ein Dutzend Reporter tummelten sich vor dem Hotel und warteten darauf, dass Jack Rastun seinen Kopf nach draußen steckte.

Eigentlich wartete er selbst darauf. Aber sein Interesse an dem ehemaligen Ranger ging weit über eine widerliche Prominenten-Sichtung hinaus.

Er hatte immer noch Zweifel an dieser Mission. Wie er Cassian gesagt hatte, wäre es einfacher gewesen, Rastun einfach zu töten.

»Wenn wir das tun, ist unsere einzige Chance dahin, einen Spion in den Reihen der Reptilianer zu haben«, hatte Cassian gekontert.

Nach den Ereignissen der letzten Nacht musste Lansford zugeben, dass Cassian recht haben könnte. Den Nachrichten zufolge hatte Rastun mindestens drei Reptilianer getötet. Warum sollte er das tun, wenn er bereits verwandelt worden war? Vielleicht hatten ihn die verdammten Monster noch nicht indoktriniert.

Wenn er jetzt nur einen Weg finden könnte, zu Rastun zu kommen, ohne dass diese verdammten Reporter es bemerkten.

Er blieb sitzen und beobachtete weiter, warf einen Blick auf das handgeschriebene Pappschild, das neben ihm auf der Bank hing. *Bin arbeitslos. Bitte helfen Sie. Gott segne Sie.*

Lansford fühlte eine Welle des Stolzes. Er wusste, dass er die richtige Verkleidung gewählt hatte. Er konnte nicht stundenlang nur auf einer Bank sitzen und eine Zeitung oder ein Buch lesen. Das könnte verdächtig aussehen. Verdammt, die meisten Leute lasen heutzutage keine Zeitungen oder irgendetwas anderes mehr. Aber wenn er so tat, als wäre er ein Obdachloser mit einem Schild, auf dem er um Kleingeld bettelte, war er praktisch unsichtbar. Lansford hatte sich Sorgen gemacht, dass die Bullen ihm Ärger machen könnten, aber die beiden Polizeiautos, die vorbeigefahren waren, hatten ihn nicht beachtet. Es wäre vielleicht etwas anderes gewesen, wenn er jeden auf dem Bürgersteig um Geld angebettelt hätte. Aber da er einfach nur hier saß und niemanden belästigte, war es den Polizisten offenbar egal.

Und er hatte schon ein paar Dollar verdient. Kein schlechter Bonus dafür, dass er auf seinem Hintern saß und ein Hotel anstarrte.

Seine Geduld wurde schließlich belohnt. Kurz nach zehn verließen Jack Rastun und seine megaheiße Fotografenfreundin Karen Thatcher das Hotel. Die Reporter folgten ihnen, aber die Monsterjäger ignorierten sie auf ihrem Weg zum Parkplatz.

»Scheiße«, murmelte Lansford vor sich hin. Es waren zu viele Leute um Rastun herum, als dass er etwas hätte unternehmen können. Er beobachtete, wie Rastun und Karen Thatcher in einen Geländewagen stiegen und wegfuhren.

Ein Teil von ihm war erleichtert, dass er Rastun nicht konfrontieren musste. Der Mann war ein Kriegsveteran, ein Army Ranger. Er hatte sogar den Kampf mit einem Searaptor überlebt.

Lansford schloss die Augen und versuchte, sich von seiner Sorge zu befreien. Er wollte nicht so klingen wie Cassian, der Jack Rastun für einen verdammten Supermann hielt.

Lansford drückte seine Hand gegen die Taille und spürte die Pistole unter seinem Hemd. Früher oder später würde er seine Chance bekommen, Rastun zu packen. Wenn er nicht friedlich mitkam, nun, Ranger oder nicht, würde Lansford gern sehen, wie er eine Kugel im Kopf überlebte.

33

Karen blickte zurück auf das alte einstöckige Backsteinhaus mit seinem verblassten, abblätternden Dach und schüttelte den Kopf. Dies war das zweite Paar von Cassians Pflegeeltern, das sie und Jack besucht hatten, und sie war alles andere als beeindruckt. Das Haus war ein einziges Durcheinander gewesen, die beiden Kinder, die sie betreuten, hatten nicht aufgehört, laut zu sein. Und die Einschätzung des Paares über den damals achtjährigen Cassian konnte sie mit den Worten zusammenfassen: »Er war ein ungezogenes Balg« und »Er war verrückt und sprach von Monstern.«

Nicht sehr hilfreich.

Sie öffnete die Beifahrertür und warf einen letzten Blick auf das Haus, bevor sie in den Wagen schlüpfte. Sie biss die Zähne zusammen, ihr Bein pochte.

»Ich kann nicht anders.«

»Wobei?«, fragte Jack, als er den Motor startete.

»Wenn ich sehe, wie diese Pflegeeltern waren, tut mir Cassian leid.«

Jack grunzte und bog auf die Straße ein.

»Sie scheren sich einen Dreck um die Kinder.« Karen warf einen Blick über die Schulter, während sie sich vorstellte, wie Emily in diesem verdammten Haus lebte. Es ließ sie erschaudern. »Die wollen wahrscheinlich nur ihren Scheck von der Regierung. Und wie lange kommen sie damit schon durch? Was, wenn die meisten von Cassians

Pflegeeltern so waren? Wie sollte er da nicht verkorkst sein? Armer Kerl.«

»Ja, es ist scheiße, was mit seinen Eltern passiert ist, aber es gibt viele Menschen, die eine beschissene Kindheit hatten und nicht zu Mördern werden. Er hat seine Wahl getroffen. Vielleicht tut er mir als Kind leid. Als Erwachsener bestimmt nicht.«

Karen starrte Jack an, als sie durch das Wohnviertel fuhren. Ja, was Cassian Felicia Chang und vielleicht auch Mrs. Mankowski und Deputy Spillman angetan hatte, war furchtbar. Er musste bestraft werden. Trotzdem konnte sie nicht umhin, etwas Mitleid zu empfinden. Wenn Cassians Eltern nicht umgebracht worden wären oder er bessere Pflegeeltern gehabt hätte, hätte er sich vielleicht normal entwickeln können.

Was wäre, wenn mir oder Jack etwas zustoßen würde? Was würde mit Emily geschehen? Würden meine Eltern sie bei sich aufnehmen? Sie hatten sich seit Jahren entfremdet, aber Emily war ihre Enkelin. Sie konnten sie nicht ignorieren. Wenigstens hatte sie ihre Tante und ihren Onkel in Tampa. Sie hatten sich während ihrer Zeit als Freiberuflerin um das Mädchen gekümmert, als der Job es ihr unmöglich machte, ihre Tochter mitzunehmen.

Es würde ihr gut gehen. Sie würde sich nicht wie Cassian entwickeln. Ich weiß es einfach.

Karen rutschte in ihrem Sitz hin und her. Sie konnte es kaum erwarten, mit den Besuchen bei Cassians Pflegeeltern fertig zu werden, damit sie Emily anrufen konnte.

Jacks Telefon klingelte. Er sah auf den Bildschirm. Es war Geek. Karen drückte auf das Lautsprechersymbol und hielt das Telefon zwischen sich und Jack.

»Wie läuft es bei euch?«

»Könnte besser sein«, antwortete Karen. »Die letzten Pflegeeltern, die wir besucht haben, waren absolute Witzfiguren.«

»Eigentlich waren es nutzlose Arschgeigen, denen ich nicht einmal zutrauen würde, auf einen Goldfisch aufzupassen.« Jacks Griff um das Lenkrad wurde fester.

»Verdammt. Klingt, als wäre Cassian von Anfang an zum Scheitern verurteilt gewesen«, meinte Geek. »Wie auch immer, ich habe ein paar Neuigkeiten, von denen ich dachte, dass ihr sie hören wollt.«

»Was ist los?« Jack wurde langsamer, als sie sich einer roten Ampel näherten.

»Sawyer hat eine Dringlichkeitssitzung des Bezirksrates für heute einberufen. Sie haben dafür gestimmt, den Gouverneur zu bitten, die Nationalgarde einzuschalten. Sieht so aus, als bekämen wir eine Menge Verstärkung.«

»Gut.« Jack nickte. »Was sagt man dazu? Das Arschloch ist tatsächlich zu etwas gut.«

Karen runzelte die Stirn. Sie hielt auch nicht viel von Sawyer, aber Jack hätte es diplomatischer ausdrücken können. Eine Sache an ihm war, dass er keine Dummheiten duldete und sich meistens auch nicht scheute, dies zu sagen. Sie fürchtete, das könnte ihn oder die ganze FUBI eines Tages in Schwierigkeiten bringen. Sie hatte versucht, die rauen Seiten seiner Persönlichkeit zu glätten, aber es war ein hartes Stück Arbeit.

»Nun«, sagte Geek. »Erlaubt mir, euer neugewonnenes Vertrauen in Sawyer direkt zu vernichten. Der Kerl ist heute Morgen im Fernsehen aufgetreten, hat uns den Arsch aufgerissen und uns praktisch die Schuld für den Angriff von letzter Nacht gegeben.«

»Was?«, platzte Jack heraus. »Wie kommt der Blödmann darauf?«

»Er sagte, dass wir zusätzliche Hilfe ablehnten, dass wir uns mehr darum sorgen, die Echsenwesen lebend zu fangen, als die Öffentlichkeit zu schützen.«

»Ach, der redet doch nur Scheiße.« Karens Augenbrauen zogen sich wütend zusammen. Sie blickte Jack an und beschloss, ihn nicht zu ermutigen, taktvoll zu sein, wenn es darum ging, über Sawyer zu sprechen. Der Mann war ein Volltrottel.

»Wartet, es kommt noch besser«, sagte Geek. »Er setzt ein Kopfgeld von fünftausend Dollar für die Tötung eines jeden Echsenwesens aus.«

»Na toll.« Jack schlug auf das Lenkrad. »Das hat uns gerade noch gefehlt. Eine Menge panischer und gieriger Idioten mit Waffen, die durch die Gegend rennen.«

»Der Bezirksrat hat dem tatsächlich zugestimmt?«, fragte Karen in einem ungläubigen Ton.

»Eigentlich macht er das als Privatmann.«

»Woher kommt das Geld für die Belohnung?«

»Sawyer besitzt ein Ingenieurbüro. Ich nehme an, dass es ziemlich erfolgreich ist, wenn er bereit ist, 5.000 Dollar von seinem eigenen Geld zu zahlen.«

Karen ließ sich in ihren Sitz zurückfallen und schloss die Augen. Besorgnis machte sich breit. Die Leute, die auf diese Belohnung scharf waren, würden sich wahrscheinlich eher gegenseitig erschießen als ein Echsenwesen.

»Danke für die Info, Geek«, sagte Jack. »Sag allen, sie sollen ab sofort auf Dummköpfe mit Waffen achten.«

»Das habe ich bereits.«

»Das dachte ich mir schon.«

Als das Gespräch beendet war, schüttelte Jack den Kopf und murmelte: »Als ob wir nicht schon genug Mist um die Ohren hätten.«

Minuten später erreichten sie das Haus eines weiteren Pflegeelternpaares. Die Tudors hatten Cassian aufgenommen, als er zehn Jahre alt war, und dem Vater zufolge war der Junge sehr anstrengend gewesen.

»Er hat sich in der Schule immer geprügelt, wollte seine Hausaufgaben nicht machen und hat nie das getan, was wir ihm aufgetragen haben.« Mr. Tudor schüttelte den Kopf. »Das war ein Junge, bei dem ich froh war, als er ging.«

Karen schlug die Hände zusammen, drückte sie fest an sich und versuchte, keine Miene zu verziehen oder etwas zu sagen, das sie bereuen würde. Hatten Tudor und seine Frau alles in ihrer Macht Stehende getan, um Cassian zu helfen, oder hatten sie einfach *Scheiß drauf* gesagt und ihn jemand anderem überlassen?

Wieder konnte sie nicht anders, als sich zu fragen, wie Cassian sich entwickelt hätte, wenn sich ein Paar Pflegeeltern wirklich um ihn gekümmert hätte.

Nachdem sie ihr Gespräch mit den Tudors beendet hatten, fuhren sie nach Sumter, zwanzig Meilen südlich von Bishopville. Das nächste Ehepaar auf ihrer Liste, die Molinaros, lebte in einer gehobenen Wohngegend.

»Das ist auf jeden Fall das schönste Haus, das wir bisher besucht haben«, sagte Jack.

»Ja.« Karen nickte. »Hoffen wir, dass die Leute da drinnen diesen Eindruck untermauern.« Vielleicht war Cassians Zeit in dieser Pflegefamilie gar nicht so schlecht gewesen.

Jack läutete.

Ein korpulentes, dunkelhäutiges Teenager-Mädchen öffnete die Tür. »Hallo. Kann ich Ihnen helfen?«

»Hallo. Ich bin Jack Rastun. Das ist Karen Thatcher. Wir sind von der FUBI.« Sie zogen beide ihre Ausweise hervor.

»Auf keinen Fall.« Die Augen des Mädchens wurden groß. »Ach du meine Güte. Ihr seid sozusagen berühmt. Ihr seid fantastisch.«

»Danke.« Karen lächelte. »Und du bist …?«

»Oh. Ich bin Vanessa.«

»Freut mich, dich kennenzulernen, Vanessa.« Karen schüttelte ihre Hand. »Wir sind hier, um Nancy und Wayne Molinaro zu besuchen. Sind sie zu Hause?«

»Wayne nicht, aber Nancy schon.« Vanessa ging durch das Foyer und rief in die Küche. »Nancy. Nancy, komm her. Du wirst es nicht glauben. Jack Rastun und Karen Thatcher sind hier.«

Eine rundliche Frau mit lockigem, braungrauem Haar und Brille erschien. Genau wie bei Vanessa wurden auch ihre Augen groß.

»Ach du meine Güte. Na … das ist ja eine Überraschung.« Nancy Molinaro schüttelte ihnen die Hand, lächelte breit und bat sie herein. »Ich habe Sie letztes Jahr in den Nachrichten gesehen, wegen dieser ganzen Seeungeheuer-Sache und wegen der Echsenwesen in Bishopville. Das muss ja beängstigend gewesen sein.«

Das ist eine nette Untertreibung. Karen versteifte sich, als sie an die Kreatur dachte, die letzte Nacht über ihr war, die Kiefer nur Zentimeter entfernt, bereit, sie in Stücke zu reißen.

»Und warum sind Sie hier?«, fragte Nancy.

»Es geht um eines Ihrer ehemaligen Pflegekinder«, antwortete Jack. »Alex Cassian.«

Das heitere Gemüt verschwand. Nancy hörte auf zu lächeln und schaute an die Wand. Ihre Schultern sackten herunter. »Ich kann nicht sagen, dass ich überrascht bin, dass jemand vorbeikommt und mich nach ihm fragt. Ich habe in den Nachrichten gesehen, was er getan hat.«

»Können wir mit Ihnen über ihn sprechen, Ma'am?«, fragte Jack.

»Ähm, ja. Klar. Vanessa, Liebes, würdest du bitte nach oben gehen, während wir reden?«

»Ähm, sicher. Kein Problem.« Das Mädchen begann sich umzudrehen und sagte dann. »Ähm, Miss Thatcher? Mister Rastun?«

»Ja?«, antwortete Karen.

»Kann ich ein Foto mit euch machen, bevor ihr geht?«

»Sicher.« Karen lächelte. »Das machen wir gern.«

»Darauf kannst du wetten.« Jack lächelte ebenfalls.

Ihr Prominentenstatus ging ihm zwar auf die Nerven, aber Karen hatte noch nie erlebt, dass er unhöflich bei Autogramm- oder Fotowünschen war. Wie er ihr einmal erklärte: »Solange sie höflich sind, habe ich kein Problem damit.«

Diese Einstellung machte ihn für sie zu einem guten Vorbild für Emily. Ihr Magen wurde flau, als sie daran dachte, wie glücklich sie sich schätzen konnte, einen so guten Mann wie Jack in ihrem Leben zu haben. In ihrem und Emilys Leben.

Vanessa bedankte sich und ging die Treppe hinauf. Nancy führte die beiden in die Küche. Der Flur war geräumig, mit ein paar Nischentischen und Vitrinen an den Wänden. Auf einigen standen gerahmte Fotos, auf anderen dekorative Teller oder bunte Porzellanblumen. Die große Küche war mit kastanienfarbenen Schränken und einer Kochinsel ausgestattet.

»Sie haben ein schönes Haus, Mrs. Molinaro.«

»Danke, und bitte, ich heiße Nancy.« Die Hände in die Hüften gestemmt, begutachtete sie die Küche und grinste. »Ehrlich gesagt hätten Wayne und ich nie gedacht, dass wir in so einem Haus leben würden. Wir hatten Glück, als wir im Lotto gewonnen haben.«

»Wirklich?« Jack nickte. »Glückwunsch.«

»Danke. Es war nicht einer dieser Mega-Multi-Millionen-Dollar-Gewinne, die man in den Nachrichten sieht, aber wir haben einen guten Betrag gewonnen. Möchten Sie etwas zu trinken? Einen Kaffee? Eistee? Limonade?«

Karen und Jack einigten sich auf Eistee.

»Sie nehmen also immer noch Pflegekinder auf?«, fragte Karen.

»Oh ja. Es gibt viele Kinder da draußen, die ein gutes Zuhause brauchen, auch wenn es nur für eine Weile ist. Wir wollten damit nicht aufhören, weil Wayne und ich plötzlich reich geworden sind. Das war sogar ein Segen. In einem Haus dieser Größe können wir drei Kinder aufnehmen.«

In Karens Brust breitete sich Wärme aus. Sie waren kaum zwei Minuten hier und schon war Nancy ihre liebste Pflegemutter von allen. »Wo sind die anderen beiden?«

»Daryl ist in einem Naturcamp.« Nancy nahm zwei Gläser aus einem Schrank. »Mein Mann ist mit Jacob ins Kino gegangen.«

Sie schenkte den Eistee ein und brachte die Gläser zu den beiden hinüber. »Verzeihen Sie, aber warum sind Sie hier, um über Alex zu sprechen? Ich dachte, das wäre Aufgabe der Polizei.«

»Wir glauben, dass Cassian eine Verbindung zu den Echsenwesen haben könnte.«

Nancy atmete tief durch und schüttelte den Kopf, während sie sich selbst ein Glas einschenkte. »Ich weiß, dass Alex seine Probleme hatte, weil seine Eltern ermordet wurden, als er noch so jung war, aber das …«

»Eigentlich, Frau Molin…« Jack hielt inne. »Äh, Nancy. Cassians Eltern sind vielleicht nicht so ermordet worden, wie alle annehmen.«

Sie drehte sich mit erstauntem Gesichtsausdruck zu ihm um. »Was meinen Sie? Das hat die Polizei doch aber gesagt.«

»Unsere Verbindung zum Büro des Sheriffs hat einige neue Informationen gefunden. Als die Polizei ihn nach der Ermordung seiner Eltern fand, behauptete er, dass Dinosauriermenschen es getan hätten. Wir glauben, dass er vielleicht von Echsenwesen gesprochen hat.«

»Mein Gott«, sagte Nancy mit angehaltenem Atem und legte eine Hand auf ihr Herz. »Das hat er uns gegenüber nie erwähnt.«

Karen fand das seltsam, zumal Cassian die Geschichte auch seinen anderen Pflegeeltern erzählt hatte. »Wann haben Sie Alex bekommen?«

»Sein letztes Jahr in der High School. Wir waren eigentlich seine letzten Pflegeeltern.«

Karen nickte und umklammerte sanft ihr Glas. Das könnte es erklären. So viele Pflegeeltern, die ihm nicht glaubten, und wahrscheinlich andere Pflegekinder, die sich über ihn lustig machten. Als er siebzehn oder achtzehn war, hatte er vielleicht beschlossen, dass es das Beste war, die ganze Sache zu verschweigen.

»Wir haben mit einigen von Cassians anderen Pflegeeltern gesprochen.« Jack stützte seine Arme auf dem Tisch ab. »Sie sagten, dass er oft in Streitereien verwickelt war und sich geprügelt hat. War er bei Ihnen und Ihrem Mann auch so?«

»Nein, ganz und gar nicht.« Nancy schüttelte nachdrücklich den Kopf. »Er war eher ein ruhiger Typ. Sicher, wir hatten Gespräche mit Lehrern, weil er seine Hausaufgaben nicht gemacht hat, und wir haben ihn ein paar Mal beim Trinken erwischt. Aber abgesehen davon war er wirklich kein schlechter Junge. Er sprach oft davon, zu den Marines zu gehen. Wayne hielt das für eine gute Idee, es würde ihm etwas Struktur und Stabilität geben. Ich hatte Angst, dass sie ihn in den Irak oder nach Afghanistan schicken würden.«

»Hat er den Kontakt aufrechterhalten, nachdem er zu den Marines gegangen war?«, fragte Karen.

»Ein paar Mal. Das Letzte, was wir von ihm hörten, war eine E-Mail, in der stand, dass sie ihn nach Afghanistan schicken würden.« Nancy schloss für einige Sekunden die Augen. »Als wir keine Nachrichten mehr bekamen, dachte ich … ich habe das Schlimmste befürchtet.« Sie sah Jack an. »Sie waren doch auch in der Armee, oder? Könnte der Krieg etwas mit ihm gemacht haben? Ihn dazu gebracht … dass er die Reporterin getötet hat?«

»Vielleicht. Krieg wirkt sich auf jeden anders aus. Manche Menschen können verkraften, was sie da erleben und getan haben. Andere …« Sein Kiefer versteifte sich. »Über Cassian kann ich wirklich nichts sagen.«

Er starrte auf sein Glas. Karens Kehle schnürte sich zusammen. Mitgefühl überkam sie. Sie stellte sich vor, wie er an Freunde und ehemalige Kollegen dachte, die mit den Nachwirkungen des Krieges zu kämpfen hatten, und an diejenigen, die es nicht schafften und sich das Leben nahmen. Sie wusste, dass auch Jack seine Dämonen aus dem Irak und Afghanistan mitgebracht hatte. Er war schon mehr als einmal mitten in der Nacht aus Albträumen aufgewacht.

Sie drückte unterstützend seinen Arm. Er lächelte sie an.

»Wie war Alex eigentlich in der Schule?«, fragte Karen. »Hatte er viele Freunde? Hat er Sport gemacht oder so?«

»Er hatte ein paar Freunde. Ich glaube nicht, dass sie sich sehr nahestanden. Er blieb hauptsächlich für sich. Wir haben versucht, ihn in Sportmannschaften oder andere Vereine zu bringen. Wir versuchen, unsere Pflegekinder in alle möglichen Aktivitäten einzubinden. Aber Alex war an nichts davon interessiert.« Nancy seufzte. »Ich wünschte, er hätte in der Schule einen Club gefunden, der ihm gefiel. Er musste etwas anderes tun, als sich diese komischen Radiosendungen anzuhören und auf diese komischen Websites zu gehen.«

Karen legte ihren Kopf schief. »Welche Radiosendungen und welche Websites?«

Nancys Augen weiteten sich. »Oh mein Gott. Wenn er geglaubt hat, dass diese Monster seine Eltern getötet haben, hat er sie vielleicht deshalb so sehr gemocht.«

»Er hat sie gemocht?« Karen beugte sich vor.

»Wie ich schon sagte. Es war seltsames Zeug. Verrücktes Zeug, wie Bigfoot … na ja, bevor wir alle wussten, dass er real ist. Und dann Aliens, geheime Gruppen, seltsame Experimente. Und dieser eine Typ im Radio. Er hatte eine Sendung, die spät in der Nacht lief. Alex blieb dann wach und hörte ihm zu. Ein paar Mal musste ich ihn bitten, das Radio leiser zu stellen, weil wir schlafen wollten. Ich habe im Internet nach ihm gesucht und …« Nancy stieß ein humorloses Lachen aus. »Er glaubt an das verrückteste Zeug. Erdbebenmaschinen, Chemtrails, Zeitreiseexperimente. Er glaubt sogar, dass George Bush und die Königin von England verkleidete außerirdische Echsen sind.«

Karen richtete sich auf und drehte sich zu Jack um. Ihre Blicke trafen sich. Seinem Blick nach zu urteilen, dachte er dasselbe wie sie.

»Nancy.« Sie sah die Frau an. »Der Typ aus dem Radio. Erinnern Sie sich an seinen Namen?«

In Nancys fleischigem Gesicht zeichneten sich Linien ab, als sie sich konzentrierte. »Ähm … ja. Ja, das tue ich. Darren Staub.«

34

»Wie wäre es mit Reptoiden?« Ehrenberg wandte sich an Geek, während sie mit dem Rest des Teams durch den Wald stapften.

Der Ex-Ranger wippte mit dem Kopf von einer Seite zur anderen. »Eeeeh … ich weiß nicht so recht. Klingt irgendwie gewöhnlich.«

»Petal?« Er schaute über seine Schulter zu ihr. »Was ist mit Ihnen?«

»Versuchen Sie es weiter, Randy.«

»Dan?«

Der junge Ermittler in Ausbildung war angespannt. »Ähm … für mich klingt das in Ordnung.« Ein Zögern lag in seiner Stimme. Ehrenberg vermutete, dass er aus Angst, seinen Chef zu verärgern, seine Zustimmung gab.

Sein Bein streifte hohes Gras, das raschelte. Er runzelte die Stirn. Der ganze Wald war trocken. Ein kleiner Funke und Lee County könnte sich in ein Inferno verwandeln.

Er sah sich an der Spitze der Gruppe um. Herrera lief zehn Meter vor ihnen, während der andere Sicherheitsspezialist, Norgay, die Nachhut bildete. Alana und McClure waren im Kommandoposten zurückgeblieben und luden den Flapjack wieder auf. Ehrenberg hoffte, dass er fast flugbereit war. Es wäre gut, eine Vorwarnung zu erhalten, falls Echsenwesen in der Gegend waren. Besonders nach der letzten Nacht.

Die Erinnerung an den Angriff jagte ihm einen Schauer über den Rücken. »Was ist mit Kaimanoiden?«

Geek verzog verwirrt das Gesicht. »Wo zum Teufel haben Sie das denn her?«

»Kaimane gehören zur Familie der Alligatoridae, und es gibt einige Ähnlichkeiten zwischen Alligatoren und Echsenwesen.«

Geek zuckte mit den Schultern. »Besser als Reptoiden.«

»Versuchen Sie es weiter, Randy.« Petal grinste.

Er stieß einen Seufzer aus. Einer neu entdeckten Spezies einen Namen zu geben, konnte so schwer sein. Dieser Name würde sie für immer begleiten, also musste er gut sein. *Schau dir Schnabeltier an. Wer immer sich den ausgedacht hat, war eher faul als kreativ.*

Die mentale Übung half ihm auch, sich von dem gestrigen Anschlag auf das Gemeindezentrum und all den Menschen, die dabei ums Leben kamen, abzulenken. Und der letztjährige Angriff der Searaptoren auf die Epic Venture und die Beobachtung, wie Lauren verschlungen wurde.

Ehrenberg verlangsamte seinen Schritt und starrte auf seine Stiefel. Er hätte nie gedacht, dass die Suche nach Kryptiden so gefährlich sein könnte, dass sie zu so vielen Albträumen führen würde. In den Wochen nach der Searaptorjagd hatte er ernsthaft erwogen, bei der FUBI auszusteigen. Aber er blieb. Endlich hatte er seinen Traumjob, die Suche nach Kryptiden in Vollzeit. Doch wollte er eine weitere tödliche Begegnung wie mit dem Searaptor riskieren? Wollte er noch mehr Freunde und Kollegen sterben sehen, wie Lauren und die Besatzung der Epic Venture?

Er hatte ein paar Mal einen Therapeuten aufgesucht. Das hatte geholfen. Das Wichtigste, was er von dort mitgenommen hatte, war, dass er lernen musste, mit seinem Trauma umzugehen, sonst würde es ihn auffressen.

Ehrenberg war der Meinung, dass er das getan hatte. Außerdem war die Verlockung, neue Kreaturen zu entdecken und all den »angesehenen« Wissenschaftlern, die die Kryptozoologie ablehnten, zu zeigen, wie falsch sie lagen, zu groß, als dass er einfach aufgeben konnte.

»Was ist mit Lizaroiden?«

»Ähm, ich denke, es ist gut«, sagte Plank, wieder in einem zögerlichen Ton.

»Igitt.« Petal rümpfte die Nase. »Schrecklich.«

»Ich muss dem anderen Arzt zustimmen, Doc«, sagte Geek. »Lizaroiden reimt sich auf Hämorrhoiden, und beides ist unangenehm.«

Ehrenberg hob die Hände. »Ich schätze, wir müssen zurück zum mentalen Reißbrett.«

Herrera blieb stehen und reckte eine Faust in die Höhe. Alle blieben stehen.

»Was ist los, Herrera?«, flüsterte Geek in sein Funkgerät.

»Ich dachte, ich hätte Äste knacken gehört. Jemand oder etwas ist da draußen. Ich werde mal nachsehen.«

»Verstanden. Ich gebe Ihnen Deckung.«

Mit gezückter Pistole ging Geek zu Herrera.

Ehrenbergs Herzschlag beschleunigte sich. Er atmete tief durch und versuchte, sich zu beruhigen. Herrera hätte auch ein Reh oder Wildschwein hören können.

Oder ein Echsenwesen.

Herrera bewegte sich an einigen Büschen vorbei zu einem Baum. Ehrenberg sah sich um. Die Vegetation war zu dicht, um weit zu sehen.

Herrera entfernte sich von dem Baum.

Ein Schuss donnerte durch die Waldluft. Ehrenberg sprang. Herrera fiel auf den Rücken.

»Alle runter!«, rief Geek und stürmte voran.

Ehrenberg, Petal und Plank ließen sich zu Boden fallen. Norgay verschwand im Gebüsch. Geek kniete neben Herrera.

Mit vor Sorge verkrampfter Brust starrte Ehrenberg den gestürzten Ex-Soldaten mit unbewegten Augen an. Wie schwer war er verletzt? Die Angst drohte ihn zu lähmen, aber er war Expeditionsleiter. Das Leben Herreras lag in seiner Verantwortung.

Er holte tief Luft und kroch auf den Mann zu.

»Lasst eure Waffen fallen!«, hörte er Norgay rufen. »Waffen runter oder ihr sterbt!«

Geek sprang mit erhobener Pistole auf. »Lasst sofort die verdammten Waffen fallen.«

Ehrenberg schaffte es zu Herrera. Der Ex-Soldat fletschte die Zähne, Blut bedeckte seine linke Schulter.

»Ich bin bei ihm, Geek.« Ehrenberg griff in seinem Rucksack nach dem Erste-Hilfe-Set.

Der große Mann nickte und eilte tiefer in den Wald, wahrscheinlich hinter denjenigen her, die auf Herrera geschossen hatten. Wer zum Teufel würde so etwas tun? Könnte es dieser verrückte Alex Cassian sein?

Ehrenberg nahm eine Mullbinde heraus und drückte sie auf Herreras Schulter. Er bemerkte, dass die rechte Hand des Mannes sein Gewehr umklammert hielt.

»Alfonso, lass die Waffe los.«

»Auf keinen Fall. So ein Arschloch hat auf mich geschossen. Ich werde meine Waffe nicht loslassen, bis ich weiß, dass Geek und Norgay sie erwischt haben.«

Mit einem frustrierten Seufzer drückte Ehrenberg weiter auf die Wunde. Die ganze Zeit über hörte er Geek und Norgay schreien. Es fielen aber keine weiteren Schüsse. Er nahm das als ein gutes Zeichen.

Petal gesellte sich zu ihm und klebte Gaze auf Herreras Schulter. Er biss die Zähne zusammen und stöhnte, aber er schrie nicht auf. Auch ließ er sein Gewehr nicht los. Ehrenberg kam nicht umhin, erstaunt zu sein. Da er über ein Jahr lang mit Männern wie Jack und Geek zu tun gehabt hatte, wusste er aber, dass Army Ranger eine hohe Schmerzgrenze hatten.

Trockenes Gras raschelte unter schweren Schritten. Ehrenberg blickte auf und sah Geek zurückkehren.

»Wie geht es ihm?« Der große Mann nickte Herrera zu.

»Schulterverletzung. Er hatte Glück. Ein paar Zentimeter weiter rechts und die Kugel wäre tödlich gewesen.«

»Habt ihr herausgefunden, wer geschossen hat?«, fragte Petal. »Warum haben sie es getan?«

»Drei Jäger. Sie waren hinter der verdammten Fünftausend-Dollar-Belohnung her, die dieser Trottel Sawyer auf die Echsenwesen ausgesetzt hat.« Geeks Gesicht wurde mit jedem Wort röter. »Einer dieser Idioten hielt Herrera für ein Monster und hat auf ihn geschossen.«

»Wie zum Teufel konnten sie?« Herrera sprach mit zusammengebissenen Zähnen. »Ich sehe viel besser aus als so ein verdammtes Sumpfmonster.«

Ehrenberg grinste, aber nur für einen kurzen Moment. Er betrachtete Herreras Wunde und dachte über seine Worte von eben nach. *Ein paar Zentimeter weiter rechts und die Kugel wäre tödlich gewesen.* Dann hätte er einen weiteren toten Freund und Kollegen zu beklagen. Nicht wegen eines Monsters, sondern wegen der menschlichen Dummheit.

Er ließ Plank den Notruf wählen, obwohl sie Herrera weit aus dem Wald heraustragen mussten, um die Sanitäter zu treffen.

Nachdem er sich vergewissert hatte, dass seine Wunde sicher verbunden war, half Geek Herrera auf die Beine.

»Was ist mit den Jägern?«, fragte Petal.

»Wir haben ihre Handgelenke und Füße mit Klebeband gefesselt. Sie können hier bleiben, bis jemand vom Sheriffbüro sie findet.« Er warf einen Blick auf die Vegetation, wahrscheinlich in Richtung der Jäger. »Oder sie können einfach hier draußen bleiben, bis sie verwesen. Das ist mir scheißegal.«

Ehrenberg folgte dem wütenden Blick von Geek, wobei sich seine eigene Wut mit seiner Sorge um Herrera vermischte. Er zückte sein Satellitentelefon und wählte die Nummer der Bezirksverwaltung.

»Hier ist Dr. Randy Ehrenberg von der Stiftung für undokumentierte biologische Untersuchungen. Bitte verbinden Sie mich mit dem Stadtrat Sawyer.«

Weniger als eine Minute später meldete sich Sawyers Sekretärin.

»Es tut mir leid, Sir, Stadtrat Sawyer ist im Moment nicht da. Kann ich eine Nachricht für ihn hinterlassen?«

»Ja. Können Sie ihm sagen, dass wir uns im Krankenhaus treffen?«

»Das Krankenhaus?« Die Sekretärin klang verwirrt. »Darf ich fragen, warum?«

»Ich dachte, er würde sich gern bei einem unserer Sicherheitsspezialisten vor Ort entschuldigen.«

Die Sekretärin hielt inne. »Ich verstehe nicht, Sir. Wofür muss sich Stadtrat Sawyer entschuldigen?«

»Dank des Kopfgeldes, das er auf die Echsenwesen ausgesetzt hat, wurde gerade auf einen meiner Leute geschossen.«

35

»Planänderung«, sagte Rastun, als er und Karen das Haus der Molinaros verließen. »Wir fahren zurück nach Bishopville, um mit Darren Staub zu sprechen.«

»Glaubst du, er könnte Cassian tatsächlich kennen?«

»Vielleicht. Sein TruthCon ist in Charlotte. Das ist nicht so weit weg von hier. Zumindest können wir vielleicht mehr über diese Reptilienverschwörung von ihm erfahren. Sehen, wie Cassians Verstand tickt. Ich weiß, als Staub gestern Abend seine Rede gehalten hat, schien Cassian an seinen Lippen zu hängen.« Er holte sein Handy heraus, als er die Tür zum SUV öffnete. »Ich rufe Sherlock an. Vielleicht kann er ihn aufspüren.«

»Oder es gibt einen anderen Weg.« Karen stieg in den Wagen und hielt dann ihr Handy hoch. »Ein Typ wie Staub ist wahrscheinlich überall in den sozialen Medien vertreten.«

Sie spielte eine Minute lang mit ihrem Telefon und sagte dann: »Jackpot. Ich habe ihn auf Instagram gefunden. Er steht vor der Lee County Library und befragt Leute über den gestrigen Angriff.«

»Gut. Dann ab in die Bibliothek.« Rastun stieg ein und startete den Motor. »Ich glaube, wir sind ziemlich gute Amateurdetektive.«

»Ja, du hast recht.« Karen lächelte und steckte ihr Handy ein. »Jetzt brauchen wir nur noch einen coolen grünen Van und einen sprechenden Hund.«

»Und vielleicht kannst du dir als Krönung auch noch die Haare rot färben.« Er zwinkerte ihr zu, bevor er aus der Einfahrt fuhr.

»Wenn ich mir die Haare rot färben muss, musst du ein orangefarbenes Halstuch tragen.«

»Von wegen. Ascots sind nicht männlich.«

»Ach, komm schon. Fred war männlich.«

»Blödsinn«, sagte Rastun. »Fred hat den Leuten immer nur gesagt, wo sie hingehen und was sie tun sollen. Seien wir mal ehrlich. Velma hat die ganze Routinearbeit gemacht. Ohne sie könnte die Scooby-Doo-Gang nicht mal ein Kreuzworträtsel lösen.«

»Vielleicht sollte ich also einen schäbigen Pullover anziehen und eine Cola-Flaschen-Brille tragen«, sagte Karen.

»Du würdest trotzdem heiß aussehen.« Rastun zwinkerte ihr zu.

Als sie nach Bishopville zurückkehrten, fanden sie Staubs Fahrzeug auf der Main Street geparkt, einen Block von dem alten roten Backsteingebäude entfernt, das die Bezirksbibliothek beherbergte. Staub stand an der Ecke mit einem dünnen bärtigen Mann, der eine Videokamera hielt. Rastun und Karen stiegen aus ihrem Geländewagen und tauschten den kühlen Innenraum gegen die heiße, schwüle Luft.

»Jack Rastun und Karen Thatcher.« Staub streckte die Arme aus und begrüßte die beiden mit einem breiten Lächeln, als sie sich näherten. »Sie haben sich also für ein Interview entschieden? Sehr gut. Das ist mein Produzent und Videofilmer Elliott.« Er deutete auf den jüngeren Mann.

»Eigentlich, Mister Staub«, unterbrach ihn Rastun, »werden wir diejenigen sein, die Fragen stellen.«

Staubs Gesicht verzog sich. »Okay. Worüber?«

»Alex Cassian.«

»Der Typ, der die Reporterin erschossen hat? Was hat der mit mir zu tun?«

»Er war ein Fan Ihrer Sendung«, sagte Karen.

»Ich habe Millionen von Fans im ganzen Land. Natürlich kenne ich sie nicht alle, und ich kann sicher nicht dafür verantwortlich gemacht werden, was sie tun.«

»Sind Sie sicher, dass Sie Cassian nicht kennen?«, hakte Rastun nach.

Staub stieß ein ungläubiges Lachen aus. »Woher zum Teufel soll ich ihn kennen?«

»Weil Charlotte nur zwei Autostunden von hier entfernt ist? Dort haben Sie Ihre TruthCon-Sache. Da Alex Cassian ein großer Fan von Ihnen ist, würde es mich nicht überraschen, wenn er öfter dorthin kommt. Vielleicht sind Sie ihm dort begegnet und haben mit ihm gesprochen.«

»Ich treffe und spreche mit vielen Leuten auf der TruthCon.«

Rastun holte sein Handy heraus und zeigte Staub zwei Bilder von Cassian, die ungepflegte Version aus dem Rathaus und die bessere Version in seiner blauen Marinekleidung. »Kommt er Ihnen bekannt vor?«

»Nein.« Verärgerung schlich sich in Staubs Tonfall. »Nochmal, ich treffe eine Menge Leute auf der TruthCon. Ich kann mich nicht an alle erinnern.« Staub zog die Augenbrauen zusammen und trat einen Schritt zurück. »Versuchen Sie etwa, mich zum Schweigen zu bringen?«

»Bitte?« Rastun starrte ihn an.

»Die Welt steht kurz davor, die Wahrheit darüber zu erfahren, dass diese Echsenwesen und die Reptilianer ein und dasselbe sind. Dienen Sie ihnen? Sie und die ganze FUBI?«

Rastun blinzelte langsam, kaum fähig zu glauben, dass jemand so etwas Verrücktes sagen konnte. »Ja, ich arbeite für die Reptilianer. Deshalb habe ich letzte Nacht einen Haufen von ihnen erschossen.«

»Vielleicht haben Sie nicht direkt mit ihnen zu tun. Sie und die FUBI könnten von einem Politiker oder einem Unternehmen beeinflusst sein. Vielleicht wollen die, dass Sie versuchen, mich mit Cassians Mord an der Reporterin in Verbindung zu bringen. Dass Sie versuchen, meinen Ruf zu ruinieren. Das wird nicht klappen.« Staub deutete mit dem Finger. »Sie können mich nicht daran hindern, die Wahrheit zu verbreiten.«

Rastun wandte sich an Karen, die mit den Augen rollte. Er merkte, dass sie mit Staub in eine Sackgasse geraten waren. In die verrückteste Sackgasse überhaupt.

»Danke für Ihre Zeit. Ich bin sicher, dass es in dieser Stadt ein paar Psychologen gibt. Vielleicht sollten Sie einen Termin bei einem vereinbaren.«

Er ging mit Karen zurück zum SUV.

»Leute wie Sie«, rief Staub ihm nach. »Sie denken, Sie wissen, wie die Welt funktioniert. Sie sehen nicht, dass sie von mächtigen Kräften manipuliert wird. Mächten, die nicht einmal von dieser Welt sind.

Sie sind diejenigen, die Sie in den Nahen Osten geschickt haben und Ihnen befohlen haben, Menschen für ihr Öl zu töten und ihre Religion auszurotten. Sie sind nicht frei, Jack. Und Sie auch nicht, Karen. Sie beide sind Werkzeuge. Wir sind alle Werkzeuge. Aber ich hatte den Mut, mich zu befreien.«

»Oh mein Gott.« Karen schüttelte den Kopf. »Glaubt Cassian wirklich an diesen ganzen Mist?«

»Wenn er das tut, ist es wirklich kompliziert. Dann ist er ein hochqualifizierter Kampfveteran und Verrückter zugleich. Keine gute Kombination.«

Rastun ließ gerade den Motor an, als sein Handy klingelte. »Jack, wo sind Sie?«, fragte Ehrenberg.

»Main Street, in der Nähe der Bibliothek. Wir haben gerade mit Staub gesprochen. Der Typ ist irre.«

»Aha.« Ehrenbergs Stimme klang flach.

»Stimmt etwas nicht, Doc?«

»Ja. Wir sind auf ein paar Jäger gestoßen, die Sawyers fünftausend Dollar Belohnung in Anspruch nehmen wollten. Herrera wurde angeschossen. Wir sind jetzt auf dem Weg ins Krankenhaus.«

***

Rastun und Karen waren zehn Minuten vor den anderen im Krankenhaus. Die Sanitäter rollten Herrera auf einer Trage herein, seine Schulter war bandagiert.

»Wie geht es Ihnen?«

»Ich werde es überleben, Sir«, sagte Herrera mit zusammengebissenen Zähnen.

»Die Kugel hat ihn knapp oberhalb der Achselhöhle getroffen«, sagte einer der Sanitäter zu Rastun. »Er hat ziemlich viel Blut verloren, aber die Wunde ist nicht lebensbedrohlich.«

Rastuns Muskeln entspannten sich vor Erleichterung. Er hatte während seiner Zeit bei der Armee genug Männer verloren. Gott sei Dank würde er bei dieser Mission keinen einzigen verlieren.

»Halten Sie durch, Herrera.«

Der gab Rastun einen Daumen hoch. »Ich muss nur genäht werden, dann bin ich wieder im Einsatz.«

Rastun wusste, dass dies nicht der Fall sein würde. Für Herrera war diese Mission erledigt.

Und jetzt fehlt mir ein Sicherheitsspezialist wegen dieses dämlichen Sawyer.

Die Sanitäter rollten Herrera durch schwingende Doppeltüren in einen der Operationssäle.

Rastun schaute über seine Schulter. Ehrenberg und die anderen betraten die Lobby der Notaufnahme. Er drehte sich um und schritt auf sie zu.

»Wie ist das passiert?«

Ehrenberg schilderte den Vorfall. Jeder Satz schürte Rastuns Wut auf die Jäger. Es klang, als hätten sie ihr Ziel nicht einmal bestätigt, bevor sie schossen, was er bereits befürchtet hatte, als Sawyer sein dummes Kopfgeld aussetzte.

Und es war mit einem seiner Männer geschehen!

Die Türen der Lobby schoben sich auf. Commander Umbarger trat ein, gefolgt von Detective Blefary.

»Wir haben von Ihrem Mann gehört«, sagte Umbarger. »Wird er wieder gesund?«

»Ja«, antwortete Rastun. »Er wurde an der Schulter getroffen. Nicht lebensbedrohlich.«

»Ein Glück.« Umbarger schüttelte den Kopf. »Ich hatte das ungute Gefühl, dass so etwas passieren würde. Und wahrscheinlich sind noch mehr Jäger da draußen, die auf die fünftausend Dollar hoffen. Wir müssen das stoppen, bevor sie weiter wild um sich schießen und noch jemanden töten.«

Blefary nahm die Aussagen von Ehrenberg und den anderen auf. Er hörte sich bei seiner Befragung eigentlich recht höflich an, bis Geek ihm erzählte, wie sie die Jäger mit Klebeband gefesselt im Wald zurückließen.

»Sie konnten sie nicht mitnehmen?«, fragte der Detektiv mürrisch.

»Wir hätten es gekonnt. Ich hatte nur keine Lust dazu.«

Blefary blätterte in seinem Notizbuch. »Es sind zweiundvierzig Grad da draußen. Sie haben sie gefesselt, und es laufen Monster im Wald herum. Was ist, wenn sie dehydrieren? Was ist, wenn ein Echsenwesen sie findet? Ihre Familien könnten Sie verklagen, den Bezirk verklagen.«

»Diese Arschlöcher haben auf einen meiner Männer geschossen«, antwortete Geek scharf. »Seien Sie froh, dass ich mich nicht tatkräftig revanchiert habe.«

»Da können Sie von Glück reden, denn sonst würde ich Sie einsperren.«

»Das bezweifle ich. Denn ich hätte gesagt, dass sie alle gestolpert und gestürzt sind, und jeder in meinem Team würde mir recht geben.«

Blefary starrte Geek an. Ein harter Blick, der einen durchschnittlichen Straßenpunker wahrscheinlich eingeschüchtert hätte. Geek jedoch zuckte nicht einmal mit der Wimper.

»Schalten wir ein oder zwei Gänge zurück, Sergeant.« Rastun versuchte, die Situation zu entschärfen.

»Ja, Sir.«

Beide Männer beruhigten sich, und Blefary nahm die Befragung wieder auf. Rastuns Telefon klingelte. Sherlock war am anderen Ende der Leitung.

»Ich dachte, ich lasse Sie wissen, dass ich mit einigen Männern aus Alex Cassians altem Force-Recon-Zug gesprochen habe.«

»Was haben Sie herausgefunden?«

»Sein ehemaliger Vorgesetzter bezeichnete ihn als einen ziemlich kompetenten Marine, der während seines Einsatzes in Afghanistan gute Arbeit geleistet hat.«

Rastun nickte. Keine schlechte Bewertung, aber auch nicht gerade überbordend. »Ich spüre ein *aber* kommen.«

»Sie ahnen richtig«, antwortete Sherlock. »Nach dem, was Cassians CO und Platoon Sergeant sagten, war er einer der Männer, die in einer Kampfsituation rgelrecht aufblühten. Als er jedoch in den Staaten war …«

»War das der Ort, an dem man ihn mit Alkohol am Steuer erwischte und bestrafte.«

»Richtig. Einige der interessantesten Informationen über Cassian kam von seinen ehemaligen Kameraden.«

Das überraschte Rastun nicht. Als ehemaliger Zugführer wusste er, dass nicht die befehlshabenden Offiziere ihre Untergebenen am besten kannten, sondern die Gefreiten und Unteroffiziere, mit denen sie fast ständig zusammen waren. »Was hatten sie zu sagen?«

»Die meisten kamen gut mit ihm aus, aber als sie anfingen, über Cassians Hobbys und Interessen zu sprechen, erregte das meine Aufmerksamkeit.«

»Lassen Sie mich raten. Er hat viel über Kryptozoologie und verrückte Verschwörungstheorien gesprochen?«

»Ja. Ich nehme an, Sie haben das im Gespräch mit seinen ehemaligen Pflegeeltern auch erfahren?«

»Das habe ich, und raten Sie mal, wer einer seiner Lieblingsverschwörungstheorie-Spinner ist? Darren Staub.«

»Ein paar von Cassians Kameraden haben diesen Namen auch erwähnt«, sagte Sherlock. »Einer erzählte mir von einem Vorfall in Camp Lejeune, wo er sah, wie Cassian auf Staubs Website surfte, und fragte, was das sei. Cassian erzählte von Reptilien, anderen Dimensionen, Außerirdischen und Nazis, die zusammenarbeiten. Der andere Marine machte sich über ihn lustig. Cassian wurde wütend und schlug ihn zusammen. Er verbrachte dreißig Tage im Knast und wurde degradiert.«

Rastun stieß ein kurzes, ungläubiges Schnauben aus. »So ein Irrer.«

»Eigentlich gibt uns das einen guten Einblick in seinen Verstand. Cassian glaubt, dass all diese Verschwörungen real sind, und er hat wenig bis gar keine Toleranz für Menschen, die anders denken. Er ist auch bereit, zu Gewalt zu greifen, um seinen Standpunkt zu vertreten.«

»Ich glaube, er ist auch von Staub besessen. Das ist, was ich von einer seiner Pflegemütter, Nancy Molinaro, erfahren habe. Ich weiß, dass Cassian an jedem Wort von Staub hing, als der in der Stadthalle seine Tiraden losließ.«

»Er kam bewaffnet zu dem Treffen, erschoss ein Echsenwesen und diese Reporterin. Vielleicht hört er nicht nur auf Staub. Vielleicht glaubt er sogar, dass er von ihm Anweisungen erhält, um die Welt vor den Reptilianern zu schützen.«

»Warum dann auf Chang schießen?«

»Heutzutage gibt es viel Misstrauen gegenüber den Medien. Viele Leute glauben, dass sie mit mächtigen Politikern oder Konzernen zusammenarbeiten. Was, wenn er glaubt, dass sie auch mit den Reptilianern zusammenarbeiten?«

»Ich habe nur einen Vorgeschmack auf Staubs Wahnvorstellungen bekommen«, sagte Rastun. »Aber wenn Cassian sich seinen Mist schon seit Jahren anhört, wer weiß, was dieser Verrückte alles glaubt.«

Sherlock hielt inne. »Ich frage mich, ob sie sich vor gestern Abend schon einmal begegnet sind. Vielleicht auf dieser TruthCon, die Staub veranstaltet.«

»Karen und ich haben vor etwa einer Stunde mit Staub gesprochen. Er sagte, er kenne Cassian nicht.«

»Glauben Sie ihm?«

Rastun holte tief Luft und starrte auf seine Schuhe. »Ich weiß es nicht. Der Kerl sagte, er treffe eine Menge Fans auf der TruthCon, er könne sich nicht an alle erinnern. Wenn Sie mich bitten würden, mich an jeden zu erinnern, den ich bei meinen Buchsignierungen getroffen habe, könnte ich das ganz sicher auch nicht.«

»Das klingt nachvollziehbar. Trotzdem könnte es sich lohnen, etwas intensiver über Staub zu recherchieren.«

Rastun teilte Sherlock die anderen Informationen mit, die er von Cassians Pflegeeltern erfahren hatte. In diesem Moment betrat Sawyer die Lobby des Krankenhauses.

»Sherlock.« Rastuns Augen verengten sich. »Ich rufe Sie zurück.«

Er steckte sein Handy weg. Alle im Raum drehten sich zu Sawyer um, die Wut in ihren Gesichtern war offensichtlich. Ehrenberg atmete tief ein, seine Lippen waren angespannt, als würde er eine Explosion zurückhalten. Rastun konnte sich nicht erinnern, den gutmütigen Wissenschaftler jemals so wütend gesehen zu haben.

Wenn einer deiner Männer wegen der Dummheit eines anderen fast getötet wird, wäre das ein guter Grund.

Rastun ging zu Geek hinüber. »Tu mir einen Gefallen. Halte mich zurück, damit ich den Kerl nicht verprügele.«

»Okay, Captain, aber wer wird mich zurückhalten?«

»Wie geht's Ihrem Mann?«, fragte Sawyer.

»Er wird es überleben«, entgegnete Ehrenberg in bedächtigem Ton.

Sawyer atmete laut aus. »Gott sei Dank.«

»Sie sind sichtlich erleichtert.« Wut brodelte unter der Oberfläche von Ehrenbergs Worten. »Schon klar, wenn man bedenkt, dass Sie dafür verantwortlich sind.«

Sawyer starrte ihn an und blinzelte wiederholt. »Was? Wie zum Teufel kann das meine Schuld sein? Ich habe nicht auf Ihren Mann geschossen.«

»Nein, aber Sie haben wer weiß wie viele Leute ermutigt, in die Wälder zu gehen und auf alles zu schießen, was auch nur im Entferntesten einem Echsenwesen ähnelt.«

»Das ist lächerlich.«

»Nein, ist es nicht.« Umbarger ging zu den beiden hinüber. »Die Leute in den Wäldern, die hoffen, schnelles Geld zu verdienen, indem sie ein Echsenwesen erschießen, bringen die Öffentlichkeit in Gefahr und behindern möglicherweise die Ermittlungen der Polizei. Ich werde meine Deputys anweisen, jedermann festzunehmen, dem sie im Wald begegnen, der auf das Kopfgeld aus ist. Wer sich weigert, wird wegen Gefährdung und Behinderung der Justiz verklagt.«

»Das können Sie nicht machen.« Sawyer breitete seine Arme aus. »Sie sind nicht der Sheriff.«

»Wollen wir wetten, dass Sheriff Haddix mich dabei unterstützt?«

Sawyer starrte ihn an. Sein Blick schweifte über alle Versammelten. »Ich dachte, Sie würden die zusätzliche Hilfe zu schätzen wissen. Ich habe ja gesagt, dass Sie mehr Leute brauchen, um diese Monster zu jagen, aber Sie haben mich einfach abblitzen lassen. Und sehen Sie, was passiert ist. Acht Tote und Dutzende Verletzte in der Stadthalle. Sie denken, ich bin dafür verantwortlich, dass Ihr Mann angeschossen wurde? Hätten Sie von Anfang an auf mich gehört, wäre es gestern Abend nicht zu dem Angriff gekommen.«

»Glauben Sie das wirklich?«, fragte Umbarger.

Sawyers Nasenlöcher blähten sich. »Das werde ich sogar der Presse so mitteilen.«

36

Rastun blieb im Krankenhaus, bis die Ärzte die Operation an Herrera abgeschlossen hatten. Sein linker Arm musste rehabilitiert werden, aber die Ärzte erwarteten eine vollständige Genesung.

Während sich der Rest des Teams auf den Rückweg machte, schlug Rastun vor, die Befragung von Cassians anderen Pflegeeltern zu beenden.

»Können wir erst etwas essen?«, fragte Karen. »Ich bin am Verhungern.«

Es fiel ihm schwer, zu widersprechen. Abgesehen von ein paar Müsliriegeln aus einem Krankenhausautomaten hatten beide seit dem Frühstück nichts mehr gegessen. Sein Magen beschwerte sich auch lautstark.

Sie fuhren zum Good Ol' Café zwei Blocks von ihrem Hotel entfernt. Rastuns Blick schweifte über die Dächer der nahe gelegenen Gebäude und suchte nach Silhouetten, die hinter den Mauern hervortraten. Er sah keine. Auch auf dem Parkplatz und den nahegelegenen Bürgersteigen waren keine verdächtigen Personen zu sehen. Rastun drückte eine Hand gegen das Holster, in dem seine Glock steckte, um sich zu beruhigen. Wahrscheinlich war er paranoid, aber angesichts eines kaltblütigen Killers, der glaubte, dass intelligente Echsen die Erde beherrschten, und der unbedingt mit ihm reden wollte, dürfte er auf keinen Fall unvorsichtig sein.

Die Wirtin begrüßte sie und führte sie zu einem Tisch in der Mitte des Gastraums. Das war gut. Er wollte nicht am Fenster sitzen, wo sie ein leichtes Ziel für einen Scharfschützen wären.

Rastun musterte das Restaurant. Es war zu etwa einem Viertel mit Gästen gefüllt. Ein paar Leute starrten ihn an, aber keiner sah verdächtig aus. Sie waren wohl nur überrascht, dass sie – ihrer Meinung nach – eine Berühmtheit in ihrer Mitte hatten.

Der Preis des Ruhmes. Er öffnete die Speisekarte und hoffte, dass die Cops Cassian bald verhaften würden. Die Echsenwesen zu finden war schon schwer genug, da musste er sich nicht auch noch Sorgen machen, dass ihm ein Verrückter den Kopf wegblies.

***

Sie sind es. Heilige Scheiße, sie sind es.

Am Tresen sitzend, warf Lansford einen weiteren Blick über seine Schulter. Jack Rastun und Karen Thatcher saßen an einem Tisch in der Mitte des Gastraums.

Er drehte sich wieder um und umklammerte seinen Kaffeebecher, dessen schwarzer Inhalt jetzt lauwarm war. Sein Herz pochte heftig.

Ich habe den ganzen Tag in dieser verdammten Hitze vor dem Hotel gewartet, dass die beiden zurückkommen.

Lansford hatte bis in den Abend hinein gewartet, aber sie waren nicht aufgetaucht. Nachdem er Cassian auf den neuesten Stand gebracht hatte, sagte ihm der Ex-Marine, er würde Proly oder Smith bitten, ihn abzulösen. Cassian konnte das Hotel nicht selbst überwachen, weil sein Gesicht überall in den Nachrichten zu sehen war.

Lansford ballte eine Hand zur Faust. Infiziert oder nicht, Cassian hätte diese Reporterin niemals erschießen dürfen. Jetzt waren die Cops wild entschlossen, ihn zu finden, besonders die, die insgeheim Hybriden waren. Cassian konnte nirgendwo in der Öffentlichkeit hingehen, ohne zu riskieren, dass ihn jemand identifizierte. Wenn er verhaftet würde, wäre es nur eine Frage der Zeit, bis er den Rest der Gruppe verraten würde. Cassian hatte ihm gesagt, dass selbst die härtesten Männer an ihrer Belastungsgrenze zerbrachen, wenn sie gefoltert wurden, und die Reptilianer hatten wahrscheinlich Methoden, die er sich nicht vorstellen konnte.

Ihre gesamte Operation stand auf dem Spiel, und das genau zu dem Zeitpunkt, als die schleimigen Monster ihren bisher größten Schachzug unternahmen. Wenn er und die anderen getötet würden, welche Chance hätten dann die Menschen in Bishopville, vielleicht sogar die Welt?

Lansford warf wieder einen Blick auf Rastun und Thatcher. Sie könnten ihre einzige Chance sein, den Angriff auf diese Stadt zu stoppen und der ganzen Welt zu zeigen, wie tief die Reptilianer in die menschliche Gesellschaft eingedrungen waren.

Sein Magen krampfte sich zusammen. Schweiß rann aus jeder Pore seines Körpers.

Könnte er das tun?

Er ist nur ein Mann. Er ist nicht unzerstörbar.

Lansford presste eine Faust auf den Tresen. Er atmete tief durch und nahm jedes Quäntchen Mut und Zuversicht zusammen, das er besaß. Er konnte es schaffen. Um der Menschheit willen musste er es tun.

Er griff unter seinem Sweatshirt nach der kleinen Taurus .380 Pistole, die in seinem Hosenbund steckte, und versuchte, seine Atmung unter Kontrolle zu bringen. Zwei Männer saßen ein paar Hocker entfernt von ihm an der Theke. Vier weitere Paare saßen an Tischen. Konnte er die Pistole herausziehen, ohne Aufmerksamkeit zu erregen?

Er beschloss, es nicht zu riskieren, und machte sich auf den Weg zur Toilette. Er schaute zu Rastun und Thatcher hinüber, die ihre Bestellungen an eine Kellnerin weitergaben.

Auf der Toilette war niemand. Lansford starrte sich im Spiegel an. Schweiß glitzerte auf seiner Stirn. Seine Atemzüge kamen schnell. Er dachte an Rastuns Medaillen, seinen Kampf auf dem FUBI-Schiff mit dem Searaptor und diesen Söldnern. Hatte er, ein Ex-Armeekoch, wirklich eine Chance gegen ihn?

Du schaffst das. Cassian hatte ihm eine Menge Kampftraining gegeben, seit sie sich zum ersten Mal getroffen hatten. Er hatte die Waffe, das Überraschungsmoment.

Er nahm die kleine Pistole heraus und zog seinen Hemdsärmel über sie.

Mit einem letzten tiefen Atemzug verließ er die Toilette.

Rastun und Thatcher unterhielten sich zwanglos. Verdammt, war diese Karen Thatcher heiß. Keine der Frauen, mit denen er je zusammen gewesen war, konnte mit ihrem Aussehen mithalten, bei weitem nicht.

Die Muskeln angespannt, schritt Lansford durch den Gastraum. Thatcher blickte zu ihm auf, als er sich näherte. Er schnappte sich einen Stuhl von einem unbesetzten Tisch und ließ ihn vor ihren Tisch plumpsen. Beide drehten sich zu ihm um, als er sich setzte, und machten schockierte Gesichter.

»Entschuldigen Sie mal«, sagte Thatcher.

»Können wir etwas für Sie tun?« Rastun klang verärgert.

Lansford straffte die Schultern. »Ja. Machen Sie keine Dummheiten, sonst sind Sie tot.«

37

Rastun musterte den Mann in seiner abgetragenen Kleidung. »Was zum Teufel machen Sie da?«

»Ich habe eine Waffe auf Ihren Bauch gerichtet«, unterbrach ihn der Mann. »Sehen Sie selbst nach, wenn Sie mir nicht glauben.« Mit einem Nicken in Richtung seines Schoßes unterstrich er diese Aussage.

Rastun lehnte sich in seinem Stuhl zurück und blickte nach unten. Die rechte Hand des Mannes ruhte auf seinem Bein. Er zog den Ärmel zurück und enthüllte eine kleine, kompakte Pistole.

Scheiße! Er dachte, er sei so vorsichtig gewesen, so wachsam, und doch hatte dieser Scheißkerl ihn überrumpeln können.

Der Mann schob seinen Ärmel wieder über die Waffe. »Lassen Sie Ihre Waffe und Ihr Telefon fallen. Keine Tricks, sonst erschieße ich Sie, dann sie«, er ruckte mit dem Kopf in Richtung Karen, »und dann erschieße ich noch ein paar andere Gäste.«

Wut kochte in Rastun hoch. Er hielt sie im Zaum. Wenn er und Karen hier lebend herauskommen wollten, musste er einen klaren Kopf bewahren. Er nahm seine Glock heraus, dann sein Telefon. »Wo soll ich sie hinlegen?«

Die Augen des Mannes blickten Rastun unschlüssig an.

Der Typ war kein Profi. Aber er hatte immer noch die Waffe, und aus dieser Entfernung konnte selbst ein totaler Trottel nicht danebenschießen.

»Ähm, legen Sie sie einfach auf den Boden. Bedecken Sie sie mit einer Serviette oder so.«

Rastun entfaltete eine Serviette, wickelte die Glock und das Telefon darin ein und legte beides unter den Tisch. Der Mann ließ Karen dasselbe mit ihrem Telefon und ihrem Pfefferspray tun.

»Stehen Sie jetzt auf und halten Sie Ihre Hände so, dass ich sie sehen kann.«

»Wohin gehen wir?«, fragte Karen.

»Sie werden schon sehen.«

Der Mann stand auf und wich zurück, die verdeckte Waffenhand an seiner Seite. »Jetzt lasst uns gehen.«

Rastun sah zu Karen hinüber, deren Gesicht zu einer Maske der Entschlossenheit erstarrt war. Er nickte ihr leicht zu. *Wir werden das durchstehen.*

Sie erhoben sich, die Hände an der Seite. Der Mann kam hinter ihnen her, als sie zur Tür gingen.

»Gehen Sie schon?«, fragte die Kellnerin.

»Ja. Es kam etwas dazwischen.« Rastun sah sie nicht an, sondern ging einfach weiter. Er wollte das Restaurant verlassen und sich von den Zivilisten entfernen, bevor er irgendetwas unternahm.

»Wohin jetzt?«, fragte Karen, als sie draußen waren.

»Nach links.«

Sie gehorchten, und Rastun stellte sich zwischen Karen und ihren Entführer. Er warf einen Blick auf die großen Fenster des Restaurants und prüfte deren verzerrte Spiegelungen. Der Mann war etwa zwei Meter hinter ihm. Er hatte einen gewissen Spielraum, um einen Schuss abzugeben, bevor Rastun ihn überwältigen konnte.

»Hat Cassian Sie also geschickt?«, fragte er.

»W-was?«

Dieses Stottern ermutigte Rastun. Wenn er weiterredete, konnte er diesen Scheißkerl aus der Reserve locken. »Ich weiß, dass er im Rathaus mit mir reden wollte, aber wir wurden von diesen Echsenwesen unterbrochen. Da die Bullen nach ihm suchen, musste er wohl einen Lakaien schicken, um mich zu holen.«

»Halt die Klappe«, schnauzte der Mann.

»Ich wusste gar nicht, dass Cassian Lakaien hat. Wie viele von euch gibt es?«

»Gehen Sie einfach weiter, okay?« In der Stimme des Mannes schwang Aufregung mit.

Rastun überlegte gerade, was er als Nächstes sagen sollte, als er vor sich Lachen hörte. Zwei Frauen in den Zwanzigern kamen aus einer Bar. Sie lehnten an der Wand und gackerten noch lauter.

Er hatte eine Idee, aber konnte er wirklich das Leben von zwei Unschuldigen riskieren?

Die Frauen waren nur noch drei Meter entfernt. Er musste sich jetzt entscheiden.

Karen ging an den beiden vorbei, die weiter lachten. Als Rastun sich ihnen näherte, richtete sich sein Blick auf die ihm nächste, die kurze schwarze Haare, Jeans-Shorts und ein Paar wohlgeformte Beine hatte. Er änderte seine Blickrichtung leicht.

Es tut mir so leid. Als er an der Frau vorbeiging, griff er ihr an den Hintern. Sie drehte sich mit offenem Mund um.

»Was zum Teufel, Arschloch!« Die Frau schlug ihm auf die Brust.

»Es tut mir leid, Ma'am.« Rastun warf einen Blick auf den Kidnapper. Er war wie erstarrt, der Blick wechselte zwischen ihm und der wütenden Frau hin und her, unsicher, was er tun sollte.

»Ich entschuldige mich für …« Rastun wich nach links aus und hob den Ellbogen. Der spitze Knochen prallte gegen den Mund des Entführers.

Er versetzte dem Kerl noch einen Sidekick in den Bauch. Rastun hörte die Frauen aus der Bar kaum schreien, als er das Handgelenk des Entführers packte. Er trieb sein Knie hoch und gegen den Unterarm des Mannes. Ein ekelerregendes Knacken folgte. Der Mann heulte auf. Seine Waffe klapperte auf den Bürgersteig.

Rastuns Griff umklammerte die Kehle des Entführers. Der stieß ein Keuchen aus. Rastun kickte ihm erneut in den Bauch. Der Mann krümmte sich mit weit aufgerissenem Mund. Er stieß ein knirschendes Geräusch aus, als er versuchte, Sauerstoff einzusaugen. Blut tropfte von seinen aufgeplatzten Lippen.

Rastun riss dem Mann die Füße weg. Er stürzte auf den Bürgersteig. Rastun trat ihm zweimal auf den Bauch, dann hob er die kleine Pistole auf.

»Keine Bewegung!«

Der Mann antwortete mit einem schwachen Stöhnen.

»Karen, bist du okay?«, rief Rastun über seine Schulter.

»Mir geht es gut.«

Er nickte, als der Entführer wieder zu Atem kam.

»Ma'am«, rief Rastun aus. »Es tut mir leid, was ich getan habe. Es war das Einzige, was mir einfiel, um diesen Kerl abzulenken.«

»Äh … aha.« Die Frau klang benommen.

»Rufen Sie die Cops.«

»Ähm, okay.«

Rastun ging ein paar Schritte zurück. »Auf die Füße. Wenn Sie etwas tun, was mir nicht gefällt, sind Sie tot.«

Der Mann erhob sich langsam, keuchend und eine Grimasse schneidend. Rastun führte ihn an den beiden Frauen vorbei. Beide sahen schockiert aus. Die Brünette in den Jeans-Shorts hielt ein Telefon an ihr Ohr.

Zwei Gebäude hinter der Bar war eine Gasse. Sie stank nach Schimmel, Pisse und Erbrochenem. Rastun sah eine Lache mit frischer Kotze an der Wand. Wahrscheinlich jemand aus der Bar, der zu viel Bier getrunken hatte.

»Setzen Sie sich.« Er nickte in Richtung der ekelhaft aussehenden Lache. Der Entführer schaute ihn ungläubig an.

»Worauf warten Sie noch?« Er richtete die Pistole auf das Gesicht des Mannes.

Resigniert ließ sich der Entführer in das Erbrochene sinken.

»Ekelhaft«, murmelte Karen, die neben Rastun stand.

Er musste zugeben, es war eklig. Aber eine der Regeln für Verhöre besagte, es den Gefangenen so unangenehm wie möglich zu machen.

»Okay, fangen wir mit etwas Einfachem an«, sagte er. »Name?«

Das Gesicht des Mannes verzerrte sich, er versuchte zu trotzen, während er den Schmerz und wahrscheinlich auch seine Angst bekämpfte.

»Name!«

»T-Todd. Todd Lansford. Aaah, mein Arm.« Er griff sich an seinen verletzten Unterarm und biss die Zähne zusammen.

»Scheiß auf Ihren Arm. Seien Sie froh, dass Sie noch atmen, obwohl sich das ändern könnte, wenn Sie meine Fragen nicht beantworten.«

Lansford zitterte.

»Hat Alex Cassian Sie geschickt?«

Lansford holte ein paar Mal tief Luft. Er schloss die Augen und sah weg.

Rastun rammte seinen Absatz gegen Lansfords Unterarm. Er stieß einen markerschütternden Schrei aus.

»Hat Alex Cassian Sie geschickt?«

»Ja!«

»Warum will er mich töten?«

»Das will er nicht.«

Rastun kam näher.

»Es ist die Wahrheit, ich schwöre es!«, schrie Lansford. »Er will Sie auf unserer Seite haben.«

»Was zum Teufel soll das bedeuten?«, fragte Karen.

Lansfords Blick wechselte zwischen den beiden hin und her. »Sie wurden beide von Reptilianern angegriffen. Deren DNS ist nun in Ihnen. Sie verwandeln sich in Hybriden. Cassian wollte Sie«, er nickte Rastun zu, »als Doppelagenten rekrutieren.«

Rastun zog die Stirn in Falten. »Doppelagent? Wovon zum Teufel reden Sie da?«

»Als ob Sie das nicht wüssten. Ich habe den ganzen Tag Ihr Hotel beobachtet. Wo waren Sie denn? Zu einem Treffen mit ein paar Reptilianern? Haben die Sie schon indoktriniert? Werden Sie sie mit Informationen über die FUBI füttern?«

»Ist das Ihr Ernst?« Karen starrte ihn ungläubig an.

»Stellen Sie sich nicht dumm.« Lansford setzte sich aufrechter hin und sah die beiden kühner an. »Sie sind diejenigen, die versuchen, alle davon zu überzeugen, dass die Reptilianer hier nur eine neue Art von Tieren sind. Nun, mich können Sie nicht täuschen. Ich weiß, was Sie wirklich sind und was Sie wirklich vorhaben. Es gibt noch mehr Leute wie mich und Alex da draußen, sehr viel mehr. Wir werden Sie aufhalten. Sie werden nicht gewinnen. Hören Sie mich? Sie werden nicht gewinnen!«

»Was für ein Spinner«, murmelte Karen.

Das Heulen von Sirenen schallte durch die Nacht. Die Cops waren in der Nähe.

Sieht aus, als wäre das Verhör vorbei. Wenigstens hatte Rastun erfahren, dass Cassian nicht allein arbeitete. Vielleicht hatte er keine Armee von Anhängern, wie Lansford behauptete, aber Rastun schätzte, dass er eine Handvoll Spinner da draußen hatte.

Und wenn sie so waren wie Lansford, dann waren sie alle wahnsinnig und gefährlich.

38

»Ich Glückspilz«, murmelte Rastun, als ein Deputy ihn und Karen zum Schreibtisch von Blefary führte. Der finstere Blick des Detectives vertiefte sich, als sie näher kamen.

»Reicht es Ihnen nicht, Monster zu töten?«, brummte Blefary. »Jetzt bringen Sie auch noch Leute ins Krankenhaus?«

»Das Arschloch hat uns mit einer Waffe bedroht. Ich habe nicht daran geglaubt, dass es funktionieren könnte, wenn man ihn freundlich bittet, uns gehen zu lassen.«

Blefary starrte ihn an, dann wies er mit der Hand auf ein paar Stühle. »Setzen Sie sich.« Er schaute kurz zu dem Deputy, der Rastun und Karen zum Hauptquartier des Sheriffs gefahren hatte. Der ging ohne ein Wort.

Der Detective holte ein Notizbuch und ein Aufnahmegerät aus einer Schreibtischschublade und nahm ihre Aussagen über ihre kurze Entführung auf. Als Rastun erklärte, wie er Lansford abgelenkt hatte, leuchtete der Schock in Blefarys Augen auf.

»Sie haben dieser Frau tatsächlich an den Hintern gefasst?«

»Ja.« Rastun nickte.

»Na großartig.« Blefary klatschte mit der Hand auf seinen Schreibtisch. »Sie wird wahrscheinlich eine Anzeige wegen sexueller Nötigung gegen Sie erstatten.«

»Ich brauchte einen Weg, um Lansford abzulenken und ihn auszuschalten.«

»Ihn abzulenken? Sie haben ihn ins Krankenhaus gebracht.«

Rastun zuckte mit den Schultern. »Hoffentlich wird ihm das eine Lehre sein, keine Waffen mehr auf Leute zu richten.«

Blefary beugte sich mit zusammengekniffenen Augen vor. »Sie halten das für einen Scherz? Haben Sie eine Ahnung, wie das auf unsere Abteilung zurückfallen könnte?«

»Ich arbeite nicht für Sie.«

»Aber Sie unterstützen uns, und jetzt haben Sie gerade zugegeben, dass Sie eine Frau betatscht und einem Verdächtigen den Arm gebrochen haben. Die verdammte Presse liebt jede Geschichte mit einem Hinweis auf unangemessenes Verhalten der Polizei oder von jemandem, der mit uns zusammenarbeitet.«

Rastun lehnte sich in seinem Stuhl zurück und bemühte sich, jede Spur von Verärgerung zu unterdrücken. »Vielleicht sollten wir aufhören, uns darüber Gedanken zu machen, was andere Leute denken, und uns auf das konzentrieren, was wichtig ist: dass wir einen Gefährten von Alex Cassian in Gewahrsam haben.«

Fleischige Falten breiteten sich auf Blefarys Gesicht aus, die sich vertieften, je wütender er wurde. Er schnaubte und richtete sich in seinem Sitz auf.

Als Rastun sein Verhör mit Lansford schilderte, ließ Blefary seinen Stift auf den Schreibtisch fallen. »Wollen Sie mich verarschen? Sie haben ihn mit vorgehaltener Waffe verhört?«

»Ich wollte sichergehen, dass er nicht abhaut«, sagte Rastun, »oder uns angreift.«

»Jeder halbherzige Anwalt kann argumentieren, dass Sie die Informationen durch Nötigung aus ihm herausbekommen haben.«

»Nun, ich bin kein Polizist.«

»Das spielt keine Rolle! Sie haben jemanden mit einer Waffe bedroht, während Sie ihn verhört haben. Wenn das unsere Ermittlungen versaut, werde ich Ihren Arsch an die Wand nageln.«

»Ich schätze, Sie wären glücklicher, wenn uns dieses Arschloch zu Cassian führen würde«, sagte Karen. »Er hätte uns beide erschießen können, aber das hätte ja wenigstens Ihre Ermittlungen nicht vermasselt.«

Blefarys Blick wanderte zu ihr. »Sie strapazieren wirklich meine Geduld.«

»Aha.« Karen verschränkte die Arme und starrte ihn an, ohne auch nur im Geringsten eingeschüchtert zu sein.

Rastun konnte sich ein Grinsen nicht verkneifen. *Verdammt, ich liebe sie.*

Blefary wollte gerade den Mund öffnen, als eine andere tiefe Stimme durch das Büro drang. »Ich dachte mir, dass ich euch hier oben finde.«

Sherlock umrundete eine der Trennwände und kam zu ihnen hinüber, einen Ordner unter dem Arm.

»Ich bin mitten in einer Befragung, Marshal«, sagte Blefary.

»Über Todd Lansford? Oh, da kann ich Ihnen helfen.« Sherlock legte die Mappe auf Blefarys Schreibtisch.

»Was ist das?«

»Das Verteidigungsministerium hat mir Kopien von Lansfords Unterlagen gemailt. Er hat vier Jahre in der Armee gedient, MOS Ninety-Two Golf.«

»Was?« Karens Gesicht verzog sich vor Verwirrung.

»Fachkraft für Lebensmittelversorgung«, antwortete Rastun. »Der Kerl war ein Koch.« Er schüttelte den Kopf. »Ich wusste, dass dieser Trottel kein Profi ist.«

»Warum zum Teufel tut ein Armeekoch so, als wäre er Rambo?«, fragte sich Blefary laut. »Und woher zum Teufel sollte er Cassian kennen, wenn sie in verschiedenen Abteilungen dienten?«

»Sie haben sich wahrscheinlich getroffen, nachdem sie beide aus dem Dienst ausgeschieden waren«, sagte Sherlock. »Da müssen wir noch etwas nachforschen.«

»Ich würde mit Staubs TruthCon anfangen«, schlug Rastun vor. »Scheint ein großartiger Ort zu sein, an dem Cassian, Lansford und wer weiß wie viele andere Spinner sich treffen können.«

»Gutes Argument.« Sherlock nickte.

Blefary überprüfte den Ordner. »Sieht aus, als wäre Lansford durch die Infanterieschule gefallen. Die Beurteilungen reichen von durchschnittlich bis unterdurchschnittlich. Ich glaube, Echsenjäger ist eine Nummer zu groß für ihn.« Er sah wieder zu Rastun auf. »Gibt es sonst noch etwas, das Ihnen an Lansford auffiel?«

»Es schien, als hätte er einen Plan, wie er uns aus dem Restaurant herausbekommt. Es würde mich nicht wundern, wenn er von Cassian ein paar Tipps bekommen hätte, vielleicht sogar ein bisschen Training.

Aber immer, wenn etwas Unerwartetes passierte, wie als ich dem Mädchen an den Hintern griff oder als ich ihn fragte, wo ich meine Waffe ablegen sollte, erstarrte er, konnte keine schnellen Entscheidungen treffen. Wie ich schon sagte, der Typ ist kein Profi.«

Blefary stellte noch ein paar Fragen, bevor er das Gespräch beendete.

»Wenn das alles ist, werden wir gehen.« Rastun begann aufzustehen, Karen folgte ihm.

»Warten Sie.« Blefary hob eine Hand.

»Worauf?«, fragte Karen. »Ich dachte, wir wären fertig?«

»Ja, aber Commander Umbarger möchte, dass Sie beide bis auf Weiteres hier bleiben.«

»Was?«, platzte Rastun heraus. »Wann hat er das beschlossen?«

»Er rief an, bevor Sie hierherkamen. Einer von Alex Cassians Freunden hat versucht, Sie beide zu entführen. Wer weiß, ob er noch andere Idioten da draußen hat, die nach Ihnen suchen. Nächstes Mal reicht es vielleicht nicht, den Arsch eines Mädchens zu betatschen, um Sie zu retten.«

Rastuns Mund verzog sich zu einem schmalen Strich. »Sherlock …«

»Tut mir leid, Captain. Ich muss Detective Blefary in diesem Punkt zustimmen.«

Rastuns Stirn legte sich in Falten. »Ich kann mich selbst darum kümmern.«

»Befehl des Kommandanten«, sagte Blefary in schroffem Ton. »Sie und Miss Thatcher bleiben bis auf weiteres hier, und wenn das bedeutet, dass ich Sie in eine Arrestzelle stecken muss, dann ist es eben so.«

Das erste Mal sah Rastun Blefary lächeln. Nur ein Hauch davon, aber immerhin ein Lächeln. Er holte tief Luft und versuchte, seine aufsteigende Wut zu unterdrücken. »Wie wäre es dann hiermit …« Er legte seine Handflächen auf den Schreibtisch und lehnte sich vor. Der Detektiv starrte ihn mit glühenden Augen an. Rastun ließ sich davon nicht einschüchtern. »Cassian ist da draußen und sucht nach mir. Gut. Benutzt mich als Köder und lasst uns den Bastard herauslocken.«

»Es ist mir egal, ob die Presse Sie für einen Helden hält, nach dem was im Rathaus passiert ist. Sie sind immer noch ein Zivilist.«

»Ein Zivilist, der weiß, was zu tun ist, wenn die Scheiße hochkocht.«

Blefary fletschte die Zähne. Rastun rührte sich keinen Zentimeter.

Sherlock legte ihm eine Hand auf die Schulter. »Wie wäre es, wenn ich Ihre Idee an Commander Umbarger weitergebe?«

Rastun wollte antworten: »Wie wäre es, wenn ich es Umbarger selbst sage.« Er verwarf diesen Gedanken aber wieder.

Sherlock konnte die Sache von einem besonneneren Standpunkt aus angehen als er. Wenn Rastun und die Menschen, die ihm etwas bedeuteten, bedroht waren, reagierte er mit direktem Handeln, und nicht damit, sich hinter vier Wänden zu verstecken. Er würde wahrscheinlich wütend in das Treffen mit Umbarger gehen. Sherlock würde das nicht tun.

»Danke, Sir.« Er klopfte Sherlock auf den Arm und sah dann wieder zu Blefary. »Also, da wir Ihre unfreiwilligen Gäste sind, was sollen wir tun?«

»Machen Sie, was Sie wollen, aber machen Sie es woanders. Ich habe zu arbeiten.«

»Und plötzlich fühlt man sich unerwünscht.« Ein sarkastisches Lächeln bildete sich auf Karens Lippen.

Blefary starrte sie an, dann richtete er seinen Blick wieder auf den Computer.

Mit verschränkten Armen überlegte Rastun, wie er hier die Zeit totschlagen konnte, anstatt etwas Nützliches zu tun, wie Cassian zu finden oder das Rudel der Killerechsen aufzuspüren.

Ein Gefühl der Leere machte sich in seinem Magen breit. Sein Abendessen war durch diese Entführung unterbrochen worden. »Gibt es hier eine Cafeteria?«

»In der Lobby gibt es einen Automaten«, antwortete Blefary, ohne aufzusehen.

Das klang wenig verlockend. Rastun brauchte jetzt mehr als Kartoffelchips und einen Snickers.

Ich könnte eine Pizza bestellen. Rastun griff nach seinem Telefon und merkte dann, dass es und seine Glock immer noch von den Cops als Beweismittel festgehalten wurden.

Sherlock bot ihm sein Telefon an. Rastun fand die Nummer einer nahe gelegenen Pizzeria und gab seine Bestellung auf.

»Ich nehme eine große Käsepizza und …«

»Eigentlich«, schaltete sich Karen ein, »halb Käse und halb schwarze Oliven und Paprika.«

Rastun starrte sie an. »Wenn ich es mir recht überlege, nehme ich eine große, halb mit Käse, halb mit schwarzen Oliven und Paprika, und einen Liter Sprite.«

Er gab Sherlock das Telefon zurück und ging in Richtung Lobby, um auf den Boten zu warten.

»Verlassen Sie nicht das Gebäude«, rief Blefary ihm nach.

»Ja, Papa.« Obwohl Rastun mit dem Rücken zu ihm stand, spürte er, wie der Detektiv ihm einen bösen Blick zuwarf.

Als er und Karen das Treppenhaus betraten, drehte er sich zu ihr um und verzog das Gesicht.

»Was?«, fragte sie.

»Ich kann nicht glauben, dass du eine perfekte Pizza mit Oliven und Paprika verunstaltest.«

»Ich kann nicht glauben, dass du dich mit einer einfachen Käsepizza zufriedengibst. Booorring.«

Als sie die Lobby erreichten, ließen sie sich gelangweilt auf ein beigefarbenes Sofa fallen, das schon bessere Tage gesehen hatte. Rastun legte einen Arm um Karens Schulter. Sie lehnte sich an ihn.

»Geht es dir gut?«, fragte er.

»Mir geht es gut.« Sie atmete langsam ein. »Was sagt es aus, wenn ich mich langsam daran gewöhne, dass Waffen auf mich gerichtet werden?«

»Dass du ein verdammt interessantes Leben führst.«

Karen grinste. »Ich fühle mich so gesegnet.«

Rastun fuhr mit seiner Hand an ihrem Arm auf und ab. »Nun, wir könnten jederzeit aufhören, von den Tantiemen aus unseren Buchverkäufen leben und jeden Tag wie einen Urlaub ansehen.«

»Hm, das wäre schön … für etwa eine Woche. Dann würden wir uns zu Tode langweilen.«

Rastun lächelte und küsste Karen auf den Kopf. Er hatte wirklich eine Frau nach seinem Geschmack gefunden. Tag für Tag zu faulenzen, lag ihm nicht. Er mochte es, aktiv zu sein. Er musste aktiv sein. Karen ging es genauso. So gefährlich ihre Arbeit auch sein mochte, sie war befriedigend und wichtig. Sie halfen, neue Tierarten zu entdecken, und beschützten sie. Es sei denn, sie erwiesen sich als gewalttätig, dann schützten sie die Menschen vor ihnen.

Er schloss die Augen und genoss das Gefühl von Karens Haar an seiner Wange. Die Gedanken an die Echsenwesen, Alex Cassian und ihre

Entführung verschwanden. Das Einzige, was es in seiner Welt gab, war Karen, das Gefühl ihres Körpers an seinem.

Der lange Tag holte ihn schließlich ein. Rastun schlief ein.

***

»Entschuldigen Sie, Mister Rastun.«

Rastun riss die Augen auf. Seine Muskeln spannten sich an. Ein korpulenter Mann mit Schnurrbart stand über ihm.

»Entschuldigen Sie, dass ich Sie wecke, Sir. Ihre Pizza ist da.«

Rastun rieb sich mit den Händen über das Gesicht und drehte sich zur Eingangstür. Ein schlaksiger, von Akne geplagter Teenager stand im Foyer, in der Hand einen Pizzakarton und eine Plastiktüte.

Rastun stand auf. Karen erwachte ebenfalls.

»Danke.« Er bezahlte den Jungen und gab ein großzügiges Trinkgeld.

»Gern geschehen, Sir.« Der Junge reichte ihm die Pizza und die Limonade. »Hey, seid ihr wirklich Jack Rastun und Karen Thatcher?«

»Das sind wir.« Karen grinste.

»Oh, cool.« Der Junge, Brandon, wie auf seinem Namensschild zu lesen war, hatte seine ganze Aufmerksamkeit auf Karen gerichtet. »Ähm, sagen Sie, es macht Ihnen doch nichts aus, wenn ich ein Foto mit Ihnen mache, oder?«

Rastun starrte auf den Pizzakarton, der würzige Geruch von Käse und Tomatensoße stieg ihm in die Nase. Zur Hölle mit einem Bild. Er wollte essen. Aber Brandon schien ein guter Junge zu sein, und er hatte ihn Sir genannt.

»Sicher. Kein Problem.«

Brandon stand zwischen ihnen, während der Cop das Foto machte. Er bedankte sich bei ihnen und ging hinaus.

Rastuns Magen knurrte, als er den Pizzakarton öffnete. Er atmete erneut den Duft ein und lächelte, als er den geschmolzenen Käse und die leuchtend rote Soße auf der einen Seite betrachtete, dann zuckte er bei der anderen Hälfte zusammen.

»Schwarze Oliven und Paprika.« Er schüttelte den Kopf.

»Oh, genieße einfach deine Hälfte, während ich meine genieße.« Karen riss ein Stück heraus und biss hinein.

Rastun schüttelte erneut den Kopf. *Jedem das Seine.* Er griff nach einem Pizzastück.

»Captain.«

Er schaute den Flur entlang und sah Sherlock auf sie zukommen. »Sie müssen wieder nach oben«, sagte der Marshal.

»Was ist los?«

»Sieht so aus, als ob wir eine Spur zu Alex Cassian haben.«

Mit der Schachtel in der einen und einem Stück Pizza in der anderen Hand folgte Rastun Sherlock zum Treppenhaus. »Haben Sie herausgefunden, wo er ist? Und ich hoffe, es macht Ihnen nichts aus, wenn ich esse, während Sie reden. Ach … selbst wenn es Sie stört, werde ich trotzdem essen.« Er unterstrich das, indem er einen großen Bissen von seiner Pizza nahm.

»Kein Problem.« Sherlock hielt die Tür auf. »Wir sind Lansfords Telefonaufzeichnungen durchgegangen. Es gab eine Nummer, die in der letzten Woche ziemlich oft auftauchte, einschließlich dreier Anrufe heute. Sie gehört zu einem Paul Green.«

»Wer ist das?«, fragte Rastun. Er verlangsamte seine Schritte, als ihm die Erkenntnis kam. »Lassen Sie mich raten. Ein Deckname von Alex Cassian.«

»Das glaube ich auch, wenn man bedenkt, dass Greens Adresse ein Friedhof in Winston-Salem, North Carolina, ist und Paul Green der Name eines dreijährigen Jungen, der dort 1901 begraben wurde.«

Rastun nahm noch einen Bissen von seiner Pizza, bevor sie das Büro des Detectives im zweiten Stock erreichten. Blefary stand an einem Schreibtisch, an dem eine schlanke Frau mit dunklem Haar in einem Pferdeschwanz saß. Vor ihr war ein Laptop aufgebaut.

»Wie sieht der Plan aus?«, fragte Rastun.

»Wir möchten, dass Sie Cassian anrufen«, sagte Sherlock.

»Ich?«

»Lansford sagte, Cassian wolle mit Ihnen sprechen. Ich hoffe, dass Sie ihn eine ganze Weile in der Leitung halten werden.«

Rastuns Blick wanderte zu der Frau mit dem Laptop. »Und Sie werden den Anruf zurückverfolgen?«

Die Frau nickte.

»Miss Osborn gehört zur technischen Unterstützungseinheit des Sheriff-Büros«, sagte Sherlock.

Rastun schlang sein letztes Stück Pizza hinunter und starrte Blefary an. Der schien offensichtlich von diesem Plan nicht begeistert zu sein.

»In Ordnung.« Rastun nickte. »Dann wollen wir mal.«

Blefary gab ihm das Mobiltelefon. Bevor Rastun die Nummer wählte, wandte er sich an Sherlock. »Soll ich ihm irgendetwas Bestimmtes sagen?«

»Cassian nannte Sie Captain Rastun, als er Sie das erste Mal traf, richtig?«

»Ja.«

»Versuchen Sie, mit ihm so zu reden, als wären Sie beide noch im Dienst. Das sollte bei ihm Anklang finden.«

»Alles klar.« Rastun starrte auf das Telefon, dann wieder auf Sherlock. »Wünscht mir Glück.«

Er drückte auf *Anruf*. Die Person am anderen Ende der Leitung nahm nach dem zweiten Klingeln ab.

»Wird auch Zeit, Todd. Wo zum Teufel bist du?«

»PFC Cassian«, sprach Rastun in seiner besten Offiziersmanier.

Eine Pause.

»Wer ist da?«

»Hier spricht Captain Jack Rastun. Ihr Freund Specialist Lansford sagte, Sie wollten mit mir reden. Also reden wir.«

39

Rastun wartete. Am anderen Ende der Leitung herrschte Stille. Würde Cassian auflegen? Würden sie die Gelegenheit verpassen, ihn zu lokalisieren?

»Wo ist Lansford?«, fragte Cassian.

»Es geht ihm gut. Zumindest atmet er noch, was ein verdammtes Glück für ihn bedeutet.«

»Was haben Sie mit ihm gemacht?«

»Lassen Sie es mich so sagen: Es ist nie eine gute Idee, einen Ex-Army-Koch auf einen Ex-Army-Ranger anzusetzen.«

Wieder eine lange Pause von Cassian. Wieder befürchtete Rastun, dass er auflegen würde.

»Ihr Mann lebt«, beruhigte er Cassian.

»Woher soll ich wissen, dass das wahr ist?«

»Zweifeln Sie an meinem Wort, Gefreiter?«

»Ähm, nein, das tue ich nicht.«

»›Nein, das tue ich nicht *was*?‹«

»Ähm, nein, das tue ich nicht, Sir.«

Rastun sah zu Sherlock hinüber, der das Gespräch über einen Kopfhörer mitverfolgte. Der Marshal nickte ihm zu. Rastun hatte recht gehabt. Cassian war empfänglich dafür, dass man mit ihm sprach, als sei er noch in der Army.

»Nun«, sagte Rastun. »Worüber wollten Sie mit mir sprechen?«

»Ähm … ich habe in den Nachrichten gesehen, dass Sie und Karen Thatcher von Reptilianern angegriffen wurden.«

»Das ist richtig.«

Cassian hielt inne. »Wissen Sie, was das bedeutet, Sir?«

Rastun ahnte, was Cassian meinte, und spielte mit. »Ja, ich weiß.«

»Es tut mir leid, Ihnen das sagen zu müssen, Sir, aber es gibt keine Möglichkeit, es rückgängig zu machen. Wenn man einmal gebissen oder gekratzt wurde, ist man für immer ein Hybrid.«

»Ich verstehe.« *Mein Gott, er glaubt diesen Scheiß wirklich.* »Haben Sie deshalb Lansford auf mich und Karen angesetzt, um uns zu töten?«

»Nein. Nein, nein, nein.« Die Worte kamen schnell heraus. »Nein, Sir. Ich will Sie nicht töten. Ich will Sie benutzen.«

Rastun runzelte die Stirn. »Erklären Sie mir das, Gefreiter.«

»Die Reptilianer sind in alle Lebensbereiche eingedrungen. Ich denke, es ist an der Zeit, dass wir sie infiltrieren.«

»Und wie?« Rastun musterte die Technikerin Osborn, die weiterhin auf ihren Bildschirm starrte. Es schien, als würde sie immer noch daran arbeiten, den Anruf zurückzuverfolgen.

»Ich möchte, dass Sie die Reptilianer ausspionieren.«

Rastun stand still und überlegte sich eine Antwort. Er hatte nicht erwartet, so etwas zu hören. Aber was hätte er auch von einem Mann erwarten sollen, der glaubte, dass Echsenwesen versuchten, die Welt zu erobern?

»Sir?«, sagte Cassian.

»Ja, ich bin hier. Es ist nur eine Menge zu verdauen.«

»Ich weiß, dass ich viel verlange, aber das könnte unsere einzige Chance sein, einen Insider zu haben. Das könnte den Unterschied zwischen Sieg oder Niederlage bedeuten.«

»Warum ich?«, fragte Rastun.

»Sie wurden gerade erst bekehrt. Sie haben Ihre Menschlichkeit noch nicht ganz verloren.«

»Das Gleiche galt für die Reporterin, die Sie erschossen haben. Und was ist mit Pam Mankowski und dem Deputy? Die hätten Sie dasselbe fragen können, anstatt sie zu töten.«

Eine weitere Pause von Cassian. »Ich wollte sie nicht töten, aber die Frauen waren bekehrt. Ich musste davon ausgehen, dass dies auch für den Deputy gilt.«

Rastuns Gesicht verzog sich. Drei Menschen waren tot, wegen der Wahnvorstellungen dieses Mistkerls. Was würde er nicht dafür geben, Cassian aufzuschlitzen und ihn mit seinen eigenen Eingeweiden zu erwürgen.

Er sah zu Osborn und ihrem Computer hinüber. Sie hatten Cassian auf Band, wie er den Mord an drei Menschen, darunter einem Cop, zugab. Er war so gut wie verurteilt.

Es sei denn, die Polizei schnappt ihn nicht lebend. Rastun wäre nicht verärgert, wenn das passieren würde.

»Ich kannte ihre Hintergründe nicht«, murmelte Cassian. »Ich wusste nicht, ob sie das Zeug dazu haben, die Reptilianer zu infiltrieren. Sie aber haben es. Sie sind ein Kriegsheld. Ein Ex-Army-Ranger. Sie können das schaffen.«

Aus den Augenwinkeln sah Rastun, wie Sherlock ihm zuwinkte.

Osborn zeigte ihm den Daumen nach oben und flüsterte: »Wir haben ihn.«

Sherlock machte mit beiden Händen Kreise. *Lass ihn weiterreden.*

Rastun nickte. »Was ist mit Karen? Sie wissen, dass ich nie zulassen würde, dass ihr etwas zustößt.«

Er wartete auf eine Antwort, doch Cassian schwieg. Blefary ging an ihm vorbei, sein Handy am Ohr. Rastun vermutete, dass er Cassians Aufenthaltsort durchgab und vielleicht selbst dorthin unterwegs war.

»Sie kann auch helfen«, sagte Cassian schließlich. »Zwei Spione sind besser als einer.«

»Gute Idee, Soldat.«

»Danke, Sir.« Cassians Stimme klang vor Begeisterung eine Oktave höher.

»Was genau sollen wir denn über die Reptilianer herausfinden?«, fragte Rastun.

»Erstens, ihre Pläne für Bishopville. Ich glaube, sie wollen so viele Menschen wie möglich in Hybriden verwandeln. Wir müssen herausfinden, wie sie das anstellen wollen, und sie dann aufhalten.«

»Verstehe. Ich nehme an, sie wollen, dass ich ihnen Informationen darüber gebe, was die FUBI macht, da sie sich für Kreaturen wie sie interessieren. Wie wäre es, ihnen falsche Informationen über unsere Operationen zu geben?«

»Ja, ja, das ist eine tolle Idee.«

Cassian machte sofort ein paar Vorschläge, wie zum Beispiel, ihnen gefälschte Dokumente und Telefonaufnahmen zur Verfügung zu stellen.

Red weiter, Arschloch. Rastun spürte, dass Cassian sich wohlfühlte, wenn er mit ihm sprach. Er war nicht auf der Hut. Er würde nicht merken, dass etwas nicht stimmte, bis die Bullen ihn umzingelten.

»Wir müssen ein Treffen vereinbaren«, sagte Cassian. »Absprachen treffen, wie wir uns gegenseitig kontaktieren können, um …«

Rastun hörte eine entfernte Stimme im Telefon. »Alex! Die Bullen kommen!«

»Was? Wie haben die …?« Cassian verstummte. Augenblicke später schrie er ins Telefon: »Sie! Sie haben sie zu uns geführt! Sie Mistkerl! Sie verdammter Mistkerl! Sie haben uns verraten! Ich bringe Sie um! Ich bringe Sie um, verdammt!«

Die Leitung war tot.

Rastun starrte auf das Telefon, dann grinste er. »Wir haben den Arsch.«

40

»Scheißkerl!« Cassian schlug mit der Faust auf das Armaturenbrett. »Verdammter Scheißkerl!«

»Hör auf zu schreien und hol uns hier raus«, rief Smith von hinten.

Cassian warf einen Blick in seinen Seitenspiegel. Zwei Polizeiautos rasten mit Blaulicht über den Parkplatz des Vorstadteinkaufszentrums. Er ließ den Motor an und trat aufs Pedal. Die Reifen quietschten, als das Wohnmobil vorwärtsschoss. Seine Hände umklammerten das Lenkrad, sein Blick war auf die Ausfahrt des Parkplatzes gerichtet.

Rote und blaue Blitze auf der rechten Seite erregten seine Aufmerksamkeit. Ein Polizeiauto raste auf ihn zu, bremste scharf und blockierte die Ausfahrt.

»Shit!«

Cassian riss das Lenkrad nach links. Das Wohnmobil donnerte auf den Bordstein. Ein dumpfer Schlag erschütterte das Fahrzeug, als es gegen einen dünnen Baum prallte. Cassian ruckte in seinem Sitz, als das Wohnmobil gegen einen weiteren Bordstein prallte und zurück auf die Straße rumpelte. Hupen ertönten. Reifen quietschten. Er warf einen Blick aus dem Fenster. Ein Geländewagen wich aus und verfehlte ihn nur knapp.

Cassian riss das Lenkrad nach rechts. Das Wohnmobil raste die Straße hinunter. Er wich einem Auto aus und driftete auf die Gegenfahrbahn. Ein Paar Scheinwerfer blitzte vor ihm auf. Cassian hielt den Atem an und riss das Lenkrad wieder nach rechts. Das entgegenkommende

Auto verfehlte ihn knapp. Das Wohnmobil streifte die Seite eines anderen Autos. Cassian biss die Zähne zusammen und kämpfte darum, das Fahrzeug unter Kontrolle zu halten. Das Auto scherte auf den Bürgersteig aus. Bremsen quietschten.

Zu spät. Der Wagen prallte gegen eine der Eichen, die den Gehweg säumten. Die Motorhaube zerbeulte.

Cassian warf einen Blick in den Seitenspiegel. Drei Polizeiautos rasten hinter ihnen her.

»Scheiße, Scheiße, Scheiße.« Er hätte wissen müssen, dass etwas faul war, als er Lansford nicht erreichen konnte. Selbst als er die Cops unweit von Rastuns Hotel entdeckte, fuhr er noch durch die Innenstadt von Beloit, um seinen Freund zu suchen. Cassian wusste, dass er ein großes Risiko eingegangen war, aber eine Sache, die man ihm im Corps beigebracht hatte, war, dass man nie einen Mann zurückließ.

Diese Loyalität könnte ihn nun Kopf und Kragen kosten.

»Alter, die holen uns ein«, rief Proly.

»Ich weiß!«, brüllte Cassian zurück. Er wich einem Auto aus und drückte das Gaspedal durch.

»Komm schon. C'mon!« Er drängte das Wohnmobil zu Höchstleistungen. Ein Blick in den Seitenspiegel verriet aber, dass die rot und blau blinkenden Lichter immer näher kamen.

»Scheiße!« Er schlug mit der Faust auf das Lenkrad. Cassian hatte keine Ahnung, ob es echte Cops oder Hybriden waren. Aber das spielte auch keine Rolle. Wenn sie den Reptilianern dienten, würden sie ihn und seine Männer töten, sobald sie sie erwischten. Wenn es menschliche Cops waren, würden sie sie in den Knast bringen, wo die Echsen einen Weg finden würden, sie in ihren Zellen zu töten.

Reihen von Scheinwerfern bewegten sich vor ihm nach Osten und Westen. Die I-20.

Hatten die Cops die Auffahrten zum Highway bereits gesperrt?

Er riss das Lenkrad herum und raste eine Straße hinunter, die von Feldern und Wäldern gesäumt war. Die Cops blieben ihm auf den Fersen und verringerten weiter den Abstand zwischen ihnen.

Cassian biss die Zähne zusammen. Wohnmobile waren nicht für Rennen gebaut. Aber er hatte sich auf diese Situation vorbereitet.

»Smith. Proly. Verfolgungs-Gegenmaßnahmen einleiten.«

»Cool«, sagte Smith.

Ein Klappern drang aus dem Heck des Wohnmobils. Cassian warf einen Blick über seine Schulter. Smith und Proly hatten Pappkartons aus einem Staufach geholt. Jeder enthielt eine Menge an Steinen, Nägeln und Glasscherben.

»Fertig?«, sagte Smith zu Proly.

Cassian hörte, wie die Hecktür aufschwang. Das Geräusch von Wind und Motoren dröhnte durch das Wohnmobil. Smith warf eine Kiste hinaus. Proly tat dasselbe eine Sekunde später.

Cassian blickte in den Seitenspiegel. Zwei der Polizeiautos wichen aus. Eines von ihnen schleuderte auf die rechte Seite. Vielleicht hatten sie es getroffen.

Das Polizeiauto drehte sich um 360 Grad und prallte gegen einen Baum. Der zweite Wagen geriet ebenfalls ins Schleudern und kam von der Straße ab, was eine riesige Staubwolke aufwirbelte.

Der dritte Polizeiwagen fuhr an den Straßenrand und stoppte, wahrscheinlich um nach seinen Kumpels zu sehen.

Smith und Proly jubelten, als sie die Hintertür wieder schlossen.

»Gute Arbeit, Leute.« Cassian stemmte eine Faust in die Luft, den Blick auf die Straße gerichtet. Er hielt Ausschau nach weiteren Cops. Sie würden jetzt mit aller Macht hinter ihnen her sein.

Seine Freude über das Abhängen der Polizeiautos war verflogen. Was zum Teufel sollte er jetzt tun? Konnte er aus Bishopville herauskommen, bevor noch mehr Cops auftauchten? Hatten sie bereits Straßensperren errichtet?

Cassian bog nach links in die County Road 29 ein. Er sah keine Autos, und was noch wichtiger war, keine blinkenden Lichter. Nur Bäume und Felder.

Woher hatten sie gewusst, wo sie mich finden konnten?

Die Erkenntnis kam eine Sekunde später. Das Telefon. Das verdammte Telefon. Er war so aufgeregt gewesen, mit Jack Rastun zu sprechen, dass er lange genug drangeblieben war, dass die Cops sein Signal aufspüren konnten.

So dumm. Ich hätte es besser wissen müssen.

Cassian schnappte sich sein Handy aus dem Becherhalter und warf es aus dem Fenster.

»Verdammter Mistkerl!« Seine Wut auf Rastun entlud sich erneut. Es war noch nicht einmal eine Woche seit seiner Bekehrung vergangen, und schon war er komplett zu den Reptilianern übergelaufen. Was für ein verdammter Held.

Er wird bezahlen. Ich werde ihn bezahlen lassen. Er stellte sich vor, wie er sein Messer in Rastuns verdammten Bauch stieß. Er würde ihn bis zur Brust aufschlitzen und ihm die Organe herausschneiden. Und dann würde er auf seinen wertlosen Körper pissen. Das war es, was Verräter wie er verdienten.

Er fuhr weiter die dunkle, verlassene Landstraße hinunter. Er entspannte sich nicht, hörte nicht auf, sich umzusehen. Die Cops mussten inzwischen eine Beschreibung seines Wohnmobils haben. Er würde es loswerden müssen.

Verdammt noch mal. Dies war nicht nur ein Fahrzeug. Es war sein Zuhause. Was würde er jetzt tun?

Damit konnte er sich später befassen. Im Moment musste er sich darauf konzentrieren, zu entkommen, zu überleben. Alles andere war …

In seinem Seitenspiegel flackerte etwas auf. Etwas Rotes und Blaues.

Cassian wandte seinen Blick nach links. »Scheiße.«

Ein Polizeiauto war hinter ihnen her.

Er raste die dunkle Landstraße hinunter. Erst jetzt bemerkte er, dass nur einer der Scheinwerfer des Wohnmobils funktionierte. War der andere kaputtgegangen, als er gegen den Baum gefahren war?

Er näherte sich einer Straßenkurve und riss das Lenkrad nach rechts. Das Wohnmobil schlingerte auf zwei Rädern um die Kurve. Angst durchzuckte Cassian. Würde es umkippen?

Doch das Wohnmobil fing sich wieder. Wo führte diese Straße hin? War es womöglich eine Sackgasse?

Cassian überprüfte den Seitenspiegel. Keine Spur von den Cops. Das würde sich wahrscheinlich bald ändern. Er konzentrierte sich wieder auf den Weg vor sich.

Dann sah er die Silhouette eines seitlich geparkten Autos. Eine schattenhafte Gestalt sprang hinter der Motorhaube hervor und rollte etwas Langes und Flaches über die Straße.

»Oh Scheiße!«

Cassian riss das Lenkrad nach links. Jeder Muskel spannte sich an, als ihm klar wurde, dass er dem Stachelstreifen nicht ausweichen würde.

41

Das Wohnmobil schüttelte sich und neigte sich nach links, als Cassian von der Fahrbahn abkam. Ein dumpfer Trommelschlag hallte durch den Innenraum. Seine Brust spannte sich an. Die Reifen waren geplatzt.

Er versuchte, das Wohnmobil zu stabilisieren, aber es geriet ins Schlingern. Er schrie auf und trat auf die Bremse. Das Wohnmobil schüttelte sich und prallte irgendwo gegen. Das Mini-Beben schleuderte Cassian hin und her, nur sein Sicherheitsgurt verhinderte das Schlimmste.

Alles wurde still. Das einzige Geräusch kam von seinem pochenden Herzen. Er nahm einen vorsichtigen Atemzug, ein Zittern ging durch seine Arme. Er schluckte, drehte sich um und zuckte zusammen. Schmerz drückte die Muskeln in seinem Nacken zusammen.

Proly und Smith lagen auf dem Boden im hinteren Teil des Wohnmobils.

»Web. Doug. Seid ihr okay?« Er löste seinen Sicherheitsgurt und begann aufzustehen.

Smith richtete sich langsam auf und drückte sich eine Hand auf den Hinterkopf. Proly setzte sich mit gefletschten Zähnen auf. Er stieß ein lautes Stöhnen aus und griff nach seinem Knöchel.

Cassian sah zu seiner Linken. Die Seite des Wohnmobils war verbeult.

Sie mussten gegen einen Baum gefahren sein, nachdem sie …

»Sie da im Wohnmobil«, schrillte es aus einem Lautsprecher. »Kommen Sie mit erhobenen Händen heraus.«

»Scheiße.« Cassian drehte sich um. Sein Kiefer krampfte sich zusammen, als sich schmerzhafte Stiche in seinen Rücken bohrten. Er warf einen Blick aus dem Fenster auf der Fahrerseite.

Zwei Polizeiautos standen etwa drei Meter entfernt.

»Steigen Sie mit erhobenen Händen aus dem Wagen aus«, befahl ein Beamter.

Cassians Atem beschleunigte sich. War es das? Würden sie gefangen genommen werden?

Nein. Marines geben nicht auf.

Ich werde nicht kapitulieren.

»Steht auf.« Er eilte zu Smith und Proly hinüber. »Steht auf.«

»Mein Knöchel.« Proly sah aus, als würde er gleich losheulen, während er sich den Knöchel rieb.

»Scheiß auf deinen Knöchel. Wenn die Bullen uns kriegen, sind wir tot.«

Cassian öffnete eine Ablage. Darin befanden sich vier kompakte P415-Halbautomatikgewehre und mehrere Magazine. Er reichte zwei davon an Smith und Proly.

»Hier. Haltet die Cops in Schach.«

»Was wirst du tun?«, fragte Smith, während er seine Waffe checkte.

»Etwas, um unsere Flucht zu ermöglichen.« Cassian gab ihnen zusätzliche Magazine. »Los jetzt!«

Smith nickte. Er stand an der Hintertür, holte langsam Luft und stieß sie dann auf. Schreiend eröffnete er das Feuer. Proly ließ mehrere kurze Salven folgen.

Cassian griff in das Fach, zog eine Leuchtfackel heraus und steckte sie in seinen Gürtel. Er schnappte sich einen Benzinkanister. Draußen knallten ununterbrochen Schüsse.

Er schüttete Benzin auf die Wände, den Boden und sogar auf sein Bett. Seine Lippen pressten sich zu einer dünnen Linie zusammen, als er auf die Matratze starrte und an seine Trophäen darunter dachte. Er hasste es, sie zurückzulassen.

Aber wenn er frei bleiben wollte, hatte er keine andere Wahl.

Cassian stürmte nach vorn.

Der überwältigende Geruch von Benzin hing in der Luft. Er hustete und stieß die Beifahrertür auf. Sowohl Smith als auch Proly feuerten am anderen Ende des Wohnmobils.

»Los! In den Wald!«, befahl Cassian.

Smith rannte zu den Bäumen. Proly humpelte hinter ihm her und schnappte sich unterwegs seinen Laptop.

Cassian nahm die Plastikkappe von der Leuchtfackel ab. Er hielt sie von seinem Körper weg und fuhr mit der Schlagfläche an der Unterseite der Kappe über die Fackel. Eine leuchtend orangefarbene Flamme sprang an der Spitze hervor. Er warf die Fackel durch die offene Tür und rannte los.

Ein Rauschen ertönte hinter ihm. Er drehte sich um und ein schmerzhaftes Stechen schoss durch seinen Nacken. Orangefarbenes Licht strömte aus dem Wohnmobil. Es beleuchtete den Wald um ihn herum.

Cassian rannte weiter. Vor ihm hatte Smith seinen Arm um Prolys Schulter gelegt und half ihm.

»Los! Los! Los!«, schrie Cassian.

Sie wichen Bäumen aus. Ein paarmal blickte Cassian auf den Boden. Sie taten nichts, um ihre Spur zu verwischen.

Einfach weiterlaufen. Die erste Priorität war, so weit wie möglich wegzukommen …

Hinter ihnen ertönte ein dumpfer Knall. Ein Flammenmeer stieg aus dem Wohnmobil auf. Feuer breitete sich über das trockene Gras am Straßenrand aus. Es würde nicht lange dauern, bis die Bäume Feuer fingen. Angesichts der Dürre, die die Wälder in ein Pulverfass verwandelt hatte, bezweifelte Cassian, dass die Polizisten sie verfolgen und riskieren würden, gebraten zu werden.

Wir könnten selbst frittiert werden, wenn wir uns nicht schneller bewegen.

Die drei liefen weiter. Prolys verletzter Knöchel verlangsamte ihr Vorankommen. Cassian versuchte, seine Frustration in Grenzen zu halten, während er ständig über seine Schulter schaute. Keine Spur von den Polizisten. Durch die Bäume hindurch sah er das orangefarbene Glühen des Feuers.

In Cassians Magen klaffte ein Loch. Er dachte an sein Wohnmobil. Sicher, es war alt und nicht sehr groß, aber es war sein Zuhause gewesen, das einzige Zuhause, das er wirklich sein Eigen nennen konnte.

Ein Ort ohne Pflegeeltern, die sich entweder einen Dreck um ihn kümmerten oder versuchten, sein Leben zu kontrollieren. Ein Ort ohne andere Marines, die schnarchten und furzten, während er zu schlafen versuchte.

Jetzt stand sein Haus in Flammen. *Und ich bin derjenige, der es in Brand gesteckt hat.* Aber wenn es ihnen half, der Polizei zu entkommen, war es das wert.

Cassian zog eine verbitterte Grimasse, während seine Augen auf die Flammen gerichtet blieben.

Das Trio eilte tiefer in den dunklen Wald hinein. Cassians Gefühl des Verlustes wurde von Sorge abgelöst. Sie hatten ihr Transportmittel und ihre Operationsbasis verloren. Sie hatten ihre Vorräte verloren. Sie hatten sogar Lansford verloren. Jeder Cop in der Gegend, wahrscheinlich im ganzen Bundesstaat, würde hinter ihnen her sein.

Wie zum Teufel sollen wir die Reptilianer jetzt aufhalten?

42

Blefary hatte gerade die Stadtgrenze von Bishopville verlassen und konnte bereits das böse, orangefarbene Leuchten in den Wäldern sehen.

Die Deputys am Tatort hatten über Funk gemeldet, dass Cassian das Wohnmobil in Brand gesetzt hatte, um seine Flucht zu decken. *Verrückter Mistkerl!* Die Flammen griffen auf die nahen Bäume über. Jetzt hatten sie noch einen Waldbrand zu bekämpfen.

Er knirschte mit den Zähnen und drückte das Gaspedal durch. Der Wagen schoss die Straße hinunter. Die Glut des Waldbrandes wurde intensiver. Bekam die Feuerwehr das Feuer in den Griff?

Vielleicht sollten wir es brennen lassen. Vielleicht würde Cassian gegrillt werden. Blefary hatte kein Problem damit. Dieser Wichser hatte drei Menschen getötet, darunter einen Deputy. Das geschah ihm recht.

Schade, dass sie das nicht tun konnten. So trocken wie der Wald war, mussten sie jedes Feuer bekämpfen, bevor es so groß wurde, dass es Bishopville bedrohte.

Blefary sah blinkende Lichter vor sich. Die Wagen des Sheriffs von Lee County.

Er fuhr an den Straßenrand und stieg aus.

»Tut mir leid, Detective«, sagte einer der Deputys. »Die Feuerwehr hat uns angewiesen, die Straße zu sperren. Das Feuer breitet sich schnell aus.«

Blefary wollte schon den Mund öffnen, da sah er an dem Deputy vorbei. Eine große, orangefarbene Aura hing über dem Wald. Er verspürte keine Lust, inmitten eines Waldbrandes zu sein. Außerdem würden Cassian und seine Komplizen zweifellos vom Feuer weggehen.

Er ging zurück zu seinem Auto, holte eine Straßenkarte heraus und breitete sie auf der Motorhaube aus. Er ließ den Lichtstrahl seiner MagLite über die Karte gleiten. Es gab eine weitere Straße etwa zwei Meilen südlich und die I-20 nochmal zwei Meilen dahinter.

Blefary starrte angestrengt auf die Karte und versuchte zu erraten, wie weit Cassian und seine Kumpane gekommen sein mochten. Im dunklen Wald würden sie vorsichtig sein müssen. Aber sie versuchen zu fliehen. *Es würde mich nicht wundern, wenn sie ein paarmal stolpern und fallen. Ich würde ihnen höchstens eine Meile Vorsprung geben.*

Blefary ging ans Funkgerät. »Zentrale, hier ist David Zwei.«

»Was gibt es, Zwei?«

»Ich brauche alle verfügbaren Einheiten an der Kreuzung 29/173. Wir werden versuchen, unseren Flüchtigen den Weg abzuschneiden.«

»Verstanden, Zwei.«

Blefary stieg wieder ins Auto und raste zur Kreuzung. Er fuhr an die Seite und holte eine Remington 870 Magpul-Schrotflinte und seine Kevlar-Weste aus dem Kofferraum. Er war gerade fertig mit dem Anlegen der Schutzweste, als der erste Streifenwagen anhielt. Es war Deputy Wills. Weniger als eine Minute später trafen zwei weitere Wagen ein. Die Deputys Clay und Lamont. Eine weitere Minute verging, bis ein vierter Streifenwagen vorfuhr, der von Deputy Johnson gefahren wurde.

»In Ordnung.« Blefary versammelte die Hilfssheriffs um sein Auto. »Ich vermute, dass Cassian und seine Freunde immer noch im Wald sind und vor dem Feuer weglaufen. Wahrscheinlich kommen sie in diesem Moment direkt auf uns zu. Wir werden in den Wald gehen und versuchen, sie aufzuspüren, außer Sie, Lamont. Ich möchte, dass Sie auf dieser Straße patrouillieren, falls sie uns entwischen.«

»Ähm, Detective.« Clay hob eine Hand. »Da ist ein Waldbrand im Gange. Wollen wir da jetzt wirklich reingehen?«

»Ich werde mich mit der Feuerwehr in Verbindung setzen. Sie werden uns über den aktuellen Stand des Feuers informieren. Wenn es uns zu nahe kommt, verschwinden wir von dort. Denken Sie daran, dass

Alex Cassian wahrscheinlich Deputy Spillman getötet hat. Wir werden diesen kleinen Scheißer kriegen. Verstanden?«

Die Gesichter aller vier Deputys versteiften sich vor Entschlossenheit. »Denken Sie daran«, sagte Blefary. »Diese Männer besitzen halbautomatische Gewehre, und Cassian ist ein ehemaliger Marine, Force Recon. Der Typ weiß, wie man tötet. Gehen Sie kein Risiko mit ihm ein.«

Die Deputys nickten.

»Lasst uns gehen.«

Blefary ging in den Wald, gefolgt von drei der Deputys. Wills hatte ebenfalls eine Schrotflinte, während Clay und Johnson AR-15-Gewehre trugen. Sie schalteten die Taschenlampen unter den Gewehrläufen ein. Die Strahlen strichen über die verdunkelten Bäume, als sie in den Wald eindrangen.

»Clay, übernehmen Sie die Führung«, befahl Blefary.

»Ja, Sir.«

Der Deputy ging an ihm vorbei. Clay war ein begeisterter Jäger, schon seit seinem vierzehnten Lebensjahr. Der Kerl wusste, wie man Fährten fand, viel besser als er. Blefary hatte nie viel für die freie Natur übrig gehabt. Er hatte nie einen Reiz darin gesehen, sich in einer Hirschkuhle den Arsch abzufrieren oder einen Busch als Toilette zu benutzen.

Sie liefen tiefer in den Wald hinein. Blefary schwenkte seine Schrotflinte von links nach rechts. Der Lichtstrahl der Taschenlampe streifte über Bäume, Äste und unbefestigte Wege. Er sah keine Spur von den Flüchtigen.

Je weiter sie gingen, desto mehr rumorte sein Magen. Selbst mit ihren Taschenlampen gab es zu viele Schatten um sie herum. Zu viele Orte, an denen sich Cassian verstecken konnte. Hatte er sie bereits bemerkt? Blefary erschauderte bei dem Gedanken, dass eine Kugel sein Gehirn zerfetzen könnte.

Mit zusammengebissenen Zähnen ging er weiter, während die Taschenlampe in den Wald leuchtete. *Wo bist du, du Scheißkerl? Wo bist du?*

Sein Strahl schwenkte nach links. Etwas lehnte sich hinter einem Baum hervor. »Da.« Blefary ging in die Knie und entsicherte die Schrotflinte.

Die Gestalt bewegte sich nicht.

»Po…« Er brach ab, als er sah, dass die Gestalt kein Mann war, der hinter dem Baum hervorlugte. Es war nur ein runder Rindenwuchs, der von dem Stamm ragte.

»Scheiße«, zischte er und stand stöhnend auf. Er sah die Deputys an. Alle von ihnen wichen seinem Blick aus.

»Weiter.« Blefary stapfte einen schmalen Pfad hinunter. Er konnte nicht glauben, dass das passiert war. Von einem verdammten Klumpen Rinde getäuscht. Jetzt sah er vor seinen Deputys aus wie ein panischer Anfänger, der sich in die Hose machte.

Detective Blefary hat sich tapfer gegen einen großen, bösen Baum gewehrt, stellte er sich vor, wie sie später zu ihren Kumpels sagten.

Er starrte die Deputys an. Wenn er jemals erfahren würde, dass einer von ihnen tatsächlich so etwas sagte, würde er ihnen die Eier abreißen und sie ihnen in den Hals stecken.

Blefary holte tief Luft und tastete den Wald mit dem Lichtstrahl seiner Schrotflinte weiter ab. Nichts. Ab und zu warf er einen Blick auf Clay vor ihm. Der Deputy fand anscheinend auch keine Spur von Cassian und seinen Kumpanen.

Blefary meldete sich beim Einsatzleiter der Feuerwehr. Das Feuer breitete sich weiter aus, war aber nicht in der Nähe ihrer Position. Er und die Deputys machten weiter.

Sein Licht fiel auf eine andere Gestalt an einem nahen Baum. Blefary spannte sich an, sagte aber nichts. Die Gestalt bewegte sich nicht. Wahrscheinlich nur ein weiterer Rindenwuchs. Er wollte nicht wieder wie ein Narr dastehen.

Das Rascheln von Ästen erregte seine Aufmerksamkeit.

»Habt ihr das gehört?«, fragte Wills.

»Ja«, antwortete Blefary, froh, dass noch jemand das Geräusch gehört hatte. Wieder raschelten Äste, diesmal weiter links.

»In Deckung gehen«, befahl Blefary.

Die vier eilten hinter Bäume und richteten dann ihre Taschenlampen in Richtung des Raschelns.

»Hat jemand was gesehen?«, fragte Blefary. Die Deputys antworteten alle: »Nein.«

Die Lichtstrahlen überfluteten den Wald. Blefary spitzte die Ohren, um irgendein ungewöhnliches Geräusch wahrzunehmen. Doch alles, was er hörte, war das Pochen seines Herzens.

Etwas schoss hinter einem Baum hervor und in die Dunkelheit.

»Was war das?«, platzte Clay heraus.

»Büro des Sheriffs von Lee County!«, schrie Blefary. »Zeigen Sie sich!«

Keine Antwort.

»Kommen Sie mit erhobenen Händen heraus!« Blefarys Finger berührte den Abzug der Schrotflinte. Er starrte in den Lichtkegel der Taschenlampe und wartete, hoffte, dass jemand auftauchen würde.

Oder vielleicht fangen sie an zu schießen.

Hinter ihnen knackten weitere Äste.

Blefary wirbelte herum und holte kurz und panisch Luft.

»Scheiße, was zum Teufel machen wir jetzt?«, fragte Johnson, mit einem leichten Zittern in der Stimme.

Blefary blieb stumm und versuchte, im Licht der Taschenlampe etwas zu erkennen.

Die Äste raschelten wieder. Es folgte ein weiteres Geräusch. Ein langgezogenes, gutturales Knurren.

Blefary hielt den Atem an. Das konnte weder Cassian noch ein anderes menschliches Wesen sein.

»Oh Scheiße«, stammelte Johnson. »Scheiße, Scheiße, Scheiße, auf keinen Fall.«

»Halt die Klappe, Johnson«, schnauzte Blefary. »In Ordnung, Leute. Wir werden aufstehen und von hier verschwinden, langsam und vorsichtig. Erschrecken wir die Dinger nicht. Verstanden?«

Die Deputys nickten und sagten leise: »Ja.«

Blefary richtete sich auf. Ein Zittern ging durch seine Beine. Er scannte den Wald.

Ein weiteres Knurren kam aus der Dunkelheit.

Er griff nach seinem Funkgerät. »Lamont. Hören Sie mich?«

»Bestätige, Detective.«

»Wir sind auf dem Weg zurück. Wir haben …«

»Scheiße!«

Blefary riss den Kopf nach links. Clay schwang sein Gewehr herum. Eine große, dunkle Gestalt stürzte auf den Deputy zu. Er schrie auf, als sich eine krallenbewehrte Hand in sein Gesicht bohrte.

Wills feuerte seine Schrotflinte ab. Die Gestalt, die Clay angriff, wich zurück. Die Schrotflinte dröhnte erneut.

Eine weitere große Gestalt griff Wills an. Blefarys Brust zog sich zusammen, als er den echsenartigen Kopf sah.

Ein Schatten bewegte sich zu seiner Rechten. Blefary drehte sich um.

Ein Echsenwesen griff ihn an.

Er schoss aus der Hüfte. Das Ungeheuer taumelte. Blefary feuerte erneut. Das Echsenwesen stieß einen erstickten Schrei aus. Blefary schoss ein drittes Mal.

Die Bestie stürzte sich auf ihn. Eine Masse von Muskeln krachte in Blefary. Die Luft wich aus seinen Lungen. Er schlug auf dem Boden auf, das Monster zerquetschte ihn. Feuer schlug ihm in die Rippen. Die Schrotflinte fiel ihm aus der Hand.

Das Echsenwesen knurrte. Der üble Geruch seines Atems brannte Blefary in der Nase. Er schlug ihm gegen die Kehle. Scharfe Zähne krallten sich in seinen Unterarm.

Blefary schrie auf. Die Zähne bohrten sich tiefer in sein Fleisch, in seine Knochen. Er griff nach dem Holster, seine Finger schlossen sich um den Griff seiner Glock.

Blut floss aus seinem Unterarm. Ein stechender, glühender Schmerz brannte in seinem linken Arm. Er stieß einen weiteren Schrei aus, zog die Pistole, rammte sie dem Echsenwesen in den Bauch und feuerte. Ein dumpfes Krachen nach dem anderen ertönte. Das Monster brüllte, dann zitterte es und brach auf Blefary zusammen.

Er stieß eine Hand in den blutigen Bauch des Monsters und drückte mit aller Kraft zu. Der Körper rollte weg.

Blefary ging in die Knie und starrte auf seinen linken Arm, der mit Blut bedeckt war. Wilder Schmerz hämmerte auf jeden Zentimeter seines Unterarms.

Er schloss die Augen und biss die Zähne zusammen. Stöhnend richtete er sich auf.

Etwas scharrte hinter ihm im Dreck. Blefary drehte sich um und hob seine Pistole.

Eine raue, schuppige Klaue schlug gegen seine Schläfe. Die Welt geriet aus den Fugen. Er fiel zur Seite.

Das Echsenwesen knurrte und stürzte sich auf ihn. Scharfe Zähne gruben sich in Blefarys Kehle. Er öffnete den Mund und gurgelte, während die Welt dunkler und dunkler wurde …

43

»Sir.«

Das Wort durchbrach Rastuns dunkle Welt des Schlafes. Seine Augen öffneten sich. Sherlock stand neben dem ramponierten alten Sofa im Pausenraum des Sheriffbüros.

»Ich habe gerade von Commander Umbarger gehört«, sagte der Marshal. »Es wird eine Besprechung um acht Uhr geben. Sie wollen uns auch dort haben.«

»Danke.« Rastun rieb sich das Gesicht, die Stoppeln kratzten an seinen Händen. Er zog eine Grimasse wegen des schalen Geschmacks in seinem Mund und holte sein Telefon heraus, das ihm die SO gestern Abend zusammen mit seiner Glock zurückgegeben hatte. Das Display zeigte 6:02 Uhr an. Er hatte etwa vier Stunden Schlaf bekommen.

»Gibt es was Neues von Cassian?«, fragte er.

Sherlock schüttelte den Kopf. »Er ist immer noch da draußen.«

»Verdammt.«

Nachdem er gehört hatte, dass Cassian sein Wohnmobil bei einer rasanten Verfolgungsjagd zu Schrott gefahren hatte, dachte Rastun, dass es nur eine Frage der Zeit war, bis die Cops ihn erwischten oder seinen Psycho-Arsch erschossen. Aber er hatte sein Fahrzeug in die Luft gejagt, um seine Flucht zu tarnen, und es hatte funktioniert. Es mussten Ressourcen abgezweigt werden, um das sich schnell ausbreitende Feuer zu bekämpfen und die umliegenden Häuser zu evakuieren.

Blefary hatte sich mit einem Team von Deputys in die Wälder gewagt, um Cassian und seine Komplizen zu finden. Als sie auf wiederholte Anrufe nicht reagierten, hatte ein anderer Deputy nach ihnen gesucht. Er fand sie alle tot vor, die Körper zerfetzt. Definitiv nicht das Werk von Cassian. Sie waren von Echsenwesen angegriffen worden.

Rastuns Augen verweilten auf einem unförmigen grauen Fleck auf dem verblichenen Kachelboden. Er dachte an den Abend zuvor zurück, an den Streit mit Blefary über die Art und Weise, wie er Lansford zu Fall gebracht hatte, und daran, was für ein Arschloch der Kerl war.

Das bedeutete nicht, dass er den Tod des Detektivs gewünscht hätte.

Er schloss die Augen und dachte an zwei der Deputys, die mit Blefary gestorben waren, Clay und Wills. Beide waren gute Jungs gewesen. Freundlich, hilfsbereit. So zu sterben, wie sie …

Er wusste nicht, ob sie verheiratet waren. Bekam eine Frau spät in der Nacht Besuch vom SO, der ihr mitteilte, dass ihr Mann tot war? Musste die Frau ihren Kindern erklären, warum Papa nicht mehr nach Hause kommen würde?

Rastun stieß sich vom Sofa ab. So schlecht er sich für Blefary und die Deputys auch fühlte, er hatte immer noch einen Job zu erledigen.

Er ging zu einem anderen Sofa auf der gegenüberliegenden Seite des Pausenraums hinüber. Karen lag zusammengerollt auf den Polstern und schlief.

»Aufwachen, Schatz.« Er klopfte ihr auf die Schulter.

Sie stöhnte, bewegte sich und murmelte etwas.

»Keine Zeit für die übliche Routine. Wir müssen noch woanders hin.«

»Mm.« Karen erhob sich mit halb geöffneten Augen.

Nachdem er die Toilette benutzt hatte, goss Rastun Kaffee in ein Paar Styroporbecher und fügte großzügige Mengen Zucker hinzu. Das Zeug war lauwarm und schmeckte beschissen, aber es gab ihm den Extrakick, den er brauchte.

»Oh, das ist ja wunderbar.« Karen kam herüber und starrte auf ihr Handy.

»Was?«

Sie hielt ihm ihr Handy entgegen, auf dem die Überschrift eines Artikels stand. LEE COUNTY BEZIRKSBEAMTER NENNT FUBI »INEFFEKTIV« UND »UNCOOPERATIV.«

Ein scharfer Atemzug kam aus Rastuns Nase. »Lass mich raten. Sawyer ist besagter Bezirksbeamter?«

Das war er in der Tat. Rastun überflog den Artikel, in dem Sawyer das Versagen der FUBI kritisierte, alle Echsenwesen zu finden und zu töten, und hinzufügte: *Dr. Ehrenberg, Jack Rastun. Sie sind mehr damit beschäftigt, diese Monster zu studieren, als die Menschen in Lee County zu schützen, selbst nach all den Toten und Verletzten, die sie verursacht haben.*

Die Lokalzeitung führte auch eine Online-Umfrage durch. *Sind Sie mit der Art und Weise zufrieden, wie die FUBI die Jagd auf die Echsenwesen handhabt?*

Rastun lächelte über die Ergebnisse. Siebenundsechzig Prozent der Befragten stimmten mit unzufrieden. Er bezweifelte, dass die Menschen jemals nach Kreaturen suchen mussten, die Meister darin waren, sich zu verstecken, oder sich gegen sie wehren mussten, wenn sie auftauchten. Wie viele verfolgten die Jagd nach den Echsenwesen aus nächster Nähe, und wie viele andere lasen nur eine Schlagzeile oder hörten einen O-Ton von diesem Scheißkerl Sawyer und hielten sich für Experten in dieser Angelegenheit?

Karen rieb seinen Arm. »Wir hatten schon öfter mit schlechter Publicity zu tun. Wir werden das schon schaffen.«

Er grunzte und stellte sich vor, wie er Sawyer als Boxsack benutzte.

Nachdem sie ihre Becher geleert hatten, folgten sie Sherlock zu seinem Mietwagen und fuhren zurück zu ihrem Hotel. Im Radio lief ein lokaler Nachrichtensender, der über den von Cassian ausgelösten Waldbrand berichtete. Das Feuer hatte sich auf fünfzig Hektar ausgebreitet, aber es schien, dass die Feuerwehr den Brandherd in den Griff bekam.

Sherlock fuhr auf den Parkplatz des Hotels und begleitete sie zu ihrem Zimmer.

»Lassen Sie mich nur das Zimmer sehen, um zu prüfen, dass es sicher ist.«

Mit gezogener Pistole betrat er den Raum. Rastun blieb draußen, die Hand in der Nähe seiner eigenen Waffe, falls Sherlock Verstärkung brauchte.

»Glaubst du wirklich, dass Cassian oder einer seiner Arschlochfreunde da drin ist?«, flüsterte Karen. »Die sind wahrscheinlich zu sehr damit beschäftigt, sich vor den Cops zu verstecken.«

»Du hast wahrscheinlich recht. Aber wenn mich jemand anschreit: *Ich werde dich verdammt noch mal umbringen*, dann neige ich dazu, das ernst zu nehmen.«

»Ein bisschen Paranoia hält einen am Leben.« Karen benutzte einen seiner Lieblingssprüche.

»Bis jetzt hat es funktioniert.« Rastun hatte nicht vor, diese Paranoia aufzugeben, nicht, solange Cassian glaubte, er würde sich in ein halb menschliches, halb reptilisches Wesen verwandeln. Und das alles nur, weil er von diesem einen Echsenwesen gekratzt worden war.

Ich dachte immer, das wäre eine Werwolf-Sache. Aber wer zum Teufel wusste schon, wie Cassians verrückter Verstand funktionierte. Und wer wusste, ob und wie dieser Verrückte ihm den Arsch aufreißen wollte, um ihn davon abzuhalten, sich den Reptilianern anzuschließen.

Und was, wenn er auch Karen töten will? Rastun blickte sie an und eisige Angst kroch seinen Rücken hinauf.

»Frei«, rief Sherlock.

Rastun und Karen gingen hinein, während der Marshal draußen Wache hielt.

Nachdem er geduscht und sich die Zähne geputzt hatte, fühlte sich Rastun erfrischt. Er rasierte sich mit seinem Elektrorasierer das Gesicht, während Karen duschte.

Sie zogen sich frische Kleidung an und fuhren dann zum East College Street Gym, das als Kommandozentrale für die Jagd auf die Echsenwesen diente. Fahrzeuge verschiedener Stadt-, Bezirks-, und Landesbehörden sowie Polizeiautos und Humvees der Nationalgarde drängten sich auf dem Parkplatz. Unter den schattigen Bäumen, die das alte rote Backsteingebäude mit seinen schrägen Dächern flankierten, standen Gruppen von Männern und Frauen in grau-braun-grün-farbenen Army-Uniformen. Nachrichtenwagen und Satellitenfahrzeuge säumten die Ränder des Parkplatzes und mehrere Reporter sprachen vor den Kameras.

Sie parkten auf einem der wenigen verbliebenen Parkplätze und gingen zum gewölbten Eingang, wo Geek auf sie wartete. Er schaute Rastun und Karen an und schüttelte den Kopf.

»Was?«, fragte Karen.

»Echsenwesen, verrückte Ex-Armeeköche, Verschwörungstheoretiker. Gibt es hier irgendjemanden, der nicht versucht, euch beide zu töten?«

Rastun öffnete den Mund, um etwas zu erwidern, aber Karen kam ihm zuvor. »Da ist unser Pizzabote von gestern Abend. Mit etwas Glück entpuppt er sich als verrückter Stalker-Fan, der uns abstechen will.«

Rastun grinste. Es schien, als hätte sein Sarkasmus auf die anderen abgefärbt. »Habt ihr die Echsenwesen aufgespürt, die Blefary und die Deputys getötet haben?«, fragte er Geek.

»Negativ. Wegen des Waldbrandes und Cassian, der immer noch in der Gegend herumläuft, wollten die Cops uns nicht in der Nähe haben.«

»Verdammt.« Rastun konnte es den Cops nicht verübeln. Trotzdem hatten sie vielleicht eine große Chance verpasst, dieses Pack zu neutralisieren.

»Habt ihr schon gegessen?«, fragte Geek.

»Nein«, antwortete Rastun, woraufhin auch Karen und Sherlock den Kopf schüttelten.

»Gut, denn dein alter Sergeant hat wieder zugeschlagen.« Er griff nach seinem Feldrucksack, der auf dem Gehweg lag, und holte drei MREs heraus. »Die habe ich von ein paar Gardisten geschnorrt. Ich musste nicht einmal etwas eintauschen, ich habe nur eure Namen erwähnt und sie haben sie mir gern gegeben.«

Karen stieß Rastun an. »Siehst du, Ruhm hat auch seine Vorteile.«

Geek reichte ihnen die MREs und grinste, als er Rastun den beigen Plastikbeutel überreichte. »Das hier stammt von einem süßen kleinen Corporal. Ich glaube, sie wollte dir viel mehr geben als nur ein MRE.«

Karens Augen verengten sich. »Ich würde gern sehen, wie sie es versucht.«

Rastun griff ihre Schulter. »Ich habe nur Augen für dich, Schatz.«

»Gut gerettet, Sir.« Geek zeigte ein Daumenhoch. »Ihr esst erstmal. Wir sehen uns dann drinnen.«

Rastun, Karen und Sherlock saßen auf der Treppe und aßen. Eine dunkelgraue Rauchsäule färbte den blauen Himmel über ihnen. Rastun sprach ein stilles Gebet für die Männer und Frauen, die gegen das Feuer kämpften, und hoffte, dass sie es bald unter Kontrolle bringen und sicher nach Hause gehen konnten. In den letzten Tagen hatte es in Lee County mehr als genug Tote gegeben.

Nachdem sie mit dem Essen fertig waren, begab sich das Trio in die Turnhalle, wo Reihen von Klappstühlen aufgestellt worden waren und vorn eine kleine Leinwand aufgebaut war. Rastun zählte ein paar Dutzend Menschen. Das Gemurmel vieler einzelner Gespräche schwebte durch den Raum.

Ein Gespräch stach aus den anderen heraus, denn es wurde von Sekunde zu Sekunde lauter.

Stadtrat Sawyer stand in der Nähe der Tribüne auf der anderen Seite der Halle und machte Sheriff Haddix gegenüber eindringliche Gesten. Ehrenberg stand daneben.

»Das sieht nicht gut aus.« Karen nickte in die Richtung.

Furchen zeichneten sich auf Rastuns Stirn ab. Er ballte eine Faust und ging auf Sawyer und die anderen zu.

»Jetzt reicht es«, schnauzte der Stadtrat. »Wir sind fertig damit, diesen Leuten zu helfen. Und Sie müssen mit an Bord kommen.«

»Nein, muss ich nicht.« Haddix' Gesicht versteifte sich vor Entschlossenheit. »Der Rat hat mich nicht eingestellt. Ich wurde von den Bürgern gewählt. Denen bin ich Rechenschaft schuldig, nicht Ihnen.«

»Und wir sind für den Haushalt zuständig. Mal sehen, wie gut Ihre Abteilung arbeitet, wenn Sie es sich kaum leisten können, Ihre Autos zu betanken.«

»Meine Herren«, sagte Rastun in einem scharfen Ton, starrte Sawyer an und bemühte sich, nicht auf den Typen loszugehen. Er holte Luft und wandte sich an Haddix. »Sheriff. Schön, Sie wiederzusehen.«

»Ebenfalls, Mister Rastun.« Haddix schüttelte ihm die Hand, aber sein Blick blieb auf Sawyer gerichtet. »Der Arzt sagte, ich solle mich wegen der Gehirnerschütterung ein paar Tage ausruhen, aber nach der letzten Nacht …« Sein Kiefer spannte sich an. Kummer erfüllte seine Augen. »Ich habe vier Männer verloren. Ich werde auf keinen Fall auf meinem Hintern sitzen bleiben, wenn da draußen Monster und kaltblütige Killer herumlaufen.«

Haddix wandte sich wieder an Sawyer. »Und ich werde auf keinen Fall die Hilfe von Leuten ablehnen, die mit der Jagd auf diese Echsenwesen ihren Lebensunterhalt verdienen. Vor allem, wenn man bedenkt, wie viele Leben sie schon gerettet haben. Oder haben Sie diese Mädchen und die Leute im Rathaus vergessen?«

Die Haut um Sawyers Nase legte sich in Falten. Sein Gesicht errötete.

»Ein Problem, Mister Stadtrat?« Rastun sagte das zweite Wort langsam und überspitzt.

Sawyer funkelte ihn an. »Ich habe es Dr. Ehrenberg schon gesagt. Der Bezirk kooperiert nicht mehr mit Ihnen. Ich habe alle unsere Abteilungen angewiesen, Sie nicht mehr zu unterstützen. Die meisten haben zugestimmt.« Er richtete seinen Blick wieder auf den Sheriff und zeigte auf ihn. »Ich werde es mir merken.«

Er stürmte davon und viele in der Turnhalle sahen ihm nach.

»Das tut mir leid, Sheriff«, sagte Ehrenberg. »Wir wollen Ihnen sicher keine Probleme bereiten.«

»Machen Sie sich nichts draus, Doktor. Es ist nicht das erste Mal, dass ich mit Sawyer aneinandergeraten bin. Und machen Sie sich keine Sorgen. Meine Abteilung wird weiterhin mit der FUBI zusammenarbeiten. Außerdem stehe ich in Ihrer Schuld, weil Sie mir vorhin im Rathaus den Arsch gerettet haben.«

»Wir wissen das zu schätzen, Sheriff.« Rastun schüttelte ihm erneut die Hand.

»Meine Damen und Herren.« Ein glatzköpfiger Mann mit Brille stand am Mikrofonständer im vorderen Teil der Turnhalle. »Wenn Sie bitte alle Platz nehmen würden, damit wir beginnen können.«

Die Leute machten sich auf den Weg zu den Reihen der Klappstühle. Rastun und das FUBI-Team saßen in der zweiten Reihe.

Der Mann am Mikrofon stellte sich als Scott Menke vor, der Leiter der staatlichen Abteilung für Notfallmanagement. »Wir haben es hier mit drei verschiedenen Notfällen in einem zu tun. Einem Waldbrand, einem Mörder, der frei herumläuft, und einem Rudel wilder Tiere, das mehrere Menschen getötet hat. Zunächst möchte ich Sie über den Brand informieren, da er sich auf die beiden anderen Probleme ausgewirkt hat.«

Menke bewegte die Computermaus auf seinem Podium. Der Cursor auf dem Bildschirm klickte auf ein Kartensymbol und öffnete ein Bild von Lee County mit einem rot eingekreisten Abschnitt. Das Feuer, vermutete Rastun.

»Nach Angaben des Einsatzleiters hat das sogenannte GumSprings-Feuer eine Fläche von 25 Hektar vernichtet. Alle Häuser im Umkreis von zehn Meilen wurden evakuiert. Glücklicherweise sind keine Gebäude zerstört worden. Derzeit arbeiten neunzig örtliche, staatliche und bundesstaatliche Einsatzkräfte gegen das Feuer an und haben zwei Hubschrauber im Einsatz, um Wasser abzuwerfen. Wir hoffen, das Feuer innerhalb von vierundzwanzig bis sechsunddreißig Stunden vollständig unter Kontrolle zu haben.«

Menke legte beide Handflächen flach auf das Podium. »Wegen der Gefahr der Ausbreitung der Flammen konnte die Suche nach Alex Cassian und den Echsenwesen gestern Abend und heute früh nicht im Einsatzgebiet des GumSprings-Feuers stattfinden. Wir werden die Suchtrupps in bestimmten Gebieten aber wieder zulassen. Ich übergebe jetzt das Wort an Captain Robinson von der Highway Patrol, der über die Suche nach Alex Cassian berichten wird.«

Ein großer, ernst dreinblickender Mann in einer grauen Tunika und Hose trat ans Rednerpult. »Wie Administrator Menke bereits erwähnte, hat das Feuer unsere Suche nach Cassian und seinen beiden Begleitern behindert, sodass sie sich einen guten Vorsprung verschaffen konnten. Dennoch wurde ihr Wohnmobil durch das Feuer zerstört, oder besser gesagt, es war die Ursache für diesen Waldbrand. Sie haben kein Transportmittel mehr, und wir glauben, dass sie nur über begrenzte Mittel verfügen.«

Rastun stimmte dem im Stillen nicht zu. Wenn Cassian eine Waffe und ein Messer hatte, waren das alle Mittel, die ein Marine oder Ex-Marine brauchte. Außerdem konnten die Force-Recon-Jungs wie die Army Rangers von der Natur leben, wenn sie es mussten.

»Alle Strafverfolgungsbehörden in den Carolinas sind auf der Suche nach ihnen«, sagte Robinson, »Wir haben auch das FBI und den U.S. Marshal's Service um Hilfe gebeten. Das Gesicht von Alex Cassian wurde in lokalen und nationalen Nachrichtensendungen, auf Websites und in Zeitungen gezeigt. Die Regierung des Bundesstaates und die Regierung von Lee County haben eine Belohnung von zehntausend Dollar für jeden ausgesetzt, dessen Informationen zur Verhaftung von Alex Cassian führen.«

Rastun verschränkte die Arme. Er fragte sich, ob diese Art von Geld einen von Cassians bescheuerten Kumpels dazu bringen würde, ihn auszuliefern. Es sei denn, sie waren genauso entschlossen wie er, die *reptilische Bedrohung* zu bekämpfen.

Andererseits gab es nichts Besseres als ein wenig Geld, um jemanden in seiner *unerschütterlichen Loyalität* ins Wanken zu bringen.

»Wir haben leider keine Informationen über Cassians Begleiter«, sagte Robinson. »Der Mann, der letzte Nacht versucht hat, Jack

Rastun und Karen Thatcher zu entführen …« Rastun bemerkte, dass sich ein paar Leute im Publikum zu ihm und Karen umdrehten. Er ignorierte sie und konzentrierte sich auf Captain Robinson. »… hat sich seit seiner Verhaftung geweigert, zu sprechen. Alles, was wir über Cassians Gefährten wissen, ist, dass sie als bewaffnet und gefährlich gelten, ebenso wie Alex Cassian selbst. Laut Mister Rastun gehen sie davon aus, dass es sich bei diesen Echsenwesen um Außerirdische handelt, die versuchen, die Welt zu erobern. Jeder, der einen Angriff von ihnen überlebt hat, verwandelt sich seiner Meinung nach in einen Reptilianer, wie er sie nennt, und muss getötet werden.«

Mehrere Personen im Publikum schüttelten den Kopf oder verzogen ungläubig das Gesicht.

»Ich übergebe jetzt das Wort an Colonel Davis von der Nationalgarde.«

Robinson trat für den Beamten zur Seite, der auf dem Bildschirm eine Karte von Lee County aufrief.

»Die roten X zeigen bestätigte Angriffe der Echsenwesen an. Alles deutet darauf hin, dass sie sich nach Osten, in Richtung Bishopville, bewegen. Nach Gesprächen mit den Doktoren Ehrenberg und Garland von der FUBI glauben wir, dass das GumSprings-Feuer die Echsenwesen vertrieben haben könnte, aber das ist wahrscheinlich nur vorübergehend. Diese Tiere sind offenbar dabei, ihr Territorium auszuweiten, und das wird wahrscheinlich auch die Außenbezirke von Bishopville einschließen, wodurch Hunderte, vielleicht Tausende von Menschen der Gefahr eines Angriffs ausgesetzt sind.«

Davis zeigte ein Foto eines der toten Echsenwesen von dem Angriff auf das Rathaus. »Das ist, womit wir es zu tun haben. Die Doktoren Ehrenberg und Garland haben die Leichen, die bei den Angriffen auf das Rathaus und das Haus von McMurtry geborgen wurden, einer ersten Untersuchung unterzogen. Diese Kreaturen sind etwa zwei Meter groß und zwei- bis dreimal so stark wie ein durchschnittlicher Mensch. Ihre Klauen und Zähne können leicht durch Fleisch und Knochen gehen. Sie sind hauptsächlich nachtaktiv und haben ein ausgezeichnetes Nachtsichtvermögen.«

Davis wandte sich dem Foto zu, dann wieder dem Publikum. »Ich denke, es ist nicht übertrieben, zu sagen, dass dies das tödlichste Landtier Nordamerikas ist.« Er hielt inne und holte tief Luft. »Wie lautet also unser Plan, um die Echsenwesen zu stoppen? Ich werde Patrouillen in die Wälder von Lee County schicken. Sollten diese Tiere aufgestöbert werden, werden wir Einheiten des 118. Infanterieregiments in einer Verteidigungslinie in der Nähe der Vororte von Bishopville postieren. Wenn wir diese Echsenwesen entdecken, werden wir mehr als genug Feuerkraft haben, um sie zu neutralisieren.«

Rastun bewegte seinen Kiefer langsam von einer Seite zur anderen und dachte über Davis' Plan nach. Er schien vernünftig zu sein. Aber etwas nagte in seinem Hinterkopf. Ranger waren nicht darauf trainiert, in defensiven Positionen zu sitzen und darauf zu warten, dass der Feind zu ihnen kam. Sie zogen los, um die Bösewichte zu finden und sie auszuschalten.

Wenn es sich um einen menschlichen Feind handeln würde, könnten sie ihn herauslocken, in einen Hinterhalt locken und ausschalten.

Rastun richtete sich in seinem Sitz auf. Seine Stirn legte sich in Falten. Ein Plan entstand.

Er hob eine Hand.

»Ja, Mister Rastun?« Davis zeigte auf ihn.

»Sir.« Rastun stand auf. »Ich habe vielleicht einen Plan, wie wir mit den Echsenwesen umgehen können.«

»Dann schießen Sie los.«

»Eines wissen wir von all ihren Angriffen: Diese Kreaturen haben keine Angst vor Menschen.«

»Ja. Worauf wollen Sie hinaus?«

»Ich denke, das ist etwas, das wir zu unserem Vorteil nutzen können.«

44

Colonel Davis starrte Rastun an, die Augenbrauen nachdenklich zusammengezogen. Rastun fragte sich, ob der Mann wie Blefary war und ihn als jemanden betrachtete, der seinen Prominentenstatus aufwerten wollte.

»In Ordnung.« Davis nickte. »Sagen Sie uns, was Sie vorhaben.«

»Ich danke Ihnen, Sir.« Rastun schritt am Podium vorbei zu der Karte auf dem Bildschirm. Er warf einen Blick auf Sawyer, der mit verschränkten Armen dasaß, die Beine übereinanderschlug und finster dreinblickte.

»Wie ich schon sagte, haben die Echsenwesen keine Angst vor Menschen, auch nicht vor großen Gruppen von ihnen. Der Angriff auf das Rathaus hat das bewiesen. In gewisser Weise ist es ähnlich wie bei der Jagd von Geparden. Ein Paar jagt eine Herde von dreißig oder vierzig Gnus. Die Geparden mögen in der Unterzahl sein, aber die Gnus sind Beutetiere. Wenn sie die Geparden sehen, rennen sie alle weg, und die Geparden picken sich die Nachzügler heraus.«

»Und ich schätze, für die Echsenwesen sind wir wie Gnus«, sagte Davis.

»Genau.« Rastun nickte. »Es müssen zwischen hundert und zweihundert Menschen im Gemeindezentrum gewesen sein, und eine Handvoll Echsenwesen hat trotzdem angegriffen. Sie dachten wohl, es sei ein lohnendes Ziel. Ich sage, wir geben ihnen noch eins.«

Er zeigte auf die Karte. »Wir wissen, dass die Echsenwesen nach Osten vordringen. Wir müssen einen Ort entlang ihrer Route finden und ein Lager errichten. Bringen Sie Zelte oder Wohnmobile und eine Menge Menschen zusammen.«

»Welche Menschen?«, fragte jemand aus dem Publikum.

»Nationalgardisten, zusammen mit unserem FUBI-Team. Hoffentlich ist das ein verlockendes Ziel für die Echsenwesen, das sie sich nicht entgehen lassen können. Wenn sie dann auftauchen, neutralisieren wir sie.«

Rastun wandte sich an Colonel Davis. Der betrachtete ihn, dann die Karte, mit vorgewölbtem Kiefer, und dachte nach.

»Halten Sie das wirklich für eine gute Idee, Colonel?« Die Frage kam von Sawyer.

Rastun biss die Zähne zusammen.

»Wir haben wer weiß wie viele von diesen Monstern da draußen. Ich glaube nicht, dass wir es uns leisten können, dass Ihre Soldaten nur herumsitzen und nichts tun, während unsere Bürger in Gefahr sind.«

»Ich verlange nicht Hunderte von Männern«, bemühte sich Rastun um einen professionellen Tonfall. »Ein oder zwei Trupps sollten ausreichen. Und wir werden nicht nur herumsitzen. Wir werden einen Hinterhalt für die Echsenwesen vorbereiten.«

»Wer weiß, ob sie darauf hereinfallen«, konterte Sawyer. »Was, wenn sie einfach darum herumgehen?«

»Dies kann als eine Kampfsituation betrachtet werden, und im Kampf läuft nicht alles wie geplant. Ja, die Echsenwesen könnten unsere Position umgehen. Oder sie könnten den Köder schlucken. Ich denke, es ist den Versuch wert.«

»Nun, ich unterstütze diesen Plan.« Bürgermeister McAllister sah Sawyer an und nickte. »Ich sage, wir tun alles, was wir können, um diese verdammten Monster loszuwerden.«

Es überraschte Rastun nicht, dass der Bürgermeister ihm den Rücken stärkte. Seit die FUBI hier angekommen war, hatte der Mann Hilfe geleistet. Verdammt, er hatte sogar ein Echsenwesen im Rathaus abgewehrt und geholfen, einige Leute zu evakuieren. McAllister hatte sich seinen Respekt verdient, im Gegensatz zu Sawyer, der in dem Moment, als die Echsenwesen angriffen, die Flucht ergriffen hatte.

»Wollen Sie wirklich auf einen Plan der FUBI eingehen?« Sawyer zeigte auf Rastun. »Sie sind jetzt schon über eine Woche hier. Die Echsenwesen sind immer noch da draußen und töten Menschen. Glauben Sie wirklich, dass dieser Plan funktionieren wird?«

»Haben Sie einen besseren, Herr Stadtrat?« Rastun funkelte ihn an. »Einen, der nicht dazu führt, dass einer meiner Leute angeschossen wird?«

Mehreren Anwesenden blieb der Mund offen stehen. Sawyer richtete sich auf, die Augen weit aufgerissen, sein Kopf zitterte vor Wut.

Das war wahrscheinlich nicht die professionellste Art gewesen, etwas zu entgegnen, doch Rastun war das egal. Er hatte es satt, dass dieser Scheißkerl versuchte, alles zu versauen.

»Ich denke, es ist einen Versuch wert«, sagte Davis schließlich.

»Danke, Sir.« Rastun fand sofort Gefallen an dem Colonel. Er schien die Art von befehlshabendem Offizier zu sein, auf die Rastun so stolz gewesen war. Er hörte seinen Untergebenen zu und hatte nie Angst, dass einer von ihnen eine bessere Idee hatte als er selbst.

»Ich werde zwei Züge mit der Durchführung dieses Plans beauftragen.« Davis hielt einen Finger hoch. »Aber ich werde die Verteidigungslinie in der Nähe der Stadt aufrechterhalten. Wenn Ihr Plan nicht funktioniert und diese Kreaturen an Ihnen vorbeikommen, möchte ich, dass wir auf sie vorbereitet sind.«

Rastun nickte. Jeder Kommandant, der etwas auf sich hielt, machte Notfallpläne.

»Ich werde Aufklärungstrupps losschicken, um mögliche Orte auszukundschaften«, sagte Davis. »Wenn wir einen geeigneten Ort gefunden haben, können wir einige unserer größeren DRASH-Unterkünfte aufstellen und es wie eine kleine Gemeinde aussehen lassen.«

»Was sind DRASH-Unterkünfte?«, fragte Petal.

»Mobile Schnellmontageunterkünfte. Im Grunde die moderne Version von Armeezelten mit Bodenbelag, Generatoren und sogar Klimaanlagen.« Davis wandte sich wieder an Rastun. »Mister Rastun, ich möchte Sie und die Doktoren Ehrenberg und Garland in den Stab meines Kompaniechefs aufnehmen. Sie sind die Experten für diese Echsenwesen. Geben Sie ihnen jeden erdenklichen Rat, der hilft, mit diesen Kreaturen fertig zu werden.«

»Ja, Sir«, sagte Rastun.

»Sie haben es endlich verstanden«, flüsterte Ehrenberg auf seinem Platz.

»Ähm, sicher.« Auf Petal Garlands Gesicht bildete sich ein Stirnrunzeln. Rastun glaubte nicht, dass der Biologe besonders scharf darauf war, die Echsenwesen zu töten. Am liebsten würde er ihnen einen elektronischen Sender verpassen und ihre Bewegungen zu Forschungszwecken verfolgen.

Die tödlichen Anschläge hatten diese Forschung jedoch unmöglich gemacht.

Nach Abschluss der Besprechung bat Colonel Davis Rastun und die anderen Expeditionsmitglieder zu sich, um den Plan für den Hinterhalt zu besprechen.

»Also, wie sieht es aus?« Rastun klopfte Sherlock auf die Schulter. »Haben Sie Lust, mitten im Wald auf Ihrem Arsch zu sitzen und darauf zu warten, dass ein paar riesige Echsen auftauchen?«

Der Marshal schenkte ihm ein leichtes Grinsen. »So aufregend das auch klingt, es gibt etwas, das ich über Cassian klären möchte.«

»Was denn?«

»Es ist das Wohnmobil, das er besaß. Ich habe etwas nachgeforscht. Selbst ein gebrauchtes kann dreißig- oder vierzigtausend Dollar kosten. Er muss es natürlich auftanken. Dann braucht er Lebensmittel und andere Vorräte. Er hat auch mindestens drei halbautomatische Gewehre, die etwa tausend Dollar pro Stück kosten. Cassian hat seit zwei Jahren keine Steuererklärung abgegeben und hat seit zwei Jahren keine Adresse mehr.«

»Das sind eine Menge Ausgaben für jemanden, der keine Arbeit hat«, sagte Rastun. »Woher bekommt er also sein Geld?«

»Das werde ich herausfinden.«

***

»Hilfe! Hilfe!«

Cassian versuchte, sich zu befreien. Klauenhände drückten seine Arme und Beine so fest zusammen, dass er befürchtete, seine Knochen würden brechen.

»Hilfe!« Er zog sich nach links, dann nach rechts und schrie bei jeder Bewegung.

Die Reptilianer ließen nicht locker.

Vier Köpfe schwebten über ihm, Speichel tropfte von ihren scharfen Zähnen.

»Nein!«

Die Zähne stürzten auf ihn zu.

»NEIN!«

Cassian schreckte hoch, sein Herz schlug in rasantem Tempo.

Er setzte sich auf, sog Luft ein und wollte, dass sein Herz langsamer schlug.

Er sah auf das Bett hinunter, auf dem er geschlafen hatte.

Wo bin ich?

Die Erinnerungen an die letzte Nacht fraßen sich durch die Überreste seines Albtraums. Er, Smith und Proly waren auf der Flucht vor den Cops gewesen. Sie stießen gerade auf dieses Haus, als das Besitzerpaar aus der Garage wegfuhr.

Cassian hatte beschlossen, durch die Hintertür einzubrechen und alle möglichen Vorräte zu ergattern. Abgesehen von Waffen, Prolys Laptop und allem, was sie in ihren Taschen hatten, war der Rest ihrer Sachen zusammen mit dem Wohnmobil in Flammen aufgegangen.

Proly hatte den Fernseher eingeschaltet, während Cassian und Smith die Küchenschränke nach Lebensmitteln durchwühlten. Ihre Flucht vor den Cops war überall in den Nachrichten zu sehen. Sie erfuhren auch, dass die Häuser im Umkreis von mehreren Meilen um den Waldbrand evakuiert worden waren, auch dieses. Cassian beschloss, dass sie hier die Nacht verbringen sollten. Er bezweifelte, dass die Cops vorbeikommen würden.

Cassian ließ Smith Wache halten, um sicherzustellen, dass das Feuer nicht in die Nähe des Hauses kam. Dann ging er in das Hauptschlafzimmer, um zu ruhen.

Er verlangsamte seine Atmung, sein Herzschlag normalisierte sich. Seine Hände drückten sich in die Matratze, genossen die Weichheit. Wie lange war es her, dass er in einem richtigen Bett geschlafen hatte? Wie lange war es her, dass er die Nacht in einem richtigen Haus verbracht hatte?

Cassian stieß sich widerwillig von dem bequemen Bett ab und watschelte die kurze Strecke durch den Flur zum Badezimmer. Es musste viermal so groß sein wie das in seinem Wohnmobil, vielleicht sogar noch größer. Er knirschte mit den Zähnen, als er sich daran erinnerte, wie das Wohnmobil in einem Feuerball explodiert war. Er konnte immer noch nicht glauben, dass er tatsächlich sein rollendes Haus in die Luft gejagt hatte.

Ich hätte es nicht tun müssen, wenn der verdammte Jack Rastun mich nicht verraten hätte.

Cassian schüttelte sich vor Wut. Er hatte tatsächlich davon geträumt, so zu sein wie er. Hatte sich vorgestellt, er sei der größte Krieger der Welt. Er hatte gedacht, dass Rastun anders war, dass er den Reptilianern tatsächlich trotzen konnte.

Aber nein. Der Mistkerl war einer von ihnen, er hatte seine Loyalität bewiesen, indem er ihn, die ganze menschliche Rasse, verriet.

»Eines Tages«, knurrte Cassian. »Eines Tages.«

Er duschte und nahm dann ein paar Aspirin, die er im Medizinschrank gefunden hatte. Sein Nacken und sein Rücken schmerzten noch immer von dem Unfall. Daran konnte er auch Rastun die Schuld geben.

Cassian wühlte in den Schubladen der Kommode und nahm ein Hemd und eine Bluejeans heraus. Beides passte locker auf seinen schlanken Körper. Auf all den Bildern der Hausbesitzer, die er im Schlafzimmer gesehen hatte, waren der Mann und die Frau beide Fettärsche.

Er schnappte sich das Telefon vom Nachttisch. Zeit für einen Anruf.

»Ich bin's … nein, das ist keins der Wegwerfhandys, die du mir gegeben hast. Das liegt daran, dass die Telefone zusammen mit meinem verdammten Wohnmobil in Flammen aufgegangen sind … Mach dir keine Sorgen. Ich rufe aus einem der evakuierten Häuser an. Wir sitzen in der Scheiße und brauchen sofort Hilfe … Ich musste sie erschießen. Sie haben sich in Hybriden verwandelt. Ich habe dir doch gesagt, dass es so funktioniert.«

Cassian wartete und hörte der Person am anderen Ende zu. Seine rechte Wange zuckte, Frustration stieg in ihm auf.

»Verdammt, diese Dinger sind dabei, die Stadt zu überrennen, vielleicht sogar den ganzen Staat. Davor habe ich dich gewarnt. Die Reptilianer kommen an die Öffentlichkeit. Wenn wir sie nicht aufhalten, ist es mit dieser gemütlichen kleinen Illusion von der Welt, in der wir leben, vorbei. Wir werden alle wie Sklaven leben … wir brauchen einen neuen fahrbaren Untersatz … verdammt, wir haben keine Zeit.«

Er seufzte laut und presste eine Hand gegen seine Stirn, während sein Gesprächspartner eine Ausrede nach der anderen herunterrasselte.

»Na gut, na gut. Wir werden versuchen, etwas zu stehlen. Aber das ist nur vorübergehend. Ich brauche ein neues Wohnmobil für einen mobilen Kommandoposten ... okay, ich rufe dich an und wir können ein Treffen vereinbaren. Danke.«

Cassian legte auf und ging die Treppe hinunter. Proly saß am Küchentisch und stopfte sich einen Donut in den Mund, während er seinen verletzten linken Knöchel auf einem anderen Stuhl abstützte. Smith spähte durch die Jalousie an einem der Wohnzimmerfenster.

»Alles in Ordnung?«, fragte Cassian.

»Ja.« Smith nickte. »In der Ferne ist viel Rauch zu sehen, aber es kommt kein Feuer auf uns zu.«

Er klopfte Smith auf die Schulter und ging in die Küche. Sie hatten Glück gehabt, dass sie in dieses Haus eingebrochen waren. Mr. und Mrs. Fettarsch hatten einen Haufen Essen. Cassian bediente sich an Haferflocken, Toast, Bagels, Rührei, einem Donut, Kaffee und einem Bier. Sicher, es war Frühstückszeit, aber er ließ sich ein Bier nicht entgehen, wann immer er die Gelegenheit dazu hatte. *Wer zum Teufel weiß schon, wann ich wieder eines genießen kann?*

Er wischte sich den Mund mit einer Serviette ab, als Smith die Küche betrat und fragte: »Und was machen wir jetzt?«

Cassian legte langsam die Serviette weg. Sein Kiefer krampfte sich zusammen, als er versuchte, eine Antwort zu finden.

»Wir können nicht ewig hier bleiben«, fuhr Smith fort. »Ich habe die Nachrichten gesehen. Sie haben den Waldbrand fast unter Kontrolle. Die Leute, die hier leben, werden bald zurückkommen.«

»Und was ist mit Todd?«, fragte Proly. »Was werden wir seinetwegen unternehmen?«

Cassian rieb sich langsam den Mund mit der Serviette ab. Die Cops. Die Reptilianer. Jack Rastun. Todd Lansford wurde verhaftet. Ihr Wohnmobil war weg. Wer wusste schon, wann sein *Freund* ihm ein neues besorgen würde. Es gab einfach zu viel verdammte Scheiße zu verarbeiten.

»Alex«, drängte Smith ihn.

»Ich denke nach!« Cassian schlug eine Handfläche auf den Tisch. Die leere Bierflasche schwankte und fiel um.

Was zum Teufel soll ich tun? Er rieb sich mit den Händen über das Gesicht. Als er wieder aufblickte, starrten Smith und Proly ihn immer noch an. Sie suchten bei ihm nach Führung, nach Vertrauen. Und er hatte keine Ahnung, was er tun sollte. Was zum Teufel wusste er schon vom Führen? Er war ein Grunzer. Er hatte es nicht einmal zum Corporal gebracht. Und jetzt erwarteten diese beiden, dass er sie lebend aus dieser Scheiße herausholte.

Da erinnerte er sich daran, was viele Offiziere und Unteroffiziere über das Treffen von Entscheidungen gesagt hatten. »Es ist besser, etwas zu tun, als nichts zu tun.« Wenn man etwas tat, hatte man eine Chance zu überleben und sein Ziel zu erreichen, auch wenn sie noch so klein war. Wenn man nichts tat, war man der Gnade des Feindes ausgeliefert.

Cassian lehnte sich in seinem Stuhl zurück, ließ die Schultern hängen und ignorierte den stechenden Schmerz in seinem Rücken und Nacken. »Wir gehen weiter. Wir bleiben den Cops und den Reptilianern einen Schritt voraus. Dann überlegen wir uns den nächsten Schritt.«

»Und Todd?«

Cassian biss sich auf die Lippe. Die Marines hatten ihm beigebracht, dass man nie einen Mann zurücklässt, aber …

»Das werden wir herausfinden, wenn wir etwas Abstand zwischen uns und die Stadt gebracht haben. Verdammt, wir wissen nicht einmal, wo er ist. Wir … wir müssen auch die Möglichkeit akzeptieren, dass die Reptilianer ihn bereits haben.«

»In diesem Fall ist er so gut wie tot«, sagte Smith. Proly senkte den Kopf.

Cassian tippte mit den Fingern auf den Tisch. »Wir brauchen ein Fahrzeug.«

»Das Auto, das die Leute hier noch in der Garage stehen haben, können wir vergessen«, sagte Proly. »Es kann nicht älter als zwei Jahre sein. Die Lenksäule ist so konstruiert, dass sie schwer zu knacken ist, und die meisten der notwendigen Kabel sind versteckt.«

»Wir werden ein Auto zum Stehlen finden«, sagte Cassian. »Dann fahren wir … irgendwo hin.«

Smith schüttelte den Kopf. »In der Zwischenzeit nehmen die Reptilianer Bishopville ein. Dann geht's wahrscheinlich weiter nach

Florence, Columbia. Scheiße, sie könnten den halben Staat einnehmen, bevor wir etwas unternehmen.«

»Was soll ich denn tun?« Cassian warf die Arme hoch. »Jeder Cop im Staat sucht nach uns. Wahrscheinlich sind noch mehr Reptilianer auf dem Weg hierher, um uns zu holen. Wir haben unser Wohnmobil verloren, sind nur noch zu dritt und haben nur begrenzte Munitionsvorräte. Es ist ja nicht so, dass wir eine Atombombe herumliegen hätten, um alle Reptilianer in diesem Bezirk auszulöschen.«

Er ließ seine Arme sinken und blickte in Richtung Wohnzimmer. Er dachte an den Rauch, der von dem Waldbrand kam, und das inspirierte ihn.

»Wir haben vielleicht keine Atombombe, aber wir haben das Nächstbeste.«

»Und das wäre?« Smiths Stirn legte sich in Falten.

»Als ich mein Wohnmobil in die Luft gejagt habe, haben Sie gesehen, wie schnell sich das Feuer in den Wäldern ausbreitet. Wenn die Feuerwehr nicht schnell eingeschritten wäre, hätte die ganze Gegend abbrennen können.«

»Und?« Smith zuckte mit den Schultern.

»Also«, Cassian beugte sich vor, »wenn wir die Reptilianer und alle, die sie in der Umgebung von Bishopville infiziert haben, vernichten wollen, müssen wir einen weiteren Waldbrand legen. Einen richtig, richtig großen Waldbrand.«

45

Dutzende von Nationalgardisten tummelten sich in und um den aufgestellten Zelten und mobilen Unterkünften. Auf drei dieser Unterstände standen Soldaten mit SAWs. Andere Männer saßen in ausgehobenen Kampfstellungen, während am Rande des Lagers bewaffnete Humvees und Strykers geparkt waren.

Rastun sah sich die Szenerie an und Erinnerungen an Feldmanöver wurden wach. Er warf einen Blick auf seine tarnfarbene Woodland-BDU-Hose und sein Hemd, dann wieder auf die Gardisten. Verdammt, da fühlte er sich doch glatt wieder wie in der Armee. Er verspürte sogar den Drang, durch die Reihen zu streifen, nach den Männern zu sehen, Ratschläge zu erteilen, die Moral aufrechtzuerhalten.

Er tat es nicht. Das waren nicht seine Männer. Sie hatten ihre eigenen Offiziere und Unteroffiziere, um das zu tun. Es war nicht seine Aufgabe, sich einzumischen.

Auch wenn es ein paar Dinge gibt, bei denen ich mich wahrscheinlich mehr einmischen sollte.

Rastun war nicht damit einverstanden, dass der Kompaniechef, Captain Hunt, Zweierteams in Verstecken außerhalb des Lagers nach Echsenwesen Ausschau halten ließ. Getarnt oder nicht, die Kreaturen könnten sie riechen. Außerdem hatten sie Alanas Drohne und die Webcams, die die Wälder hinter dem Lager beobachteten. Rastun hätte auch ein schnelles Reaktionsteam in der Nähe gehabt, für den

Fall, dass ein Angriff erfolgte. Er hatte Hunt beide Ideen vorgeschlagen, der sie jedoch ablehnte. Hunt erklärte, dass er andere Augenpaare brauche, die nach Echsenwesen Ausschau hielten, und dass er die Gardisten nicht von der Verteidigungslinie um Bishopville abziehen wolle, falls die Echsenwesen sie umgingen.

Trotz der Meinungsverschiedenheiten über die Taktik machte Captain Hunt auf Rastun den Eindruck eines kompetenten Soldaten. Er hatte kein aufgeblasenes Ego, schien fair mit den Männern unter ihm umzugehen und hörte sich die Vorschläge anderer an, auch wenn er nicht immer mit ihnen einverstanden war.

Hunt hatte dankenswerterweise Ehrenbergs Idee aufgegriffen, nicht alle Gardisten um das Lager herum in Verteidigungsstellung gehen zu lassen.

»Beute wie Gnus stehen in großen Herden herum«, hatte er gesagt, »bis ein Raubtier hinter ihnen her ist. Wenn wir die Echsenwesen anlocken wollen, sollten wir uns wie Gnus verhalten.«

Also versammelten sich die Soldaten in Gruppen, unterhielten sich, spielten Karten, schauten Videos auf ihren Handys oder Tablets. Eine Handvoll hatte Zigaretten im Mund, die aber nicht angezündet waren. Rastun fragte sich, wie viele dieser Soldaten lieber eine echte Zigarette hätten.

Er blickte auf das braune Gras um ihn herum. Nach dem Waldbrand, den Cassian vor zwei Tagen gelegt hatte, war sich jeder der extremen Trockenheit bewusst. Die Wache hielt mehrere Feuerlöscher bereit, und die Forstbehörde hatte sogar eines ihrer Löschfahrzeuge bereitgestellt.

Rastun hörte ein Schlurfen und das Knacken von trockenem Gras hinter sich. Er drehte sich um und sah Geek auf ihn zukommen. Der große Ex-Ranger klopfte ihm fest auf die Schulter. Er stieß einen Seufzer aus und starrte die Nationalgardisten an.

»Fühlt sich an wie in den alten Zeiten, was, Captain?«

»Alte Zeiten? Wir sind doch erst seit zwei Jahren nicht mehr in der Armee.«

»Ja, manchmal fühlt es sich an, als wäre es eine Ewigkeit her.« Geeks Blick ruhte eine Weile auf den Gardisten, dann wandte er sich Rastun zu. »Vermisst du es immer noch?«

»Ich würde lügen, wenn ich behaupten würde, dass ich es nicht wüsste. Und du?«

»Oh ja. Seien wir mal ehrlich, es gibt nicht viele Menschen, die das können, was wir können. Ein Ranger zu sein, ist etwas Besonderes. Es ist nichts, was man einfach so aufgibt.«

»Vor allem, wenn man nicht bereit war, wegzugehen«, sagte Rastun.

Geek nickte und schwieg einige Sekunden lang. »Trotzdem hat es seine Vorteile, nicht in der Armee zu sein. Der erste ist, dass keine verrückten Dschihadisten auf mich schießen. Außerdem muss ich mich nicht mit dämlichen Offizieren herumschlagen. Anwesende ausgenommen, natürlich.«

»Natürlich.« Rastun grinste.

»Es ist auch schön, fünfzehn Meilen von zu Hause entfernt zu arbeiten, statt achttausend, und ich mag es wirklich, jeden Abend nach Hause zu meiner Familie zu kommen.« Geek stieß Rastun mit dem Ellbogen an. »Ein schönes Gefühl, nicht wahr?«

Rastun zog eine Augenbraue hoch. »Wovon redest du?«

»Komm schon, Captain. Du und Karen, ihr seid praktisch ein Ehepaar. Ohne den Ring. Und Emily … du bist das, was dem Vater am nächsten kommt, den sie nie hatte.«

Rastun sagte nichts. Er schaute auf das Zelt, welches das FUBI-Team benutzte, und dachte an Karen, dachte an Emily.

Wäre die Westsahara-Mission nicht in die Hose gegangen, wäre ich wahrscheinlich immer noch bei den Rangers, hätte Karen nie getroffen und Emily nie kennen gelernt. Seine Kehle schnürte sich bei dem Gedanken zusammen. Es war unvorstellbar, sie nicht in seinem Leben zu haben.

Der Morgen verlief langsam und ereignislos. Zum Mittagessen gab es für Rastun ein MRE mit Rinderbrust und Knoblauchkartoffelpüree, das in einem Restaurant nicht durchkommen würde. Er ließ ein paar Stücke seiner Mahlzeit liegen und warf sie in einen Mülleimer, wobei er darauf achtete, den Deckel nicht zu schließen. Das war das genaue Gegenteil von dem, was man auf dem Feld tun sollte. Essen lockte wilde Tiere an. Aber genau das wollten sie ja. Sie mussten das Lager als Ziel so einladend wie möglich gestalten.

Im Laufe des Nachmittags waren Raben die einzigen Tiere, die die offenen Mülltonnen anlockten. Rastun ging mit einem seiner Sicherheitsspezialisten vor Ort spazieren oder machte eine Kontrolle an den Laptops, um die Flapjack-Drohne und die Webcams zu überwachen, oder machte Liegestütze und Sit-ups oder schlief. Genau wie bei der Armee zog sich die Warterei eine gefühlte Ewigkeit hin. Wie immer bei solchen Flauten befürchtete er, dass dies zu einem falschen Gefühl der Sicherheit führen würde, was fatal sein könnte, wenn die Scheiße losging.

Rastun saß auf seinem Feldbett und zerlegte sein Steyr AUG-Gewehr, als Ehrenberg und Petal eintraten.

»Jack, es sieht so aus, als ob Sie für eine Weile das Sagen hätten«, sagte der Kryptozoologe zu ihm.

»Wohin gehen Sie?«

»Sheriff Haddix will, dass wir zurück nach Bishopville kommen. Die Feuerwehr hat ihnen endlich erlaubt, Cassians Wohnmobil abzutransportieren. Nun, was davon übrig ist. Sie haben dort etwas gefunden, das wir überprüfen sollen.«

»Was?«, fragte Rastun.

»Keine Ahnung.« Petal zuckte mit den Schultern. »Sie wollten uns nicht einmal einen Hinweis geben. Sie tun so, als wäre das alles streng geheim. Ein ziemlicher Mumpitz, wenn du mich fragst.«

»Wenn alles so weiterläuft wie bisher, werden Sie nichts verpassen, während Sie weg sind.«

Die beiden Wissenschaftler verließen das Camp in einem Humvee, der von einem Gardisten gefahren wurde.

Der Nachmittag ging in den Abend über. Alles blieb ruhig. Rastun gesellte sich zum Abendessen zu den anderen FUBI-Mitgliedern in ihr Zelt, abgesehen von Norgay, der Wachdienst hatte. Auf dem Speiseplan standen wieder MREs. Als Ehrenberg und Petal den DRASH betraten, zog er gerade seinen Beutel mit Nudeln und Hühnerfleisch aus dem grünen, flammenlosen Rationswärmer.

»Willkommen zurück«, sagte Karen.

»Worüber hat sich der Sheriff denn so aufgeregt?«, fragte Geek.

Ehrenbergs Schultern sanken herab. Petal zog eine Grimasse und wandte den Blick von den anderen ab.

»Ich nehme an, Sie haben etwas Unangenehmes gefunden«, sagte Rastun.

»Das ist eine Untertreibung.« Petal schüttelte den Kopf. »Dieser Kerl ist krank. Einfach … krank.«

Ehrenberg warf einen Blick auf den Biologen, dann wieder auf die anderen. »Sie sind ziemlich verbrannt, aber man kann sie trotzdem nicht verwechseln. Es zeigt, dass Cassian die Echsenwesen schon eine Weile jagt, und das mit Erfolg.«

Rastun zog die Augenbrauen zusammen. »Was haben Sie gefunden?«

»Schädel. Vier Stück. Alle von Echsenwesen.«

***

Cassian und Proly stießen immer wieder mit den Schultern zusammen, während der Pick-up über die dunkle, unbefestigte Straße ratterte. Cassian grunzte und hielt das Lenkrad fest im Griff. Er fragte sich, ob dieser Karren auseinanderfallen würde, bevor sie ihren Auftrag erfüllt hatten.

Wir hätten einen besseren Truck kaufen sollen.

Sie polterten durch ein weiteres Schlagloch. Proly stieß mit Cassians Schulter zusammen.

Einen mit funktionierenden Stoßdämpfern!

Leider mussten sie sich mit dem begnügen, was sie bekommen konnten. Er starrte über die Scheinwerfer des Pick-ups hinaus und dachte an den Tag zuvor zurück. Nachdem sie das Haus verlassen hatten, versteckten sie sich im Wald.

»Was soll's, Mann. Wir sollten einfach weitergehen«, hatte Smith zu ihm gesagt.

»Auf keinen Fall. Diesen Trick habe ich bei der Force Recon gelernt. Wenn der Feind nach einem sucht, ist es manchmal das Beste, sich in seinem eigenen Hinterhof zu verschanzen. Die Cops denken, dass wir uns so weit wie möglich von hier entfernen werden. Wenn sie uns nicht finden, werden sie ihre Suche weiter von der Stadt weg ausdehnen. Dann sollten wir in Sicherheit sein.«

Sie bauten sich einen improvisierten Unterstand aus Ästen und Blättern und schliefen auf dem Boden. Es war bei weitem nicht das erste Mal, dass Cassian Erde und Blätter als Bett benutzt hatte. Nicht so für Proly und Smith, die sich den ganzen Tag über den Hintern aufgerissen hatten. Der Wachdienst hatte ihnen auch den Schlaf geraubt, aber wenn Reptilianer in der Nähe waren, musste jemand Wache halten.

Sie blieben bis zum Nachmittag in ihrer Unterkunft und machten sich dann auf den Weg, um die Häuser am Stadtrand zu checken. Dort fanden sie diesen Pick-up. Das verdammte Ding musste älter sein als Cassian selbst, und ein Großteil der blauen Originalfarbe war dem Rost gewichen. Doch er hatte keine Diebstahlsicherung, sodass er leicht kurzgeschlossen werden konnte.

»Dieser Ort scheint gut zu sein.« Cassian hielt an und stieg aus, wobei er den Motor laufen ließ. Er hob einen Benzinkanister aus dem Wagen, den er auf der Veranda des Hauses des Pick-up-Besitzers gefunden hatte. Er war etwa halb voll. Gut genug für seine Zwecke.

Er ging auf das Feld zu und kippte alle paar Schritte kurz den Kanister an. Benzin spritzte auf das trockene Gras. Nach etwa fünfzig Schritten lief er zurück zum Pick-up und stellte den Kanister wieder auf die Ladefläche. Cassian griff in seiner Tasche nach dem Feuerzeug, das er aus dem Haus des fetten Paares mitgenommen hatte und entzündete das benzingetränkte Gras.

Flammen loderten vor ihm auf.

»Whoa!« Cassian sprang zurück und spürte die Hitze des Feuers, als es über das Gras fegte.

»Verdammt«, platzte Smith heraus. »Sieh dir das an.«

»Lasst uns hier verschwinden«, sagte Proly.

»Sehe ich genauso.« Cassian schlüpfte zurück in den Pick-up. »Außerdem fangen wir doch gerade erst an.«

46

Rastun gähnte, als er sich dem DRASH näherte, nachdem er eine weitere Stunde Überwachungsdienst geleistet hatte. Wie bei den vorherigen Wachen hatten weder die Drohne noch die Webcams etwas aufgezeichnet. Sein Blick glitt über die kleine Zeltstadt. Nicht zum ersten Mal fragte er sich, ob sein Plan eine Verschwendung von Zeit und Ressourcen war.

Wir sind noch nicht einmal zwei Tage hier draußen. Also Geduld.

Seine Gedanken schweiften zu Cassian ab. Als ob der Mann nicht schon gefährlich genug wäre, hatte er es auch noch geschafft, vier der gefährlichsten Kryptiden der Welt aufzuspüren und zu töten. Rastun fragte sich, warum Cassian nicht mit den Schädeln der Echsenwesen zu den Behörden gegangen war, um deren Existenz zu beweisen.

Vielleicht würden sie sie für Fälschungen halten. Oder er dachte, die Cops wären mit den Reptilianern im Bunde. Oder vielleicht bewahrte er einfach nur Andenken an seine Tötungen auf.

Rastun hörte auf, sich über Cassians Beweggründe Gedanken zu machen. Er hatte nur ein paar Psychologiestunden an der Universität belegt. Das qualifizierte ihn noch lange nicht zum Profiler. Und wie viele Analysen musste er erstellen? Cassian war verrückt und ein Mörder. Ende der Geschichte.

Er fragte sich, ob Sherlock Glück bei der Suche nach der Person hatte, die Cassian finanzierte. Er hatte erwartet, inzwischen vom

Marshal zu hören. Wenn er auf den wahrscheinlichsten Verdächtigen setzen müsste, wäre es Staub. Der Mann schien mit seinen verrückten Shows und Büchern ein gutes Auskommen zu haben, und er war ein ebenso großer Spinner wie Cassian.

Und wenn es nicht Staub ist, wer dann?

Rastun rieb sich die schweren Augenlider, als er den DRASH betrat. Auf beiden Seiten standen Feldbetten, die meisten belegt mit schlafenden FUBI-Mitgliedern. Sein Blick fiel auf die Liege, auf der Karen mit dem Rücken zu ihm schlief.

Ein angenehmes Zittern durchfuhr seine Brust, als er sich auf das leere Feldbett neben ihr setzte. Er starrte sie einfach an und dachte darüber nach, was Geek vorhin gesagt hatte. *Nach Hause zur Familie kommen.*

Rastun dachte an die Zeit vor einem Jahr zurück, als er nicht mehr bei den Rangers war und als Wachmann in einem Zoo arbeitete, ohne einen Sinn in seinem Leben zu sehen.

Dann hatte ihm Colonel Lipeli den Job bei der FUBI angeboten, der ihm wieder einen Sinn gab. Am Tag, nachdem er den Job angenommen hatte, traf er Karen. Das veränderte sein Leben.

Er erinnerte sich an alle seine Freundinnen seit der Highschool. In ein paar war er sehr verliebt gewesen. Andere waren gute Frauen, aber zwischen ihnen hatte es nicht geklappt. Ein paar, darunter seine Ex-Verlobte Marie, erwiesen sich als oberflächlich und manipulativ.

Keine von ihnen war mit Karen vergleichbar. Keine von ihnen hatte ihm bei zahlreichen Gelegenheiten das Leben gerettet. Wie schlimm die Situation auch sein mochte, Rastun wusste, dass Karen nicht zusammenbrechen würde. Sie würde ihm den Rücken freihalten, so wie er ihr den Rücken freihielt. Er konnte sich auf sie verlassen, sich ihr anvertrauen. Allein ihre Nähe machte alles besser.

Er schlug die Hände über dem Kopf zusammen. Wie viele Frauen da draußen würden die Art von Arbeit akzeptieren, die er tat? Könnte er jeden Abend zu einer Frau nach Hause kommen, die ihn anflehte, etwas zu tun, das nicht gefährlich war? Er brauchte einen Job, der ihn herausforderte, selbst wenn es nur darum ging, am Leben zu bleiben. Nicht viele Menschen verstanden diese Art von Denkweise.

Karen schon. Sie wusste, wie es war, einen Job zu haben, der mit Risiken verbunden war. Sosehr sie sich auch umeinander sorgten, sie wussten auch, dass sie nicht die Persönlichkeiten hatten, um Bürodrohnen zu sein.

Glaubst du, dass du jemals wieder so eine Frau finden wirst?

Er beugte sich vor und küsste Karen sanft auf die Wange. Sie stöhnte und streckte ihre Beine aus. Rastun lehnte seine Stirn gegen ihr Haar, schloss die Augen und vergaß Cassian und die Echsenwesen und …

»Alle aufstehen!«

Rastun sprang hoch und wirbelte herum. Ein hochgewachsener, dunkelhaariger Mann mit schmalem Gesicht, der eine Kampfuniform trug, stand im Eingang des DRASH. Es war Captain Hunt.

»Was ist los?«, fragte Rastun, als sich die anderen in ihren Betten bewegten.

»Wir müssen uns zurückziehen, sofort.«

»Wovon reden Sie?« Ehrenberg schwang die Beine über seine Pritsche. »Die Echsenwesen sind noch gar nicht aufgetaucht.«

»Wir müssen uns um etwas Wichtigeres kümmern als um Echsenwesen«, sagte Hunt.

Rastun runzelte die Stirn. »Was ist es?«

»Eine Reihe von Waldbränden ist gerade ausgebrochen, und einige von ihnen kommen auf uns zu.«

47

Brände? Mehrere? Rastun öffnete den Mund, um zu fragen, wie so viele Waldbrände auf einmal ausbrechen konnten.

Hunt gab ihm keine Gelegenheit dazu. »Nehmen Sie Ihre Sachen. Ich will, dass Sie in fünf Minuten startklar sind.«

Der Offizier der Nationalgarde eilte davon.

Rastun überlegte, ob er ihm folgen sollte, weil er mehr über die Brände erfahren wollte. *Vergiss es. Hunt hat Wichtigeres zu tun, und wir auch.*

»Ihr habt den Mann gehört.« Er wandte sich an das FUBI-Team. »Los geht's.«

Rastun stopfte seine Toilettenartikel und sein iPad in den Rucksack und warf ihn sich über die Schulter. Dann schnappte er sich seine Aster 7 und das Steyr AUG-Gewehr. Er schaute sich im DRASH um. Die anderen stopften ebenfalls Gegenstände in ihre Rucksäcke.

Drei Gardisten warteten draußen auf sie. Zwei sahen aus, als wären sie nicht älter als zwanzig. Der dritte hatte eine dicke Statur und trug drei Chevrons mit zwei »Rockern« auf dem Oberarm. Ein Sergeant.

»Okay, hört zu«, sagte der Sergeant. »Wir haben für Sie alle einen Transport organisiert. Dr. Ehrenberg, Mister Rastun, Miss Thatcher und Mister Hewitt, Sie fahren im Humvee mit Private Heisler. Alle anderen mit Private Fetter im Stryker.«

Geek schwenkte seinen Kopf von links nach rechts. »Wartet mal. Wo ist Alana.«

»Sie ist im Ops-Zelt und bringt Ihre Drohne nach Hause«, sagte der Sergeant. »Sobald sie gesichert ist, wird sie zu den anderen in den Stryker steigen. Los geht's.«

»Hier entlang.« Heisler winkte Rastun, Karen, Ehrenberg und Geek, ihm zu folgen. Sie liefen zu einem nahe gelegenen Humvee. Der Rest der Gruppe eilte zu einem Stryker auf der anderen Seite des Lagers.

Rastun sah ihnen hinterher und erblickte Soldaten, die DRASHes abrissen und verschiedene Ausrüstungsgegenstände trugen. Er biss die Zähne zusammen, Schuldgefühle kochten in ihm hoch. Es fühlte sich nicht richtig an, die Soldaten zurückzulassen, während er in Sicherheit gebracht wurde. Offiziere sollten die Letzten sein, die eine Gefahrenzone verließen.

Du bist kein Offizier mehr. Das tröstete ihn jedoch nicht.

»Geben Sie mir nur eine Sekunde.« Heisler öffnete die Hecktür und kletterte in den Humvee. Er schlüpfte in die Halterung des Fahrzeugs und hantierte mit dem .50-Kaliber-Maschinengewehr herum.

»Was machen Sie da, Private?«, fragte Geek.

»Ich entferne den Schlagbolzen. Wir können ihn nicht drin haben, wenn wir in zivilen Gebieten unterwegs sind. Wir wollen kein versehentliches Feuer riskieren.«

Heisler ließ sich auf den Fahrersitz gleiten. »Alle einsteigen«, rief er durch das offene Fenster.

Rastun nahm auf dem Beifahrersitz Platz, während die anderen hinten einstiegen.

»Wohin fahren wir?«, fragte Karen.

»Zurück zur Kommandozentrale in Bishopville.« Heisler startete den Motor.

»Wir müssen auf den Rest der Gruppe warten«, sagte Ehrenberg.

»Sie werden bald nachkommen.« Der Humvee bewegte sich vorwärts.

»Gefreiter«, sagte Rastun in festem Ton. »Wir werden nicht ohne sie fahren.«

Heisler verkrampfte sich. »Ähm, s-sorry, Sir. Ich habe meine Befehle: Bringen Sie die Zivilisten so schnell wie möglich raus.«

Der Gefreite fuhr einen Bogen. Der Humvee rumpelte über den unebenen Boden.

Wut wallte in Rastun auf. Hatte ein Gefreiter gerade *nein* zu ihm gesagt?

»Halten Sie das Fahrzeug an, sofort!«

»Das kann ich nicht.«

»Gefreiter!« Er starrte den jungen Mann an.

Heisler zuckte zusammen. »B-Bitte, Sir. Bei allem Respekt, Sie … Sie können mir keine Befehle erteilen.«

Rastun drückte seinen Rücken gegen den Sitz und ballte eine Faust. Verdammt, der Junge hatte recht. Er mochte etwas von seiner Offiziersmentalität behalten haben, aber ohne die Captainsstäbe an seinem Kragen hatte er keine Autorität über jemanden in Uniform.

Noch immer wütend holte er sein Handy heraus und rief McClure an.

»Ja, Jack?«

»Pete, wir sind bereits unterwegs. Der …« Rastun warf einen Blick auf den Gefreiten Heisler, dann holte er langsam Luft. »Der Fahrer wollte uns nicht auf euch warten lassen. Tut mir leid.«

»Machen Sie sich keine Sorgen. Ich kann die Drohne schon kommen sehen. Wir sollten in ein oder zwei Minuten auf dem Weg sein.«

Das erleichterte Rastun etwas. Trotzdem wäre es ihm lieber gewesen, wenn die gesamte Gruppe gemeinsam evakuiert worden wäre. »Verstanden. Wir sehen uns dann in Bishopville.«

Er blickte über seine Schulter, da er das Lager in der Dunkelheit nicht mehr sehen konnte. »Tja, so viel zu meinem brillanten Plan.«

»Nicht Ihre Schuld, Jack.« Ehrenberg tippte ihm auf die Schulter. »Wer hätte einen Waldbrand vorhersehen können?«

»Wald*brände*. Das hat Captain Hunt gesagt.« Rastun sah aus dem Fenster und entdeckte in der Ferne ein paar orangefarbene Farbtupfer. Es konnten keine Blitze gewesen sein, die diese Brände verursacht hatten. Für heute Abend waren keine Gewitter vorhergesagt worden. Er glaubte auch nicht an mehrere zufällige Brände, die gleichzeitig ausbrachen. Das ließ nur eine Möglichkeit übrig.

Jemand hat diese Brände absichtlich gelegt.

***

Cassian hielt das Feuerzeug an das benzingetränkte Gras. Eine Flammenlinie raste über das Feld. Er lächelte. Das war das sechste Feuer, das er entfacht hatte. Er blickte nach Südwesten. Orangefarbenes Glühen schwebte über dem verdunkelten Wald. Die anderen Brände breiteten sich schneller aus, als er erwartet hatte.

»Sollten wir nicht von hier verschwinden?« Proly verlagerte sein Gewicht von einem Fuß auf den anderen und sah sich nervös um. »Ich glaube, wir fordern unser Glück heraus.«

»Nein.« Cassian ging zurück zum Pick-up. »Je mehr Brände wir legen, desto mehr beschäftigen wir die Feuerwehr und die Polizei, und desto wahrscheinlicher ist es, dass Bishopville und alle Reptilianer dort verbrennen.«

Er stellte den Benzinkanister ins Fahrzeug. Das Ding war fast leer. Cassian dachte darüber nach, eine Tankstelle zu suchen und ihn aufzufüllen, verwarf diese Idee aber wieder. Es würde ihn nicht wundern, wenn jeder in Lee County ein Fahndungsplakat von ihm gesehen hätte. *Außerdem ist der Wald so trocken, dass wir auch ohne Benzin ein gutes Feuer entfachen können.*

Cassian fuhr zurück auf die unbefestigte Straße und schaute in den Seitenspiegel. Das Feuer hinter ihm wuchs schnell. Ein Grinsen breitete sich auf seinem Gesicht aus. Er dachte an die Millionen von Dollar, die das Militär für Bomben und Marschflugkörper ausgab, die ganze Stadtviertel auslöschen konnten. *Ich werde eine ganze Stadt mit einem Benzinkanister und einem Feuerzeug auslöschen.*

Das Grinsen blieb auf seinem Gesicht, als er die asphaltierte Fahrbahn erreichte. In der Vergangenheit hatte er immer nur einen Reptilianer hier und einen dort ausschalten können. Dieses Mal … dieses Mal würde er ihnen einen gewaltigen Schlag versetzen. Wie viele würden durch die Brände getötet? Wie sehr würde dies ihre Pläne für die Weltherrschaft zurückwerfen?

Aber er konnte hier nicht bleiben. Cassian hatte bei den Marines gelernt, dass man, sobald ein Kampf begonnen war, weitermachte. Man gönnte dem Feind keine Pause. Er musste nur herausfinden, wie er die Reptilianer angreifen konnte, nachdem Bishopville niedergebrannt war.

Cassian fuhr nach Süden. Die sechs Brände bewegten sich in einem Bogen von Westen nach Norden. Er wollte nicht in diesem Muster weiterfahren. Die Cops könnten ihm zuvorkommen und ihn einholen.

Bei sechs Waldbränden sind sie wahrscheinlich zu beschäftigt, um mich jetzt zu suchen. Sie müssen sich um Evakuierungen und die Verkehrskontrolle kümmern und …

Verdammt! Er fuhr an den Straßenrand und trat auf die Bremse.

»Was zum Teufel, Mann?« Smith drehte sich zu ihm um.

»Die Cops werden die Menschen wegen der Brände evakuieren. Was ist, wenn einige von ihnen Hybriden sind? Wir können sie nicht entkommen lassen.«

Cassian sprang aus dem Pick-up und holte sein Feuerzeug heraus. Er zündete Grashalme und dünne Äste am Straßenrand an und fuhr dann davon.

Das muss ich noch ein paarmal machen. Lebenswichtige Transportwege abschneiden und alle Infizierten im geplanten Kreis halten.

Einige Autos überholten ihn in der Gegenrichtung. Cassian grinste wieder. Ein paar Kilometer weiter würden sie eine Überraschung erleben, wenn sie auf das Feuer stießen, das er gelegt hatte.

Er suchte nach einer weiteren unbefestigten Straße, auf die er abbiegen konnte, und hörte im Radio eine Nachrichtensendung. Sie sprachen von Evakuierungen und der Einberufung von Feuerwehren aus nahe gelegenen Städten und Bezirken zur Bekämpfung der Waldbrände. Das überzeugte ihn noch mehr, dass es richtig war, hierzubleiben und weitere Brände zu legen. Er dachte daran, was ihm einer seiner Ausbilder bei den Marines gesagt hatte.

»Niemand, nicht einmal große Länder wie wir oder China, haben unendlich viele Ressourcen. Es gibt eine Grenze für die Anzahl der Brände, die man auf einmal löschen kann, bevor die Bemühungen unwirksam werden.«

Cassian richtete sich in seinem Sitz auf. Dieser Mann hatte keine Ahnung gehabt, wie recht er hatte.

Ein weiteres Paar Scheinwerfer näherte sich. Er beachtete es nicht weiter und schaute nach links auf einen Feldweg.

»Oh Scheiße«, stammelte Proly. »Oh Scheiße.«

»Was?«, fragte Cassian.

»Sieh mal, Mann.« Proly zeigte darauf.

Cassian folgte dem Finger des Mannes. Das andere Fahrzeug war in der Nähe einer Kreuzung an die Seite gefahren. Er beugte sich vor und blinzelte. War das ein Lichtbalken auf dem Dach des Wagens?

Helle rote und blaue Lichter blitzten vor ihm auf.

Ein Hauch von Panik durchzog Cassians Magen. Die Cops!

48

Rastun entdeckte weit vor ihnen zwei rote Punkte auf der Straße. Rücklichter. Wahrscheinlich Menschen, die vor den Waldbränden flohen.

Er starrte an dem Gefreiten Heisler vorbei und durch das Fenster auf der Fahrerseite. Zwischen den verdunkelten Bäumen sah er eine Linie aus hellem Orange. War das Feuer näher gekommen?

Rastun warf einen Blick auf den Tachometer des Humvees. Die Nadel bewegte sich um fünfundfünfzig. Er war diese Straße schon ein paar Mal gefahren. In zwei Meilen sollten sie auf eine Kreuzung stoßen. Dann ging es Richtung Osten nach Bishopville und in die Sicherheit.

Es sei denn, das Feuer breitet sich in Richtung der Stadt aus.

Sein Magen zog sich zusammen. Der Stryker mit dem Rest des FUBI-Teams war bereits auf der Straße, aber ein paar Kilometer hinter ihnen. Er betete, dass sie sich in Sicherheit bringen würden, bevor das Feuer die Straße erreichte.

Rastun starrte geradeaus, als sie ein einstöckiges Haus auf der linken Seite passierten. Sie sollten bald auf die Kreuzung stoßen.

Im Augenwinkel bewegte sich etwas.

»Passen Sie auf!«, rief Karen.

»Scheiße!« Heisler trat auf die Bremse. Die Reifen quietschten.

Rastun zuckte nach vorne, der Sicherheitsgurt grub sich in seinen Oberkörper. Eine große, dunkle Gestalt stürmte vor den Humvee.

Ein dumpfer Aufprall erschütterte das Fahrzeug.

»Oh Scheiße!« Heislers Stimme überschlug sich. »Oh Scheiße, ich habe ihn getroffen. Ich habe ihn überfahren.«

Er drehte sich zu Rastun um und zitterte. »Sie haben es gesehen. Er ist mir einfach davor gelaufen. Oh, Scheiße. Oh, Scheiße.«

Heisler stieß die Tür auf und stieg aus.

»Gefreiter. Kommen Sie wieder rein«, befahl Rastun.

Heisler eilte um die Motorhaube herum. Er blieb stehen und starrte auf das, was vor dem Fahrzeug lag.

»Gefreiter!«, rief Rastun. »Wenn Sie überleben wollen, kommen Sie sofort wieder rein!«

Heisler erschauderte und stolperte zurück zur offenen Tür. »Oh Gott. Oh Gott.«

»Reißen Sie sich zusammen.« Rastun streckte die Hand aus, um den jungen Gefreiten zurück in den Humvee zu ziehen.

Draußen knurrte etwas.

»Da links!«, brüllte Geek und griff nach seiner Pistole. Auch Rastun griff nach seiner Glock.

Heisler wandte sich dem Wald zu und schrie.

Eine dunkle Gestalt stürzte auf den Soldaten zu. Sein Kopf krachte gegen den oberen Türrahmen. Heislers schlaffe Gestalt rutschte auf den Fahrersitz. Das Echsenwesen stürzte sich auf ihn, die Kiefer umklammerten den Hals des Mannes.

Rastun feuerte zweimal. Beide Kugeln bohrten sich in die Schulter der Kreatur. Sie zuckte zusammen und stieß ein hohes Zischen aus.

Geek rammte den Lauf seiner Pistole seitlich gegen den Kopf des Echsenwesens. Ein dumpfer Knall hallte durch den Innenraum. Blut und Hirn spritzten gegen die Windschutzscheibe. Die Kreatur sackte über Heisler zusammen.

Rastun blickte auf den Gefreiten herab. Blut floss aus seinem Hals. Seine leblosen Augen starrten zum Dach des Humvees.

Weiteres Knurren drang aus der Dunkelheit. Echsenwesen stürmten aus dem Wald.

49

Cassians Handflächen waren schweißnass. Sein Herz schlug in rasantem Tempo, während er ohne zu blinzeln auf den Streifenwagen starrte. Der Beamte stieg aus, winkte mit einer Taschenlampe und gab ihm das Zeichen, anzuhalten.

»Scheiße, Scheiße, Scheiße.« Cassian wurde langsamer. Hielt der Cop ihn für einen gewöhnlichen Zivilisten? Selbst wenn das der Fall war, musste er eine Beschreibung von ihm haben. Vielleicht hatte er sogar eine Beschreibung des Trucks. Wie viele alte, verrostete POS-Pick-ups waren in den letzten vierundzwanzig Stunden in Lee County gestohlen worden?

Was, wenn er zu den Reptilianern gehört?

»Was sollen wir nur tun?« Prolys Stimme zitterte. »Was sollen wir tun?«

Cassian packte das Lenkrad fester. »Da gibt es nur eines zu tun.«

Er gab Gas.

***

Ein ohrenbetäubendes Krachen erfüllte das Innere des Humvees, als Rastun und Geek ihre Pistolen abfeuerten. Zwei Echsenwesen taumelten. Weitere kamen hinzu.

Rastun warf einen Blick auf die Leichen von Heisler und der Kreatur, die ihn getötet hatte, die auf dem Fahrersitz lagen und deren Beine aus der offenen Tür hingen. Er hatte keine Zeit, sie herauszuschieben und den Humvee zu starten. Er hatte auch keine Zeit, den Schlagbolzen des Kalibers .50 aus Heislers Tasche zu holen.

»Auf zum Haus! Los!«

Ehrenberg öffnete seine Tür und sprang heraus, gefolgt von Karen.

Rastun feuerte seine Glock ab, als sie zum Haus rannten.

Die Pistole klackte, als sie leer war. Er schnappte sich sein Gewehr und die Aster 7 und kletterte aus dem Humvee. Er warf sich gerade den Riemen des Gewehrs über die Schulter, als er dumpfe Schläge auf dem Humvee hörte.

Ein Echsenwesen hockte auf allen vieren auf dem Dach, die Augen rot glühend, die spitzen Zähne gefletscht.

Rastun hob die Aster 7 und feuerte. Ein Pfeil ragte aus der Schulter der Kreatur und pumpte Golden Poison Frog Toxin in den Körper der Kreatur. Ein Milligramm konnte ein Dutzend Menschen töten.

Dieser Pfeil enthielt dreißig Milligramm.

Das Echsenwesen stürzte vom Dach.

Ein weiteres Echsenwesen umrundete den Humvee. Rastun schoss ihm in die Brust. Er machte einen Schritt, bevor er mit dem Gesicht nach unten auf den Asphalt fiel.

Gewehrfeuer explodiert hinter ihm. Geek mit seinem Steyr AUG. Rastun rannte an ihm vorbei. Das dunkle Haus lag dreißig Meter entfernt. Karen und Ehrenberg waren fast bis zum Vorgarten gekommen.

Mehrere Echsenwesen rannten um den Humvee herum. Rastun feuerte seine verbleibenden zwei Pfeile ab, einen mit Gift, den anderen mit einem Beruhigungsmittel. Der Toxin-Pfeil verfehlte. Der Betäubungspfeil traf eine der Kreaturen. Sie knurrte und rannte weiter. Bei all dem Adrenalin, das den Körper des Monsters durchströmte, konnte es Minuten dauern, bis das Mittel wirkte.

Rastun griff sein Steyr AUG, feuerte zwei Schüsse ab und folgte Geek bis zum Haus. Ein Echsenwesen drehte sich um und stolperte. Geek lief noch ein paar Meter, dann drehte er sich um und feuerte. Eine der Bestien ging in die Knie.

Ehrenberg und Karen erreichten die Eingangstür und versuchten, sie aufzutreten. Sie rührte sich nicht.

»Weg da!«, schrie Geek.

Die beiden sprangen zur Seite. Geek schoss drei Kugeln in das Schloss und stieß mit einem Fuß gegen die Tür. Sie flog auf.

Rastun drehte sich um, als die anderen ins Haus eilten. Er zählte acht Echsenwesen, die sich dem Vorgarten näherten. Er ging rückwärts durch die Tür und feuerte. Eines der Ungeheuer ging zu Boden. Die anderen stießen ein gutturales Brüllen aus.

Rastun zog das leere Magazin heraus und legte ein neues ein. Zu seiner Rechten zersplitterte Glas. Geek kniete sich auf ein Sofa, streckte sein Gewehr aus dem zerbrochenen Fenster und schoss.

Rastun zielte auf die nächstgelegene Kreatur und drückte ab. Sie taumelte zurück. Vier weitere Schüsse und sie kippte um. Geek schoss eine weitere Kreatur nieder.

Die übrigen Echsenwesen teilten sich auf. Drei liefen nach links in den Wald, die anderen nach rechts. Wollten sie fliehen oder aus einer anderen Richtung angreifen?

»Geek, übernimm die Nachhut. Doc.« Rastun warf ihm die Aster 7 und einen Plastikbehälter mit zwölf Pfeilen zu. »Sie die Nordseite.« Er zeigte auf den dunklen Gang zu seiner Rechten. »Und rufen Sie McClure an. Er soll seinen Arsch so schnell wie möglich hierher bewegen.«

»Alles klar.«

»Karen. Finde etwas, das du als Waffe benutzen kannst und beobachte den Süden.«

»Okay.« Sie eilte zum Kleiderschrank im Flur.

Rastun suchte den Vorgarten und die umliegenden Büsche ab. Seine Besorgnis wuchs, da das orangefarbene Glühen des Waldes immer intensiver wurde. Der Geruch von Rauch erfüllte die warme Luft.

Ein scharfer Knall erschütterte die Wände. Ein weiterer folgte. Noch einer.

Dann folgte ein tiefes, lang anhaltendes Knurren.

»Jackpot.« Karen holte einen Aluminiumschläger aus dem Schrank. Entweder spielte der Hausbesitzer – der wahrscheinlich evakuiert worden war – in seiner Freizeit Softball oder er hatte eine Tochter, die in der Schule spielte. Wie auch immer, die Familie hatte ihnen unwissentlich eine brauchbare Waffe hinterlassen.

Mit dem Baseballschläger in der einen und dem Pfefferspray in der anderen Hand rannte Karen durch das Wohnzimmer in die Küche.

»Echsenwesen von hinten!« Geek warf die Terrassentür zurück. Das Steyr AUG schoss, winzige orangefarbene Lichtblitze sickerten durch den Mündungsdämpfer des Gewehrs. Eine große Silhouette verkrampfte sich und brach zusammen. Geek feuerte noch ein paar Schüsse ab, dann hielt er inne, das Gewehr immer noch erhoben.

»Leute.« Ehrenberg stürmte zurück ins Wohnzimmer. »Wir haben ein großes Problem.«

»Ach, tatsächlich, Doc?«, entgegnete Geek spöttisch.

»Entschuldigung. Ich meine, wir haben noch größere Probleme.«

»Was denn nun noch?« Die Adern an Rastuns Schläfen traten hervor.

Ehrenberg wandte sich ihm zu. »Ich habe gerade mit McClure gesprochen. Einer der Waldbrände blockiert die Straße vor ihnen. Sie mussten umkehren und eine andere Route suchen.«

»Fuck!« Das war's mit der Verstärkung und der Extraktion.

Rastun hielt den Atem an. Seine Sorge schwoll an. Würden McClure, Petal und die anderen heil herauskommen, bevor sie von den Waldbränden überrollt wurden?

Würde irgendjemand von ihnen das hier lebend überstehen?

»Er hat gesagt, dass er die Kommandozentrale anrufen und versuchen wird, einen Hubschrauber zu bekommen, der uns abholt.«

Die Echsenwesen schlugen irgendwo an die Hauswand.

Hoffentlich ist es ein sehr schneller Hubschrauber.

Rastun sah nach draußen. Keine Echsenwesen zu sehen.

Etwas flackerte über ihnen. Etwas Orangefarbenes. Er sah zu den beiden Bäumen neben der Einfahrt hinauf. Ihre Kronen standen in Flammen.

Ehrenberg trat neben ihn und starrte ebenfalls auf die brennenden Bäume. »Sie müssen von der Glut entfacht worden sein, die der Wind herbeigetragen hat.«

Rastun verfluchte sich selbst. Sie konnten das Haus nicht verlassen, ohne von den Echsenwesen angegriffen zu werden. Doch wenn sie hierblieben, könnte noch mehr Glut das Haus in Brand setzen.

Ich habe uns hier drin gefangen. Geek, Randy … Seine Kehle war wie zugeschnürt. *Karen.*

Rastun schloss die Augen. Sich selbst fertig zu machen, würde weder ihm noch sonst jemandem etwas nützen.

Das Geräusch von zerbrechendem Glas drang durch den Flur. Ein Knurren folgte.

Die Echsenwesen waren drinnen.

Schwere Schritte kamen aus einem der Räume auf der linken Seite. Eine große Gestalt stapfte durch die Türöffnung und schwang sich knurrend auf sie zu.

Rastun und Geek feuerten. Das Echsenwesen zuckte und fiel rückwärts.

»Sie kommen auf uns zu!«, rief Karen aus der Küche. Sie hatte etwas in der Hand, das wie eine Plastikflasche aussah und deren Inhalt auf den gefliesten Boden verschüttet wurde.

Die schattenhafte Gestalt eines Echsenwesens tauchte aus dem kleinen Flur neben der Küche auf. Er umrundete den Herd und richtete seine roten Augen auf Karen.

»Karen!« Rastun rannte mit erhobenem Gewehr auf sie zu. Karen stand in der Schusslinie.

Das Echsenwesen griff sie an. »Karen, geh …«

Die Bestie rutschte aus und fiel auf den Rücken. Karen sprühte ihr Pfefferspray ins Gesicht. Sie zischte vor Wut. Karen schlug mit dem Baseballschläger auf den Bauch der Kreatur ein.

»Beiseite!«, befahl Rastun.

Karen sprang zurück. Rastun senkte den Lauf seines Steyr AUG und feuerte. Das Echsenwesen zuckte, dann blieb er liegen. Rastun sah eine dicke Flüssigkeit um den Körper der Kreatur. Wahrscheinlich Speiseöl.

Er warf einen Blick auf Karen und nickte. »Gute Idee.« Es spielte keine Rolle, wie groß und wild diese Dinger waren. Auf dem Rücken konnten sie nichts ausrichten.

Rastun trat vorsichtig über die Speiseöllache und sah sich in der Küche um. Alles klar. Er ging den kleinen Flur entlang in die Waschküche. Das Fenster war eingeschlagen worden. Er schaute nach draußen. Keine Echsenwesen in Sicht. Das Feuer hatte vollends auf die beiden Bäume in der Einfahrt übergegriffen. Brennende Blätter und Äste fielen auf den Rasen und setzten das Gras in Brand.

Flammen krochen auf das Haus zu.

50

Cassians stoppeliges Gesicht war schweißnass. Sein Blick wanderte zwischen der Straße und dem Rückspiegel hin und her. Das Polizeiauto kam immer näher.

»Er wird uns kriegen.« Prolys Stimme wurde brüchig. »Er wird uns kriegen.«

»Halt die Klappe!«, schrie Cassian und trat das Pedal durch. Der Motor des alten Pick-ups stöhnte, als er die Landstraße hinunterfuhr. Die Temperaturanzeige kletterte in den roten Bereich hinein.

»Verdammtes Stück Scheiße!« Cassian schlug mit der Handfläche gegen das Lenkrad. Er konnte den Cop auf keinen Fall abhängen, nicht in dieser Karre.

Sie hatten immer noch ihre Waffen. Sie könnten anhalten und es mit dem Cop aufnehmen. Drei gegen einen. Sie könnten ihn töten und …

»Pass auf!«, rief Smith.

Cassians Augen weiteten sich. Die Scheinwerfer des Pick-ups streiften einen Humvee, der mitten auf der Straße stand.

Er trat auf die Bremse. Die Reifen kreischten wie ein Chor Banshees. Doch das konnte Prolys Schrei nicht übertönen.

Ein lautes Knirschen schallte durch das Fahrerhaus. Der Pick-up schüttelte sich. Cassian sah aus dem Augenwinkel eine verschwommene Bewegung. Es folgte ein schwerer Aufprall.

Seine verschwitzten Hände umklammerten das Lenkrad, als er ein weiteres Reifenquietschen hörte. Cassian sah die rot und blau blinkenden Lichter, als ein weiteres Beben den Pick-up erschütterte.

Es kam ihm wie eine Ewigkeit vor, bis er das Lenkrad losließ und wieder zu Atem kam. Sein Herz ratterte wie ein Maschinengewehr. Er holte zittrig Luft und blickte auf die Windschutzscheibe. Dutzende von Rissen zogen sich über die gesamte Länge, ausgehend von einer kreisförmigen Form in der Mitte. Die Mitte dieses Kreises war von Blut durchtränkt.

Cassian biss die Zähne zusammen und drehte sich um. Wellen von Schmerz schossen durch seinen Rücken.

Oh mein Gott!

Proly war zwischen dem Sitz und dem zerfetzten Armaturenbrett zusammengesackt. Sein Gesicht war blutverschmiert.

»Web?« Cassian berührte Proly an der Schulter. »Web, komm schon.« Doch Weber Proly bewegte sich nicht.

»Meine Beine!«, schrie Smith. »Meine verdammten Beine!«

Anders als Proly hatte Smith einen Sicherheitsgurt angelegt gehabt. Aber das Armaturenbrett war gegen seine Beine gedrückt worden. Er warf den Kopf zurück und schlug mit einer Hand auf die zerknautschte Beifahrertür. Er schrie erneut.

»Es wird alles gut, Mann.« Cassian schnitt eine Grimasse, als weitere Schmerzstöße seinen Rücken durchfuhren. Er starrte wieder durch die Windschutzscheibe. Die rechte vordere Hälfte des Pick-ups war mit der Motorhaube des Humvees verschmolzen.

Was zum Teufel hat ein Humvee mitten auf der Straße zu suchen? Er hatte Glück gehabt, dass er ihn nicht voll erwischt hatte, sonst wären seine Beine ebenso zerquetscht worden wie die von Smith.

Sein Freund schrie weiter. »Halte durch, Kumpel. Halt dich einfach fest.«

Aus dem hinteren Fenster sah Cassian das Polizeiauto, dessen zerknautschte Front gegen das Heck des Pick-ups gedrückt war. Von dem Cop war keine Spur zu sehen. Vielleicht war er tot.

Cassian stieß die Tür auf und stolperte hinaus. Er stöhnte und rieb sich den schmerzenden Rücken. *Was soll ich tun?* Er konnte Smith nicht allein lassen, aber wie sollte er ihn befreien? Und selbst wenn, konnte Smith laufen? Cassian wusste, dass er nicht weit kommen würde, wenn er ihn mitschleppen musste. Der Cop, der sie verfolgt hatte, konnte über Funk Verstärkung angefordert haben. Wie lange dauerte es, bis sie hier eintrafen?

Zwei große Haufen lagen neben dem Humvee auf der Straße. Mit gerunzelter Stirn schritt Cassian darauf zu. Er blieb stehen und machte große Augen, als er sie erkannte.

Echsenwesen.

Er zog die Smith & Wesson aus seinem Hosenbund und näherte sich den Wesen. Keines von ihnen bewegte sich. Mit angehaltenem Atem berührte er das nächstgelegene Wesen mit seinem Schuh.

Keine Reaktion. Cassian machte dasselbe mit dem anderen. Dasselbe Ergebnis. Er sah sich den Humvee an, der auf dem Dach ein Maschinengewehr Kaliber .50 hatte. Im Inneren befanden sich die Leichen eines Soldaten und eines Reptilianers auf dem Fahrersitz. Ein weiteres Monster lag nicht weit von dem Humvee entfernt in einer Blutlache.

Cassian betrachtete erneut die Kreaturen, die neben dem Humvee lagen. Beide wiesen keine sichtbaren Wunden auf.

Was hat sie getötet? Wer hat sie getötet?

Er beugte sich vor. Ein stechender Schmerz lief seinen Rücken hoch und runter. Ein Pfeil mit roten Federn ragte aus der Schulter eines Reptilianers. Cassian holte schnell Luft und hielt sie an. *Moment mal! Hat nicht der …*

Ein schnelles Knacken kam von weiter her. Cassian spannte sich an. Er erkannte das Geräusch sofort. Schüsse. Könnte es von denselben Leuten stammen, die diese Reptilianer getötet hatten?

Einer der brennenden Bäume in der Nähe eines Hauses brach in einer Flammenwolke zusammen. Das Feuer breitete sich über den Rasen aus. Cassian Blick fiel auf etwas anderes in der Nähe des Hauses. Zwei große Gestalten. Von dunkler Farbe …

Oh, mein Gott! Oh, mein Gott.

Die Reptilianer drehten sich um und entdeckten ihn. Selbst aus dieser Entfernung konnte er ihre blutroten Augen sehen.

Die Monster rannten auf ihn zu.

Der Schweiß, der Cassians Körper benetzte, wurde eiskalt. Er hob seine Pistole, dann wandte er sich wieder dem Humvee zu. Sein Blick blieb auf dem Kaliber .50 ruhen.

»Scheiße, ja.«

Er stopfte die Pistole zurück in seinen Hosenbund und kletterte auf die zerbeulte Motorhaube des Pick-ups, wobei er die Zähne fest zusammenbiss, wegen der stechenden Schmerzen in seinem Rücken. Er kletterte auf das Dach und rutschte in die Geschützhalterung. Er schwenkte das große Maschinengewehr auf die Reptilianer, die kaum drei Meter entfernt waren. Er drückte den Abzug.

Nichts.

»Was zum Teufel?« Cassian drückte erneut ab. Die große Waffe schwieg.

»Shit!«

Eines der Monster knurrte und sprang auf die Ladefläche des Humvees.

Cassian zog seine Pistole. Der Reptilianer war nur einen Meter entfernt, das Maul weit geöffnet.

Cassian schoss dreimal direkt in das Maul. Ein Schwall von Blut und Hirn explodierte hinten aus dem Schädel. Die Kreatur brach zusammen.

Wo ist sein Kumpel?

Ein Schrei kam aus dem Pick-up. Smith. Eine höhere Tonlage als zuvor, von Schmerz zu Qual und Schrecken.

»Doug!« Cassian stieß sich von der Geschützhalterung ab. Er rutschte vom Dach und lief zum Fahrerhaus des Pick-ups.

Der Reptilianer war drinnen und riss gerade ein Stück aus Smiths Hals heraus.

Dessen Schreie verwandelten sich in ein röchelndes Gurgeln.

»Nein!« Cassian entlud seine Pistole in das Monster. Es zuckte und fiel.

»Doug!« Er lehnte sich halb in die Kabine.

Doug Smith lag mit aufgerissener Kehle und Schulter an der Tür. Blut floss über seinen Oberkörper.

»Verdammt!« Cassian schlug auf den Fahrersitz. »Verdammt!«

Sie waren weg. Sie alle waren weg. Seine Einheit, seine Freunde. Proly, Smith, und Lansford. Ja, die Cops hatten Lansford, aber wie lange dauerte es, bis die Reptilianer ihn erledigen würden? Wahrscheinlich hatten sie das schon.

»Wichser! Ihr verdammten Mistkerle!« Die Reptilianer hatten ihm seine Eltern genommen. Nun seine Freunde. Er zitterte. Noch nie in seinem Leben hatte er sich so allein gefühlt.

Er erblickte das zerstörte Polizeiauto. War der Cop noch am Leben? Der Cop, der sie zum Unfall gezwungen hatte? Der Cop, der seine Freunde getötet hatte?

Cassian warf das leere Magazin aus und schob ein neues hinein. Er stapfte zu dem Polizeiauto hinüber und sah durch das zerbrochene Fahrerfenster. Der Cop darin lag zurückgelehnt in seinem Sitz, das Armaturenbrett gegen ihn gepresst.

Cassian gab sechs Schüsse durch das Fenster ab. Der Mann sackte auf die Seite.

Er fletschte die Zähne, Wut und Angst ertränkten seine Seele. Er wollte mehr töten. Mehr Reptilianer, mehr Cops, mehr … alles.

Cassian blickte zurück zum Haus. Die Flammen der Bäume beleuchteten den umliegenden Wald. In diesem Moment sah er sie. Zwei weitere Reptilianer, die durch den Wald flohen.

»Oh nein.« Cassian schüttelte den Kopf. »Oh nein, nein, nein. Das werdet ihr büßen. Jeder einzelne von euch Wichsern wird dafür bezahlen.«

Er rannte zurück zum Pick-up, schnappte sich sein P415-Gewehr und machte sich auf die Jagd nach den Reptilianern.

***

Rastun stand auf halbem Weg zur Terrassentür und suchte den Wald zu seiner Rechten ab. Zwei Echsenwesen waren weggelaufen. Die Leichen von einem halben Dutzend weiterer lagen im Hinterhof verstreut.

»Frei«, sagte Geek von hinten.

»Frei.« Rastun senkte sein Gewehr. Etwas flackerte über ihm. Ein weiterer Baum hatte Feuer gefangen. Rauch waberte über das Dach, der Gestank stach ihm in die Nase.

Rastun trat nach draußen, entfernte sich etwas von der Veranda und wandte sich mit erhobenem Kopf dem Haus zu.

»Was ist los?«, fragte Geek.

Rastun antwortete nicht. Er ging noch ein Stück weiter weg. Flammen breiteten sich bereits auf dem Dach aus.

»Scheiße.«

»Sag nichts«, meinte Geek. »Noch ein Problem?«

»Das Dach steht in Flammen.« Rastun eilte zurück ins Haus.

Ehrenberg stand in der Mitte des Wohnzimmers, das Mobiltelefon am Ohr. »Es ist McClure«, sagte er. »Ein Hubschrauber der Nationalgarde ist auf dem Weg.«

»Gut. Rufen Sie die Kommandozentrale an und lassen Sie sich zum Hubschrauber durchstellen. Wir müssen auf eine andere Landezone ausweichen.«

»Das wundert mich nicht.« Ehrenberg wandte sich dem zerbrochenen Fenster zu. »Das Feuer ist schon ziemlich nah.«

»Näher, als Sie denken.« Rastun zeigte nach oben. »Das Dach hat gerade Feuer gefangen.«

Ehrenberg hob seinen Blick an die Decke. »Ja. Wir sollten hier nicht länger bleiben. Was ist mit den Echsenwesen?«

»Die, die nicht tot sind, sind weggelaufen. Jetzt lasst uns …«

»Jack!« Karen stand am Fenster und winkte ihm zu.

»Was ist los?«

»Jemand ist in unseren Humvee gekracht.« Sie zeigte aus dem Fenster.

Unten auf der Straße sah Rastun die zerstörten Überreste eines Pickups und eines Polizeiautos. Er fragte sich, wie keiner von ihnen einen so schlimmen Unfall mitbekommen haben konnte.

Schwer zu hören, wenn man auf Echsenwesen schießt.

Jemand rannte über den Rasen, um den Flammen zu entgehen. Jemand mit einem halbautomatischen Gewehr. Der Schein des Feuers beleuchtete sein Gesicht.

Ich kann es nicht glauben! Rastun verdrängte seinen Schock. »Cassian!«

Alex Cassian blieb stehen. Sein Kopf ruckte zum Fenster.

Die Augen des Mannes wurden groß.

»Keine Bewegung!« Rastun hob sein Steyr AUG. Cassian blieb wie erstarrt stehen … dann ließ er sich zu Boden fallen. Rastun schoss und verfehlte ihn.

Cassian rollte sich über das Gras. Er lag auf dem Bauch und hob sein Gewehr.

51

»Runter!«

Rastun warf sich zu Boden, einen Sekundenbruchteil, bevor Cassian schoss. Die Kugeln durchschlugen das restliche Glas des Fensters und prallten gegen die Wand. Rastun sah sich in dem abgedunkelten Raum um. Karen, Geek und Ehrenberg lagen alle flach auf dem Boden, keiner von ihnen war getroffen worden.

Das Schießen hörte auf. Rastun ging in die Hocke und spähte aus dem Fenster.

Cassian rannte auf das Haus zu.

»Vordertür!« Rastun schwang sich herum. Die Flammen warfen Cassians Schatten auf die Türöffnung.

Rastun feuerte.

Holzsplitter sprangen vom Türrahmen ab. Der Schatten wich zurück.

Ein Krachen von Holz und Glas schallte durch den Raum, als Rastun aufsprang. Geek hatte einen Schrank umgestoßen und Ehrenberg dahinter gezogen. Rastun rollte über den Couchtisch, gerade als Cassian von der Tür aus feuerte. Kugeln schlugen über Rastuns Kopf ein. Geek schoss zurück, während Karen zu Rastun hinüberkroch.

»Rastun!«, schrie Cassian. »Ich bringe dich um, verdammt!« Er gab drei Schüsse ab. »Dich und deine Hybridschlampe!«

»Ich habe einen Namen, Arschloch«, schrie Karen zurück.

Rastun feuerte über den Couchtisch hinweg, bis das Gewehr leer war. »Scheiße.« Das war sein letztes Magazin gewesen.

Cassian erwiderte das Feuer. Und Geek auch. Rastun warf sein Gewehr weg und zog die Glock heraus.

»Mister Cassian«, rief Ehrenberg. »Jack und Karen sind keine Hybriden. Sehen Sie sich um. Wenn sie es wären, warum sollten sie dann so viele Echsenwesen töten?«

»Ihr lügt! Das ist ein Trick.«

Ein Gewehrlauf ragte durch die Türöffnung. Es folgten drei Schüsse, die Rastun erwiderte.

»Vergessen Sie's, Doc«, sagte Geek. »Er hat sein One-WayTicket ins Irrenhaus gelöst.«

Rastun feuerte zwei weitere Male. »Cassian, das Feuer kommt auf dich zu. Wenn du nicht aufgibst, wirst du verbrennen.« *Und wir auch.*

»Wenigstens nehme ich ein paar Reptilianer mit!« Cassian schoss ins Wohnzimmer. Geek feuerte hinter dem Schrank hervor, bis sein Gewehr leer war.

Ein orangefarbener Blitz erschien in Rastuns Blickfeld. Er sah den Flur hinunter. Der wurde von Flammen erhellt, die über die Decke schlugen.

Sie mussten sofort aus diesem Haus verschwinden.

Cassian feuerte wieder. Ein paar Kugeln schlugen im Couchtisch ein. Rastun erwiderte das Feuer und drängte Cassian zurück.

»Geek!« Er gab ihm eine Reihe von Handzeichen. Geek gab ihm einen Daumen hoch.

Rastun feuerte auf den Eingang und sah dann zu Karen. »Geek und ich werden euch Deckungsfeuer geben. Während wir das tun, kriechst du mit Randy zur Terrassentür und nach draußen.«

Karens Lippen zogen sich zu einer dünnen Linie der Sorge zusammen. Sie zuckte, als Cassian wieder schoss.

»Ich bin gleich hinter dir.« Rastun legte ihr eine Hand auf die Schulter.

Karen nickte. »Das solltest du auch.«

Rastun schenkte ihr ein kurzes Grinsen, dann steckte er ein volles Magazin in seine Glock. »Auf drei. Eins, zwei … drei!«

Er eröffnete das Feuer. Ebenso Geek. Kugeln zerfetzten den hölzernen Türrahmen. Karen und Ehrenberg krabbelten über den Boden.

Rastun leerte sein Magazin und legte ein neues ein. Er blickte hinter sich. Sowohl Karen als auch Ehrenberg waren zur Tür hinaus verschwunden.

Das Feuer im Flur kroch die Wände entlang. Flammende Teile der Decke fielen auf den Boden. Der Rauch wurde dichter. Rastun hustete, sein Hals und seine Lunge brannten.

»Los!« Rastun sprang auf und rannte zur Terrassentür, feuerte im Laufen. Geek war vor ihm.

Draußen angekommen, stellte sich Rastun an die Wand und schob sein letztes Magazin in die Glock. Er ging auf ein Knie und schwang sich um den Türrahmen. Keine Spur von Cassian an der Vordertür.

»Hey«, sagte Ehrenberg. »Hört ihr das?«

Rastun behielt seine Augen und die Waffe auf die Eingangstür gerichtet. Er hörte ein gleichmäßiges Klopfen in der Luft.

Ein Hubschrauber.

Endlich.

»Hier ist Randy … wir sind hinter dem Haus.« Es hörte sich an, als telefoniere Ehrenberg mit der Kommandozentrale in Bishopville.

»Ja, wir können den Hubschrauber jetzt hören … Karen, benutze deine Taschenlampe, um ihnen zu zeigen, wo wir sind.«

Rastun drehte sich nicht um. Sein Blick blieb auf die Eingangstür gerichtet. Cassian schoss nicht auf sie und sprach auch keine weiteren Drohungen aus. Er tat überhaupt nichts mehr.

Vielleicht habe ich den verrückten Scheißkerl getroffen.

Etwas bewegte sich zu seiner Linken. Rastun drehte sich um. Cassian schlich durch den Flur in Richtung Küche.

»Scheiße«, murmelte Rastun. Er musste durch das zerbrochene Fenster in der Waschküche gekommen sein.

Cassian stürmte in die Küche … dann stürzte er rücklings und verschwand aus Rastuns Blickfeld. Sein Gewehr klapperte auf dem gefliesten Boden.

»Geek, gib den anderen Deckung.« Rastun rannte zurück ins Haus. »Ich gehe Cassian suchen.«

Flammen bahnten sich ihren Weg in das Wohnzimmer. Rauch schwebte in der Luft. Cassian lag ausgestreckt auf dem Küchenboden, die Beine über das tote Echsenwesen gelegt. Er musste in dem Speiseöl ausgerutscht und über ihn gestolpert sein.

Der Ex-Marine versuchte, sich aufzurichten.

»Keine Bewegung!« Rastun richtete seine Glock auf Cassian. Er stellte einen Fuß auf das Gewehr und kickte es hinter sich ins Wohnzimmer.

»Mit dem Gesicht nach unten auf den Boden legen. Die Hände auf den Kopf und die Finger verschränken.«

Cassian rührte sich nicht. Sein Gesicht verzog sich vor Wut, die zusammengekniffenen Augen waren auf Rastun gerichtet.

»Du hast drei Sekunden Zeit, bevor ich dir eine Kugel in dein verdammtes Gehirn jage.«

Cassian starrte ihn weiter an.

Rastun holte langsam Luft. Rauch kratzte in seiner Kehle. Sein Finger spannte sich um den Abzug.

Etwas krachte hinter ihm. Er drehte sich um.

Die Hälfte des Hauses stürzte ein und begrub den Flur und die Schlafzimmer unter einem Haufen flammender Trümmer. Das Feuer hatte nun das Wohnzimmer eingenommen und schnitt ihn von der Terrassentür ab.

Rastun drehte sich wieder um.

Cassian griff ihn an.

52

Rastun und Cassian stürzten zu Boden. Feurige Hämmer schlugen auf Rastuns verletzte Rippen ein. Er stieß einen Schmerzensschrei aus.

Cassian schlang seine Hände um Rastuns Kehle. Der biss die Zähne zusammen und versetzte Cassian drei schnelle Hiebe in die Seite. Der Ex-Marine keuchte und lehnte sich nach links. Rastun stieß ihn weg. Mit gefletschten Zähnen kam er auf die Beine, Schmerz drückte auf seine Rippen.

Cassian griff nach seinem Hosenbund und zog eine Pistole heraus. Rastun wich nach links aus und streckte sein rechtes Bein aus. Er traf Cassian mit einem Sidekick in den Bauch. Der stolperte gegen den Tresen. Rastun trat ihn erneut. Die Pistole fiel aus Cassians Hand. Rastun stürzte sich auf sie.

Cassian schnappte sich eine Kaffeekanne vom Tresen und warf sie. Rastun duckte sich. Die Kanne flog wenige Zentimeter über seinen Kopf und zerschellte an der Wand.

Cassian trat ihm in den Bauch. Rastun heulte auf, der Schmerz brannte in seinen Eingeweiden. Cassian rammte ihm einen Ellbogen in den Rücken und drückte ihm die Luft aus der Lunge.

Vergiss den Schmerz. Wenn er dem Schmerz erlag, war er tot.

Cassian versuchte erneut, ihn zu treten. Rastun blockte ihn mit seinem linken Arm ab. Er trieb seine rechte Faust in Cassians Brustbein. Der Ex-Marine stolperte zurück.

Rastun atmete ein … und hustete. Der Rauch wurde dichter und brannte ihm in den Augen. Flammen breiteten sich nun auch in der Küche aus.

Cassian rutschte um den Tresen herum und versuchte, zu seinem umgefallenen Gewehr zu gelangen. Rastun packte ihn von hinten und versuchte, seinen Arm um Cassians Hals zu legen, um ihn in den Würgegriff zu nehmen. Cassian packte ihn am Handgelenk und versuchte, seinen Arm wegzuschieben. Er stieß seinen rechten Ellbogen nach hinten.

Schmerz explodierte in Rastuns Brustkorb. Er schrie auf, seine Beine gaben nach. Cassian packte seinen Arm und beugte sich vor. Rastun flog über ihn hinweg und schlug auf dem Boden auf. Der Schmerz betäubte ihn fast.

Etwas krachte hinter ihm. Ein Regen aus Metall und Holz. Rastun rollte sich auf die Seite. Cassian hatte eine Küchenschublade herausgezogen. Dutzende von Utensilien lagen auf dem Boden. Cassian griff nach einem Steakmesser.

Rastun packte den Unterarm des Ex-Marines. Sein eigener Arm zitterte, als Cassian ihn nach unten drückte. Rastuns rechte Hand schoss nach oben. Seine Faust prallte gegen Cassians Kinn. Rastun spürte es mehr, als dass er das Knacken hörte, als sein Knöchel auskugelte. Ein Schraubstock zerquetschte seine rechte Hand. Rastun ignorierte es und schlug erneut auf Cassian ein.

Cassian schwankte zur Seite. Rastun stieß ihn gegen die Ecke des Küchentischs und griff zu Boden, hustete vom Rauch und schnappte sich das nächstgelegene Utensil, das seine Finger erreichen konnten.

Ein Kartoffelschäler.

Cassian hielt sich an der Kante der Theke fest und zog sich auf die Beine. Rastun stand auf und drehte sich herum. Er schlug mit dem Kartoffelschäler zu. Er riss ein Stück aus Cassians rechtem Ohr. Der schrie auf und presste seine freie Hand auf sein verwundetes Ohr.

Schmerz durchzuckte Rastuns rechte Hand. Er verlor den Griff um den Kartoffelschäler. Er drehte sich hustend zu dem Durcheinander von Utensilien auf dem Boden um. Mit der linken Hand bekam er eine Tranchiergabel zu fassen. Rastun wollte sich umdrehen, als er eine schnelle Bewegung hinter sich bemerkte.

Cassian stieß mit dem Messer zu.

Rastun wich nach links aus. Cassian stolperte an ihm vorbei und schwang sich herum.

In diesem Moment rammte Rastun Cassian die zweizinkige Gabel in die Kehle. Der Mann erstarrte mit großen Augen. Sein Mund öffnete sich und er stieß ein Gurgeln aus.

Rastun zog die Gabel zurück und stach Cassian erneut in die Kehle. Blut strömte über den Oberkörper des Mannes. Er umklammerte seine Kehle mit beiden Händen und versuchte vergeblich, den Fluss des roten Blutes aufzuhalten. Er taumelte zum Ofen und machte dann einige wackelige Schritte in Richtung des Gewehrs auf dem Boden. Rastun bewegte sich auf Cassian zu, bereit, erneut auf ihn einzustechen.

Cassian stolperte an dem Gewehr vorbei. Er sah aus wie eine Marionette, bei der nur die Hälfte der Fäden funktionierte. Er stolperte weiter und stürzte kopfüber in das Feuer, das das Wohnzimmer bedeckte. Flammen schlugen über ihm zusammen. Er stieß einen nassen, erstickten Schrei aus. Das unheimliche Geräusch endete kurz darauf und Cassian bewegte sich nicht mehr.

Rastun krümmte sich in einem Hustenanfall. Der Rauch stach ihm in die Augen und brannte in Hals und Lunge. Der Geruch von verbranntem Fleisch stieg ihm in die Nase.

»Captain!«, rief jemand.

Er schaute nach links und hustete erneut. Geek eilte vom Flur in die Küche.

»Es ist vorbei.« Rastun zuckte mit dem Kopf in Richtung von Cassians brennendem Körper.

»Ich denke, wir sollten von hier verschwinden.« Geek packte ihn am Arm. Rastun ließ sich von dem großen Mann in den Flur und durch das zerbrochene Fenster der Waschküche leiten. Sie eilten hinter das brennende Haus, wo ein Blackhawk-Hubschrauber über ihnen schwebte. Ein Sanitäter stand dort, eine Hand an einer Rettungswinde, und winkte ihnen zu, sich zu beeilen.

»Wo sind Karen und Doc?« Rastun sprach und hustete zur gleichen Zeit.

»Sie sind schon im Hubschrauber.«

Als sie den Sanitäter erreichten, sah Geek Rastun an. »Du zuerst.«

»Verdammt.« Er knirschte mit den Zähnen gegen den Schmerz an, der in seinen Rippen loderte. »Ich habe das Sagen. Ich gehe zu…letzt.« Ein Hustenanfall überkam ihn.

»Von wegen. Du bist in schlechter Verfassung.« Geek wandte sich an den Sanitäter. »Hebt seinen sturen Arsch in den Vogel.«

»Ja, Sir.«

Der Sanitäter befestigte Rastun an dem Seil und gab dem Crew-Chief des Blackhawk einen Daumen hoch. Sie wurden zum Hubschrauber hochgezogen. Rastun schaute sich um. Ein weiterer Teil des brennenden Daches stürzte ein. Die meisten der Bäume ringsum hatten Feuer gefangen. Der Humvee, der Pick-up und das Polizeiauto brannten.

Er hatte das Gefühl, mitten in der Hölle zu sein.

An Bord des Hubschraubers befreite der Crew-Chief Rastun von seinem Gurtzeug und lehnte ihn gegen die Tür auf der anderen Seite. Karen schlang ihre Arme um seine Schultern. Sie drückte ihm einen langen Kuss auf die Wange.

»Mir geht es gut.« Rastun hustete und rieb Karens Arm.

Der Sanitäter kehrte eine Minute später mit Geek zurück. Die Triebwerke heulten auf und der Blackhawk raste nach Osten und ließ das Inferno hinter sich.

Der Sanitäter untersuchte Rastun kurz. »Hier.« Er reichte ihm eine Sauerstoffflasche. Rastun drückte die durchsichtige Plastikmaske an sein Gesicht und atmete ein paarmal ein. Saubere, frische Luft strömte in seine Lunge.

»Sie haben eine Rauchvergiftung«, rief ihm der Sanitäter wegen der stampfenden Rotoren ins Ohr. »Sie haben außerdem gebrochene Rippen und einen ausgekugelten Knöchel. Wir bringen Sie ins Lee County Memorial Hospital. Sie werden wieder.«

Das Lee County Hospital. Schon wieder. Vielleicht sollte er einfach dauerhaft dort einziehen.

Nach einem weiteren tiefen Atemzug senkte er die Maske und sah Karen an. Er fuhr mit den Fingern über ihre Wange. Sie ergriff seine Hand, mit Tränen in den Augen.

Er lehnte sich nahe an ihr Ohr. »Ich habe eine Entscheidung getroffen.«

»Was?« Karen drückte seine Hand.

»Sobald ich wieder gesund bin, fahren wir in den Urlaub. Einen langen Urlaub.«

53

Vom Rücksitz aus bemerkte Sherlock das Plätschern unter dem Geländewagen des Sheriffs, als dieser durch eine Pfütze fuhr. Tatsächlich waren auf den Straßen und Gehwegen von Bishopville viele Pfützen zu sehen. Gestern hatte es endlich geregnet, was die Hitzewelle beendete und den Feuerwehrleuten half, den Waldbrand einzudämmen.

Er starrte in den Himmel. Rauchschwaden mischten sich mit grauen Wolken. Für heute war weiterer Regen vorhergesagt worden. Hoffentlich würde er die restlichen Glutnester auslöschen. Mehr als vierzig Häuser waren von den Flammen zerstört worden.

Aber es hätte viel schlimmer kommen können. Ohne diesen Regen gäbe es vielleicht kein Bishopville, South Carolina mehr.

Sie bogen in die Main Street ein. Sherlock betrachtete die Schaufensterfronten. Plakate, Statuen oder andere Abbildungen des Echsenwesens, die einst zur Identität der Stadt gehörten, waren nirgends zu sehen. Nach all den Todesfällen, die die Kreaturen verursacht hatten, konnten die Einwohner sie nicht mehr als eine lustige lokale Legende betrachten.

Ich frage mich, wie viele noch übrig sind? Nach dem Kampf im Haus und dem Feuer ging er davon aus, dass die meisten, wenn nicht sogar alle, des Reptilienrudels, das die Gegend terrorisiert hatte, tot waren.

Sheriff Haddix bog auf den Parkplatz des Rathauses von Bishopville ein. Chief Gibson, der auf dem Beifahrersitz saß, holte tief Luft, sein Gesicht war starr vor Unschlüssigkeit.

»Sind Sie bereit, das zu tun?«, fragte Sherlock.

Gibson wandte sich ihm zu und nickte. »Ja. Ja, bringen wir es hinter uns.«

Die drei Männer betraten das Rathaus. Sie fanden Bürgermeister Bud McAllister in seinem Büro.

»Meine Herren. Guten Morgen.« Er nickte ihnen zu. »Was führt Sie her?«

»Einige unerledigte Angelegenheiten bezüglich Alex Cassian.«

»Oh?« McAllister richtete sich in seinem Sitz auf und schlug die Hände zusammen. »Was hat es für einen Sinn, das jetzt noch zu untersuchen? Er ist tot. Der Fall ist abgeschlossen.«

»Nicht unbedingt.« Sherlock schüttelte den Kopf. »Cassian hat in den letzten zwei Jahren nicht gearbeitet, aber er konnte sich ein Wohnmobil, den Unterhalt dafür und Waffen und Munition leisten. Dafür brauchte er Geld. Ziemlich viel Geld. Wir konnten ihm keine Bankkonten zuordnen, oder irgendeinen Hinweis darauf, dass er eine beträchtliche Summe Geld gespart hatte. Das bedeutet, dass ihn jemand finanziert hat.«

»Oh?« McAllisters Blick wanderte zu den Papieren auf seinem Schreibtisch.

»Dieser jemand warst du, Bud«, sagte Haddix in einem rauen Flüsterton.

»Was?«, platzte McAllister heraus, seine Stimme höher als normal. »N-Nein. Wovon redest du? Ich kannte Alex Cassian nicht.«

»Warum haben Sie dann einen Anruf von ihm erhalten?«, fragte Sherlock.

McAllister erstarrte mit offenem Mund. »ICH … ICH … Ich habe ihn nie gekannt.«

»Ein Ehepaar, das außerhalb der Stadt wohnt, meldete, dass in ihr Haus eingebrochen wurde«, erklärte Haddix. »Das geschah, nachdem sie während des Waldbrandes evakuiert worden waren, den Cassian als erstes gelegt hatte, als er sein Wohnmobil in die Luft jagte.«

Auf der Stirn des Bürgermeisters bildete sich ein Schweißtropfen.

»Die Kriminaltechniker haben das Haus durchsucht«, sagte Sherlock. »Sie haben ein paar Teilabdrücke gefunden. Es sah so aus, als hätten Cassian und seine Komplizen das Haus anständig gereinigt, bevor sie es verließen. Aber sie waren nicht gründlich genug. Die Techniker fanden Haarproben in den Abflüssen von Dusche und Waschbecken. Wir haben sie mit der DNA-Datenbank des Verteidigungsministeriums abgeglichen. Mehrere stimmten mit Alex Cassian überein.«

McAllister zappelte in seinem Stuhl, unfähig, ihn, Sheriff Haddix oder Chief Gibson anzusehen.

»Wir haben die Telefonaufzeichnungen der Hauseigentümer überprüft«, sagte Sherlock. »Ein Anruf wurde vom Haus aus getätigt, während sie evakuiert waren. Dieser Anruf ging an Ihr Mobiltelefon.«

Er stellte sich vor den Schreibtisch des Bürgermeisters. »Ich habe angefangen, Ihre Finanzen zu überprüfen. Nichts sah verdächtig aus, weder bei Ihrer Entwicklungsfirma noch bei Ihren persönlichen Bankkonten … außer einem, das Sie bei einer Bank in Florenz eingerichtet haben. Es ist mit einigen Aktien verbunden, die Sie besitzen und die ziemlich gut laufen. Sie haben dieses Konto vor zwei Jahren eingerichtet, etwa zu der Zeit, als Cassian von der Bildfläche verschwand, und haben im Durchschnitt alle drei Monate mehrere tausend Dollar abgehoben. Die letzte Abhebung erfolgte zwei Tage nach Bekanntwerden des Todes von Phil Welsh.«

McAllister senkte den Kopf.

»Mein Gott, Bud.« Gibson trat vor und schüttelte den Kopf. »Warum? Warum haben Sie einem solchen Psychopathen Geld gegeben?«

»Er … er sagte, er könne sie alle töten.« McAllisters Stimme wurde brüchig.

»Was, die Echsenwesen?« Gibson legte den Kopf schief, mit einem verwirrten Gesichtsausdruck. »Sie haben ihm geglaubt?«

McAllister nickte.

»Wie haben Sie Alex Cassian kennengelernt?«, fragte Sherlock.

Auf McAllisters Gesicht bildete sich noch mehr Schweiß. »Er war vor zwei Jahren bei der Polizei, bevor Sie an Bord kamen.« Er warf einen Blick auf Chief Gibson. »Er hat eines dieser Monster getötet und ihm den Kopf abgeschlagen. Er nahm ihn in einer Kühlbox mit zur Polizei, um ihn dort zu zeigen. Der alte Chief war zufällig in der Lobby und Cassian zeigte es ihm. Der Chief hielt es für eine Fälschung und sagte ihm, er solle sich verpissen.« McAllister holte zittrig Luft. »Ich hatte dort ein Treffen mit dem Chief und sah Cassian mit der Kühlbox zu einem Pick-up gehen. Ich habe den Chief danach gefragt, und er hat mir die Geschichte erzählt. Er sagte, der Kopf sähe überzeugend aus und er solle in Hollywood arbeiten.« Er lehnte sich in seinem Stuhl zurück. »Ich musste mich selbst vergewissern, ob es echt oder unecht war. Ich beauftragte einen Privatdetektiv, Cassian aufzuspüren. Alles, was ich damals über ihn wusste, war, dass er einen ramponierten grauen Pick-up mit einem Semper-Fi-Aufkleber fuhr. Der Privatdetektiv fand ihn innerhalb von zwei Tagen. Ich traf mich mit Cassian, er zeigte mir den Kopf … und er war echt. Ich stimmte zu, ihn zu unterstützen, wenn er mehr von diesen Monstern töten könnte, und richtete diesen Fonds ein.«

»Wie haben Sie ihm das Geld besorgt?«, fragte Sherlock.

»Wir haben tote Briefkästen deponiert, wie in diesen alten Romanen aus dem Kalten Krieg. Ich habe Umschläge mit Geld in verlassenen Gebäuden oder unter Steinen auf einem Feld hinterlassen.« Er sah zu ihnen auf, sein Gesicht war angespannt. »Ich wusste nicht, dass er diese Leute umbringen würde. Ich schwöre, ich wusste es nicht. Es tut mir leid. Ich wollte nur, dass er die Echsenwesen tötet.«

»Warum?«, fragte Haddix. »Warum wolltest du sie so sehr tot sehen?«

McAllister faltete seine Hände und schluckte. »Sie haben meine Freundin getötet.«

Der Sheriff und der Polizeichef sahen sich erstaunt an. »Wann war das?«, fragte Sherlock.

»Als ich in der High School war. Es war … Charlene Owens.«

»Charlene Owens?«, platzte Gibson heraus. »Wollen Sie mich verarschen?«

Sherlock drehte sich zu ihm um. »Sie kannten sie?«

»Ich weiß über sie Bescheid. Charlene Owens war einer der brutalsten Morde in der Geschichte von Lee County. Es geschah in den frühen Siebzigerjahren. Man hat ihren Mörder nie gefunden.«

»Woher wissen Sie, dass ein Echsenwesen sie getötet hat?«, fragte Sherlock den Bürgermeister.

McAllister zitterte. »Weil … weil ich es gesehen habe.«

Gibsons und Haddix' Augen weiteten sich. Sherlock verschränkte die Arme, sein Gesicht blieb starr und neutral. Innerlich erstaunte ihn die Geschichte. Er hatte einige Theorien darüber entwickelt, warum McAllister jemandem wie Cassian helfen würde. Erpressung war seine erste Vermutung gewesen. Er dachte auch, der Bürgermeister könnte ein Verschwörungstheoretiker sein, der es besser verbarg als Cassian oder Staub. Etwas Persönliches war ein weiterer Aspekt, auch wenn er sich nie vorstellen konnte, dass dies mit einem 40 Jahre alten, ungeklärten Fall in Verbindung stehen würde.

»Wir wollten uns am Mühlenteich treffen. Als ich vorfuhr …« McAllisters Lippen zitterten. »Ich habe sie gesehen, auf dem Boden. Eines dieser Dinger war über ihr. Es … es hat sie zerrissen. Es sah mich und rannte in den Wald. Ich saß einfach in meinem Auto und konnte mich nicht bewegen. Wusste nicht, was ich tun sollte. Ich konnte nicht … Ich konnte nicht glauben, dass sie tot war. I…ich bin einfach gegangen. Ließ sie dort liegen. Ich habe sie geliebt, und … ich wusste nicht, was ich tun sollte.«

»Das geschah fast zwei Jahrzehnte vor der ersten offiziellen Sichtung eines Echsenwesens«, sagte Sherlock. »Sie konnten also nicht zur Polizei gehen, weil die Ihnen nicht geglaubt hätten, dass ein Monster Ihre Freundin getötet hatte.«

»Das war nicht der einzige Grund.« McAllister sah Haddix und Gibson an. »Ihr wisst, warum ich nichts sagen konnte, zu niemandem. Damals nicht.«

Sherlock wandte sich den Polizeibeamten zu. Chief Gibson betrachtete den Bürgermeister einige Augenblicke lang, bevor er sich an Sherlock wandte. »Charlene Owens war schwarz.«

Eine weitere Überraschung in der Geschichte. Trotzdem behielt Sherlock die Fassung. »Also, South Carolina, Anfang der 1970er-Jahre. Ein junger weißer Mann und ein junges schwarzes Mädchen gehen miteinander aus, was von den meisten Leuten nicht akzeptiert wird.«

McAllister schüttelte den Kopf. »Es hätte den Ruf meiner Familie zerstört und unser Geschäft vernichtet. Ich konnte es mir nicht leisten, etwas zu sagen. Das … das hat mich über vierzig Jahre lang jeden Tag gequält. Charlene so zu sehen und nichts dagegen zu tun. Ich war … ich war ein Feigling. Als ich Cassian begegnete, dachte ich, das wäre meine Art der Wiedergutmachung. Ich hätte nie gedacht, dass er so viele furchtbare Dinge tun würde.«

Sein Kopf sank herab. Sein Körper zuckte unter einem Schluchzen.

Gibson sah Haddix an, biss sich auf die Lippen und nickte. Der Sheriff holte ein Paar Handschellen heraus.

»Bud McAllister, Sie sind verhaftet wegen Beihilfe zum Mord und Behinderung der Justiz …«

McAllister schluchzte, als Haddix ihm aufhalf und ihm Handschellen anlegte. Sherlock empfand fast Mitleid mit ihm. Fast. Ja, es musste furchtbar für McAllister gewesen sein, jemanden, den er liebte, so verstümmelt zu sehen, wie Charlene Owens es war. Dieser Schmerz, diese Schuld, trieb ihn in einem fehlgeleiteten Versuch der Rache und Erlösung zu Alex Cassian.

Aber Cassian hatte zwei unschuldige Menschen und zwei Cops ermordet, beinahe Captain Rastun getötet und einen riesigen Waldbrand gelegt. Wegen McAllisters Schweigen wurde die Stadt, der zu dienen, er einen Eid geschworen hatte, fast zerstört.

Sherlock sah zu, wie der Sheriff McAllister aus dem Büro begleitete, und war zufrieden. Wären die Umstände anders gewesen, wäre er jetzt vielleicht wieder in Washington, und McAllister würde hier bleiben, den Rest seiner Amtszeit absitzen und sich auf einen bequemen Ruhestand vorbereiten, ohne dass jemand etwas mitbekam.

Ihm und vielen anderen Strafverfolgungsbeamten war es zu verdanken, dass der Bürgermeister vor Gericht gestellt wurde.

54

»Wow«, murmelte Rastun. Er nahm seine Sonnenbrille ab, setzte sie auf sein schwarz-oranges Philadelphia-Flyers-Ballcap und genoss den Panoramablick.

Die zerklüftete, bucklige Form des Courthouse Rock ragte vor ihm auf. Wenn er den Kopf paar Zentimeter nach links bewegte, sah er die geschwungene Form des Bell Rock. Noch ein paar Zentimeter weiter nach links und die Spitzen des Cathedral Rock kamen ins Blickfeld.

Absolut wunderschön. Er nahm einen Schluck aus seiner Wasserflasche und betrachtete die dunklen Rot-, Braun- und Grautöne, aus denen sich die Berge um Sedona zusammensetzten. Er lächelte und wusste, dass es richtig gewesen war, Arizona für ihren Urlaub auszuwählen. Der Staat bot nicht nur eine Fülle von Naturschönheiten, sondern war, abgesehen von ein paar angeblichen Sasquatch-Sichtungen entlang des Mogollon Rim, auch keine Brutstätte für kryptische Aktivitäten. Nach Bishopville wollte er nichts mehr mit großen, mysteriösen Monstern zu tun haben, die ihn töten könnten. Zumindest nicht in nächster Zeit.

Sedona bot ihm auch den perfekten Ort, um etwas sehr, sehr Wichtiges zu tun.

Er entdeckte Karen und Emily, die den Waldweg hinauf in seine Richtung kamen.

»Sieh dir das an.«

»Oh mein Gott.« Karen starrte mit großen Augen auf die Felsformationen. »Wie schön.«

»Whoa. Cool.« Emily blieb stehen, um die Szene zu bewundern.

Karen knipste Fotos von der umliegenden Landschaft. Rastun nahm einen weiteren Schluck aus seiner Wasserflasche und starrte Karen an.

»Was?« Karen drehte sich zu ihm um.

»Ähm … nichts.«

Karen grinste, schüttelte den Kopf und fotografierte weiter.

Ein Rumoren ging durch Rastuns Magen. *Mach das jetzt, bevor du die Nerven verlierst.*

Er ging zu Emily hinüber und reichte ihr sein Handy, das auf Kameramodus eingestellt war. »Em, tu mir einen Gefallen.«

»Was denn?«

»Mach ein Foto von mir und deiner Mutter, aber mach es im richtigen Moment.«

Emilys Gesicht verzog sich. »Woher soll ich das wissen?«

»Du wirst schon sehen.« Er klopfte ihr auf die Schulter und ging zurück zu Karen, wobei er zittrig Luft holte. Ein stechender Schmerz ging durch seine Rippen. Sie waren immer noch nicht vollständig verheilt, aber der Schmerz war nicht mehr so schlimm.

»Die Aussicht ist unschlagbar, was?«, sagte er.

»Ja, unglaublich schön.« Sie schenkte ihm ein umwerfendes Lächeln.

Rastun schluckte und legte einen Arm um Karen. Sie drückte sich an seine Seite. Sein Magen verknotete sich und sein Herz schlug schneller. Er öffnete den Mund. Die Worte, die er in den letzten Tagen geprobt hatte, ließen ihn im Stich.

»Ähm …« Er biss sich auf die Lippe und sah auf die Felsen hinaus. *Was soll's, Mann. Spuck es aus.*

»Stimmt etwas nicht?«, fragte Karen.

»Nein. Nein, alles okay. Ich denke nur über das vergangene Jahr nach. Wie sehr … wie sehr die Begegnung mit dir mein Leben verändert hat.«

Karen strahlte ihn an und küsste ihn dann auf die Wange. »Das kann ich auch sagen. Ich hätte nie gedacht, dass ich einen so tollen, wunderbaren Mann wie dich kennenlernen würde, und jemanden, der so gut zu Emily sein würde.«

»Ich würde alles für das Kind tun, und für dich.« Er drehte Karen so, dass sie ihm gegenüberstand. Sie senkte ihre Kamera und ließ sie an dem Riemen um ihren Hals baumeln. Rastun ergriff ihre beiden Hände und holte tief Luft.

»Ich liebe dich, Karen. Ich habe noch nie jemanden getroffen, der so … erstaunlich ist wie du. Nach allem, was wir durchgemacht haben, der Searaptor, die Echsenwesen, verdanke ich dir mein Leben etwa ein Dutzend Mal. Ich weiß ohne Zweifel, dass, was auch immer in der Zukunft passiert, du an meiner Seite sein wirst.«

»Natürlich werde ich das«, sagte Karen. »Du bedeutest mir die Welt, Jack. Du sprichst davon, dass ich dein Leben gerettet habe, aber wenn du nicht gewesen wärst, würde ich heute nicht hier bei dir stehen.«

Rastun drückte ihre beiden Hände. »Ich … ähm … ich denke nur … ach, verdammt.«

Er senkte den Kopf und nahm allen Mut zusammen. Schließlich zwang er sich auf ein Knie. Karen keuchte und schlug die Hände vor den Mund. Rastun warf einen Blick auf Emily. Das Mädchen grinste breit und begann zu fotografieren.

Rastun griff in seine Tasche und zog eine kleine schwarze Schachtel heraus. Er klappte sie auf und enthüllte den mit Diamanten besetzten Ring. Tränen tropften aus Karens Augen.

»Karen Thatcher, willst du mich heiraten?«

Die Zeit blieb stehen. Er starrte Karen an, hoffte und betete, dass sie dieses eine Wort sagte.

Sie wischte sich die Tränen ab und nickte. »Ja. Ja, ja, das will ich.«

Rastun schoss ein Blitz aus purer Freude durch den Kopf. Er steckte Karen den Ring an den Finger, dann sprang er auf. Er küsste sie und schlang seine Arme um sie. Emily rannte auf die beiden zu und umarmte sie beide.

»Das ist das Coolste überhaupt«, sagte sie.

Rastun legte seine Hand auf Emilys Kopf. »Das ist das Coolste überhaupt« beschrieb nicht annähernd, was gerade passiert war.

Dies war der schönste Tag in seinem Leben.

- E N D E -

LUZIFER

VERLAG

Printed in Poland
by Amazon Fulfillment
Poland Sp. z o.o., Wrocław

38999104R00174